心！

陈希我 著

北京出版集团公司
北京十月文艺出版社

这里，魔鬼同上帝在进行斗争，而斗争的战场就是人心。

——费奥多尔·陀思妥耶夫斯基

抉心自食，欲知本味。创痛酷烈，本味何能知?

——鲁迅

不要玩弄另一个人内心深处的东西。

——路德维希·维特根斯坦

八月一日，一艘中国帆船载杂物由福州抵达，十时左右，看守发现长崎湾外六英里处有一艘帆船。

——远藤周作《沉默》

人物

林修身（又名“U”、“呦”、林光、长谷川光、长谷川龙）

林北方：横滨中国料理店“佛跳墙”少东家

林老板：横滨中国料理店“佛跳墙”老板

长谷川香织：林修身夫人，长谷川幸之助之女

长谷川幸之助：长谷川远洋船运社长

林太郎：林修身与长谷川香织之子

佐伯照子：长谷川家女佣

坂本胜三：长谷川远洋船运“光”号船长

森达矢：长谷川远洋船运“光”号水手

李香草：巨港日军集中营民工

迈克尔·佩恩：巨港日军集中营美军俘虏

林修身父亲：中国疍民

远藤神父

司空医生

我

目录

第一章

心碎

一天，一个人走进医院，对医生说："我的心碎了！"

医生愣愣瞅着他，眼角一个抽搐。正要笑，笑声已从对面助手那里发出了。医生马上严肃下来。助手也赶忙用圆珠笔做出敲牙动作，咧着嘴。他有蛀牙。

"您是说，心脏不舒服？"医生问病人。

"碎了！"他说。

心哪里会碎？所谓心碎不过是一种修辞。或是对方在开玩笑？这是一个老人，看上去已有八十多岁了。但他确实右手捂着胸口，表情痛苦。他的眼珠惊恐乱转，好像真的瞧见自己的心碎掉了。医生叹了口气，又问：

"哪里不舒服嘛！"

"碎了……"对方仍然说。

能这么说话，说明他还不太难受。医生想。但病人突然伸出左手，好像要去抓桌上的听诊器。医生迅速把听诊器一收，又去收笔和处方笺，通通划进抽屉。这使得他再开始给病人诊断时，多费了一些时间。再看病人，病人已经趴在桌沿了。医生紧张起来。

"您详细描述一下……"

老人已经不能抬起头来了，只把头顶对着医生。他的脑袋像婴儿，只有细细的胎毛一样的毛发。皮肤很白，白得有点透明，可以瞧见血管。医生伸手去摸他的额头，汗水潸然淌下，沾医生满手。医生甩着手，茫然四顾，才发现没有人陪同病人。后来医生喊冤：这么大年纪了，竟然没人陪同，叫医院怎么办？医生站起身，到诊室外喊护士。没有护士应，医生又支使助理去叫领导。

院长来了，说这人好像在昨天报纸上见过，是从日本来的什么人物，就住在离医院不远的饭店。他应该有人陪伴回国的。再询问老人，助理抢在诊室门口，只消老人一开口，他就会像子弹一样飞出去找人。老人听要叫人，竟然可以仰起头来。但他使劲摇头。他竟然还有这么大的力气摇头，好像把最后的力气全拼出来了。院长就摆手安慰他："好，好，我们不找……"他才又耷拉下脑袋，几乎同时，他身体猝然像被抽空了，瘫在地上。

判断是急性心梗。就地抢救，同时采集血液标本，检查超声心电图。但病人没有抢救过来。

日本那边亲属要求把尸体运回日本。包机的事，他们可以解决。家属一再强调不要给尸体换衣服。当时中方担心被日方追责，多一事不如少一事好，当然照办。尸体运回日本后，这边就着手处理相关人员，医生被停职审查了。

医生姓司空。在往后的几年里，司空医生一直纳闷这患者患的究竟是什么病？当时患者整个心室都失去了收缩功能，这种情况从没有见过。另外，患者心肌酶并没有预计的那么高，只是比正常值高出少许。直到五年后，一个叫佐藤的日本医生才发现了一种特异的心脏病。病发时，还真是心包破裂。这种病，后来被命名为 Stress-Induced Cardiomyopathy，中国称为“心碎综合征”。

但一般来说，只有绝经期妇女才会患上这个病。因为雌性荷尔蒙流失的原因。五年后佐藤医生拿到当年的病历时，一度怀疑是中国方面做事马虎，把性别写错了。好在死者的儿子证明，死去的是他的父亲。当然，即使没有死者儿子证明，那倒霉的中国医生司空也不可能再倒霉了。时过境迁，一九九零年，作为西方阵营的日本与中国已过了“蜜月期”。

第二章

盖棺

去世的叫林修身，日本长谷川商会会长。他是作为爱国华人被邀请回国的。一九八五年八月十五日，世界反法西斯战争暨抗日战争胜利四十周年纪念日，这日子让正处“蜜月期”的中日两国有点尴尬。最后中方决定，把侧重点放在爱国主题上，结合招商引资，邀请海外同胞与侨胞回国联谊，林修身就在被邀之列。

其时，我在日本为系列专题做采访，这个林修身并非我的采访对象。之所以临时决定专访他，是因为他在北京有个壮举，他表示要把全部财产捐出去。

据大使馆人员介绍，这个林修身总是强调他的姓氏应读作 lín，是中国姓。这确实就是中国人名字。我看着“修身”二字，想象着他的形象。那时国内人普遍赞叹日本，但我的逆反性格让我不愿人云亦云。我习惯于去挖日本的缺陷，比如日本人的神情我就很不喜欢。我想象非日本人的林修身应该是气宇轩昂的，讲礼仪，但不像日本人那样刻意谦卑。他应该知大义，择善而从，他回祖国捐资就是一个例证。

据说那天在北京，国家领导人接见来宾。“现在想起来，当时就发现他脸色很红。”过后在场的人回忆说，“但没有人把注意力停留在他身上。气氛很好，领导人很亲切，中国改革开放，百废待兴，大家都想为祖国出力，畅谈甚欢。这个林修身也很高兴，发言时，他竟然说不出话来了。”

回忆者描述的林修身外表，竟跟我想象的大相径庭。这个林修身，脸和身材都圆溜溜的，就像小孩。当时可能是为了给自己打气，他的手臂不停地鼓动着。这让他更显得幼稚。他张开了嘴，他嘴里没有牙齿，空空的也像刚出生的婴儿。他猛地迸出一句话：

“我要裸捐！”

那时候还没有“裸捐”这词，没有人听明白。人家以为是他发音问题，他是福建口音。在场相当多的人说福建话，但也听不懂，原来他们说的是闽南话，而他是福州人。他又攮着舌头说了一遍，有人听清了。“就是 naked donation。”有人向领导人解释，“或者是 all-out donation……”

但这简直失礼，岂非把领导人当作不会英语的人。领导人还真懂英语，手掌一竖，表示明白。很多人也都明白了。但“裸捐”这词也太不庄重了，特别是在这种场合，大家都有点尴尬。有人在心里想：他还真是从日本来的。

但领导人也用“裸捐”这词。领导说：“裸捐，好！什么叫‘海外赤子’？‘赤子’就是‘裸’，这就是‘赤子’啊！”

那时代领导人还真开放。大家鼓起掌来。这使得这个林修身一下子成了明星，媒体大量报道。消息传到了日本，大使馆推荐我采访他。我算了一下日程，等他回国，我还在日本，到时候再采访他不迟。我做的是深度报道。但必须先跟他预约一下。我就给他在北京下榻的饭店打了电话。电话那头，他哼哼呵呵的，我想是他一时没有反应过来。约好具体时间，没想到第二天他就离世了。

我随大使馆人员去他家吊唁。他住在横滨元町。老远就听到了哭丧的声音。葬礼是中式的，哭丧声是从扩音喇叭传出来的。日本人喜欢安静，难道不会造成扰民？我后来知道，真有邻居来提醒过。但丧家没有收敛。邻居就托町内会来说，丧家还是不理睬。町内会就反映到了社区建设委员会。社区建设委员会倒反过来说服町内会的人，说丧者毕竟是中国人。

“知道是中国人。让人很舒适的一个人。”町内会的人说。这大概是日本邻居对这中国人的普遍评价。“修身，修身先生，确实，人如其名。但这下怎么会这样？”

“一个国家有一个国家的习俗。”建设委员会的人说，“现在不是日中友好吗？”

“这是扰民的理由吗？”

“当然不是。”建设委员会的人改变了策略，“毕竟是生命最后的告别嘛！按自己国家风俗办一场，也是可以理解的嘛！包涵包涵！”

实际上，建设委员会已被横滨日中友好协会打过了招呼。而横滨日中友好协会，则是受了日本华商会的委托。说是林修身先生德高望重，生前做了很多对国家和社会有益的事，又是日中友好名人，家属提出的要求，理应得到满足。

但即使是中国丧俗，哭丧也不至于要用扩音喇叭。当时国内是有一些爱摆显的丧家这么做，但这个林修身，不是早已生活在国外了吗？

据说这是死者生前要求的。到了晚年，他多次向儿子说起葬礼的做法。

不仅有哭丧，还有乐队。国内丧礼也有用乐队，但这里是两个乐队，一个中国民族乐队，一个西洋乐队，并且统一着装。西洋乐队着西洋军乐队服，但民族乐队所穿的服装有点莫名其妙。我试着问乐队人员，回答说是中国传统服装。哪个年代的？对方也答不上来，只说戏剧上都这么穿的。我倒是曾看过一篇探究中国戏服的文章，“衣箱规制”是以明朝生活服饰为基础的，再参照其他朝代。为什么是明朝？明朝是最后一个汉人的王朝。但这种说法未必站得住，明之前就没有外族统治？清之后的民国呢？也许戏服嘛，就是戏服。人生如戏，有什么可较真的？

而且那是上世纪八十年代，探究传统，简直迂腐。一个世纪来，“新文化”“新生活”运动，还有战乱，然后“破四旧”“文革”，然后是“新启蒙”，传统已像被打掉的一排牙，噼啪四溅，无处捡了。就是若干年后掀起“文化寻根”，传统也更多地只是作为批判对象。就是捡回来，也难以接上血脉。有一种说法：传统在海外保持了下来。远离祖国的中国人，更珍惜自己的母国文化。我曾去横滨中华街，那里的关帝庙确实像模像样的。但这个林修身的丧仪让我觉得，所谓海外保留的传统也是可疑的。

我发现竟然有人在画十字。难道丧主是信教的？这让我惶惑。如果丧主是教徒，那么我该行什么礼？比如天主教，我印象中天主教教徒前往外教丧家吊唁，是禁行圣礼的。那么反过来呢？外教人对教徒该怎么做？好在他的儿子是跪着叩头答谢的，牌位上也没有写“神”“灵”，写的是“显考”。

但确实没有念经的。中式天主教葬礼是不念经的。牌位上可以按中式的写，还可以在牌位前行本地之礼。也讲“事死如事生，事亡如事存”，但这句来自《中庸》的话，被天主教做了特殊的阐释，在“事死”与“事生”之间建起类比，把重点放在“如”字上。既是“如”，那就不是“是”，那么牌位只是个假借的类似物，灵魂并不在牌位上。

这个林修身，灵魂在哪里？

我走出长谷川宅门，发现门口有一棵巨大的树，这棵树形如苍老的手，几乎遮盖了大部分庭院。“这是榕树。”蓦地有人在对我说话。我扭头看，一个老人。我记起我刚来时，就看见丧家的人在请这个老人进屋。但他不肯进。当时我只以为他是客套。再看他的脸，瘦骨嶙峋，神情诡异地望着我，又望望榕树。

“大树底下好乘凉啊！中国的大树更好乘凉！”他又说。

我这才意识到对方说的是中国话。“您是中国……”

“台湾人！”他说，“老实说。”

我并没有意识到他的用意，只是想，台湾人不就是中国人嘛。

“我叫林北方。”

跟林修身相反，他用日语拼读他的“林”，はやし。“大使馆的吧？”他说，戳了戳停着大使馆汽车的方向。我点头。

“可算是斩获满满了！”

“什么？”我问。这个人说话，像日本人那样没有主语。

他仍然没说主语。“那天从这个门进去,就想着有这种结局吧？这榕树知道。”

我大概能猜到他指的是谁了。

他又仰头望着树。树沙沙响。“那天早晨，树也是这么响着。树都是这么响着的，但主人换了。这声音像掌声，还是像叹气？对我是，对长谷川先生，也一定是叹气吧？”

“长谷川先生？”

他指门口的表札。但上面写着“林”。他好像才发现到，显得有些沮丧。“是啊,表札都换了！是啊,来蹭我的姓了。还叫‘修身’？装什么圣人！但长谷川商会这名字还在。长谷川商会，不是长谷川家的产业吗？”

我没想到这。

“长谷川幸之助先生要早知是会引狼入室，那天他是无论如何也不会答应的。”

“那天？”

“而且是在那一天。”

“哪一天？”

“昭和十六年十二月九日。”

他用的是天皇年号纪年。我努力在脑子里换算着，好像是战争时期。他的声音在我耳边嗡嗡响："就在这个城市。大清早，一家叫'佛跳墙'的中国料理店，门被推开了。"

林北方嘴里的他

门铃"咣当"大响起来。就连送货人的动作也没这么鲁莽。"佛跳墙"店主总是提醒送货的，楼上的人还在睡觉。睡觉的是店主独生儿子林北方。父亲疼儿子，总是说："小孩多睡一会，多睡一会！长身体。"

推门的是一个女子，一股狐味让楼上的林北方一下子醒了。他跳起来，就往楼下跑。楼下台柜上冒出一个脑袋，那是店里的伙计。伙计也被来人惊起，他急急绕到台柜外侧，向门口跑去。过道上有个仪容镜，他刹住脚，往镜子里照。他个头矮小，只能在镜子下半部照着。镜子里可以见到他脑袋顶着一头乱发。他发觉自己手里还拿着饭勺，就顺手拿饭勺往头上一梳。

"混蛋！想滚蛋吗?！"店主正从叉烧炉上爬下来，一眼撞见，喝道。

已经说了好多次了，就是改不了，这个伙计，总是随手拿饭勺梳头发。这下店主太生气了，伸手抄过台柜，抢过饭勺，一勺向伙计敲去。伙计闪身，撞到斜对面的壁橱上。壁橱里的瓶罐大响了起来。瓶罐碰响中一个女声响起："对不起……"

伙计将头别向门口相反的方向。那里有镜子，他可以从镜子里瞧见门口。林北方说，他从半明半昧的镜子里瞧见伙计的眼睛，就像白天的灯一样悄然发亮。

门口女子又叫了一声：“有人吗？”

店主没明白来的是谁，又一挥木勺。“你死了？还不快去！”

伙计愣着，不敢相信店主真的让他去迎接来客。他猛地一个嬉笑，就往门口奔去。但到了门前又刹住脚，故作刻板地应了一声：

“对不起，还没到营业时间呢……”

来人没有理睬，战争时期用来替代招牌板的门帘不由分说被撩开了。“说什么营业不营业啊！”话音未落，对方的手就向伙计伸了过来。伙计缩了一下，但没有后退。他的胳膊立刻就被对方的手抓住了。其实只不过是被对方的手指搭上。对方是女的，手指细短，明显握不住他的胳膊，但他还是被对方牢牢控制住了。他慌张瞥店主。店主正忙着事。他就顺势让对方把自己拉走。

林北方骨碌下楼，跟了上去。

街上雾气蒙蒙，从海港方向传来几声轮船的鸣笛，带着破晓的激动与焦灼。伙计的手被女子抓着，林北方能感觉到女子的手像烙铁一样滚烫。他家伙计也好像感觉到烫，不住地转着手腕，调节着接触部位。但他始终没有将手脱出来。不仅没有，倒好像在通过一再转动，去蹭对方的手肉。身边人影幢幢，林北方也不知道为什么街上人这么多，好像发生了什么。但他没心思去想，他只跟着前面这对狗男女。

人流不时阻挡着狗男女的去路，他们在人流中艰难穿行。这让林北方解气，觉得全世界都在支持他。这对狗男女不得不停下脚来，女的在寻找出路，男的焦急地原地踩着脚。女的抓住一个人流空当，钻了过去。伙计来不及反应，被拽得踉跄。但他的手没有脱开。他们的脑袋忽然被人流淹没了，林北方紧张，跳起来寻找。他们的脑袋就像落水者头上掉出来的帽子，失去了方向，在人流中漂来漂去。林北方真想冲上去，逮住他们。他从人流底部钻过去，赶上他们。但他又不敢行动，或者说，他不敢在那女子面前这样做。他虽然咒骂他们是“狗男女”，但他还是想把他和她区别开来。虽说捉奸捉双，但这不能叫作“奸”。他相信是他家伙计去纠缠人家的，就像他现在死死抓住人家的手。还因为抓得太紧，女的一度叫起疼来。他慌忙撒手，但接着又抓上去。是他家伙计不要脸。林北方这么犹豫着，人家已走远了。他认出这是通往长谷川家的路，那女子是长谷川家的小姐，叫长谷川香织。

“那时候长谷川家门口表札上还写着‘长谷川’，主人是长谷川幸之助。”林北方说。

这个林北方嘴角深深凹陷，这使得他的颧骨格外突出。因为颧骨凸起，眼窝又凹下去，那脸神秘而狰狞。

“那时候这榕树还没有这么大，但已经足够威风了！”他又说，“那天早上就站在这棵榕树下。”

林北方说，当时，望着这棵榕树，他家伙计也生出了畏惧。他发出一声嘟哝，更像是在念咒：“我不……”

“你还想回‘佛跳墙’去吗？”长谷川香织问。

伙计赶紧摇头。林北方说，他家伙计应该很清楚，他这一脚从“佛跳墙”跨出去，是别想再回来了。要回就回你中国去。林北方说，他家伙计是从中国来的，他最怕回中国。林北方平时恶作剧，就冲他喊：“滚回中国去！”他就吓得连屎都绿了。

伙计摇头，香织笑了。“就是嘛！”香织说，牵着他，一提。“来！”她把他身体提得歪斜。他不敢调正身体，就这么歪斜着由她牵着走。她把他带到边门，那门翕着，估计是她刚才出来时有意虚掩着。林北方也想跟进去，不料一个仆人过来，把门关上了。他急得攀着围墙，里面是空旷的庭院，他不敢进去。

长谷川香织带着那伙计横穿庭院，伙计歪歪扭扭踩着铺石，竭力让自己不碍着香织。到了廊檐下，他简直就像牵线木偶一样，被她提着上了走廊。她提得很轻松，因为他没有给她重量。倒不是他个子小的缘故，而是他是自己先蹬上去了。他早已迫不及待了。倒是她，因为要拈和服下摆，显得有点费事。

女佣们在廊道上穿梭跑着，地板在急急颠跑中颤抖。耳膜上挠着收音机的嗞嗞声，这声音被女人们的碎步搅得零乱。香织险些撞到一个女佣身上，她欢快地尖叫一声。

“都忙起来了呢！”她回头对跟在后面的他说。

廊道折了个弯，方向是接近大门口。她带着他走来，把他推进尽头一个房间，林北方知道，那是她的闺房。他灵机一动，爬上了榕树。攀上一个枝丫，他可以看到那个房间。他曾经在偷窥时在窗纸上戳过一个洞，也许是位置太高，没有被发现，这洞还在。这洞在高位，给他好视野，他可以俯瞰整个房间。房间有点暗，零乱极了，被褥没有收进壁橱，还掀开一大角，保留着女主人离床时的状态。空间狭小封闭，香织那特有的体味好像都从窗纸破洞透出来了。香织让伙计坐被子上，他愣着。香织把他一推，他就坐下了。不过他马上起来，换成了跪坐的姿势。但他的手还是不老实地悄悄蹭了几下被子。香织说了声“等着”,就要出去。他嘟哝了一声什么，香织停了下来，回头说：

“别怕，这是我的房间，没人会进来！”

他又嘟哝了一句什么。他扭扭捏捏，声音很小。

“爸爸刚起床呢！”香织说，“是啊，有点早。但不这么早，你能出得来吗？我去催催爸爸，爸爸一定在那边应酬叔叔他们。”香织看了看门外，继续往外走，回身关好拉门。

伙计一个人跪坐着，姿势僵硬。他的胸和背没有半点动静，好像连呼吸都屏住了。他把视线收缩在自己膝盖前，一副坐以待毙的样子。他看上去好像一只任人宰杀的羔羊。

“嘿呀，原来全在这啊！”一个男人粗野的声音。他吓了一跳，身体好像被这声音搡歪了。他斜着身，窥视着拉门。拉门完好关着，声音是穿过拉门糊纸进来的。

“是你这家伙啊！是什么风把你给刮来的啊？”这是长谷川先生的声音。

“珍珠港方向刮来的神风嘛！哈哈哈哈……”来人说。

大家一起大笑了起来。

“实在是振奋人心啊！是到了让洋鬼子瞧瞧咱们厉害的时候了！宣战，宣战！”来人又说。

他霍地站了起来。

“这太平洋路线一打开，我们这些搞航运的就马上大有可忙的啦！”来人说。

“是啊！”一个说，“以前没我们民办航运什么事……”

“你这是什么话！”另一个声音说，“人家长谷川航运早就在编了！”

“还不是在北千岛吗？还不是在那个择捉岛什么单冠湾睡大觉吗？”

“怎么能睡得着嘛！”长谷川先生的声音。

“总之，现在可以掀开被子了！大干一场！”一个说，“忙，忙！忙得焦头烂额，屁滚尿流！屁滚尿流，焦头烂额！哈哈，南方的资源圈啊，石油，特别是石油！哗哗地喷来吧！可是没有油轮怎么行啊？那我们就可以出力了！喂，哪位还要把船卖掉的，请卖给敝人吧！全卖给我！我多想去忙死累死啊！”

“我的是客轮，又不是油轮，又有什么用？”一个说。

“这又是你的悲观情绪在作怪了！”又一个说，“客轮也是船，不能改造吗？现在单靠总共百来只、五十几万吨的油轮，能干什么事啊？瞧着吧，统统都要改造！客轮、普通货轮都要改造。长谷川老兄，你信不信我的预见力？当初美国人禁输石油，我就说过要打的。长谷川老兄，我说过这话吧？”

“的确说过。”长谷川先生说。

喝彩声像惊鹜一样飞了起来。声音绵绵不绝，尾音中又冒出一个沙哑的歌声。大家又追着这歌声拍手，很快合上了节拍，齐唱起来：

代天讨伐不义……

歌声与拍手声把拉门糊纸震得啪啪脆响。那伙计盯着糊纸，眼神慌张，但又晶亮。他的嘴巴也畏畏缩缩嗫嚅起来，好像在热身，像跑步前的助跑。他很快就跟上了那歌声。他冲着门的方向斗胆一冲，但又缩住了。他好像在寻找着什么。他的手摸上了自己的后脑勺，放下来时，他手上沾了一点血丝。这是他早上被木勺打的。他脸一皱，做出疼痛的表情。虽然他的手已经离开了伤口，但他还是叫了一声疼。他的眼睛紧盯着血，好像用放大镜聚焦着火柴头，他期待着火柴头燃烧起来。他终于如愿以偿了，他的愤怒情绪被点燃了。他简直幸灾乐祸。他的嘴疼痛地一咧，然后顺势哼起了歌。他好像获得了放肆的权利，他在理直气壮讨伐着什么。他的手臂摇动起来，好像在摇动着发动机。他被动力驱动了，向拉门步步逼近。但拉门还是关着，他也没有胆量去打开拉门。他只能在幽暗的门内哼着歌，做着种种扭曲的动作。林北方从来没有见过他这种形骸，在林北方眼里，他家伙计总显得很憨厚，甚至傻乎乎的，现在他简直是唯恐天下不乱的乱贼。他乱舞着，以至于门上投上了两个人影都没发觉。

门“哗啦”拉开了，香织带着父亲出现在门口。长谷川先生穿着黑色和服，微微撑着手臂，那样子好像蝙蝠。他把拉门推大，手臂一张开，身材骤然高大，简直像传说中的鲲鹏，那宽阔的翅膀后面骤然交织起两道光。伙计好像被这光射中，一个倒退，身子一晃倒了下去。

香织惊叫一声。长谷川先生几乎跟女儿同时跨进了房间。

伙计的手摸在后脑勺上。香织被诱导,发现了他头上的伤。"啊,血！爸爸流血了！"她夸张地叫。

"没事……"他却嘟哝。

林北方[illegible]他总是这样,做出卑微的样子,让人可怜他。但当人家可怜他,却又表示很能忍受,于是就让人更加可怜他。现在他故技重演,他做出要挣扎爬起的样子。但他又哼了一声,脸一扭,身子也好像就要疼得[illegible]不住了。这让香织赶紧去扶他,命令他躺下。但他更要爬起来。他于是就被香织硬按住,躺着,他仰着身体,好像完全被缴械了,他的样子更可怜了。

"一定是'佛跳墙'打的！"香织叫,简直是在宣扬。她的声音里有按捺不住的兴奋,好像[illegible]找到了说服她爸的有力证据。"老是挨打！打伤了还照样干活,刚才我去时,他还在干活……爸爸,您看看,这么多血！"

伙计摆手,好像在否认。

"还忍着！"香织更有话可说了,"爸爸您看,受了那么多苦还忍着,总是这样……"

"对不起！"伙计竟然道歉。这是他又一个策略,不但表现出自己不值得一提,还向关心他的人表示歉意,自己给人家添麻烦了。这下,长谷川先生被打动了。他也蹲下身去。"香织,去叫人把急救箱拿来！"长谷川先生说。

香织跳起来,就往门外跑。但在门口,她站住了。她转过来的脸上带着要挟。“爸爸您还没有答应我呢！”

长谷川先生仰起头来，好像没有反应过来。

“不管怎样是不能再回‘佛跳墙’了！爸爸您可不能见死不救啊！”

“先去……”

“不！”香织叫。

长谷川先生脚底急躁地蹭了蹭榻榻米草席，眉间闪过一丝厌烦。但他的女儿并不怕他，她竟然把身体倚在门上，袖着手。长谷川先生的神情转成了愠怒。“香织，你太任性了！”

“都是你们大人要打仗，才去不成中国了！”香织叫。她委屈地哭了起来。

“哪里是我们要打仗……”长谷川先生辩说，“是西洋人……”

“我不管！反正您答应过的……”

“那只是旅游，是玩！这是国家大事……”

“不管怎么说，就是食言了！爸爸您不是说要文明吗？日本已经是文明国家了，不是野蛮国家了。野蛮人才言而无信！”

长谷川先生无言以对。香织应该是看出父亲被她抓住了要害，转变策略，啜泣道：“爸爸您不仅言而无信，还不爱我！”

“我怎么不爱你？”

“一点也不爱我！你只顾自己，一点也不管我！我有了最好的朋友，你也不肯给我！他是‘一寸法师’，我是‘春姬公主’，他会保护我的，陪我！”

这“一寸法师”的绰号，还真被香织用上了！但林北方纳闷，他家伙计什么时候成了香织的朋友，而且是最好的朋友了？

“你能够陪我的，是不是？”香织说着又扑向伙计，搡着他。她又拉起他，在他身后推着，向她父亲逼去，一边叫着：“向爸爸保证！向爸爸保证！”

长谷川先生狼狈地后退着。他竟一直被逼退到门外的走廊上。他好像冷静了下来，拍打着衣服，庄重地说：“香织，这不是你要怎样就怎样的！爸爸得谈谈！”

香织止住哭，好像在评估父亲的诚意。她突然把伙计的脑袋抱住，朝地上磕下去。是真磕，发出重重的响声，好像那不是人的脑袋一样。一下，又提起来再磕。他的身体在她的制约下，像空布袋一样不成姿势。他的腿在挣动着，竭力不让自己瘫倒。他努力双膝支地，跪住，但香织动作太鲁莽，他没有支住。

“‘一寸法师’，你说，你能好好陪我的、保护我的！”香织叫，“你说！‘一寸法师’，你机会来了！你说啊！”

他嘴里发出虫鸣一样的声音。他好像在不断地重复着什么，但就是表达不清晰。香织索性叫：“爸爸，听到了吗？在求您呢！大声点！再大声点……”

他的声音大声了些，但也只是显得更尖而已，仍然听不出他在说什么。香织又叫：

“再大声！再大声！”

香织的音调在不断升高，那虫鸣声也越来越响亮起来，终于发出一个清晰的声音：

“留下我！请留下我！……叫我干什么都行！求您了……”

“呦”（“U”）

我才换算出来，昭和十六年就是一九四一年。

“十二月九日？不是八日？”我问。

我还算出来了日本与美国的时差。东京时间一九四一年十二月八日凌晨三点，日本偷袭珍珠港。

“九日，”他领会我的意思，笑了一下，“第二天。四十四年前。”

四十四年前太遥远。我无法想象四十多年前在这个宅子里发生的情景。我曾经看过一张被轰炸后的东京照片，俯拍下的东京几乎被夷为平地。横滨情况也好不了吧？居然这宅子还保留着。那一片废墟的东京，只有明治神宫可辨。明白地说，是明治神宫的树丛可辨。它们好像在告诉轰炸者，它们的生命是在地下。这个宅子前的榕树，它的生命力也在地下吧？

我隐约感觉到一种从地下冒上来的气息。再看那个林北方，他幽幽向我笑着。他抿着嘴，那嘴里好像还藏着秘密。

“太平洋战争爆发，他开始发迹。他很好地利用了这时机。”他说。

我愣。

“刚才说到‘一寸法师’。”他继续说，“‘一寸の虫にも五分の魂’，听过吗？‘一寸虫五分魂’。厉害啊！长谷川先生也算是英雄一世，利用战争发财，但最后，财富都到了这个‘一寸虫’手里了。

现在还回国光宗耀祖？中国那么欢迎他，当然，‘三菱’‘丰田’‘东芝’，不也都受欢迎了吗？”

我知道他指的是什么？这些日本企业，战时曾支持过日本侵华战争。八十年代，中国国内也对此有所议论，有人讽刺是“鬼子回来了”。长谷川企业，应该在战争期间也有不光彩的行为。但尽管如此，跟林修身应该没什么关系。即使按林北方的说法，林修身是在太平洋战争爆发时进入长谷川家，那又能说明什么？

“成功总是好的啊！”林北方感叹道，“成功就能洗污！”

这算污吗？或者就因为战争？我不想再听他纠缠林修身与战争的关系。“我知道，他走了，对您家，对‘佛跳墙’形成了伤害……”我说。

“是背叛！”他说，“只有背叛，才能达到成功！”

“嗯……也许也可以这么说。”我承认，“但未免言重了……”

“言重了吗？”林北方尖锐问，“是我们家收留了他。”

五十四年前的一个凌晨，“佛跳墙”中国料理店老板林发有推车上市场采购。回来时，带回了一个流浪儿。那时候“佛跳墙”刚开张不久，为省成本，老板自己上市场。林老板见一家菜店扬着“松蕈初荷”的旗幡，“呦，松蕈上市了啊！”他刚发出一声，一团脏得发油的东西就滚到他的跟前。

林老板又“呦”了一声，闪了闪脚，并未在意。问价，挑货，过秤，付钱，又转到了鱼市。在一个熟人的鱼摊聊了几句，说到近来价格上涨，对方说：“不过东西还是好的！”拿手抹开箩筐上的碎冰，现出鱼来。林老板欠身，鱼鲜得出乎意料，他又“呦”了一声。那脏东西又出现了，好像从地底下钻出来的。

原来是一个人，一个十来岁的孩子。

林老板仍然没有在意，买了鱼，就往推车上拎。鱼市通道狭窄，车难以掉头，林老板就改用拉。蓦然觉得车子轻了许多，回头看，原来是那孩子在推着，还嘻嘻笑着。路是铺石路，坑坑洼洼的，经他这么一推，确实轻快了许多。林老板以为对方是帮忙，道了谢。途中经过一家米店，停下来时，发现那孩子还跟着，仍然嘻嘻笑着。他这才瞧清了，这简直是一个乞丐。

走到了比较平坦的路上，林老板不知不觉地走得快了，那孩子从推车，实际上已经变成了跟车，又变成了追。小乞丐追得上气不接下气，但在林老板的审视下，却竭力稳住呼吸，不让自己虚弱喘气，做出轻轻松松的样子。

林老板打趣地笑了。“你小子，真不累啊？”

他笑着，好像努力在听懂对方的话。他终于做出了判断，使劲点了点头。

“累？”林老板问。

他又点头，但马上又发觉不对，又大幅度摇了摇头。

林北方说，他父亲说的是日语，那家伙当然听不懂。那家伙完全是在蒙。林老板又问他家在哪里？这下，他无法用点头或摇头了。林老板又问他叫什么名字。林老板用意是从名字中判断他是哪个国家的人，但他疏忽了，他仍然用日语问。对方答不上来。

林老板并没发觉自己的错误，也忙，早上时间紧，他又急匆匆用日语向对方道了谢，进了米店。他点好几袋米，米店老板刚开始喊店里的伙计来搬，那小乞丐又出现了，他已经挽起袖子，弓着腿，身体前倾。他手一伸，一袋米就蹦到他肩膀上了。他迅速就往外扛。林老板大笑了起来，拍着手上的粉尘，就让他搬。这时候米店伙计才到，米店老板埋怨他们动作太慢。“你们看人家！”米店老板指着那小乞丐的背影。

说话间，那小乞丐已经返回来了，又是同样的姿势，动作熟练。他那么用劲，竟然还嘻嘻笑着，也许不是笑，而是太用劲之下产生的吃力表情。他好像怕被别人抢走了机会，一点也不敢停歇。米店老板对林老板说：

“新来的？你可真是捡了大便宜了！”

“什么大便宜嘛！”林老板说。

“那就给我了！”米店老板说。

林老板忽然有点不舍得了。那边米店老板还在说：“捡了便宜还卖乖可不行啊！”

出发时，林老板就让那小乞丐推车。“会推吗？”对方愣着，但一副随时行动起来的架势。林老板发现自己的疏忽了，对方根本听不懂自己的话。他做了推车的动作，果然那孩子明白了，推着车就走。他快步流星，林老板在后面都赶不上了。林老板得意地大笑了起来。

林北方说，当时他父亲确实以为捡到一个便宜宝贝了，竟不知到头来是“养鼠咬布袋”了。

倒是他母亲犹豫过。“不是哑巴吧？”

“应该不是哑巴。”父亲说，“你瞧他，眼睛一个激灵一个激灵的，有反应。”确实，而且因为他不会说话，那眼神显得特别活跃。林北方说，那时他常嘲弄地想到一句耳熟能详的话：上帝关闭了一扇门，就打开了一扇窗。“他听得见。”父亲判断，“十聋九哑，聋了才哑。他不聋。”

“我爹曾经试着跟那小乞丐说台湾话，”林北方对我说，“他也听不懂。”

“台湾话？”我问，“不就是福建话吗？”

“台湾话。”林北方说。

“哦，是闽南话。”

“不，台湾话。”

他的回答听起来怎么有点别扭。不过我不想在这方面跟他纠缠。“嗯，他说的是福州话。”我说。

“好在他听得懂‘呦’这个音。”林北方说，“人类语言隔阂，但有的语音是相通的，比如‘妈妈’。也许应该说语气？我不是语言学家。总之，我爹一发出‘呦’这个音，他一听，就会跳起来，像听到冲锋号令一样。我爹说：说什么都没反应，就这个‘呦’！往后就叫你小子‘呦’吧！”

大家就叫他“呦”。但因为“呦”是语气词，叫起来总是有点怪，林老板想用日语“ゆ”称之，但林北方觉得不如用英语字母“U”简单，于是就用“U”。

大家高兴起来，还亲切地叫他“阿U”。时间久了，通过探听，才知道小乞丐是从福州来的。他是怎么来日本的？他只说是乘船过来的，其他都说不清。林北方说，现在他回忆起来，脑子里还是出现一个空洞地带。他甚至弄不清这个地带是有，还是没有。一种深不可测的感觉。当时店里忙，他父母也懒得再问。林北方也才十来岁，喜欢用一种轻慢的态度给他安个标签：那边来的。日本人说起中国人，总说“那边”。但这样总显得不够确切，于是林北方又叫他“小中国”。林北方说，他太轻视这个“小中国”了，从来就没有用正眼瞧过他，只是鄙视他。

单是他那吃饭的样子就让人鄙视。作为伙计，他不能和主人坐在饭桌上吃饭。就是打烊后，老板坐下来喝酒，他还在收拾打扫。干完了，装一碗饭，夹上几筷菜，蹲在灶台边上吃。因为是蹲着，头压得低，颈肌就绷得紧，就像马在伸头吃草。两颞还深陷下去，这是贪吃穴。随着扒食，那颞坑一深一浅的，他脖子上的肉也扇动了起来，再配上他吃的声音，林北方说，那简直就是一头猪。

这个叫U的伙计从来没有坐着吃饭过。但他照样吃得很香。他吃得很快，好像生怕随时被人抢走了碗筷，那紧张的样子很可笑。但他一点也不顾形象，只要有吃就行。尽管这样，他能吃到的也很有限。店铺小本经营，老板得精打细算，能留给伙计的基本只有残剩的东西。又遇到战时，他好像总是吃不饱。有一次看见他偷偷把手伸到砂糖罐里，蘸上糖，放在嘴里舔。老板看到了，一个勺子扔了过来。那以后他再也不敢了，就连老板娘分他一角煎饼什么的，他都不敢接。但接着，家里人发现这伙计开始吃客人吃剩的东西。一小块肉，一粒贝类，哪怕是用来泼在食物上的糖醋汁。收进来的盘子里，如果还剩下一点东西，他就把它放一边，趁老板不注意，迅速伸手，把东西送进嘴里，再迅速合拢嘴。有一次老板叫他，因为嘴里堵着东西，都应不出声来了。他指着盘子说明是退剩下来的，不是偷吃店里的东西。因为说话，东西不小心滑进肚里去了。他被噎着，脸都黑了。老板娘吓坏了，别闹出人命来。后来老板娘对老板说，索性允许他捡退下来的残食。

“只是，不能误了干活！”林老板说。

“是！”他一挺胸脯。好像为了表达感激，他比平时更疯狂地大干起来。林北方不明白这有什么好兴奋的？别人吃剩的，脏死了。可见这个人之前是在多么恶劣的环境下生存的，只要能活命，什么脏臭，他都无所谓。只要有的吃，让他怎么卖命都行。

林北方说，这个家伙，与其说他干活卖力，不如说是善于听命令。老板一发声，他就像子弹一样“嗖”地发出去。开始老板还不适应，见他子弹一样飞出去，会吓一跳。“慢点，想吓死我啊！混蛋！”

有一次林老板打趣他：“阿U，你是我发出的子弹啊？”老板做出抄自己裆下的姿势，用手比画出一把手枪的样子。“砰！”

那家伙竟然受宠若惊地点头称是。后来有一次，老板闲着，问他：

“阿U，喜欢干活？”

“喜欢！”他说。这时候他已经学会了一些话了。

“为什么喜欢？”

“会干活才有用！”

“你看人家！”林老板拿伙计教训儿子，“苦孩子早懂事！哪像你！人家可是跟你一般年龄啊！”

林北方不以为然，他怎么能跟我比？林北方说，他那时是很任性的。父亲经常说他，家里虽然是开餐馆的，但柴米油盐他都拿不清楚。他喜欢管外面的事，大事。他爱打抱不平。对方被打了，家长告上门来，父亲很生气，骂他，他就拿父亲平时讲的侠义故事来顶父亲。父亲说：

“你要普度众生，你自己先得是佛！”

这话他没听进去，但被他家的伙计听进去了。“现在他真的普度众生了！”林北方说，“普度众生才不是靠修行，是靠投机。”

林北方说，他家小伙计表面上干活卖力，实际上变着法子偷懒。比如剁饺子馅，这是很费时费力的活，他就左手拿一把刀，右手拿一把刀，双管齐下。听起来，剁肉声密集了，剁的频率也确实高了，但他是为了省力。这边剁下去，那边就势弹起；这边再剁下去，那边就又就势弹起。老板起初以为他在玩耍。“你小子敲鼓哪！”

他就更快地剁，表演性地强调出快频率来。老板听出来了，道：“你小子挺会琢磨的嘛！机灵鬼！能快就行！”

林北方说，这个U“战后”发明了绞肉机，就是他父亲当时宽容和鼓励的结果。当然，后来想起来，琢磨出这样狠的机器，也说明这个人心思有多凶狠。其实他时有暴露出凶狠。最初一次，林老板跟邻里吵架，他突然像小狼狗一样冲出来，叫：

“你霸，你霸个把把！你把把啊！”

这是这小伙计家乡话。霸，就是霸道、了不起；把把，就是男人生殖器。意思是：“你了不起啊？你了不起个屌啊！你只是个屌啊！”这话霸气十足，完全不跟对方讲什么道理，直接骂，并且亮出最粗野最不堪之处：生殖器。这小伙计突然显出这种形骸，是他之前完全没有暴露出来的。

他还有一句骂："我把把靠你肩上！"

还有："肏你娘！"

这个小伙计虽然年龄小，但已经现出凶狠和霸气的端倪。只是林老板没有警惕，林老板喜欢狠角色，喜欢机灵加上狠，他自己就是机灵加狠的角色。当年从台湾来日本，没有任何资本。因为是台湾人，出人头地还更加困难。既然没有任何资本，那么挣一点就是挣。他什么都干，反正日本又不是自己的家乡，出了事了，拍屁股换个地方。终于挣了点钱，开起了中国料理店。其实把钱投在开中国料理上也很冒险，当时日本跟中国正在打仗，很多中国的东西成了禁忌。但再禁也禁不了人的味蕾，林老板抱定这一点。林北方说，他父亲比他看得透。

父亲喜欢打烊后喝点小酒，一边炫耀自己的经历。每当这时，U 就默默听着，眼神幽幽的。偶尔发觉被人注意了，他就掩饰地嬉笑起来。他很会嬉笑，那样子憨厚极了，让人觉得他傻。林北方说，后来想起来，林老板的人生经验，这个 U 都在默默记着。

林老板开店前，只在一家料理店干过两个月。从刷碗、洗地板到搬东西，干到洗食材，再被允许切食材。没有站厨机会，厨艺都是靠他自己观察揣摩出来的。这也使得他脑子里没有条条框框。店名叫"佛跳墙","佛跳墙"肯定要成为店里的招牌菜。但"佛跳墙"是福州菜，他不是福州来的。他只是喜欢这三个字，吉祥，有发达之气。但即便是不论籍贯，"佛跳墙"是中国菜，这是日本，食材也成问题。一方食材造就一方饮食。但这没有难住他。他理解的"佛跳墙”的神髓就是酒腌加杂烩，用日本食材照样可以做。他就地取材，果然受欢迎。当然也是日本人味蕾迟钝，好忽悠。

那时候“佛跳墙”总是新菜迭出。客人进店，总是说：“有什么新菜？做出来尝尝！”有一次，林老板在清汤里放了一只鲇鱼，对客人称，这是中国正宗宫廷名菜，叫“游龙过海”。客人照样相信，赞不绝口。过后，U悄悄问老板，这“游龙过海”真是正宗的？

“正宗？”老板应，“连鲇鱼都是滋贺琵琶湖的。正宗？老子从来就没‘宗’！”

林老板说着，呛了一样大笑起来。“没有‘宗’，就全是‘宗’！中国菜里就根本没有‘游龙过海’。”

林北方说，他跟长谷川香织交往，就因为“佛跳墙”的名声。他们原来是同学，但在学校时，林北方对她没有什么好印象。只记得她是中途从关西转学来的，脸上有雀斑，身上有狐臭。林北方还会跟同学们一起取笑她。他用汉语成语喊她：“狐假虎威！”惹得她像男生一样追着要打他。那时她家不过是做些水路运输，同学们说起“佛跳墙”还会赞叹：“有名的店铺啊！はやし君，什么时候让我们尝尝中国饺子？”毕业后听说，长谷川先生去了满洲。至于去满洲做什么？好像跟航运并没有关系。但后来又做回航运了，据说是因为搭上了军方关系，买卖做大了。

多年后，已经考上高等专门学校的林北方遇见了这个女同学，她竟然走在街头能招蜂引蝶了。聊起来，她父亲已是长谷川远洋船运会社的社长了。她脸上的雀斑也不见了，当然是被厚厚的脂粉盖上了。至于她身上的气味，林北方也没觉得那么难闻了。甚至还感觉是一种特殊味道。他跑回家，对父亲说：

“爹，今年赏樱宴，我要做东！我要请老同学来，办中华饺子宴！”

父亲说：“你索性把你爹吃破产算了！”

林北方急道：“爹，您开店十几年，还不如人家跟军部搭个线呢！”

“你把你爹卖了去搭线！”父亲说。

父亲疼儿子，最后还是答应了。整整一星期，长谷川家几乎成了林北方唯一的话题。为了让父亲感兴趣，林北方在书本和市井传说的基础上，糅进自己的想象，把长谷川家描述得神乎其神，香织也成了典型的京都贵族小姐。每当这时候，他家伙计就会不由得停了手中的活，目光贼亮。有时他还禁不住问个什么问题。

“去去去，有你什么事！”林北方根本没听他的，“到时服侍不周到了，扒了你的皮！”

对方嘻笑了起来。

“扒了你的皮，给香织包饺子！”林北方又说。

他竟笑得很甜，好像是得到了恩惠一样。

长谷川小姐

请客定在周末。一大早，林北方就起床了。但他家伙计已经在擦拭客座了。甩着胳膊，动作幅度很大。这家伙常会忽然间高兴起来，大干起来，也不知什么原因。林家人完全不知道他脑子都想些什么，也没人去在意他，反正卖力就好。问题在于回头一检查，他却常常没把事情干清楚。但这天不同，林北方去瞄桌面，检查做得干净与否，非常干净。又转到另一侧，借着门外光线，斜瞥桌面，锃亮。林北方高兴起来，不禁夸了他一句。

做好所有准备工作，时候还早，林北方去房间再打理一下自己，给自己头发上蜡，梳得油光发亮。从房间出来时，他瞧见他家伙计也在对镜子戴厨师帽。伙计个子非常矮小，高高的厨师帽戴着，身子显得更短了。帽子是新洗的，雪白雪白，这倒让林北方喜欢。伙计干干净净，他也体面。伙计将帽子拉得直挺挺的，又脱下来，捏帽檐线，一节一节捏过去，整圈棱角分明，再戴上。

老板喊他提水，他好像不知该把帽子怎么办了。他不舍得脱下帽子，又害怕戴着帽子干活，弄坏了帽型。他只嘴里应着，磨蹭着。老板骂：

“你戴什么帽子！猴子戴帽不像人形！”

他拿手护着帽子，生怕老板又去敲他，把帽型敲坏了。好在老板连手都没抬，他太忙了，只动嘴骂。他终于还是没把帽子脱下来，慌慌张张跑去提水，脖颈硬硬的，让帽子保持着稳定，那样子可笑极了。

那时候林北方只知道取笑他，根本没去寻思他的动机。林北方只关心香织来了没有，已经到点了。同学们陆陆续续来了，却不见香织。他跑去门口张望，又失望地回来。回来时，他家伙计也往外跑，差点没把林北方撞倒。

“干什么！”林北方啐他。伙计神色慌张。林北方说，他当时就应该意识到他家伙计对长谷川小姐有企图。他虽然个子小，看上去活像没长成的小孩，但他已经不是小孩了。伙计应该也觉得掩饰不住，就向上翻起手掌，手指支着，好像他是要出去搬货，只是货还没有到，没有搬成。

林北方望了望挂在调理间小窗上的钟。“这钟今早没上发条吧？”他嚷。

“有，我上的！”伙计说，“还上了两次！”

“上两次干什么？两次一次还不是一样？”林北方啐。

“我想保险一点……”

“傻瓜！”

伙计嘻嘻笑了。“这不是替少东家急嘛！”伙计说，“长谷川小姐怎么还不来？”

林北方说，当时他真以为他家伙计是为他着急。毕竟是自家伙计！他竟觉得这个伙计暖心了。

他到自己房间，又往头发上了一层发蜡。从房间镜子里，他看见他家伙计也用手捞了水，故意经过门口，在仪容镜前快快把刘海抹了一下。见他出来，伙计又掩饰地去瞅钟，然后模仿着钟摆，摆啊摆的。“我就是钟！转啊转啊转啊！长谷川小姐马上来啦！”

林北方笑了。趁着他笑，伙计又往门外跑。刚到门口，就急蹦进来，邀功地大叫：“来啦，来啦！”

林北方跳起来，就往外冲。伙计迎面跑来，拦住了林北方的去路。林北方推开他。两个人竟然都没有瞧见已经到跟前的人，不是长谷川小姐，是几个男同学。他们叫："啊！这么欢迎我们！"林北方懊丧，都是这个傻伙计闹的。"快给我们带路吧！"同学把林北方押住。他扭头寻找伙计，只见他还望着门外。

"死人！还不快接客人上楼！"他啐。伙计这才退了回来，仍然恋恋地回头看门外，这边林北方被男同学们押上楼了。

伙计端茶水上来，林北方就溜了下来。伙计很快也跑下楼来，这下他不敢再到门外了，他装作要做什么，在门口的仪容镜前磨磨蹭蹭。林北方刚要喝叫，就觉得镜子泛了一下光。随着外面一个人力车夫的"哟唏"声，这边门帘下，一只草履现了出来。

"对不起……"一个女声。门帘撩开，店骤然亮堂了起来。

"门外射进来的光好像一把火，把店里的一切，连同那个伙计，都烧毁了。什么都消失了。"几十年后，垂垂老矣的林北方对我回忆当时的情景，还目光发亮。"一种晕幻的感觉！晕幻，日本式的美。正是樱花开得最烂漫的时候，店前樱树开出的花漫天漫地的，花的颜色，把香织的脸映照得特别娇嫩。几片花瓣落下来，划过她的发梢，落在她的和服上。她好像不堪一击，身子一歪，她那特有的味道就荡了起来，像水被晃出水波一样。我就，一个大胆，趁机去搀她胳膊。我的手被电了一下。想撒手，但好像被吸住了一样，撒不掉。就是后来那家贼碰着人家手那感觉，我知道这感觉。她也让我搀着，也不知过了多久，才赶紧撒手。唉，现在还说那干什么！"

香织是自己进去的。屋里顿时被反衬得晦暗了，这使得林北方只能看清门口的仪容镜。他看到他家伙计在镜子里，目光像新铁钉子一样亮。林北方仍是没有多想，他只为自己刚才的鲁莽害羞。

他掩饰地朝楼上大叫一声：

“京美人到！”

楼上的同学全跑了下来。“出落成大美人了！”大家怪里怪气地叫。

“要不怎么叫‘京美人’呢？”林北方自豪道。

香织明显是被养成了，不像小时候那样撵着大家跑，也没有做出要打的姿势。她只嫣然一笑，低头瞧着自己的两只并拢的脚丫。

“好漂亮的脚啊！”几个无聊的同学盯着香织的脚，色情地赞叹。林北方有点反感，想阻止大家，但他是东道主，他只能转移话题，招呼大家上楼。刚坐下，一个男同学意犹未尽，又粗鲁问：

“香织，有婆家了吧？”

“失礼呀！”林北方叫。他灵机一动。“不过这个问题既然问起了，大家就请做个题吧！到底有没有？认为有的举手！”

只有那个发问的同学举起手来。林北方心头一热，掩饰地扑过去搓那同学的脑瓜子。那同学嗷嗷叫，赶紧改嘴说没有。

“那么认为没有的呢？”林北方又问。

大家全举起手来。

“咦，林君，你呢？”有人问，“你是‘有’还是‘没有’啊？”大家要他表态。

“我不知道！”林北方赖皮地叫了一声，嗓音都欢快得变了调。

“不行！怎么能不知道！”大家叫。

“是你提议的，你得先说才是！”

“我爸在喊我了！”林北方叫。在大家责问声中，林北方美滋滋逃下楼去。在楼下，又撞上了他家伙计。

“我也不知道！”伙计居然很认真地说。

林北方踹他一脚。“你小子也凑什么热闹！八格牙路！”

伙计没上过学，当然也没有同学，那天是他第一次看见别人的同学们在一起玩。离午饭时间还早，有人提议去外面走走。大家沿着河边走，河面上倒映着大家短短的身影。大家戳着倒影，彼此叫着当年的绰号。指到香织，一个脱口而出：“狐假……”

大家冲林北方笑了起来。林北方叫：“看我干什么？”

“狐、假、虎、威！”大家学着汉字读音。

林北方真是后悔死了，当时自己不懂事，给长谷川香织取绰号。好在香织一脸不明白，瞅着林北方。但大家都说她装作不明白。林北方很慌张，赶紧去转移大家的注意力，最好的办法就是把他家傻伙计拿出来开涮。他家伙计就在边上，也在笑着。

“笑什么！篮子都歪了！”林北方啐。

那天伙计提着装着食物的竹篮，跟着大家走。他像一只怎么也挥不走的苍蝇。大家指什么，他也指什么。大家喊，他也喊。好像他也是同学中的一员。林北方决定把他剔除出去。他一戳水里的樱树倒影，像当年在课堂上一样，念起了课文：

开了，开了，樱花开了！

大家会心地笑了，跟着朗诵下去。这是大家都读过的课文，只有伙计没读过。果然，他就像被赶出家门的狗一样狼狈起来，只能佯装整理提篮里的东西。但马上又不甘寂寞了，大家背完，哈哈大笑，鼓掌，他也鼓掌，嬉笑。他用笑黏住了这个群体，抹去了跟大家的差别。他那笑，简直就像鼻涕一样黏人，但比鼻涕黏性强，像胶水。林北方没办法，只能恨恨冲水里吐一口唾沫。

大家要找一块草地坐下，伙计又用一种表面卑躬实则炫耀的神态，自告奋勇去寻找场地。林北方决定利用这机会，把他的得意劲彻底打下去。

“去！可得找个大家都满意的哦！”林北方假装应允。伙计立刻像出膛的子弹飞了出去。他个头小小的，真像子弹，嗖的一下就不见了，只有厨师帽在草丛里时而闪现。很快地，就听见他喊：

“少东家，这边真好！给长谷川小姐坐正合适！”

他居然只想着香织。大家一愣，喷笑起来。几个故意问香织要不要过去？香织好像没听到那边的话，茫然抬起头来。大家就朝那边喊：

“再说一遍！长谷川小姐没听见！”

林北方本来想用一次次否决，来打压他家伙计，捉弄他，却没料到对方这么赤裸裸。他只能道：“混蛋！什么破地方！还敢叫长谷川小姐坐？”他说“长谷川小姐”时语调加重，显出是在模仿对方，然后面对香织：“香织，对不对？”

香织没有回答。

“人家香织不满意！”林北方于是叫，“再去找，再去找！”

“是！”那伙计一点也没有被羞辱的难堪，撑着喉咙应道。他又跑去找新地方。一会儿，又听见他喊：

“这边正好！多么好的草地啊，毛茸茸的，真舒服啊！”

他倒自己先陶醉了。他跑回来，要拉大家去审定。好在他不敢直接拉香织，但大家让他去拉香织，说我们又做不了主，长谷川小姐才做得了主。长谷川小姐满意，我们就满意。

这下伙计趁机瞅香织了，色眯眯的，却不敢靠近她。他流着汗，他一出汗，汗味就特别重。尽管有一段距离，林北方仍怕这气味熏着香织了，就喝叫他退远去。于是他就远远地瞥香织，还歪着脑袋。香织仍然不表态，林北方恍然明白，香织也在捉弄这个家伙。香织和他一起捉弄一个傻子，大家都在一个战壕里。林北方激动了，又啐道：

“混蛋，你小子找的什么好地方！那么远，教人家一个‘京美人’怎么走过去？”他向香织使了个同谋的眼色。香织眯眼一笑。林北方简直心花怒放了。但他家伙计也捕捉到这个笑，倒好像香织是笑给他的，也大为兴奋起来。他大声叫：

“是！我再去找！我再去找！近的，找近的！”

他竟然行了个军礼。他压根儿不知道怎么行军礼，行得不伦不类。但他腰板挺得笔直。他猛转身，张牙舞爪地跑了起来。他竟然又跑到很远去了，林北方叫不住他，向香织兼大家摇头叹气：

“实在没有办法，累死啦！说来你们不信，这家伙连自己叫什么名都不知道，我干脆就叫他‘小中国’了。”

“‘小中国’？”

一直不说话的香织这下眼皮一眨，认真问道。林北方说，当时他只将香织的反应看作是被自己吊起了胃口，后来想起来，自己简直愚蠢,让香织对他家伙计的中国身份产生兴趣了。但也是天意,他当年根本不知道香织对中国感兴趣。

“可不是嘛！”他当时还说,“我家的伙计我还不清楚？那边的人嘛！”

林北方接着用神秘语气，说起他家当年收容这伙计的趣事来。他瞅见香织忽而吃惊，忽而害怕。他正得意，又听到他家伙计“小中国”的喊声，说找到了一个坐蒲团一样的地方。大家笑：“林君，你家伙计给‘长谷川小姐’找到坐蒲团了！”

“是‘小中国’！”林北方纠正大家。

“好好，‘小中国’。”有人道，“还是量身定制呢！不，是量臀定制……”

于是有人做出要量香织屁股的样子，怪声怪气叫：“哇，不大不小正合适！”

林北方不高兴了,但又不好发作,就冲他家伙计喝道:“滚回来！”

“是！”

他家伙计真的滚着土粉向这边跑来。那样子，他没觉得被骂，倒像真的被主人召唤。他个头矮，跑起来更矮了，脚步因此也跨度特别大。他还戴着高高的厨师帽，前后振动的厨师帽看着特别显眼，倒好像跑动的腿，他的短腿倒像是晃动的头，整个人像倒过来，像马戏团小丑表演。大家一起起哄起来。有人喊起了跑步令，还有人吹口哨。林北方说，他家的伙计天生有着将耻辱当光荣的赖皮劲头，他竟跑得更起劲了。他还有意踏着号令的节拍。他嘻嘻笑着，满脸红光。但他的厨师帽跑掉了。他索性把厨师帽抓在手里，也不顾抓皱了，只将头发宣扬地一甩一甩。很快，他的厨师服也敞开了，宽宽大大，呼啦啦向后扯。他好像跑得很急，但前进的速度却很慢，老是到达不了这边。林北方猛然明白过来，这小子是在表演，敢情大家全成了他的观众了。大家笑得乱成一团，倒在地上，你压我，我推你，嗷嗷叫着。香织还矜持着，但林北方观察到，香织在强压着自己的嘴唇。她也在笑，她的嘴唇在抖着，眼看就要忍不住了。林北方想让香织笑出来，但他不知道还有什么更绝的招数，只觉得他的杀手锏全用完了，倒是被他家伙计接在手里。唯一还剩下的就是中国骂，中国骂才够恶毒，够糟蹋对方。他于是骂：

“肏，肏！肏你妈！”

但大家听不懂，几无效果。大家问什么意思？他不知怎么解释，就握起拳头，拇指夹在食指和中指之间，用日语说“你的母亲”。大家好像明白了，纷纷叫：

“肏你妈！”

还把手势对准香织。林北方又觉得玷污了她，不高兴了。好在香织好像也没看懂，她仍然在忍着笑。这又让林北方失望，他要她笑出来。黔驴技穷的他只能学着他父亲的口气，向他家伙计喊：

“快！快！滚过来，老子给你希望！”

香织忍不住，喷地笑了。林北方没料到这话能对她产生这么大效果。她赶紧掩着嘴，不让自己失态。她的声音从手指缝断断续续发出来：

“他，他……一寸长！”

林北方才知道，对她，这才是笑点。女人真是难以捉摸。“‘一寸法师一寸长’！”他哼起了歌谣。“对啊，那以后就叫他‘一寸法师’吧！香织，你就这么叫他，我也这么叫他！喂，‘一寸法师’！应一声！”

“是！”他家伙计竟然真应了，俨然是对他的褒扬。是啊，一寸法师可是英雄。倒让他长脸了。“什么一寸啊！十寸！”林北方啐道。

大家没明白他说什么。他瞥了一眼香织，躲到一边去，招男同学们。大家跟了过去。香织识趣地没有跟过去，安安静静在原地方。

林北方竭力控制音量，但他没有控制得了动作。

“那东西？十寸？”大家叫。

“嘘！”他制止大家的声音。

“你怎么知道？”

“我不知道谁知道？”

他说自己曾看到对方小便。“所以才叫他‘U’。”

林北方向我承认，这是他当时临时杜撰的。他蓦然觉得“U”这个称呼是多么的妙。

“那东西挂着，像不像‘U’字？像马一样，那么大，那么沉！”他当时对他的男同学们描绘。又心虚地瞥香织。香织对这边好像完全没有知觉，她都不再瞅那伙计了，仰着头看天。林北方说，那时候他太年轻，没意识到她是在装。他低估了香织的聪明。她是听到了。

林北方当时竭力夸张他家伙计的尺寸，但过后，他也不禁打量起自己来了。他倒希望他自己的也像他家伙计那么大,甚至更大。他想拉他家伙计来比试。对他家伙计,他从来是想怎么做就怎么做。但他终究没有做,他怕自己被比下去。

那以后,长谷川家经常来订菜,林北方兴奋地瞧见自己通往长谷川家的路已经打通。他争取亲自去送货。他第一次看见长谷川那豪宅,简直震撼了。因此后来他也能想象出他家伙计的感觉。在他跟香织交往时,他家伙计也在使手腕。当时他只奇怪香织对他来送货闷闷不乐,说劳驾“佛跳墙”少东家亲自送外卖,实在不敢当,倒不如往后去向肯让伙计送货的店家订餐。

林北方说:“我家的那‘小中国’,不,是‘一寸法师’,香织你又不是没见过,笨头笨脑的!”

“再笨还不会送货?”香织说。

“唉,你不知道,他是东南西北都认不清楚……”林北方又说。

“不都送得好好的?”

再坚持下去,就有被揭穿的危险了。林北方只能说:“我这……不是怕万一嘛!免得那傻子将东西送到鬼都不知道的地方了!”

香织笑了起来,笑得泪盈盈的,说:“这样倒好了,我就趁机去鬼都不知道的地方玩一玩。”

长谷川家女佣阿照再来“佛跳墙”时,就在店里等菜。这是不给林北方送货的机会。阿照也不直接提回去,让“佛跳墙”伙计提着,跟她一块走。那天林北方不在家里,回来听说伙计给长谷川家送外卖了,赶紧把伙计叫来。

“长谷川小姐非常满意!”伙计说。

林北方顿时放了心。他激动地敲了敲伙计的脑袋。“料你小子也不敢怠慢！”

“长谷川小姐说，还从来没有吃过这么好吃的饺子呢！”

“之前我不是送过吗？怎么从来没吃过？”林北方说，“人家香织是客套啦！你以为人家说什么就是什么啊？”

“香织……”伙计说，赶忙改口，“长谷川小姐她就是这么说的！还问了我中华饺子宴的知识呢！”

林北方急问：“你说了‘一饺一形，百饺百味’了？”

“我还说了‘酸、咸、甜、鲜、麻、辣、涫’七味了呢！”

伙计大声说，明显对“半桶水”的少东家不屑。林北方倒没生气，脸红了起来。“当然了，不说这个，还算什么回答？”他踢了伙计一脚。

林北方说，长谷川家一来点餐，他家伙计都高兴得过节一样，嘴里哼着他总唱不完整的流行曲子。有一次，林北方发现他回来时，嘴边有油腻，问他，他支支吾吾，说是长谷川小姐要他吃饺子了。

“我说不吃！我说我是服侍客人的，不能吃！长谷川小姐她一定要我吃，长谷川夫人也来劝，说不吃不行……”

林北方笑了起来：“什么客人不客人的？吃了吃了！长谷川小姐叫你吃，你就吃！要是执意不吃，小姐可是会生气的哦！”他一副大能做主的样子，挥了挥手。

“对不起……”伙计嘴里这么说，话却大胆起来了，“我吃的是莲花饺。平时只是剁啊包的，原来是这么好吃的味道啊！”

林北方忍不住拧了一下他的腮，咬牙切齿道：“你小子也沾了老子的光了呢！被人模狗样地招待了一回。下回再去，可得加倍侍候了，听到了吗？”

“听到了！”

但这样，林北方就难以见到香织了。他曾经去约她，她推三推四的。有关香织的消息，他只能向去送货的伙计打听。但伙计总是絮叨着小姐怎样要他吃东西，小姐记得他什么样的饺子已吃过了，什么样的还没吃，要他每样都品尝过。林北方追问香织是否说了关于自己的话，他总是一脸茫然。有一次，林北方发起火来：

“只顾吃，只顾吃！你小子还有几分心思干活！”

从此伙计就不再说了。一问起来，他就条件反射道：“长谷川小姐没有提起少东家！”

林北方想登门拜访，却找不到合适的理由。更令林北方不安的是，长谷川家来订餐的次数越来越少了。“香织她不要我了！阿U！”林北方向他家伙计悲鸣。他亲切称他家伙计“阿U”。不知什么时候起，他把他家伙计当作自己跟香织感情的见证人了。他向伙计诉说自己的苦恼，伙计总是静静听着。在以后漫长的时间里，林北方像牛一样反刍起自己当时的言语，羞愧难当。我家伙计一定会在心里笑死我了！我被他耍了还不知道！我高高在上，他假装卑贱；我在明处，他在暗处。我被他算计了。这真是船翻到阴沟里。也怪我太大意，我以为他只不过是中国来的，“小中国”，中国人就是工于心计。我以为他不过是个孩子，还真是“三岁看大，七岁看老”……

“三岁看大，七岁看老”

“你是哪国人？”我脱口而出。

对方愣。“台湾……”

“台湾就不是中国？”

我承认我很不舒服，就因为他一口一个“小中国”“中国人”。那时候，我固然也觉得中国贫穷落后，但被别人这么说，还是不舒服。这个林北方分明是台湾的，却没把自己当中国人，还强调他的姓氏应该念“はやし”。

“你说的‘三岁看大，七岁看老’，可也是中国俗语哦！”我又说。

“是……所以我让您看看他小时就是什么样……”

这个人是为诋毁死者来的。他让我反感，这使得我更倾向于同情林修身。本来我对林修身的“裸捐”也抱有怀疑态度。他为什么这么做？当然可以理解成是一种投资，毕竟他是商人，在商言商，而中国这边也在招商引资。“我为人人，人人为我。”主观上为自己，客观上为社会，这就是我采访这些华商的价值支撑。在事业草创时期，特别是华侨，可能会有不堪，但是可以理解的，那年代的口号是“理解万岁”。甚至会有“原罪”，但又何妨？林修身最后不是用自己的“裸捐”洗清了吗？是的，可以把他的“裸捐”看作洗罪。我叉着手臂，挑衅地瞅着这个林北方，我倒要听听他接着怎么说。

一九四一年，全日本开展战时生活代用品运动。林北方因为响应号召，脱掉鞋子，穿木屐上学，获得了文部省“节约养战模范”的嘉奖。奖品是一双崭新的木屐。

领奖回来，邻里纷纷前来祝贺。奖状和木屐从这双手传到那双手。町内会会长从门前经过，也进来说：

“当学生就捧了这么大的奖回来，这孩子有前途啊！”

店里像年末客满一样，喜气洋洋。林老板一边迎接来客，一边大叫：

“阿U，把所有的灯全开起来！”

战时节省能源，灯也省着开。有人说：“这样不好吧？”

“只一会儿，一会儿！”林老板说，“庆祝庆祝！”

伙计U光着脚丫“噔噔”跑到楼梯口，拉亮一盏灯。又“噔噔”跑到门口，拉亮一排灯。全拉亮了，他又欣赏起灯光来。他眯着眼睛，一脸兴奋，好像这是他的喜事一样。他瞅着大家摸木屐，也想上前摸，但他明显不敢。等木屐被放到一边的柜子里，他就溜过去，把木屐拿出来，摸着。瞅着没人注意时，他大胆把木屐放在地上，脚穿进去。如果不是他忘乎所以，还走了几步，林北方说，他还没有发现。

“啊！你把我新木屐弄脏了！”林北方叫。

伙计U才从梦中吓醒，慌忙将木屐脱了下来，赤着脚。他脸上仍然是那种赖皮的嬉笑。他把话题岔开：“少东家穿上这木屐，长谷川小姐一定喜欢！”

林北方被他点醒了。

“你小子，还不傻嘛！”他一把抢过木屐，就要去见香织。但很快就站住了。长期被香织冷落,他有点胆怯。又多少有点怨恨她,这下要在她面前显摆一下，让她羡慕，让她后悔，他更想去了。

“这可是文部省的奖赏呢！”他对U说，“阿U，你拿着这奖品，去把香织叫来！”

U立刻像出膛的子弹一样射了出去。林北方在后面叫：

“别把我的木屐摔坏了！”

U这才稳下步子来。但又做出大腹便便的样子，捧着木屐，颠着身子，一副踌躇满志的样子去了。

林北方心焦地等着U回来。

U是在大家吵吵嚷嚷中幽灵一样回来的，新木屐不再端着，而是捏在手上。他也没有给少东家回话，悄悄把新木屐放回柜子。他一只手揣在衣袋里，见人就侧过身去，俨然藏着赃物。

林北方追上去，问：“香织呢？”

U的脸猛地哭丧起来。“我没有……”

林北方问：“没有见到香织？”

U仍然说：“我没有……”

林北方急了。“没有什么啊？是见到了，你没有说？”

U还是说：“没有……”

“你是说了，她不来？”

U的脑袋剧烈地摇起来，像要抖掉什么可怕的东西。猛地有不祥的预感，林北方一把抓住U的领子。

“香织她怎么说？八格牙路你说啊！”他叫。

好像被他搡散了筋骨,U身体坠了下去。林北方也坐在了地上，头脑空白。突然，林北方跳起来，向还在兴高采烈谈论着的人们扑过去。町内会会长正拿着奖状在高声说着什么，林北方一把抢过会长手中的奖状，就要撕。大家大吃一惊。

“混蛋！这是国家的荣誉！你小子知道后果吗？”町内会会长喝道。

“佛跳墙”老板夫妇被町内会会长的话吓得面如土灰，慌忙扑上来，一左一右死死钳制住儿子的胳膊，不让他撕。父亲还腾出一只手去抠儿子手中的奖状，儿子跟父母较着劲，万念俱灰。

“孽障，要叫你家大难临头吗！”父亲用中国话喝道。

他又叫起了伙计，U 瞪直着眼，好像根本没听见。

“死人！老子一刀剁了你！”老板一个跺脚。

U 这才好像被跺到了，跳起来。他冲过来，叫：“少东家，不能啊！我，我，我……都是我该死！我忘啦！”

U 的手在衣服后面掏着，厨师服宽大的衣襟给了林北方希望。他盯着 U 的手，胳膊不由得松懈了。老板夫妇趁机掰出奖状，几个邻居婆娘围着八仙桌，七手八脚抚平奖状。可是这边，U 的手却久久没有掏出什么东西来，他的神情恐惧而懊悔。

“老子撕了那没人要的废纸！”林北方威胁地吼道。虽然奖状已经离开他的手，但他那凶狠劲，仍然令人害怕。U 身体一震，那插在怀里的手一弹，弹出了一块手绢来。

林北方的身体顿时软了。“这是香织的？”他问。

U 点头。

“混蛋！你怎么不早点拿出来！”林老板骂道。

U 又摇头。

“没有用的东西！”林老板继续骂。

U 又点头，好像在赞同老板的话。这是他从来没有的，被老板骂，做伙计的不吭气就是了，就是表示接受。除非老板特地要求你保证，否则就是多余，有时候还显得是在抗拒。

林北方和他的父亲，谁也不会往这方面去想。“是香织送给我的？”林北方问。

U 不再点头了，也不再摇头。

“说啊！”林北方叫，“你哑巴了！”

U 像小孩一样哭了起来。

在场的人都掉过头来，怪异地瞧着这个伙计，不知道他为什么哭。U 哭了，林北方就得不到答案。他竟然讨好地抱住 U，说：“对不起，阿 U……”

他猛地攥了手绢，就向门外跑去。他兴奋地欢呼着。U 却好像受了惊吓，转成了号啕，好像自己要被判死刑了。林北方说，他家伙计当时应该明白，他要去哪里，他应该很清楚他的阴谋就要败露，他的好日子到头了。

但急着收拾残局的林老板却宽心了。“爱疯就疯！”他冲儿子背影骂了一句。老板娘则向大家赔礼道歉，特别向町内会会长说明，这不过是小孩子不懂事。町内会会长也谅解，只是说了一句：

“已不是小孩了！就算是小孩，你看人家，你家这伙计也是小孩！”

老板老板娘都认为是 U 挽救了局势。见 U 还在哭，老板娘以从来没有过的温柔劝慰U，亲自为U抹眼泪。她问U怎么回事？怎么就将少东家哄住了？U竟破天荒认真起来，以前老板一家怎么说，他就怎么听，夸他，他更是照单全收，但这次，他抓住老板娘的衣袖，说：

“老板娘，U在您家这多年，什么时候骗过人了？”

老板娘没明白他为什么这么问，她也从没有想过这个问题。她索然把衣袖从伙计的手中抽出，说：“干活去吧！U。”

林北方叩响长谷川家宅门时毫不犹豫，他想象着香织会情不自禁扑在他的身上，连同她身上的特殊味道。他想着这时候自己应该怎么做？他一直想不好。他想应该想好了再去，但他的脚却不听他的，停不下来。他头脑乱乱的就到了香织家。见到香织，他不知怎么办了，就拿手绢挥舞了挥舞。香织看见他手里的自己的手绢，脸红了起来。他意识到自己的动作奏效了，更大幅度挥舞起来，它就像一面胜利的旗帜。那边香织表情更加尴尬了，她轻声说了句什么，他没听见。问她，她不再说了。他想一定是难以启齿的话，这种话，本来应该由他先说的，而且人家已经先用手绢表示了，手绢是献给爱人的。但他实在不知道怎么说起来，心里说，香织，既然你走出第一步了，那就再走一步吧！求你了！

他于是一再逼香织，问刚才说的是什么？

“那边的人真是怪！”终于，香织又说出一句。

“啊，是说我家的伙计啊！”他说，“他就是傻嘛！”

“也没傻到把人家送他的手绢送人吧？”香织不满道。

林北方脑子还热着，一时没有明白香织的话。他还笑了一笑。

猛然觉得被掴了一个巴掌。他羞愧难当，就往外走。

店里还有客人，他直接从客人中间穿过去。这是很失礼的，应该从边缘走。即使要进客席收拾盘碗烟灰缸，也要小心翼翼的，说着“对不起”。他这动作甚至惊得有的客人站了起来。他母亲赶紧过来拉他，他已经穿过去了，直奔调理间。U 不在调理间。他蓦地瞧见台板上一把菜刀，调理间光线晦暗，刀在晦暗中间或一闪，分外凛冽。他嘴一咧，抄起了刀，就去找 U。

U 在仓储间里。林北方横在门口，仓储间漆黑一团。黑暗中闪动着 U 发绿的眼睛。林北方向 U 逼去，U 贴着侧壁，战战兢兢移动着脚步。林北方忽然产生了更恶毒的念头，他故意向一侧逼去，要将 U 像小鸡崽一样挤出去。他要在大庭广众下教训他家伙计。U 果然夺路而走。但林北方估计错了，U 并没有逃出去，相反，他把门关上了。

“滚出去！”林北方喝叫，“让所有人都看一看你这个贱贼！”

林北方逼上去，刀光在 U 的脸前嗖嗖地飞舞。U 吓得闭上了眼睛。但他仍然顽固地用背抵住门，他闭着眼睛，毋宁是听天由命。

“我没有！”U 在嗓子眼里争辩。

“你没有什么了？”林北方反问，“你这个贼！有胆量偷，就没胆量承认？你小子原来还有这个贼心啊！老子真是瞎了眼了！我们家是‘养鼠咬布袋’啊！让大家都瞧瞧你这个老鼠，你这个贼吧！你这个中国来的贼！贼！家贼！”

他从老家话里找到这个词，非常贴切，家贼。他叫嚷，一边挥舞着菜刀。U 慌忙伸手要捂林北方的嘴，他的手被刀打中，刀倒咣当落在地上。林北方也愣了，他瞧见血从U的手背流了下来。他停住了，害怕起来。他想扯开U，打开门跑出去。不料这个U，竟然用手把住了门闩。他的手血淋淋的，林北方使劲拉开他，他坚持不放，一用力，血流得更多了。

“啊，杀人啦！杀人啦！”林北方恐怖地大叫起来。

门外很快响起了捶打声。U背抵着门，一边手仍然把住门闩。他好像没有听见外面的捶打声。他应该身体在随着捶打声发抖，但他却没反应。他还把眼睛闭了起来，好像那声音不是听到的，而是看到的，简直愚蠢可笑。但林北方相信他是精明的，他这样做，一定是在设置圈套。这么想着，他更加害怕起来，更大声地叫：

“杀人啦！杀人啦！”他隐约听到自己父母的声音，“爸，妈！快救我！杀人啦！”

“杀人？杀人！啊，杀人了！儿子啊！”他母亲喊。

“是谁？谁在里面！”父亲的声音。

“U？”

“U！你干什么！”父亲威严喝道。

林北方顿然心稳了，有父母庇护，父母就在门外。虽然他家伙计死死顶住门，但能顶得住老板的威严吗？不可能！在老板面前，在老板一家人面前，这伙计从来不敢说个不字。他没这个胆。他敢偷，但不敢做。他敢做不敢当。他这时顶住门，就因为敢作不敢当吧？他想蒙混过关。他明白了。这样，他更要喊了。现在他不是因为害怕喊，而是为了整对方，整死他！他哭号起来：

“杀人啦！杀人啦！我要死啦！……我完啦！家贼把我毁了！

我的未婚妻完了！我什么都没有了……”

林北方承认，那一次，他长期的思念打开了闸门，泛滥了。林北方至今还认为香织本来已经是他的了，是被家贼鸠占鹊巢了。那以后他一想起木屐心就会痛。他可以想见U穿着他的奖品，站在香织面前的样子。而香织则是裸脚，一览无余展露在U的面前。“女人本性就像母鸡，这里啄啄，那里啄啄，只看男人怎么勾引她。那贼利用送餐的机会引诱了香织，最后达到进入长谷川家的目的。”林北方说，“战争后期，长谷川先生在大空袭中被炸死，这个贼终于拿到了长谷川家的产业。战争，就是大洗牌。抢到了好牌，就抢先占有了优势。战争对我家那样的小店，只有坏处，没有好处。战争后期，中华街所有店铺都被强行疏散到了千叶县三武郡，再迁回来的时候，中华街已经成了‘牧场’了。”

“牧场？”我问。

“当时的说法。”林北方说，嘲弄地一笑，“被炸成一片平地，可以放牧牲口了。真是天翻地覆啊！”

为表示尊重，我跟着他沉默着。但他突然又大说起来：“但是老天毕竟有眼！人该怎样，就是怎样。他个子不大，心倒很大。心大，撑死你！这不，爆炸了！我知道他是怎么死的，他是叫着心碎了跑去医院的。心要爆炸了！就像，就像包饺子。他不是很会包饺子吗？贪图多包些馅，多装些，再多装些，悄悄地，瞒天过海。但一下锅，就爆开了。报应啊！”他幸灾乐祸地转动着眼珠，“不是不报，时候未到！出来混，总是要还的！”

第三章

遗体里的秘密

我想象死者的心脏像饺子一样爆开。但我只从寿棺窗口看到他的脸。那张娃娃脸，让我想起“一寸法师”的绰号。但他已经不是小孩了，是缩水了的成年人，一个老头。好像更像个老太太。当时我并不知道那绸缎被子下没有男性器官。估计林北方也不知道，要不然，他一定会拿这大做文章。他曾经妖魔化过那个器官。

无论如何，我无法将这个老人跟林北方所描述的人联系起来。他是那么慈眉善目，眉毛淡得几乎没有。他的眼睛不像是闭着，而像是眯着。好像在微笑，眼尾有很深的笑纹。可以想见，笑是他生时习惯的表情，他很会笑。这好像又印证了林北方的描述。林北方还描绘，他的眼神像新铁钉一样锃亮。我转去看遗像，遗像上，他的目光并不怎么亮。也许是因为眉毛太淡？我在心里给那眉毛加浓，那目光，竟然确实灼灼燃烧起来了。

葬礼过后，林修身的儿子林太郎接受了我的采访。林太郎身材高大，五官棱角分明，看不出遗传了父亲哪些地方。也许是遗传了母亲？在林北方的描述里，并没有说到长谷川小姐的身量和五官样子。

但不管怎么说，这个林太郎身上有一半中国血统。他相貌堂堂。在日本，我常叹息中国男性形象邋遢。无非就是因为贫穷。这林太郎在优裕的环境中长大，样子就不一样了。

不能用中文，林太郎表示他不会说中国话。这让我有点意外。采访地点不在客厅，因为还在办丧事，客厅比较乱。在一个小茶室。林太郎身后的墙上挂着一张女性黑白照片，穿着和服，三十来岁。我还没问起，他就介绍，这是他母亲。

“长谷川小姐？”我脱口而出，“哦，应该是林夫人？”我有点犹疑。

“家母仍姓长谷川。”林太郎说。

日本女人出嫁后，不是都随夫家姓吗？我不好问出口。照片上，长谷川香织微微低着头，略显谦卑。但从眼神，可以看出这是个难以驾驭的女人。这是日本女人的内质，表面上温柔，实际上比男人还坚韧。

“这是家母去世前一年照的。”林太郎说。

她这么早就去世了啊！

“要是家母在世，家父可能就不会去世。”他说。

我表示赞同。“您母亲很爱您父亲？”我问。

他点头。“家母是行动力很强的人。要是家母在，她一定会跟家父去北京的，那么家父病情就可以得到及时处置。”

我有点难为情。虽然林太郎没有丝毫责备中方的表情，但日本人是不轻易表露不满的。“很遗憾……”我说，赶紧转移话题，“您父亲也是行动力很强的人，要不然，就不会一捐就是‘裸捐’了。”

“什么‘裸捐’？”他说。

最初我以为，是因为我说“裸捐”时用的是中文，我不知道日语怎么表达。我向他解释了，“裸”是形象的说法。他显出莫名其妙的神情。“不可能吧？家父怎么可能说出这种粗俗的词来？”

确实，这词有点粗俗。

“不可能听错吗？”他又说。

“会议有记录的。”

“记录什么？”

“会议上说的话，全会记录下来。”

“也记录‘裸捐’？”

“可能不一定是这个词……”我支吾，“意思就是这个意思……”

“什么意思？”

“就是把财产全部捐出去。”

“怎么可能？”

我才明白过来，他针对的是什么。他躲在语言后面，目的是为了否认“裸捐”这事本身。我傻了。他怎么可能认可父亲把全部财产捐出去？他父亲的财产就是他的财产。他父亲认祖，报效祖国，他可不会。他可只是半个中国人。

据我所知，林修身没有来得及立下字据，他当然可以矢口否认了。“要是您父亲还在世，他会很伤心的吧？”我挖苦道。

我承认我有点失态。他稳稳地瞅着我，话也尖刻起来：

“家父的心，不都已经碎了吗？”

他嘴角浮现出一丝难以觉察的笑。这让我更加不满。

“为什么心碎？”我反问他。

“一生悬命……”他说。

他好像不想再跟我斗嘴，但我的斗志已被激发起来。但他说的难道有错吗？“一生悬命”是个很客观的词，无关价值判断。再看林太郎，他的神态也是那么客观，能乐面具一样无表情。我想起了林北方说的长谷川香织的脸，那是典型的日本人的脸。不争论，固执己见，这是典型的日本之阵。二十多年后我读到旅日作家陈希我的文章，他称这是日本的“空洞之阵”。所谓空洞，就是抽离了意义内囊，于是事物脱离了本质，成了空泛的指涉，让对手找不到攻击的目标。对林太郎，我一无所知。我能够揪住的只有他的父亲。“该不会是不择手段吧？”我说。

“中文，我不懂。”他说。

我疏忽了，我说的是中文。我印象中，之前他也说了几句中文的，并非像他自己所说的那样完全不懂中文。但这下他躲到语言里去了。我能够用日语说“手段を選ばない”吗？我懂日语，但日语是他的母语，我是闯进了人家房间去争论。我从一开始就犯了一个错误，我自以为雄辩，但其实已钻进人家的裤裆。而这个裤裆里空空如也，“空洞之阵”。

那好，我可以用日语说，但我要更直接。“开战，是一生悬命的好机会吧？”我说。

“开战？”他显得莫名其妙。

“日本和中国开战。”我本来要说日本和美国开战，偷袭珍珠港是日本袭击美国，但这样绕得太远了，我急于攻击他。这使得我都忽视了应该用侵略这词。不是开战，是日本侵略中国，而他的父亲就在这种时候获得了飞黄腾达的机遇。

他仍然一副没听懂的样子。

“太平洋战争。”我又说。

“哦，那个啊！”他说，“战争的事情，怎么说得清……”

“怎么说不清？”我搬出林北方，“有人说得清。林北方认识吧？”

他没有表示认识还是不认识，只是问：“知道‘北方’是哪里吗？”

我还真没想过这问题。

“台湾人吧？台湾的北方是哪里？”

我恍然明白过来。

“向往北方？”他又说，脸上仍然没有表情。

我以林北方为武器，却不料这武器被对手夺在手里，我反而受制于对手。

“一个台湾人家庭，怎么可能受尊敬呢？哪怕是在学校里。是他自己觉得受尊敬吧！”

林北方身上，确实有自以为是的气息。

“人要记住自己的本分。”林太郎又说，“家父就是本分人，所以总是被人欺负。那个林北方先生没跟您说游戏的事吧？”

“游戏？”

“小孩玩游戏。”

林北方还真没说。

“那时候日中战争，您刚才说过的。”

“嗯。”

“小孩子玩游戏，也难免有战争色彩。分成两个阵营，一方称作‘日本’，一方称作‘中国’。大家都抢着去当‘日本’，没办法，只能‘じゃんけんポン’。‘じゃんけんポン’，您知道吧？”

我当然知道，就是划拳。

“这样，被分到‘中国’一方的，气势就已经弱了，未战先弱。林北方先生当然也有被分到‘中国’一边的时候，输了，回到了家，就要从家父这里补回来。他拉家父玩，不管三七二十一，就要让家父当‘中国’。‘你本来就是中国人嘛！你就叫“小中国”嘛！’您应该也知道那个林北方先生给家父取的绰号吧？”

我点头。

“家父也是有尊严的。人都是有尊严的，是不是？尤其是那时候家父也是小孩，当然不肯了，也要‘じゃんけんポン’。但人家不干。家父据理力争：这不合理！但人家是少东家，一拳头打过来了，说：‘老子给你合理！’”

“您怎么知道的？”

“家父跟我讲过。”林太郎说。

这个林修身还把小孩时的仇怨记得这么牢。

“就连老板都偏袒自己的儿子。不过家父说，那样也好，也让他明白了人世间的道理，就像当时老板所说的：你没有能力，就得受人摆布。那个‘佛跳墙’老板也是靠能力才拥有了自己立足之地的。”

我注意到，他没有用反问句：“不也是靠能力拥有了自己的店吗？”而是用陈述句。他好像只是很客观地在叙述一个基本事实。“只是，‘佛跳墙’的后代失去了能力。”他话锋转了，转到能力问题上。“能力！”他用中文又重复了一下。

“您应该也知道，家父被他们家叫作‘U’。知道为什么叫‘U’吗？”

难道他有另外的说法?

“势能。”他说，“那个林北方先生是学过物理的，他应该知道U常用作势能的符号，不仅是电势能，也用于引力势能、弹性势能等所有广义的势能。‘U’这名字就是他取的。他当然知道U的厉害，所以一直很忌讳和嫉妒。”

林太郎站起来，说还有很多事要处理。他向我鞠躬表示抱歉。然后，他一昂首，头也不回地走了。他就这样把我撂在这里。从他的背影，我才发现他已经非常愤怒了。让我惊异的是，他面对愤怒的我时，表情依然那么矜持。

一个人过来送我，仍然很礼貌。我走出茶室，外面人来人往，我觉得每个人脸上都戴着面具。我明白了，我无法从这里采访到什么。经过拐弯时，我又看到一张面具一样的脸。它对着我，其实它就是在等着我的。这是一张老妇人的脸，妆化得非常浓，更像盖着一个面具。它朝我笑，笑起来产生的裂纹，使得它显得真实一些。她在冲我表示善意，我也向她致意。

“我听到了你们讲中国话。”她说。

她只是说听到我们讲中国话，而不是说听到我们讲了什么，这样显得她在偷听，被偷听者也会尴尬。日本人说话就这么小心翼翼，但我却跟林太郎那样针锋相对了一场。我确实不希望被她听到。

“那个人对您讲的，也是中国话吧？”她又说。

“那个人？”

“那个林北方先生。”她说。

原来是指他。“是。”我说。

“所以会有偏颇。”她说。

这跟使用什么语言有关系吗？

“我听到刚才少爷说……”

少爷？我恍然明白过来，她指的是林太郎。

“……那个林北方先生缺乏……能力。”她居然用中文说“能力”。

“您听得懂中文？”

“当然，毕竟跟会长相处这么久了。”

会长，一定是指林修身了。

“那个林北方先生就不是重视能力的人。能力，日语读‘のうりょく’。虽然汉字一样，但说起这个词来，中国人跟日本人的感受是不一样的。在日本人，‘のうりょく’是理所当然应该具备的，否则你还说什么话？是必须一生悬命去获得。但在中国人，可能就只是一个方面的品质，有了能力，当然好。”

我注意到，他把林北方排除在日本人之外。“但他的父亲，林老板，不也是中国人吗？”我问。

“是吧。”她承认。她明显不能自圆其说。“但他儿子没有能力，没办法接管他父亲留下的店。”

“不是说，是在大轰炸中炸毁了吗？”

“是疏散了。”

“但到回来时，已经成‘牧场’了。”

“总有东西吧？还有地皮，可以重建，你看现在中华街，不是又繁荣起来了吗？”

这确实。

“不过，那时他老爹还在，也是建起来了。但没多久就生病了，儿子接不了手，很快就倒闭了。相反，当年他家的伙计却越来越有所作为了。毕竟，老天是有眼的。你们那句中国话怎么说的？会长过去经常说，哦，‘天将降大任于斯人也……’”

“您也知道啊！”我笑了，老太太让我感觉亲切。

老太太也呵呵笑了。“都是会长教的，他就爱说这话。别看他个头小小的，但志气大着呢，最终成就了这么了不起的事业。”

她是什么人？听上去跟林修身先生走得挺近的。我好奇了，问她。“会社员。”她说。

我奇怪，长谷川商会有这么老的会社员吗？“退休了啊！”我试探道。

“我不退休！”她说，“会社就是我的家！”

日本人视自己工作的会社如家。

“我也没有家。”但她又说。

这话稀奇。也许是老人太老了。再端详她，好像正带着情绪。一个年轻女性赶了过来，见到我，侧着身子匆匆行了个礼，然后对老人：

“照子奶奶，找了您半天！我们先回家好不好？”

“这就是我的家！”老人又说。

“怎么还是这话！”年轻女性说，“以后就别到会社来了！”

“就因为爷爷不在了？”老太太说。

“不是啦！会影响到社长工作。”

“是会长！”老太太纠正道，“马上就接管会长了！”

“说什么哪，奶奶，还没有开董事会呢！”年轻女性说。她叫老人“奶奶”，应该只是尊称，并没有血缘上关系。看她那服装，应该是会社职员。

“还用开董事会？”

“会的，到时候会请您的！”

“请我干什么？”

“您不是董事吗？”

“我是用人！”

“什么啊，奶奶！”

“不是吗？在‘二代目’眼里，我就是用人，资深用人！”

“二代目”，应该指的是林太郎。这让我想起刚才她称林太郎“少爷”，看来老人对林太郎接任会长这位子，心里不是很舒服。或是林太郎怠慢了她？那她是什么角色？

“才不是呢！”那女职员说。

“对了，我还是‘新平民’！”

女职员没听懂。

“就是‘部落民’！ 等外之民，贱民！”老太太又说。

一旁的我听懂了。“部落民”类似于中国的疍民。甚至有说他们就是来自中国大陆和朝鲜半岛的，还有人说其中就有部分是疍民。明治维新搞“四民平等”，“部落民”被称为“新平民”，但仍然地位低下。现在年轻人已经不知道这些事了，但这个老人却自己刨出来。

“我姓什么？佐伯！”她又说。

我估计“佐伯”是典型的“部落民”的姓。她言之凿凿，简直是恶狠狠的，好像执意要往自己身上捅刀子，这样她才快意。

“我知道，您是佐伯董事。”年轻职员说，“不管怎么说，您是董事啊！”

“那是长谷川先生恩赐给我的！先生对我有情有义，让我读书，让我有文化，又把我请到会社来……”

她好像沉浸在对林修身的思念中。

“我们知道啊！”年轻职员附和。

“知道？”老人冷笑，“要不是出了那事，你们现在要叫我‘夫人’！”

我吃惊。她跟林修身到底是什么关系？我对她产生了兴趣。那边有人在叫那年轻女职员，年轻女职员显出为难的样子，不知顾哪头才好。我趁机表示，老奶奶我可以代为照料。那年轻女性犹豫了一下，向我道了谢，忙去了。

“您刚才说，要不是出那事，您就是夫人了？”我单刀直入。

她点头。

“那是什么事呢？照子奶奶！”我也学着那职员的称呼，好让她觉得我跟她亲近。

她几乎要开口了，但又把话吞回去了。“这不能说！”她说。

“是因为太重要了？”我问。

“其实这倒没什么重要。”她说，明显要把这问题敷衍过去。

直到五十三年后，我才知道她指的应该是什么。是死者身体里的秘密耻辱，她当然不会说。

佐伯照子嘴里的他

“重要的是她死死缠住人家！”但佐伯照子又说。

“她？”

“还不是那个女人！”老人没好气道，“香织！”

跟我预想的差不多。为了让话题继续下去，我说：“哦。刚才我听林太郎先生说，他的母亲跟父亲的感情很好……”

“好？”照子老人大笑了起来，“他懂什么？他跟他母亲才一起生活多少年？从他被抱进长谷川家算起，就算他那时候了解世事，也才多少年？”

我大吃一惊，原来那个林太郎是抱养的。

“他是抱养的。”照子奶奶生怕我没听明白，又说。

“怪不得长得不像父亲。”我说。

“瞧他那身材，哪里有他父亲的影子？”她说。

“之前还想，他这高高大大的，会不会遗传他母亲呢！”

“他母亲？”照子奶奶又笑了起来，“他母亲高大，那我就成了巨人了！”

“原来如此！”我故作感叹，“那他母亲是怎样的呢？”

“把人家害到走投无路了，‘佛跳墙’断了阿U的饭……”

“饭碗？”

“首先是饭。”老人说，“不给他饭吃，饿他！”

怎么会？那林北方可没有说，他只说他父亲会打伙计。

“阿U他再也待不下去了！”照子奶奶继续说，“那个女人就可以乘人之危了。真是阴毒！简直就是恶女淀君！”

我知道淀君，是丰臣秀吉的侧室。照子奶奶这么说，是否是把林修身看作丰臣秀吉？

“就因为她对中国人有好奇心！”照子奶奶继续说。

“对中国有好奇心？”

“还不是？”照子奶奶说。

照子奶奶回忆，长谷川小姐对外国很有猎奇的心理。这种猎奇心是受父亲长谷川幸之助先生影响的。父亲搞航运，到过许多国家。所到之处，他都有相好。对家里，他也不怎么回避，常常喝着酒，放肆谈论。自从搭上了军部关系，生意好起来了，他也越来越霸道了，太太只能隐忍。香织性格像父亲，心野得很。她喜欢干出格的事，比如洗澡，她总是把衣服脱在起居室，光着身子走到浴室，也不顾家里还有男用人。她母亲说她几次，但长谷川先生倒是不在乎，总是打哈哈。好在浴室设在二楼，照子就按太太吩咐，小姐洗澡时，守在通往二楼的楼梯口。还不能让小姐香织知道，知道了，她还会斥骂照子。“她好像就是要脱光让大家看的。”照子奶奶说。

“等等！”我打断，“她……不是很矜持吗？”

我从林北方描述中得到这种印象。但一说出这话，我就后悔自己幼稚了。

“矜持？”照子奶奶道，“嗯，是很矜持。日本人，特别是日本女人都很矜持。就我不矜持！”

“不不……”

“那全是假象！”照子奶奶说，“假嗓音，假微笑，假惊诧，假恍然大悟，假矜持……像我这种直来直去的人，只配做用人，一辈子是用人。但正因为我是用人，才看得最清楚！”

我不觉也做出恍然大悟的样子。我是想鼓励她继续说下去。

照子奶奶说，那时候长谷川幸之助先生从国外回来，总会带一些稀奇古怪的东西，这些东西总带着一些异国故事。香织很感兴趣，要父亲带她去那些地方。但长谷川先生总是说，他是去工作的，工作太忙。香织闹，长谷川先生只能答应找个合适的时候去，全家一起去旅游。但这许诺一直没实现。

长谷川幸之助最常去的是中国，谈论起中国来，他说得最多的是中国料理。他说日本的中国料理不正宗，中国的才是正宗。香织喜欢吃中国饺子，就央求父亲从中国带正宗的饺子回来。

“傻瓜！怎么可能？”长谷川幸之助道，“知道中国离日本多远吗？路上就臭掉了！”

其实日本离中国并不很远。但要说远也未尝不可，因为香织不知道轮船的速度。但即使食物不易保鲜，冬天还是可以用冰镇之类的方法保存的，长谷川幸之助先生压根儿就没心思顾及女儿的要求。长谷川太太曾经怪丈夫，既不想带，又何必在女儿面前夸耀中国饺子？长谷川先生是性情中人，高兴起来，爱说什么就说什么。照子奶奶说，她觉得长谷川先生为了增强神秘感，还有点夸张了。但他的女儿被诱惑了。后来,香织被邀请去“佛跳墙”中国料理店，同学会，她迷上了“佛跳墙”的饺子了。

一个傍晚，香织在半卷起来的遮阳帘下叠着手绢。她虽然是端坐着，但是照子看出了她的无聊和焦躁。她突然跳起来，喊：

“阿照！阿照！”

照子以为出了什么事了，赶紧上前。原来她要让照子去“佛跳墙”。照子奇怪，她自己怎么不直接去？接下来听香织叮嘱，照子明白了，她不想见“佛跳墙”少东家，让照子去订餐。但她又不要照子直接把饺子提回来，要让“佛跳墙”伙计跟着照子，送货上门。照子说，香织虽然年纪不大，但心思还是很细的。相比之下，她自己笨多了，还跟香织纠缠半天。香织烦了：

“叫你这么做，就这么做！”

其实那天林北方也没在店里，照子就顺理成章把U带来了。那是照子第一次见到U。这个人经常被香织提起，“那个‘小中国’太好玩了！”香织总是说。但照子觉得他的好玩只是爱笑，笑起来像小孩一样。他很谦卑，很努力。一路上，他干劲十足，提篮子的胳膊始终是勾起来的。要知道，篮子里除了饺子，还有一盘汤。汤水淌来淌去的，U说把胳膊弯曲着，胳膊成了缓冲的弹簧，汤就不会淌出来。这个U是个脑子很聪明的人。当伙计的，要么脑袋不好使，要么混日子。照子说，U是她见过的最好的伙计，要不是命运不济，U这种人是不可能沦落到给人当伙计的地步的，那么香织也不可能要他怎样就怎样了。那一次，香织借口U一路辛苦，一定要他喝了茶再走。U推辞，说店里忙。照子去端茶，他竟然跟了出来，不让照子去端。照子说，这是小姐吩咐的。U不好去为难照子，他是善解人意的。彼此都是用人，被人使唤，身不由己。看他那样子，照子也不忍，对他说："我快快端来，你喝两口就走。"U感激，重重地点头。照子奶奶说，那一刻，她就觉得自己和他的心贴在一起了。

"我去了！"照子对他说。快快跑去，快快回来。她向他使眼色，让他快喝。U心领神会，小姐还没有开口说请，他就已经喝了一口。他大概也意识到失礼，于是做出实在太渴的样子，一边道着歉。照子站在小姐的侧后方，给他做了个鬼脸。"真好！"U好像受了鼓励，技术越发圆熟，做出很满足的样子。照子知道，他接下来是要表示自己已经喝足了，该回去了。不料他还没开口，香织又说：

"那就多喝点！"

"已经很好啦！"

"那就更好一点！"

他只能又把茶端起来，又抿了一下。照子看得清楚，他根本就没喝进嘴，只在嘴唇沾了一下。但为了要显得他喝得够多了，他让茶水溢到嘴外，并且去擦。他擦的时候显得很笨拙，是用手背擦。手背哪里拦得住水？茶水顺着他的手背淌了下来，到他白衣服上。他赶忙猫身去擦衣服，仍然是用手，简直是抓。

“我来擦！”小姐说。要是照子，她早就骂开了。但她对U好像很温柔。她跑过来，拿起自己手绢给U擦。U哪里肯？但她坚持，脑袋顶在U肚子上。U弯不下腰来，只能嘴里大声道歉。但她不是会干事情的人，动作拖延，那水淌到了下衣摆了。她赶紧追着去擦下衣摆。那水又滴到了裤子上。她又去擦裤子。

“那是什么部位？”照子奶奶说，“她竟然也擦！我都不好意思看。她也不知道羞！她不知羞，人家阿U还知羞。阿U脸都黑了，好像要憋过去了。人家是人啊！人家也是人啊，才不是‘丸太’！”

“丸太？”

“长谷川先生经常奚落中国人，有一次，他说到在满洲里，中国人被当作‘丸太’，就是原木。人非草木，孰能无情。你没感情，人家还有感情。哦，不是阿U对她有感情，那不可能，她那么一种玩弄人的人。阿U对她从来没有感情。有一次，那女的竟然还把手绢送给人家！”

“手绢！”

“您应该也知道，日本女人，送男人手绢意味着什么！”

“就是送木屐来的那次？”

“木屐？”照子奶奶莫名其妙，“阿U是一直穿着木屐啊！”

“难道他是穿着来的？”

“木屐不穿着，端在手上啊？”

我想说，那是林北方得到的奖品。但我不想说，那等于承认那个为战争服务的奖。“也是。”我说。

照子奶奶继续说下去。“‘手绢事件’后，那个少东家就绞尽脑汁整阿U。阿U是个忠心耿耿的人，要不是被逼到绝境，他是无论如何不会离开‘佛跳墙’的。那个林北方，简直就是恶少，他很清楚阿U最害怕什么，就是最害怕把他赶回中国去。当然，你会说，他不一定就要回中国啊。但在日本，被原来东家赶走，就很难找到新东家了。当然可以换个地方，比如去东京，去名古屋，还可以跑得更远一些，大阪、北海道，但是他身上哪里有盘缠？‘佛跳墙’平时只供他吃住，从没有付给他工钱。再说，就是有了盘缠，去别的地方，人家也会问起你原来在哪里做过？阿U是个诚实的人，怎么会撒谎？只能回中国去。这可是万万不能的！”

“为什么万万不能？”我问。听林北方说时，我就有这疑问。从中国逃出来的多了，但好像没有人像这个U。“难道是因为中国在打败仗？”我提出一个设想。

“是吧！”照子奶奶恍然，“那时候，日本报纸广播天天都有中国打败仗的报道。”

这也算是一种说得过去的解释。

“不过，也不是只跟战争有关。”照子奶奶又说，“战争，大不了被打死，对不对？就是不回去，在日本，没人再雇你，饿死，也不过是死，死就死呗！但我理解U，更根本的问题在于你成了被赶走的人了，成了不义的人了。不义也就不义算了，但你是曾经受过人家恩的。虽然是东家你自己把我赶出来的，但人家毕竟曾经收留了你。虽然这么想是没道理的，但偏偏阿U这个人太重情，太迂。他老是念叨，‘佛跳墙’对他有恩。其实说白了，谁对谁有恩还说不清呢！其实‘佛跳墙’得到更多，得到了廉价的劳力。阿U任劳任怨，干最重的活，店里的活都是他干，每天最早起来，晚上最迟歇下。睡的是楼下由柴火间整理的房间。这也就罢了，他不能跟东家人在一个桌子吃饭，只能吃剩饭。除夕也这样。但尽管如此，阿U还是胖了。东家就说是他们把他养胖了，是他们的功劳。于是他干活稍微懈怠些，他们就说，我们好吃供养着你，你却不干活。他们一再提醒阿U，我是你的恩人，说起什么事，都要说到这上头来。一不高兴，就说：‘滚出去！滚回中国去！’他们根本不去感受阿U的感恩之心：他不能被当作不知恩图报的人。那‘佛跳墙’一家，以为他只是害怕被送回中国。出了那个事，少东家甚至扬言，为了把U送回中国，他愿意出盘缠。但他的父亲还在犹豫，毕竟U是个好劳力。于是，那少东家就要破坏阿U在老板心中的这个形象。”

每天清早，老板出门上鱼市采购前，U就忙碌开了。林北方觉得这是整U的好时机。为了报仇他竟然早起了。他来到调理间，瞧见箩子，估摸着U早上要用箩子淘米，他就故意把箩子拿走，躲在楼梯拐角，看U怎么办？U找箩子要耽搁时间，这样，早上的活就干不完了。但U另有办法，改用瓷盆，照样装米、淘米。林北方只能再寻找机会。等U洗完，他冲出来，抢过正要下锅的米，拿到亮处细细检查起来。他要从里面找出谷壳来。但不管他怎么挑剔，都找不到，天知道他家伙计在洗的时候，是怎么把它们剔除出去的。这个平日里游手好闲的林北方，只见U的手在洗米的水上撩啊撩的。林北方失望地将瓷盆往台板上一丢，又转到淘米的洗槽，指着下水口，指责U在淘谷壳时，把米也淘掉了。

“别以为把洗槽冲干净了，我们就不知道你冲掉了多少米！”他说，“不是你的财物，你当然不心疼了！”

U没有辩解。“是，对不起！”他弓了弓身，继续干他的活。

“你承认了？”林北方兴奋地叫起来。

U没有应他。没有应，并不等于就是默认。那是不理睬，意味着对你蔑视。当然U是谦卑的人，照子奶奶说，他只是对少东家客气。林北方被挫败了，冲上去拉扯他，让他明确承认。U仍是一声不吭，衣服被他揪着，他就在有限的活动范围内继续干他的活。林北方就干脆把他干活的手控制住。U没办法，道歉了一句：

“对不起。”

语气平淡。在日本，道歉并不代表有错，甚至还可以抬高自己的人格。林北方应该能感受到这一点。他好像遇到了橡皮人。“你等着！”他叫，扫兴地回到自己屋里。

不到五分钟，他又出来了。这时U正在擦门口的地板，伏在地上，翘着屁股。林北方计上心头。他向门外走去，装作去门口张望什么，再反身回来。他的鞋底把U擦干净的地板又踩脏了。

U就只能重新擦。等他擦干净了，林北方就故技重演，再去门口，装作在张望，嘴里还煞有介事念念有词，好像在看什么人来了没有。再转回来，再踩，地板又脏了。U只能又重新擦。林北方再出去时，还故意走到门口最脏的地方，把泥土带进来。擦地板的水一下子混浊了。林北方就有了指责 U 的机会了，骂他用这么脏的水擦。“是擦干净啊还是擦脏！”他话刚出口，U 已拎起水桶去换水了。换回来清水，林北方继续踩。来来回回，他已出门张望好几次了，总得换点什么做，于是就去信箱拿宣传单。宣传单也拿光了，他就拿着宣传单，在 U 擦的地板上走过来，走过去，看着。

最初，林北方走到左边，U 就把右边擦干净；林北方向右边走去，U 就又赶忙去擦左边。林北方加快步伐，U 也加快。但这样，地板来不及干，就被林北方踩得污水满地，显得更脏了。林北方心中明显快乐得发抖，有一阵，他都发出了呼宠物的声音，那是他平时呼邻居家一只小狗时的声音。U 好像就是那只小狗，跟着他转，他牵哪里，小狗就跟到哪里。忽然，U 不跟了，立起身来，拿来一块干布。在擦湿之后，他迅速用干布把地板擦干。他跟着林北方的脚步，见缝插针地擦。林北方的鞋底渐渐走干了，地板上的脚印只成了几个毫无力量的土粉印，很快就又被擦干净了。接着连林北方的鞋底都干净了。林北方愤怒地朝水桶一脚踢去。脏水流了满地，地板终于又脏了。但 U 又很快把水擦干了，拎着脏水撤离这是非之地。

照子奶奶说，U 是不怕干活的人，“佛跳墙”的少东家应该很清楚。当然，少东家还可以再走到门外，再把地板踩脏，至少，这样可以让 U 再返工。“要是你这样没完没了跟着我转，耽误了其他活，我爹回来也照样收拾你！”林北方一定这么想。他处在优越的地位，无论如何是会赢的。他又走到门外，再把鞋底踩脏，再在门口地板上走。U 怕他再踢水桶，这下就只是拿着抹布过来，擦，再回过去漂洗。但他这样来回跑，确实太费时间，他还有许多事没有做。他终于不再擦了，先做别的事。林北方把地板踩得花花的，人也乏了。远远的，他瞧见父亲推着小推车回来了。他不敢再待下去，否则父亲就看出来是他捣的鬼了。他躲进自己房间。

他父亲在跟邻店的打招呼，然后喊U。少东家想，这下他家伙计死定了！他总是自作聪明。他晃荡着出来，阳光斜斜地投射在门口，整面的地板简直像抛光的金属面一样锃亮，令人难以置信。他家伙计是在什么时候又把地面擦干净的？他跌跌撞撞冲过去，去开电灯。仍然没有一点污迹，这灯光，倒好像是为他家伙计营造了一个表演的舞台。他又趴下身去，从斜侧去瞄，一排平整的光几乎把他晃晕。他用仇恨的眼睛再去寻找他家伙计，他眼睛应该还是晕的，瞧不见U，他只听到那个熟悉的剁切声。这是在切台湾笋干，那声音初有凝滞，接着快脆。它节奏平稳，连续不断从幽暗处传出来。这已经是每天清晨老板回来前的最后一项工作了。失败，向林北方劈头盖脸而来。

但是，照子奶奶怎么知道林北方的感觉？她怎么知道得这么多？我产生了疑问。“是不是阿U跟您说的？”但我问照子奶奶时，却是这么问。我委实愿意相信林北方就是个恶少，U是被他践踏的人。

“他才不会说。”但照子奶奶说。

“那您怎么知道的？”

“是我零星套出来的。他哪里是会诉苦的人？他可不像那个林北方。他没跟您讲这些吧？”

林北方确实没有说。

“他当然不会说了。他怎么会说自己是恶少？人总是千方百计说对自己有利的话，人言不可信。所谓人间地狱，就是这样。人都为自己，都把别人看成地狱。你干得再好，也会被怀疑。不只，因为别人是地狱，所以别人干得越好，越是可疑。就连努力干活，也成了抢学技术。”照子奶奶说，摇着头。

“爹，以后防着那小子点！”一次，吃饭时，林北方提醒他父亲。

“防谁？防他？”林老板拿筷子指了指蹲在洗槽边扒饭的U。

“爹，您可别大意了！咱们家吃这小子的亏还不够吗？这种野贼，以为有了本领就能走遍天下呢！别‘养鼠咬布袋’了！什么叫‘教了徒弟打师傅’？”

那以后，林老板确实对U有了警惕。许多本来已经脱手给U去做的技术活，又收了回来。有一次，老板在忙别的，这边有客人点菜，U顶上去炒菜。老板瞧见了，慌忙撂下手中的事，抢过勺。“哎呀呀，放下来，放下来！”

U没明白，仍拿着勺。“老板，我会做……”

“混蛋！你小子做什么猪食狗食啊！这么乱来，‘佛跳墙’牌子要砸你手里了！”

U以为老板是怕他做不好，仍说：“我会做的，您见过的……”

“放下！”老板喝道。

U这才觉得不对，撒手。但他马上预感到更可怕的事态，惶恐起来。他又用手指触碰勺子，好像这样，他还有可能让勺子回到他手上。他哀求道：

“老板，让我做一道吧！我现在会做好了！”其实他做这菜的技术早已得到老板认可，他这么说，只是先姑且认错，好让老板允许他做。“这次我保证会做得让您非常满意！让顾客非常满意！让老板娘非常满意……”他竟然把老板娘都说到了。“我保证会的！”

“滚！”

大概他这样子，反让老板更误会了他，证实了少东家的话。

U像挨了炮烙一样，手缩回来。

那以后，他可以帮上手的活越来越少了。加上战争，食物供给越来越紧张，原材料日显枯竭。照子去“佛跳墙”，一次次感觉店里越加冷清。她瞧见U向上空摊着手掌，手指好像惊弓之鸟支立着。U当然十分清楚自己的前景。这时候，太平洋战争爆发了。

背负着“背叛者”之名

“他确实是那天离开‘佛跳墙’的？”我问。

“哪天？”照子奶奶问。

“太平洋战争爆发那天。哦，应该是第二天。”

尽管是第二天，但也处在那个时间节点上。我承认我也很在乎这个时间节点。

“是在那天。”照子奶奶坦言，“要不是发生了战争，他确实没机会进入长谷川家。但这不是他的错，又不是他发动的战争。一个人有权利把握自己的命运，特别是底层人，机遇来了接住，很正常！

要知道，那可是战争时期，他又是一个外国人。要不是实在待不下去了，阿U还是会在‘佛跳墙’待下去的，哪怕是赖着。他是个忠心耿耿的人，又有能力，也许，要是他没有走，‘佛跳墙’后来也不会倒，他会辅佐少东家的。但那个少东家不知好歹，执意要赶走阿U。你不要，又不允许别人要，哪里有这种道理？”

“也许是因为，对方是长谷川小姐吧！”我说。

“就是这样。”照子奶奶说，“香织看上的是阿U。但对阿U来说，是从一个地狱，到了又一个地狱。”

地狱？言之过重了吧？我想。

“更深的地狱！”她又说，斩钉截铁地，“当然对林北方来说，地狱也到了。”

U一走，香织完全不见林北方了。那年冬天，林北方的世界一片黑暗，好像所有的好日子都被U带走了。“佛跳墙”前的樱树枝黑丫枯，毫无生机，他都想象不出来，当初香织就是在这里下车进屋的。“永远不再有了，我的人生从此完了！”这是林北方后来给香织的信中说的。照子奶奶说，香织看都不看，叫她把信烧了。

“那您怎么知道信的内容？”我问。

“不错，那时候我还不识字。”照子奶奶说，“我烧前找了阿胜。阿胜，就是胜三，坂本胜三，会社员。他识字。阿胜念给我听，那信的内容我至今还记得，那个恶少真的疯了。他在信中直说，他不仅恨他家伙计，也恨香织，连长谷川先生都恨。他把长谷川幸之助先生比作大仓喜八郎。大仓喜八郎，就是日俄战争时期的那个商人。他搭上军方关系，得到了难逢的发展机会。但是他是个奸商，为了加重分量，在卖给军队的罐头里加石头。为节省成本，他提供的军鞋鞋底是用糨糊粘的，结果士兵在甲板上沾到海水，鞋底就脱落了。还有士兵吃了他供应的罐头吐血的。事情曝光后，政界人士纷纷不跟他往来了，乃木希典将军也发誓不跟他见面，他彻底破产了。‘这样祸害国家的人，就该倒台！’那个林北方在信中说。他说眼下奸商就是长谷川幸之助。‘就因为有这样祸害国家的人，日本才没有希望！’他说。”

有一天，这个“佛跳墙”的少东家发现樱花树枝丫间有了亮色。“开了，开了，樱花开了！”他喃喃自语着，跑进屋里，乒乒乓乓翻箱倒柜起来。他翻出了自己征兵检查甲等合格证明。五年前，他就已经接受了兵检，只因他还在上学，延期征集。现在，他不顾父母反对入伍了。

“他参过军？”

“他也没说？”

“可他是中国人……”

“台湾人！”

照子奶奶恶毒地纠正。我想起林北方曾经在我面前强调他是台湾人，简直讽刺。

“台湾人对付中国人，可是狠得多呢！尤其对阿U这么一个连身份都没有的人。一个在地下，一个呢，在天上……”

霎时间，祝贺的人接踵而至。饯别的彩饰和礼品袋成堆，还有扎着草包的大酒坛。“祝出征”的旗子插在店的四周，窗栏上还插着小旗子。那一段时间天气出奇的晴好，林北方肩上斜披着红色绶带，跟同期应征的人一起被人们簇拥着，在日本桥一带的大街小巷游行。他腰板挺直，雄赳赳迈步，被军歌和此起彼伏的“万岁”声拥抱。彩带和花屑从路旁的高楼向他撒落下来，扑扇扑扇地，把阳光打散得迷离。他猛地心花怒放，大喊一声，向长谷川家冲去。

照子奶奶说，林北方后来给香织的信中，承认自己没出息。他一脚跨进长谷川家，霎时觉得阳光被隔离在这深宅外面了。他说他这才明白自己为什么要去参军。外面的军乐声顿时变得凄凉起来，好像在为他预奏哀乐，好像他必定要战死疆场，一去不回了。他不禁悲怆起来。

香织是在母亲的强迫下才出来见林北方的。母亲说，毕竟人家是帝国军人，即将上战场，出于义理，也该出来见一下。香织出来了，彬彬有礼地鞠躬，然后像雏人节的木偶一样，跟来人面对面坐着，没有一句话，只是嘴角泛着若有若无的薄笑。照子说，这是小姐应付外人的假面。林北方应该也知道吧。甚至,他应该看出来，这是在嘲笑。自己这样子，在养尊处优的人面前，一定就像好斗的公鸡那样可笑。于是他开口道：

“长谷川小姐，敝人今天前来贵宅，是出征前有事相求。您把我们家的伙计拐走了。拐走了一个伙计，对我们根本没什么，不伤一根毫毛，我们还要感谢您捡走一个垃圾，省得我们动手去丢。只是您堂堂的长谷川家的小姐，这么做，不觉得有损体面吗？”

香织一动不动，两眼平视，若有所视，又视而不见。林北方一扯红绶带，腾地站了起来。

“长谷川小姐，作为一名即将为国捐躯的帝国军人，我想我应该有权利见见被我们家养大的人吧？看看这个忘恩负义的东西，被你们长谷川家调教得多么有出息了！”

香织仍然没有反应。林北方熬不住，喊了起来：

“U在哪里？U！U！出来！滚出来！”

这下香织才神色张皇。“您说什么啊，林先生！阿U现在可是长谷川航运会社的社员了，怎么可能闲在家里？”

“果然变得有出息了啊！人不大，心挺大。你那么个小小的身子里揣着那么大的心啊！贼心！”林北方道，对香织，“他那么个侏儒，你看中他什么？‘一寸法师’？”林北方挺了挺身体，穿着军装的身体显得更加伟岸。“真以为‘一寸法师’能干什么？哦，能钻进人家肚子里。他钻进你的肚子里了吧？能干内务？哦，该不会成了内务社员了吧？”

“内务社员”，就是吃软饭的男人。照子奶奶解释说。

林北方蓦然发觉香织向走廊尽头急促扫了一眼。他知道那是香织的卧室。他抬脚向那边冲去。“U，内务社员，您在哪！”他有意用“您”。

香织慌了，爬起来，跟在后面。但林北方冲得快，他像一只发狂的野兽，红色绶带飘着，卷反了面，给他的冲锋增添了威力。香织惯性跟着他，她小小的身体，被他冲锋带出的风刮得摇摇晃晃。香织喊照子，照子比她跑得快。照子赶到林北方前面，挡住他。照子奶奶说，她这么做，是为了U，她觉得U可怜。被她一挡，香织赶上来了，林北方前进不了。他只能用嘴喊：

“U，‘小中国’，我看你小子还是出来吧！不要再为难小姐啦！

人家可是给你残羹剩饭吃的啊，你这个忘恩负义的野贼！你再削尖脑袋，也不过是个野贼！你小子何仁何德啊？值得人家这么待你？你有什么用啊？你是几等合格啊？戊等？哈哈！一钱不值的废物啊！你这个野种！要是你不服，就请出来吧！跟我去连队司令部，好男儿当兵上前线啊！哈哈！没人要吧？所以你小子不敢出来啦！你只能去中国当兵吧？去啊，我们战场上兵戎相见！”

他絮絮叨叨说着。他突然瞅个空当，钻了过去，照子和香织都没反应到。到反应时，他已经冲到尽头。林北方并没有立刻去拉门，而是把手搭在门上，回头看香织。他掌控着时间。他看着香织，残酷地一咧嘴。他猛然一个抽搐，门“哗啦”被打开了。“这是我房间！”香织尖叫。

但房间里没人。林北方一愣。但被窝凌乱。他嗅了嗅鼻子，照子说，当时就连在门外的她都嗅到了U的汗味了，林北方应该对这气味很熟悉。他目光扫视，最终停留在壁橱门上。壁橱的门一动不动，他歪嘴一笑。

“敝人这才明白了，长谷川家原来看中了你什么了！U，还是出来吧！逃得了影子，逃不了你身上的下贱体味。这可是没有办法的啊！”

那门好像微微抖了一下。香织大喊一声，抢上前去，推搡林北方。“你出去，你出去！”

林北方被推得后退几步。但他继续说：“敝人后天就要出发了！明天下午，町内会要举行出征送别会，警察署啊，军人会啊，国防妇女会啊，都要来。你小子就不想看看这些大人物吗？”

他突然把香织推开。香织拼命挡着他，一边求救："阿照！阿照！"

照子上去，也拖住他。但无济于事，他一个男人，力气实在太大了。香织又喊起了她母亲："妈妈！妈妈……"

长谷川夫人很快出现了。"先生，先生……"她叫。林北方回过头，他面前是一身富贵气的长谷川夫人，正可怜兮兮地向他恳求着。夫人可从来没有对他这么重视的。他挑逗地问道：

"夫人，您这是在叫敝人吗？敝人有什么做得不合义理吗？"

夫人答："没有没有……"

"那么，我倒是要跟您讲讲义理。"林北方道，摆出教训人的样子，"当今全国上下，齐心协力，参军参战，献身奉公，你们长谷川家的人都干了什么呢？长谷川小姐，您是怎么执行《勤劳报国协力令》的？"

"先生您怎么能这么说！"长谷川夫人身后一个男人道。他好像突然从地板下面钻出来的。照子说，他就是阿胜，坂本胜三。

"您怎么知道小姐没有执行《勤劳报国协力令》？"坂本胜三也一脸严肃，"您出征打仗是为了国家，我们又何尝不在奉公爱国？你们军人在前方打仗，没我们后方支援怎么行？我们长谷川航运也会为圣战做贡献的。就在今天，长谷川社长还被大日本帝国陆军省召去，商讨海外资源运输事宜呢！"

林北方顿然被对方压得翻不过身来。他的手在发抖。他猛然发出绝望的尖叫声："这样，就可以在家里干不要脸的事吗？"

"先生，作为堂堂帝国军人，请您说话自重！"坂本胜三忠告。

“你是什么人！”

“敝人是长谷川航运‘光’号船长！”

照子说，当时她很吃惊，这阿胜什么时候成了船长了？虽然他是船老大出身，但已经不上船许多年了。这段时间，阿胜老是跟着长谷川先生在外面跑，没有想到摇身一变，当上船长了。

但林北方也不甘示弱。“船长先生，您是真不知道呢，还是假装糊涂呢？您要是真的不知道，那么请让敝人带您见识见识吧！”

林北方又要去拉壁橱的门。香织又叫，长谷川夫人自己过来拦，一边吆喝照子。照子去拉林北方，坂本胜三也上来帮照子，控制住这无礼的青年。但坂本胜三毕竟没他年轻，难控制住对方。蓦然，香织像被掏空了的布袋，扑倒在地上，哭了起来。

“求您了！林君！求您了！”

林北方怔住了，目光黯淡了下去。

他懊丧地跳下廊道，跑出长谷川家。

“那，壁橱里……”我试探地问。

照子奶奶做出诡异的样子，点了点头。“这香织，简直荒唐！我是太清楚了！只有阿胜他不清楚。他只知道盯着我。”

什么意思？我恍然明白过来，这坂本胜三应该追求过照子奶奶，所以，她对他的称呼才那么随便。他们后来怎么没成呢？

“男人都这样！”她笑道。但这笑，与其是冷笑，毋宁是受用的笑。是啊，哪有被人爱而不受用的女人呢？“哪像U。”她把话题转到了U，“像阿U这么本分的男人，少啊！你们中国男人好，日本男人不行！当然日本女人也不行！”

我知道她剑指香织。

“都说日本女人会主动追男人，也没有像她那样没脸没皮的！”照子奶奶用词简直刻薄，“搞得人只能狼狈地躲到壁橱里。”

照子奶奶说，那天 U 确实藏在壁橱里。他跑不出来，只能往壁橱里躲。如果林北方进大门时他就离开，也不至于这么狼狈。但是香织拉着他。香织想打发走林北方之后再回到被窝里来。

“当天晚上，”照子奶奶说，“阿 U 对着我大哭了一场。我可从来没有见到一个男子汉哭成那样。那以后，也没有见阿 U 再哭得那么厉害。是被那个林北方刺激得太厉害了。阿 U 一再说少东家误解他了，他要去说明。这岂不是愚蠢？人家症结是在香织身上，阿 U 你哪里能支使得了香织？只要人家没能得到香织，都会迁罪于你。都说将心比心，但那些高高在上的人，哪里会去体谅我们下人的心呢？”

“‘我完了！’他对我嘟哝，‘我被看成背叛者了！’他念叨‘佛跳墙’老板对他怎么怎么好，老板娘怎么将他当儿子一样疼。其实我们都知道，这是没有的事。他们对他并不好。他还说少东家怎么照顾他。简直胡说。我很诧异，他这是怎么了？他的记忆错乱了吗？这么说完后，他又开始贬低自己，说自己背叛了对他好的人，骂自己不是人。然后，他抽了自己一个耳光。我大吃一惊，他这是干什么？难道是被刺激疯了？许多年后我才明白过来，阿 U 所以要这样践踏自己，是因为他实在没办法消除内心的煎熬。只有践踏自己，才能让心安下来，就像牙齿实在太痛了，只能用舌头去顶，让它痛到底，才能缓解。但是当时我就没想到这点。我自己也才二十岁。

我就跟他争辩，说‘佛跳墙’一家子对你并没有这么好。‘你怎么知道？’他竟然反问我。确实，毕竟是外人，我至多只是去店里订餐，才看到一些。我就索性直接安慰他：‘不管怎么说，别管他！那个少东家，单看他今天的表现，就证明不是好东西！’

“‘他说得有错吗？’他竟然说。

“听听，他竟然站人家的立场，为人家说话。厚道人啊！从大道理上说，那林北方确实说得没错，句句都符合逻辑，但那是侵略战争逻辑。当然当时我也不会说这些，我只是叫他不要多想。这简直是在钻牛角尖。你一个中国人,跟这战争什么关系？当然你会说，林北方也是中国人，但人家是台湾人，已经归化日本了。撇开这些乱七八糟的，单说你一个伙计，一个用人，跟主人比什么啊？咱们做奴仆的，就是比主人做得差，又有什么？当然了，也许阿 U 的意思是：你照子不能这么看我！他把我当成跟别人不一样的人。于是我就又说：‘别人怎么看，管他们呢！反正我不这么看你！’

“‘我自己就是这么看自己的！’他竟然还这么说，语气冷酷。”

“他是自己不能放过自己！”照子奶奶说，“他虽然身份低贱，但是个要体面的人。靠自己勤奋与本领活在世上，体面做人。但现在他体面不起来了，甚至跳进了粪坑，更脏了。如果说在‘佛跳墙’那些事，完全可以把它看成是泼污，他鄙视自己，只是他太有洁癖，那么接下来，他确实掉在粪坑里了。一个人最可悲的不是被别人看不起，而是你确实有被别人看不起的理由。

“当初阿 U 进长谷川家，是作为厨子的。长谷川幸之助先生毕竟是有脑子的人，不可能因为女儿要招个玩伴，就养一个闲人。最初也确实让他干着厨房里的活。他很勤快，又感恩长谷川家收容他，所以别的事情也帮着干，这样，他和我就接触得多了。

“但是香织不喜欢阿U离开厨房。其实就是不让他跟我接触，她要把阿U控制在自己手掌心里。厨房专门辟出一个中餐烹调间，这里只有阿U一个人。这里简直就是香织囚禁阿U的囚笼，只有香织才能来，别人不能出现在那里。在那里，香织命阿U给她做各种各样的饺子。‘我要吃遍百饺！’她命令阿U，‘中国不是有“百饺宴”吗？’

“‘好，我做！’阿U说。

“‘不是做，是变！你不是“一寸法师”吗？’”

“一寸法师！”我心一跳，叫出声来，“在林北方嘴里我听过这个绰号。一寸法师童话，我也知道。”

“那不过是香织的幻想。”照子奶奶一甩手袖，“不，是装作幻想。她也老大不小了，怎么可能那么幼稚？还相信童话？不过是猎奇。哦，对了，她小时候还真以为中国人都是小个子，这是长谷川先生灌输给她的。长谷川先生去过中国，大概是出于对中国的轻蔑吧！他满嘴‘大日本’的。刚好，这边有个叫‘小中国’的中国人，在香织这里对上了。就连我，当时也以为中国人个头比日本人小呢！后来有一次，阿U朝我哭的时候，说到香织对他的侮辱，说香织竟然认为中国人都是小个子，我才知道我也错了。”

日本人竟然轻蔑中国人的身高，这我完全没想到。要说当时，中国人唯一能够蔑视日本人的，大概就是身高了。

“但香织就是装作不知道。”照子奶奶继续说，“她是故意的。

但另一面，她又要树立阿U的形象，她毕竟是女的，她要男人保护，她自己个头又那么小，所以她就说阿U是‘一寸法师’。‘一寸法师’是小英雄。说是英雄，其实也无非是能被把控的英雄。所谓童话，无非是大人制造。为了营造这个童话世界，香织还自称是‘春姬公主’……刚才说到哪里了？”

“做饺子。”我说。

“对！做饺子！”照子奶奶拍着巴掌，道，“香织她可不是为了吃饺子，而是为了玩。做的时候，她一定在场。她不在场，阿U开始做了，她就要生气。她说她要学着做。她是好学的人吗？就是玩。我们做事的人都知道，自己做没什么，教人家做要累得多。何况教的是主人，是大小姐。大小姐也就算了，你好好学也行，但她是在玩。可以想象阿U当时有多难了。但没有办法，人家是主人，你寄人篱下。我们这些当用人的，只能听主人的，主人要我们怎么做，我们就怎么做。阿U只能顺着小姐，陪她玩。每次，香织都要玩得满脸是面粉。还要阿U帮她擦。擦干净了，她再故意往自己脸上扑面粉。有一次我推门进去，撞见了，香织大为光火，责备我怎么进来了？是的，这里是她的专属之地，这整个长谷川宅子都是她说了算的。但我为什么就不能进来？你怕你的丑态被我看到吗？”

年老了，照子奶奶仍然对此愤愤不平。

“她弄得满脸满身脏脏的，就要去洗澡。”她继续说，“她洗澡有个习惯，把衣服脱在起居室里，光着身体去洗澡间。”

这她说过。

“这是她小时就养成的习惯。一般来说，年龄大了，懂得害羞了，就会收敛。但她照样这样。这个没羞没臊的女人！太太曾想改变她，但她不听。长谷川先生也是，女儿光着身子从父亲眼前跑过去，父亲也没觉得有什么不妥。她就一直被她父亲宠着，娇纵着。你也许不明白日本的父亲，他们跟母亲不一样，母亲对女儿要求严格，而父亲，所谓调教，不过是调教成父亲自己喜欢的女人罢了，かわいい（可爱），嗲声嗲气，甚至骄矜，都是上了年纪的男人所喜欢的。而父亲，就抱着怜香惜玉的心情。当然也不只是父亲，日本男人对比他晚辈的女人也是怜香惜玉的，其实也是当成了父女关系了。”

简直变态！我想。

“难道长谷川先生一点也不在意？我指的是……女儿洗澡……”

“还是在意的。”照子奶奶说，“家里毕竟有男佣。所以太太吩咐我，在小姐洗澡时，把住楼梯口，不让男佣上来。好在小姐的洗澡房在二楼。”

“这您说过了……”

“是啊！”她意犹未尽，“久而久之，男用人知道小姐在洗澡，就自觉不上二楼了。但我还得把着楼梯，万一他们上来了呢？但这个香织她却不在乎，她居然慢吞吞地泡澡。她身上那味道，一被热水泡上，就特别味重。好在开着门。但她一个女孩子把浴室的门打开着，像什么话？说是要听外面起居室的音乐。她每次洗澡前，都要打开留声机，播放西洋音乐。我至今也没有喜欢上那音乐，都是噪音，不像日本音乐。那有什么好听的？每一次，我都要在楼梯口站很久很久，还得被那噪音一样的音乐烦着。而且我还有别的工作不是？这也就罢了，让我没想到的是，一天，她洗着，竟让我去叫阿U！”

我一激灵。看照子奶奶，她正朝我点头，表示就是这样。

“‘有什么事吗？’当时我问她。

“‘做饺子。’她说。

“‘阿U已经在做了……’当时我委实没听明白。

“‘我要他在这里做。’

“‘这里？’

“‘是哟！’

“‘这里怎么做？不是专门有中餐烹调间吗？那里做中餐不是很好吗？’

“‘不好！’她说，‘这里做才好。’她眼尾都没有挑起来瞥我。

“‘可是这里是浴室啊！’我还想说服她。说是抵抗也可以，我要为阿U着想。她不高兴了，叫：‘我自己的家我还不清楚！’

“嗯，是她的家。没办法。但我仍然抱着侥幸，想我是不是把时间领会错了？‘现在吗？’我又问。

“‘你怎么这么笨！’她发怒了。我才猛然明白过来，她本来就是荒唐的人。倒是我傻了。但我怎么能把阿U往虎口里带？我就以无人把守楼梯为由，不去。她把木浴桶里的水拍打得满地。这没什么，我收拾就是了。我无论如何要为阿U把关。但香织她竟站了起来，要自己去叫。她赤条条的。这可不行，闹成这样，先生太太是绝对不会轻饶我的。做用人的就这样倒霉，自己错了是错，主人错了也是我们的错。我只能去叫了。”

照子奶奶说，当时她带着U往楼上走。她没有对U讲得很明白，那种内容她怎么说得出来？她只是对U说，小姐在叫你。但U应该是明白了，香织洗澡的时候，整个长谷川家都会有一种禁忌的气氛，男用人们小心不上楼去，有时候忘记了，走到一楼楼梯口，会猛然意识到，退回来，跑出去。U是特别小心的人，也许还因为他感觉到了香织的放肆吧，绷紧的神经更是一点也不敢松懈。所以照子这么对他说时，他推托说手上正忙着，放不下，一会儿再去。照子知道这样无助于事，香织会一直等下去的。

而且，她自己是在这边等，还是回去？回去了，香织一定还要闹。不回去，香织在浴室，要是有哪个冒失男佣上楼去了，怎么办？

更重要的是天冷，需要往浴桶里加热水。虽然已经是樱花开放的季节，但还是春寒料峭。小姐着凉了，她也没有好果子吃。更不要说这个香织脑子一热，会干出什么来。照子就反过来说服U，让U无论如何先放下手上的活计。

U在照子引导下，走得战战兢兢。照子在心里责骂自己，自己这是干着什么事啊！U走得很慢，照子也顺着他，放慢脚步，以此来尽量拖延时间。除此之外，她什么也做不了。她本来想跟U说些玩笑的话，来缓解气氛，但她说不出来。

上楼梯时，照子和U一样，好像每个踏步都刷上了胶。他们的脚底都要被胶粘着好一阵，然后才好不容易从胶里抽脱出来。这竟然被香织察觉出来了，他们终于磨蹭到了楼上，就听浴室里香织叫了出来：

"阿 U，脚底长癣了吗？"

U 没有反应过来，回答没有。

"那怎么老在地上磨呢？"

原来指的是这个。她这么开玩笑，倒让气氛缓和了一些。何况从照子和 U 所在的方位看过去，只看到浴室的门。虽然门半开着，但看不到香织，他们也还可以轻松一下。

"阿 U 身体要真的不舒服，要说哟！"香织又说。

"没有没有！"U 赶紧说，还表示感谢。

"真的没事？"香织又问。

"真的！"U 答，还撑了撑胳膊。

"硬朗？"

"硬朗！"

"那么好，你过来！"香织说。

U 这才又记起自己的处境。但是他毕竟聪明，猛然想出了办法。"好，小姐您先起来……"他一边向照子使眼色，照子明白过来，过去要给香织穿上衣服。香织把她推开。

"我不要你，我要我的'一寸法师'。'一寸法师'！"她叫。

"在！"U 只得应道。他连忙又说，"对了，我想起来了，我忘了把炉火关了，我去一下再来……"

"不要！"

"那是我的工作……"

"这也是你的工作！"香织道，"来，过来。阿照，你去关炉子！"

他的耻，小姐的癖好

“啊，好想吃饺子呢！”

小姐泡在浴桶里，仰着头，望着天花板，眼皮像蝴蝶翅膀一样扑闪扑闪，做出畅想的样子，自言自语。

U 迟疑着。要是别人，小姐肯定呵责开了。小姐从来霸道，对用人呼来唤去，不容迟疑。这下竟然不是直接发指令，而显示出向朋友商量的样子，甚至还是恳求，还是撒娇。U 一定起了鸡皮疙瘩。

“一寸法师，春姬公主好想吃饺子呢！”

U 点头。“是！”

“得先揉饺子皮。”她说。

U 没有动。他早知道香织不是真要吃饺子。他早知道她的意思，他已经像只被训练出来的宠物犬，主人只要稍稍暗示，就知道应该怎么做。只是 U 不是宠物犬，他挣扎，尽管已经做过多次，他仍然有心理障碍。

“好想啊！”她催促。

U 战战兢兢伸出手。但他的手指还是在香织身子前停住了。他憋红了脸。他的手指甚至也做出揉搓的动作了，但就是没有触碰上去。

“是啊，我这姿势，你不顺手啊！”香织说着站了起来。她本来身体还掩在浴桶里，只露出上半个身体。U 又在她背后，还看不到什么。这下，全身都露出来了。U 想逃走，但他不能逃走，小姐要她做的事还没有做呢！他只能僵硬地保持着原来的动作，他把注意力集中在动作本身，手在空气中做足了揉搓的虚拟姿势。

“一寸法师，快点！”香织催促。她稍微侧了侧身体，好像要转过来。

“不要，不必要……”U 叫，“揉的不是背部嘛！”

好在香织不再转了。那么，你就得开始揉了。U 的手终于碰了上去，手指顿时麻木了。照子奶奶说，后来她向 U 探问起当时的感觉，是不是很舒服？U 很生气，说一点都没有感觉。照子仍然审问他，他对天发誓。有一次，他甚至用轻佻的语气说：

“无非就像揉面团嘛！”

照子奶奶说，U 是个性格温和的人，但他实在被逼急了。香织作践他，他已经很难受了，这下照子也作践他。全世界人作践他，都没有照子作践他这么让他难受。照子承认，自己当时是嫉妒了。受着这样攻击的 U，变成了刻薄的人。

但这比喻的始作俑者也是香织自己，是她首先这么说的。她曾经对 U 说：就当揉面团好了。“阿 U 每天不都这么工作的吗？”

工作，这说法让 U 的心稍安了下来。工作是天经地义的事。香织比画着揉面团的动作，也让 U 真进入了擀饺子皮的状态，他这才触碰到那个裸体。这样，他的手指就不会那么敏感了。U 这么对照子说明时，照子认为不对，这正暴露了 U 的心虚。像 U 这样热爱工作的人，一个优秀的匠人，他应该会倾情于工作的，会把没生命的物当作有生命，那么怎么可能一点感觉也没有呢？照子于是又质疑，把U逼得不知怎么回答了。“现在想起来，觉得对阿U很抱歉！”照子奶奶说。

“香织一次次叫U给她揉背。”照子奶奶说，“她好像还上了瘾！没有U揉背，她就不从浴室出来。我怎么求也不行。只要她叫阿U，不管阿U正在干着什么都要放下来，不顾一切过去。她说这就是工作，是阿U最重要的工作。工作当然要无条件地做好了，但U的工作并不是这个。但没道理可讲，人家是主人。日本，就是这么一个没有道理可讲的国家。老板的话就是一切，老板就是最高统领，拥有绝对权威。噢，还有天皇。现在天皇不这样了，已经是民主主义了呢！”

照子奶奶把“呢”拉得很长，表面上听，是在强调，在确认，其实有着讽诘的意味。我在日本，经常听到这样的腔调。照子奶奶毋宁在表达这样的意思：好一个民主主义啊！还不是跟过去一个样呢！

“只要U稍微迟疑，香织她就会大声叫嚷起来。阿U害怕被大家知道了。但其实，大家都已经知道了，有人还拿这打趣U。阿U受不了，有一次，好脾气的他竟然跟一个男用人吵了起来。这事让香织知道了，她就去教训那男佣，结果更让大家有话说了。好一点的说，小姐护着U，不好的说小姐宠着U，更有恶毒的，说U是‘吃软饭’的。阿U又不好去制止香织，只能又跑我那里哭了。

“长谷川夫人也知道了这事。夫人也觉得不像话，但她制止不了女儿。女儿搞得这么不像话，长谷川先生也不愿意了。但那阵子，长谷川先生非常忙，很少在家。回到家里，也很急躁。也许是因为受国家器重了，脾气也大了。夫人一跟他说话，他就说夫人啰唆，家里小事，不会自己处理？所以事态继续发展。不仅揉背，香织还要U给她揉别的地方，揉了背部，还要揉腰部，臀部，大腿。起初她只是弓着身子叫U揉，后来觉得不够舒坦了，躺到起居室的沙发上去。也不管沙发是布艺的，把沙发弄得湿漉漉的。好在这时候天气已经转暖了，不容易感冒了。但她就那样横在阿U面前，她倒一点没有害臊的感觉，但人家阿U也是人呢！这实在很令人难堪。香织她就当阿U是透明的一样。我就让阿U在没有揉的部位先盖上毯子。”

有一次，香织忽然对U说，饺子皮揉得差不多了，应该开始包饺子了。当时照子因为什么事刚离开，在楼下听到香织这么说。她很奇怪，还没揉一会儿，今天小姐怎么这么快就放过了U？她听到楼上U感激地应道：

“是！”

就要走。他以为真的可以去料理室干活了，却不料香织把他叫住。“去哪？”

“料理室……”

“料理室在这里！”香织说。

“这里……怎么包？”

U大概也明白过来了。作为用人，他只能先顺着主人的意思，再寻机化解。“好好，我包……”

“不，我包！”

“好……”

“你就当饺子馅！”香织说。

U彻底明白了。但他必须装作不明白。很少幽默的他，竟然打趣道：“要把我剁成饺子馅啊？那好，我去拿刀和砧板……”

他又企图往楼下跑。“不必！”香织说。

“我这么大块头，不剁碎了，怎么可能包……”

“你不用管！”

U无路可走了。他就像被关进了捕鼠笼里的老鼠。他挣脱，但只能在有限的范围里打转。他找了很多借口，在起居室里转来转去，拖延着时间。他一企图转出起居室，就被香织叫住。

照子决定上楼救U。只要她在场，香织不至于干得出来吧？她跑了上去。不料香织大怒，冲她喊：

“你还没走？滚出去！”

照子像钉子一样钉在那里，她要跟U生死与共。

那次没有成功，但毕竟U和照子都是香织使唤的用人，香织要支开照子，留下U，轻而易举。一次，照子被支去上街买东西，她知道U这下逃不脱了。

但更多时候，U还是无论如何企图逃脱。香织也不急着收线。她像姜太公一样放长线钓大鱼，让U仓皇地在二楼跑来跑去，捉弄着他。U想突围，她调戏他：“要下楼？那边不能下楼，下楼在这边！”

U好像被他控制了，没头苍蝇一样又往这边跑。

“干吗去？”香织又说。

U就不敢下楼了，继续在楼上打转。赤着脚，他赤着脚的样子，可怜极了。

“啊，阿 U，才发现你的脚好大啊！”有一次，她说，“过来我看看！”

“不大……”

“过来我看看嘛！”

她既是撒娇，又是威慑。U 只好过去。他不敢靠近她，只把脚伸向她。她就煞有介事地拿她那小小的手丈量了起来。

U 的脚掌确实比一般人大。

“还说不大！”香织证据确凿道，“整个人才一寸，脚却这么大！那边人是不是都是大脚？”香织问，“对啦，女人是小脚，男人是大脚！”

她自己乱想起来。中国人在她心目中就是异类。她与其是喜欢 U，毋宁是通过 U，来满足她的中国想象。U 摇头，但又点头。点头，是因为他的脚确实大，而且中国确实有女人小脚的现象。摇头，是因为不情愿进入香织的想象中。但又怕扫了小姐的兴。“要知道，你现在是寄人篱下。”照子奶奶说，“某种意义上说，你是靠中国人身份才可以留这里的。但这中国人，就是大脚吗？对了，我至今也没有弄清楚，中国男人的脚掌真的比日本男人大吗？”

“不会吧？”我答。

“我也认为应该不会。”照子奶奶说，“但为什么阿 U 的脚掌就特别大呢？确实特别大，我知道。”她强调，“我也量过。”

“也许是特例吧！”我说，我对这话题没有兴趣。我敷衍着。十多年后，我才知道当时我的视线里有个巨大的盲点，以至于我忽略了这个U，这个后来叫林修身的人的特殊出身。从当时照子奶奶对我说的话里，我判断，U也没有对她坦白这个身份。

“这样啊！”照子奶奶说，“反正这大脚，让阿U又受了不少罪。香织她，把阿U的脚量了，端详了，掰了脚趾瞅，又挠他脚底。阿U缩回来，一边为自己缩回来道着歉，一边放下脚跑走。但他怎么跑，也跑不出香织的手掌心。而且，他不可能永远这么逃着。那个捕鼠笼的门在向内推，挤向他，要把他压扁。不，应该说他是在香织的手掌心，香织在握紧手掌。阿U在她掌心里，在她身体里。”

我知道照子奶奶想表达的意思。

“那以后每一次搓背，都要发展到这样。阿U成了什么了？”时过境迁，照子奶奶依然很气愤，“哪里能这样！阿U终于抗议了。有一次，他声明自己是厨师，那香织怎么说？她竟然冷笑道：‘你以为你是厨师？告诉你，比你厨艺好的人有的是。告诉你，我就根本不喜欢吃饺子！’这么一来，之前的支撑阿U的价值全倒了。他之前还可以告诉自己：我是能干的人。不管怎样，我是厨师。现在，这荣誉感没了，他只是个玩物。他就索性破罐破摔了。香织见这种情形，缓和了下来，改口，说我当然知道阿U你做料理做得很棒的，只是不要老是挂在嘴上嘛！这下又把阿U给稳住了。而且，人家这么理解你，看重你，你也应该知足了，应该心甘情愿为人家服务了。只要香织还承认他有手艺，是靠技术吃饭的人，即使他现在干的完全不相干，完全是相反的事，他也能接受。”

我能理解。

“但还没完。”照子奶奶说，“人不能太好心，好心被人利用；

人不能屈服，一步屈服，步步屈服。就好像女的被强暴，一次屈服了，接受了，后面就有第二次第三次了。男的也一样。接着，香织还要睡觉前给她按摩。阿U说不会按摩，她反问：'按摩不是中国的吗？'这是哪跟哪啊！就是按摩是中国的，也不等于中国人都会按摩啊！阿U当然要这么说，但人家根本就是装糊涂，'醉翁之意不在酒'。她是……不在按摩。人家说：你现在不就按得挺好吗？就这么按！没办法，只得遵命了。按摩之后会发生什么，你也应该能想象得到。到后来，阿U就回不了自己的床上睡觉了，所以那天被'佛跳墙'少东家撞上了！"

"但是，"我问，"长谷川小姐她就没有做些防备？"

"她哪里会？她才不管我们用人死活。她自己也不在乎。她是个没有礼义廉耻的女人！"

"但是，"我又生出疑问，"那个林北方要打开壁橱时，长谷川小姐不是很慌张吗？"

"这是你不了解日本人。"照子奶奶说，"日本人的礼仪不在身体上，只跟行为有关。所以'佛跳墙'少东家闯进人家私人领域是违背礼仪的。当然他也搬出了更高的原则来，就是国家大义。在国家大义面前，没有私生活。不，应该说，私生活要被纳入国家秩序。我怎么说得像专家一样？我只是个用人，没文化……"

照子奶奶故意这么说。感觉得出来，她一直为自己曾经的卑贱身份耿耿于怀。我赶紧说："您怎么会没文化？您上过学的。"

"您知道？"

"之前不是说过嘛！"

“那只是成人学校。”她说，“人家小姐上的才是正式学校，但是结果怎样呢？其实在战前，日本的教育就很发达了，但又怎样呢？照样是野蛮。”

我很赞同。

“几乎是每天晚上，”照子奶奶继续说下去，“那房间里都在干着可耻的事。完事后，阿U为了表示他还是厨师身份，央求为小姐煮个吃的，什么都行，好尽自己职业之责。‘好吧，我也饿了！’香织说。阿U就跑去料理室，点火烧锅，大干起来。他好像一下子来了精神。他那么卖力，毋宁是让自己相信，他还是个靠厨艺立世的人。工作是他捡回尊严的唯一途径。他总是把厨帽拉得直挺挺的，帽檐折得线条清晰。就是在半夜三更，也没有别人看他，大家都睡了，他也要把形象打理得体体面面。”

我想起林北方说的U折厨帽帽檐线的动作。

“他平时也是把自己打理得体体面面的。他喜欢照镜子。长谷川宅里当然不缺乏镜子，香织房间就有，但他不去那里照。他在我这里照。不是照我的镜子哦！”

照子奶奶停了一下，好像在等我提问。我确实没明白她说的是什么意思，我只能做出惊愕的样子。她也满足了，说：

“我本人就是他的镜子。”

她简直是哲人。

“他穿戴着，问我：阿照，看看哪里有问题。我说没问题。他又说：再看看！别被人笑话了！他是有极强自尊心的人，不能在别人那里丢人现眼。至于香织怎么看他，他左右不了，但他要自己看得起自己。还有用人们，用人们怎么看也管不着，但他要表现得无懈可击。无懈可击当然不可能，你都那样了。特别是那些男用人，饶有兴趣议论这事。男人全这样！也难怪，小姐你也太放肆了。你好歹该收敛一点啊！她那叫声，由不得人家不竖起耳朵来。有时候她一叫，阿U就会缩住，但她会责问为什么停下？是想偷懒？阿U只能继续。最后夫人无法忍受了，去劝。可是人家小姐说，是被按摩按得舒服了才叫的。鬼才信只是按摩呢！我这没有嫁人的都清楚这是在撒谎。当然也确实是，她那个舒服的啊！身体软塌塌的，简直像一摊水，让人不知怎么收拾。阿U一碰到那身体，那身体就成了一摊水，那个样子哪！”

照子奶奶竟然说得这么露骨。在我这个刚认识的人，一个外国人面前。她这么大年纪了。也许正因为年纪大了，倚老卖老了。

我忽然发觉出破绽，她怎么知道得这么清楚？

“U说的。”她说，“要知道，阿U跟我最亲近了！”

我瞅着满脸皱纹的照子奶奶，一时有一种感觉，好像这是一个老奶奶在说她的孙辈。那么，作为小辈的U对作为长辈的照子奶奶什么都说，这并没有可奇怪的。

“人到苦闷得不得了的时候，得有个诉苦的对象。”她继续说，“还好有我。我当然得听他说。但这种事，我听着，简直是拿刀在我身上戳。有时候我会想，阿U你为什么要告诉我？但他不对我说，又对谁说？如果不是出身低贱，如果香织不是主人，我们早就拒绝了。离开长谷川家也无妨。但走，我倒没什么，大不了再找东家，大不了被人审查一番。我也不怕审查，让他们去打听打听，长谷川家小姐是什么东西！但是阿U就不行了，他一个中国人。他又是男人，他必须养家，我一个人吃饱，全家不饿。当然他不能养家我来养，我可以养他。”

我彻底明白过来了，照子奶奶当年爱着U。他们是有可能组成家庭的，所以她才说她本来应该是夫人。我再看她，她的脸皱成了核桃，扑粉完全皲裂了，这倒使她变得真实。此时她正情绪激越，她在畅想当年可能发生的情景。但那张脸很快就又拉平下来了，像被打瘫了一样。“现在说这些又有什么用？阿修已经走了！”

“阿修？”

“哦，应该叫修身！”她说，“他后来改了名字叫林修身，这不，”她指边上挽联上的名字。“我就叫他‘阿修’。他也让我叫。只是他那姓，要念成リン。他讨厌日本人，他讨厌过去，不喜欢叫他U。当年的U，小猫小狗都不如啊！就是想离开长谷川家、死在外面都不行，你的恩还没有报答完呢！你当初是被长谷川家小姐救过来的，对，也可以承认，确实是救，他已经走投无路了。接受了人家的恩惠，就是欠了人家的债，所以必须还债。不仅，还得还得更多，做得更好，无条件的，不能拒绝。必须卖身。无尊严了。不是吗？那句中国话怎么说的？日语叫‘一滴の水のような恩にも、涌き出る泉のような大きさでこれに报いるべし’。”

“‘滴水之恩，当涌泉相报。’”我说。

“U就是这样的人！”照子奶奶说，“更糟糕的是，他被长谷川家收容，就意味着背叛了他原来的东家。‘佛跳墙’当初也是收容他的，也应是对他有恩。他没能报人家的恩，背叛了人家，现在他怎能再背叛新恩主？怎能二次背叛？更要命的是，两个恩主是对头。他报答了后面恩主，就更是背叛了前面的恩主；他不报答后面的恩主，也不能消除他背叛前面恩主之耻；要是他背叛了后面的恩主，前面的恩主更会振振有词了，可以对后面恩主说：报应！甚至还会说：谢谢你捡了我的垃圾！总之，他怎么做都不是了。他经常对我说：我完了！早知道当初不来长谷川家，坚决不来，死也要死在‘佛跳墙’，就是被赶出来，死在路上也好。但话是这么说，死哪里又是容易的事？也是人之常情。受人之恩，知恩图报，则是义理。在义理跟人情的夹缝里活着，难啊！怎么选择都不行！到我现在这种年龄，想想人生的脚印，没有清楚的。谁是清清楚楚的呢？命运不济的人更是踩得乱七八糟。你还年轻，你不懂的！”

照子奶奶停下来，眯着眼睛瞥我。

“我懂。”我说。

“你这种年龄，都觉得自己懂！”她说，“到长大点，就会发现自己当年并不懂。当然那时候又会觉得自己懂了，但到头来会后悔的。U是早懂事的，比我早懂事，我那时头脑简单，只想着，大不了死！‘心中’！”

“‘心中’？”

照子奶奶在手心上写了一个“心”字，又在下面写一个“中”字。我其实知道这个词的意思，意思就是殉情。只是一直对这个词的汉字写法迷惑不解。“这两个字，跟殉情有什么关系吗？”

“把两个字倒过来排列看看！”她说。

“‘忠’？”

“就是这个意思！”照子奶奶说，“‘心中’就是义理加人情。我可以死，但我死了他怎么办？当然也可以相约‘心中’，但他是中国人，中国人可不像日本人这么想。他要活着。当然他也要我活下去。他死了，我也要活下去，我要活得幸福。他既然不要我死，我也不要他死，那么我们就活着，活得幸福。但那个女人死死缠着他，我们怎么可能幸福？他总说自己身上很脏，不愿意接近我。他不停地吐口水，洗澡，好像永远吐不掉那狐狸气味，您知道，那女人身上有狐臭。阿U觉得自己永远也洗不干净那味道。他被两边拉扯着，要拉成两半了！”

照子奶奶停住了。“对了，那时候他就说过心脏难受。”

“那么早？”

她抚着自己胸口。我发现，她的表情痛苦。难道她的心脏也出了问题？我的心一紧，赶忙去搀她。她把我推开，脸上现出微笑。

“是苦的味道。”她说。

“什么？”

“心碎的味道。”她说，“就是这样。”

她好像在咀嚼着U的痛苦。那不只是U的痛苦，也是她的痛苦。

“大概只有那女人执行《勤劳报国协力令》，出外义务劳动时，阿U才能够暂时轻松。你可知道？战时日本有《勤劳报国协力令》，规定十四周岁到二十五周岁的未婚女性，每年要义务劳动三十天。但也只有三十天，而且夫人让我陪她一起去，我也在这个年龄段不是？所以我也没机会跟阿U亲近。再说，香织像吸血鬼一样把阿U吸空了，他脸色苍白，走起路来，一副命若游丝的样子，好像一阵风就会把他吹倒了，完全没有了当初干劲十足提着送餐篮子的样子了。但他还是得服从香织，稍不服从，就会被指责忘恩负义。他不便说的话，我要为他去说。我虽然是下人，但我豁出去了。我去找香织，我说：‘小姐，您不能这样啊，阿U可是一个男子汉啊！’

“她应：‘是哟，我当然知道。’

“我又说：‘阿U他可是受过很多苦的！’

“‘我当然知道，’她还是这么说，‘受过很多苦的男人才是好男人！’

“她到底听得懂听不懂啊？好吧，我就用另一种方式。‘阿U他好可怜的……’

“‘是哟，所以我可怜他哟！’她说。

“我受不了了。‘小姐您哪里是可怜他？您是在欺负他，您是觉得他一个中国人好欺负，可以任人宰割，就因为他在这里没有亲人……’

“‘怎么会没亲人呢？’这个香织接着就要指自己就是阿U的亲人了，我知道，但我不能让她这么说。‘您吗？您是主人。’我说。我说得很冷酷。平时，虽然我跟她也有磕磕碰碰的，从来没有这么把她冒犯了吧，她脸变了。

“‘那你是说，你是阿U的亲人了？’

“‘爱人！’我说。我不知自己哪来的那么大勇气。来找小姐之前，我没想到我会说出这层关系的。要知道，那时候我不仅是用人，还是没有结婚的女孩子。当然我现在也没有结婚。我说完，自己也不知道自己说了什么了。我只看到香织她张大了嘴巴。我听不到她的声音。

“结果当然可想而知了。我们用人之间是不允许谈情说爱的，长谷川家以这个名义，把我赶走了。阿U他，几个月后也离开了。”

“离开了？”我奇怪，“不是现在还在这里吗？”

照子奶奶没有应我。她好像完全没有听见，我感觉到她老人家的狡猾。该听见的听见，该听不见的听不见。那么她是否该说的说，不该说的不说？

“那么，您后来呢？”我问。

“后来，还不是这家干干，那家干干？后来军需紧张，成了‘铳后之女’。”她判断我可能听不懂，做了个端枪射击的姿势，“造枪的！”笑了。

“再后来呢？”我又问。

“就是战败。全世界都知道的。”她说，“我们也败了！”

她指的是？

“要不然我就成夫人了。”她又说。

难道她说的本来她是夫人，是指在战后？有可能。那时长谷川先生已死，长谷川家很可能衰败了，长谷川小姐也没有霸道的资本了，那这对苦鸳鸯应该有机会走到一起了。

“战后，你们还见面？”我试探问。

“当然！”她说。

那为什么他们最终没有走在一起？难道真像林北方说的，U，就是这个林修身在乎长谷川家的资产？战后长谷川家还有多少资产？

“那你们怎么不结婚？”我问。

她愣了半晌，欲言又止。“发生了一件事。”最后她还是忍不住，说了一句。

她又说到发生了一件事。这究竟是什么事？我想刺探她。我故意跟她聊七聊八，但怎么也聊不到这件事上来。我发现老人其实精明得很，她是该说的说，不该说的牢牢守着嘴。

她蓦然想起了那个“阿胜”。那么她后来嫁给了这个阿胜了吗？也没有。她一直独身。

也许我可以从这个阿胜嘴里探听到什么。“那么，您跟阿胜……坂本胜三先生还有联系吗？”我问。

“怎么可能？”她嘲弄道。

“您离开长谷川家后，就再没见到过他？”

“怎么可能？”她又说了一句，“我可是个被长谷川家赶出来的人哪！”

“那么，坂本先生还健在吧？”

“在，健康得很呢！人家现在是长谷川商会的终身顾问。终身！祝他永远不死！不过永远不死可是判无期徒刑啊！”

第四章

坂本胜三嘴里的他

我决定采访坂本胜三。

我打听到九十岁的坂本先生住在田园调布，离横滨不远。大使馆联系到了他。老人一听说是中国大使馆，就表示欢迎。大使馆工作人员带我前往。

田园调布真像它的地名，一路景色像用清水洗过一样。车窗外时不时闪过豪宅，大使馆工作人员介绍，很多有钱人都选择这个地方居住。但林修身为什么还住在那个旧宅子里？这个坂本可比他老板懂得享受。

房子很豪华。话题自然从住房开始。这些年田园调布一带越来越好，坂本先生说，他曾经劝林修身迁居这里，但林修身觉得再买新房，浪费。“那边房子太旧了，翻新一下也不愿，怕花钱。会长总是这样！皮鞋穿破了，补了再穿。实在不能再补了，才答应去买双新的。我还在上班的时候，带会长去松坂屋。买了新鞋，直接穿着走就是了嘛，他竟然还要把旧鞋装起来带回去，说是还可以穿。”他呵呵笑了起来。“我只能说，我帮您提。在出门时，我说要上个厕所，就提着旧鞋去了。到回到家里，才跟他说我把旧鞋忘在厕所里了。他还让我返回去找。我只能去，但告诉他，找不到了。他这才作罢。他干了那么大的事业，竟然对自己这么苛刻。他这是为什么呢？你们不懂，我懂，他是有更大的志向。比如这次回国，一捐就是‘裸捐’。”

他还不知道林修身的儿子已经赖捐了。“您也听说了‘裸捐’这事？”我问。

“都传到日本来了嘛！”他说。

“但林太郎先生他否认了这事……”

坂本胜三愣，意识到了什么，马上说：“也许是我听错了呢！”他侧了侧脑袋。

老人家年龄大，但脑子并不迟钝。

“是啊！”他又说，“这‘裸捐’这个词，我没有听说过呢！”

“是中国话。”我说。

“哦，怪不得这么陌生……”

毕竟这跟他没关系，他不便说话。谈话变得拘谨了，为了打开话匣，我搬出了佐伯照子。他的眼睛顿时发亮了。

“阿照她还好吧？”他问。

“还好，”我说。看来这个坂本胜三没有去参加林修身的丧礼。也许是因为年纪太大了。“她还跟我们说起当年的事呢！”

“什么事？”

“关于林修身先生的。”

“她会关心那些事？”他竟然说，“她也变得爱管闲事了？”

这话怪异，照子关心U，怎么成了管闲事？而且，难道当初照子并不在乎U？

“也许是人老了，性情变了。”他说，“何况会长已经过世了。怀念一下。过去的事，总有可怀念的嘛！”

老人明显想说什么，但瞅了一下身边的夫人，咽了一下喉咙。他的喉结大而突出，从下提起来，再骨碌向下，稳住。但他明显不甘心，又说：“但后来的事实证明，会长要是娶了阿照，就不可能是后来的会长了。”

这话对，但也是一句废话。

“这是实话！”他又说，“努力是一回事。天赋，当然也很重要。但白手起家，谈何容易？我也很努力，我也有天赋吧？”他对夫人说，样子变得有一些狂妄。夫人提醒他，他收敛了些，又说：

“说起来，会长也算是相当对得住阿照了。还资助她上成人学校，后来又给她个董事。会长可谓各方面都关照得很好。受过苦的人，会对别人的苦感同身受的，这是没有受过苦的人不能体会到的。”

“您说的是……夫人？”我问。我知道有点唐突，但我急于把话题转到U和长谷川小姐的关系上。

他愣。“当然了，爱又是另一种体验了。”

“您说的是林修身先生跟他的夫人？”

“尽管夫人她脾气不好。”他说，“何况当时还是小姐。她从小就任性，到长大了，虽然懂得收敛，但还是想怎样就怎样。想用礼仪调教她，难啊。就像你们中国料理里的炖菜，用锅盖盖住，内部越加沸腾，却还要用锅盖压着，水蒸气推着锅盖，震荡着，时刻要把锅盖掀翻。就这种情形。中国料理真好吃呢！”

他扯到中国料理上去了。

“我知道，所以会长他特别为难。”我把话题拉回来。

“也不好说为难。”他却说，“这种性格，最初还是很有吸引力的。像火一样，一下子就燎过来了。”

我没想到坂本胜三也说到了手绢事件。那天，坂本外出办事回来，看见门口墙根放着一双旧木屐。进来，瞧见“佛跳墙”伙计站在一块岩石上，他的脚上穿着一双新木屐。坂本明白了，这家伙是在门口换上新木屐进来，给小姐看的。

但香织没有在意，她一直是对别人不在意的。“啊，对不起，帮我把椅子移到那边去！”香织支使他，指着边上一张椅子。

伙计木屐一个踢踏。香织仍然没在意。伙计撑了一会儿，只能从岩石上下来。但他简直是急冲下来的，因为这毕竟是在帮小姐做事。他吃药的老鼠一样冲向椅子，抱起来，冲到指定的地方去。

放下椅子，气氛僵了下来，可以听到他的喘息声。

“好像还是放在这边的好呢……”香织又说。

U又抢了似的把椅子抱回来。坂本说，那时候他自己也才不到三十岁，很知道这种感情冲动。他能感觉到U听从香织每一次调遣，都兴奋得像小野兽一样。坂本可以从U的背部看出这种冲动的，也许他只顾了掩饰正面，忽略了背面了。但他搬东西时，毕竟要转身，香织也应该会觉察到的。但香织哪里会察觉到？

“小姐！”突然，U叫了一声。

“什么？”

但对方不吭气了，做出一心在干活的样子，好像那一声不是他叫的，只将木屐磕得异常响。

香织这下才注意到了木屐，但在她，那不过是一双新木屐。她好像知道了，对方要炫耀他穿了新木屐了。“什么？”她仍然装作不明白，故意吊着他。坂本说，香织是很会捉弄人的。

但对方又不作声。这下香织反而尴尬了。“啊，再挪过来些……”她只能去说椅子。

但香织不是能够掩饰的人，她熬不了。她又是极有好奇心的女孩。她要去引爆。U还没有搬动椅子，她就朝椅子坐下去，让正弓腰要去搬的U一跳，躲开。香织背向他坐着，不动。她用眼尾瞥着U。缩回的U仍然保持着搬东西的姿势，好像仍在搬着。他好像感觉到她在用眼尾瞥他，于是开始呵手掌，又是转胳膊，好像还没有开搬，刚才那情形并没有发生。这样，香织倒被将住了，真的成了等搬动的椅子，不好去动。也是凑巧，一只蝴蝶搅了进来。它在香织肩头扑扇，香织就把目光转了过去。蝴蝶飞去了，她就寻它去，这样，她就能动了。她一动，被解放了的身体就控制不住了，她毕竟不是个控制得了自己的女孩。何况她有想干的。她猛地扑向U。

“阿U，这个，请收下吧！”她急急说道。

坂本这才发现香织的手里攥着手绢。

U骤然不安起来，好像香织给他什么可怕的东西。坂本说，当时U确实神情非常害怕。他闪着手，推却着。手绢被香织长时间攥着，可能又热又潮，U碰上去，马上恐怖地甩手。但他又不敢甩，又补救地把手接上去。但又不敢接，又甩。香织索性把手绢塞到他怀里。U往后退，脚下一个踉跄，木屐把他绊住。他索性猫腰把木屐脱下来，抓在手里。他又把木屐藏在身后，香织笑了起来，他竟然不是把自己藏起来，而是把木屐藏起来，可见他慌乱到什么地步。香织的笑声好像逮着他，他跑了起来。香织就更逗他了，就追。他赤着光脚丫的样子，让他显得更加可爱。他越是跑，香织就越是追，抖着宽宽大大的袖子，肆无忌惮了。直到传来了母亲的叫唤声，她才停住。但又趁着U怔着的当口，迅速把手绢从他的领口塞进去。U像被烫了一样张开了嘴。她撮起嘴，一嘘。U像被施了定身法，不动了。U就这样被塞着手绢，战战兢兢走出长谷川家门。香织应该完全没有意识到，她会给U造成了那么大的灾难。

“坂本先生，您认为造成灾难的是手绢？”我问。

“一方看重的是手绢，另一方看重的是木屐。”他说，“男人女人，脑子就是错位啊！那木屐，后来我知道，可是‘节约养战模范’的奖品啊！”

“是‘佛跳墙’少东家的……”

“所以啊，会长后来怎么也不肯在宅里待了。”

“不是因为照子……奶奶才要离开的吗？”

“这是阿照跟你说的？”他问。

至少照子奶奶的话，给我的感觉是这样。“难道不是？”我问。

“照子就是自以为是。”坂本老人说。

这是什么意思？看来坂本对照子是有看法的。也是，照子奶奶向我描绘的当年 U 和长谷川香织的事，总让我觉得有点传奇。比如 U 在“佛跳墙”的事，照子她根本不可能在场。即使是 U 事后向他描述，也不可能有那么多细节吧？而对于木屐的事，照子奶奶又说得很含糊。

“男人怎么可能被女人羁绊嘛！”

女人？指谁？照子？还是香织？

“男人是要干大事业的。会长他更是了，他可是一条龙啊！”

“您也知道龙？中国龙。”

“龙，”他说，“会长的名字啊！”

他还有这名字？

“曾经的名字。”他夫人说明，“战后，他曾经名叫长谷川龙。”

这我完全不知道。

“那是他掌管会社时。”坂本说，“之前他还叫过‘长谷川光’呢！”

这个人竟然有这么多名字，又是“林修身”，又是“U”，又是“长谷川光”，又是“长谷川龙”……我都有点乱了。这么多名字，不会有身份错乱感吗？好在分别用在不同时间。但一个人一生一次次改变名字，也够折腾的。

我蓦然意识到，这里岂不是有一条时间之轴？这条轴穿起了他的人生。我可以沿着这条轴去把握他。

“那时他跟小姐结婚了，入籍用了‘长谷川’这姓。至于那‘长谷川光’的名字,还跟我有点关系呢！”老人说,“它是从林光来的。”

“林光？”

“不过只用几天。”他说，“后来想名字，就延续用了。最初所以用‘光’，是因为‘光’号。我就是‘光’船长。”

我记起来，照子曾说坂本曾是“光”号船长。

“说来惭愧，我曾经是会长的顶头上司啊！”他快乐地笑了起来。

“您是说，林修身先生曾经在‘光’号工作过？”

“是哟！承蒙长谷川先生信任,我当上了‘光’号船长。”他说，“‘光’号刚被改造时，我发现有一阵长谷川先生很为家里的事苦恼，说侍候小姐的厨子老跟小姐请求，要出去干一番大事业。小姐不肯，厨子就一再磨她，到了较劲的地步。当初收他进来，就是用来侍候小姐的。也怪小姐脾气不好，长谷川先生也承认这一点。长谷川先生还是很明白自己女儿脾气的，他是很体谅人的。刚好，刚改装的‘光’号缺个厨子，长谷川先生就想把他放‘光’号上。委实说，当时我心里很犯嘀咕。我能理解一个男人不愿意窝在家里的心情，再加上有一天，他原来的少东家来闹，仗着是军人，那个威风！我都觉得矮他一截。尽管如此，我还是担心，一个女孩都搞不定的人，能做什么大事？当然，人家是小姐，但你总会有办法的啊，不至于闹得鸡犬不宁,宅子里上上下下都知道。最后是小姐生气了，不要他了。他等于是被赶出来的。”

“光”号

一九四二年八月底，U作为厨子上了“光”号。

坂本胜三笑称，直到这个人上船，他还不知道这个人根本没有名字。他以为“U”只是个诨号。“名字？”他问。

“U！”U用敬语回答，鞠躬。

“名字？”

“U！”U仍答，仍是鞠躬。坂本说，他才不在乎对方礼仪，他是想知道对方名字嘛。“你听得懂日本话吗？”他啐道。对方样子惶恐。“登记名册时写的是？”坂本又问，他想这下对方总应该明白了吧？

“是U！”对方仍说。

坂本糊涂了，难不成登记造册时真的就这么写？对方好像明白了坂本的疑惑，补充道：“片假名的‘U’。”

“噢，U……”坂本皱着眉头，摇了摇头。他不只是对这名字感到困惑，也不解长谷川社长为什么不给这个U正式取个名字。那个用片假名记录在册的名字，一看就是外国人。在当时战争年代，外国人身份是敏感的。“这片假名的人名，开战以来可好久没见啦……”他嘟哝。他转头瞧见码头上几个搬货物的“光”号船员在磨磨蹭蹭。“喂喂喂，你们这些小子干什么？让外国人看日本人偷懒吗？八格牙路！”

大家赶紧加快动作。

U不知什么时候已经在他们中间了。只见他甩开膀子大干。坂本又叫其他日本人："让外国人干，你们就这么放心吗？"

日本人船员去抢U肩膀上的东西，好像在抢救紧要物资一样。U把货物让给他们，又去搬新的。大家刚卸了货返回，就瞧见U扛着又一个货物兴冲冲上船了。他脸上汗涔涔的，但嘻嘻笑着。

坂本说，很惭愧，自己最初对U确实有点成见。也是他怕出差错，毕竟长谷川社长把一艘船交给他，他必须负责，所以本来应该由大副二副他们管的事，他也要管。尽管U搬的是食料，他是厨子，这工作理所当然应该由他做主，但坂本还是不放心。"慢点！轻点！这可是国家物资，可不是小姐一个人的事哟！"

这话，让U脸色刷地白了。

但很快就又堆起了笑。他竟然立正："是！"

但他明显被刺痛了。他不肯将货物半途让给大家了，坚持自己扛到底舱。好像在说，这是他的工作，他要从头负责到底。他扭着身体，伸手阻挡大家伸过来的手，好像在挣脱强加给他的不信任。但他的脸上仍是笑嘻嘻的。他疾步如飞。坂本船长发现他的脚板很大，很有抓地力。他怎么长着这么大的脚板？但这样的脚板，在下底舱时明显显出了不适应。他用一只手抓着梯栏，吃力地适应着踏板。坂本叫别人帮他，但他仍是不肯让大家帮，他的固执里好像藏着对抗。坂本只能又教训他：

"这是国家物资！战争物资！你小子以为只是食料吗？性命攸关！这是战争！战争！出了事，别以为被解雇就可以完事……"

“是！”U应，虽然身体受着重压，但声音仍然响亮，“明白！”

U更快地在梯子上上下飞窜。他的动作很快顺畅了，身体也灵活了，速度更快了。坂本说，他不得不承认这个U对轮船、对水上状况相当有悟性。大家和他一起干，倒成了大家追着他跑。大家还没有追赶上他，他已经风一样地下了底舱，迅速转进储藏舱。储藏舱很快就堆满了。但他好像有缩身本领，仍然可以进去。也许就因为个头小。大家只能愣在储藏舱门口，听着舱内结结实实的移动货物的声响。

坂本也来到储藏舱口。他不知道这个U在里面都是怎么干的？他不放心，朝一个船员啐：“还不快去进去瞧瞧！出了差错，到时候，我是船长！”

但确实谁也进不去。坂本只能在舱外急煞煞走来走去。蓦地，发现U站在舱门口了。

“干什么你小子……”

“报告坂本船长，全部准备完毕，请检查！”

坂本说，当时他简直感觉惊奇。他好像没有听懂，这中国人说的好像是中国话。他盯着U，U的脸上洋溢着胜利的笑，鼻翼一翕一翕着，像飘扬起两面小旗。这让坂本觉得被冒犯了，他唯一能做的就是抓住这个中国人的破绽，打掉他的嚣张气焰。他要亲自去检查，严格审查。但他怎么进得去？但无妨，单是这通道问题，就足以骂对方了。他刚要开口，蓦地发现储藏舱已经被整理出一个过道了，够他进去。这下，他不能不进去。但进去了发现不了问题，他的脸怎么挂得住？他转变策略，叫：

“怎么要我检查？大副呢？我是船长！每个人每个人的工作！各就各位！八格牙路！”

坂本胜三笑着对我说，当时他这么说，也是在理。日本人讲的是层层问责，他是越俎代庖了。也许这个U精明就在这里：既然你越俎代庖，那么我就找你，看你有什么话说。这样，对展示他的工作也有好处，我就直接在你面前表现给你看，让你记住我。

我想，这不就是中国人擅长的走上层路线吗？

坂本继续回忆。他当时喊大副，大副慌忙跑了来。大副手上还拿着货单，他有他要忙的。坂本也觉得自己苛刻大副了，于是又护起大副来，冲U喊：

“自己分内的工作，不是要自己负起责来吗？”

“是！明白！”U大声道，鞠躬。他躬下的身体，让坂本觉得他并没有咄咄逼人，只是自己敏感了，自己对U有成见。他把U的肩膀擂了一下：

“好好干！”

“是！”又是鞠躬。

坂本喜欢U这个样子。他这么一个外国人，却这么忠心耿耿，他忽然生出一计：一个外国人在这个群体中，可以产生“鲇鱼效应”。坂本冲大家嚷：

“喂，都傻愣着干什么？让人家赶到前头来了，你们还是日本人吗？”

“是！”大家喊。其中竟然也夹着U的声音。

“我说的是日本人……”

“是！”不料U仍应。好像为了加强意思，他又“是”了一声。

“我没说你小子……”

“是！是！是！”他道。坂本笑了：

“‘是’一声就够了！在日语里……”

“是！”

大家全笑了。坂本都觉得对方太一本正经了，揶揄道：“你小子，头发还没有‘是’啊！”

U没听明白，傻愣着。他上船前没有像其他船员那样剃光了头发。坂本指指大家，又拍拍自己光脑壳。“船员，也是战士，战士！什么‘准备完毕’？你小子头发也准备完毕了吗？”

U一摸脑袋，摸到了一头长发。他立刻显出狼狈相。他的样子又把大家逗乐了。

“是！”U立刻下船把头发刮光了。

“我们‘光’号出发时，也唱《出征士兵送别歌》。”坂本胜三回忆道，“那歌，怎么唱的？”他瞅了下夫人，夫人提醒了开头，他马上记起来，唱了起来，握着拳头：

受召于大君天皇，
生命辉煌如朝阳，
激情洋溢来相送，
一亿欢呼震九天。

出征吧勇士，日本男儿！

唱到最后一句，手使劲一顿。

“要整齐！就能产生向心力。”坂本胜三说，“共同朝着一个方向，这个方向就是心所指向的方向。”坂本胜三用动作比画着，生怕我理解不了。“就说这脑袋吧，大家都剃光了，大家都憋足了劲要大干一番，人心所向。看这光亮亮的脑袋好了，光，就是人心所向。‘光’号这名称就是从这来的。其实这也是人的本能，无论是日本人，还是中国人，或者美国人，人类在向往光明上是一致的。但是这是在日本，是日本人的船。一个外国人，中国人，能够被允许上船，被我们接纳，他一定是有感恩之心的。他是个懂得感恩的人！”

他冲我点头。我也点头。

“但毕竟是外国人，”他又说，“毕竟孤身一人，在日本，没有亲人。没有人来给他送行，小姐还在生他的气，再说，人家是小姐嘛！起航时，大家争先恐后向码头上亲友告别，码头上写着醒目标语：‘请各位记住家乡父老关注的目光！’但他没有亲人，我看出了他很孤单。欢送的人群朝船上投来一个又一个的彩带团，他不敢去接。忽然，一个彩带团投到他眼前。‘阿U，抓住它！’我冲他喊。他好像被提醒，赶紧抓住那彩带。霎时许多人来抢。他虚弱了，拿眼瞥我，好像在问他该不该抢？甚至是，他是接受我命令去抢的，他放手了就是违抗我的命令。我笑了起来，用眼睛怂恿他。他一个嬉笑，把彩带团死死搂在怀里。大家抢得更欢了。彩带团被抓散，一条条连接在岸上。船开始动了，彩带一根根被扯断，掉落在水里。

他把剩在手中的彩带使劲挥舞，把送别的人们都舞得凌乱了，他们在彩影后面渐渐退去，模糊了，他不知道他们中有没有他的亲人了，他只是‘光’号上的一员，‘光’号上的U君。那时会长还叫‘U’，‘U君’！”

坂本胜三一会儿“会长”，一会儿“U”，我被他从历史拉到现实，又从现实拉到历史，有一种恍惚感。

“关于‘U’这名字，”坂本继续说，“熟了后，我曾问他怎么来的？他告诉了我。但我还是不明白，为什么他偏是听到‘U’这个声音就动起来呢？他总是用跑走路，好像要赶去干什么一样。但老实说，航程中时间是很缓慢的，至少没必要跑着去干。我理解了他为什么要这么跑去。”

“为什么？”

“希望！”

“没明白。”

“你们中国人也应该听懂‘U’这个声音的吧？全人类语言都是这个音。也许应该说是信号，号令。或者，自己给自己发出号令。‘U’！一惊喜，啊，机遇来了，赶快抓住！有机遇就有希望！”

“但是，就不能理解成惊愕吗？”我提出疑问。

“你试试！”他说。

我试了试，的确，惊愕时发不出这个音。这声音是欣慰的。

“这应该是来自人类原始语言吧！”坂木说，“人类无论再怎么进化，基本的东西是不会改变的，比如向往太阳，喜欢光明。不仅是向日葵，所有的植物都需要太阳，所有的动物，我们人，信仰不就是如此吗？我们日本人虽然严格上说谈不上有宗教信仰，但我们是太阳的国家，天皇就是天照大神在人间……”

他夫人碰了一下他的胳膊。“职业就是我们的信仰。”他夫人把话转开。

他好像意识到了，说：“对，对！日本人的信仰就是敬业。U君也是，他的工作做得非常好，他是个有信仰的职人哪！没有信仰，不是把职业当作信仰，干起活来不会是那种景象……”

瞅准火候，将木勺往装着清水的桶里一浸，揭开厚厚的蒸笼盖，加了碱的饭中热腾腾的香气顿然汹涌而出了。从舱口投进的光束打着转，好像光也贪婪地缠着香气。光被蒸汽涨得很大，U就立在光与蒸汽中，他的身影虚幻，简直就像神一样。他腰板挺得笔直，手执木勺，款款搅动着锅里的饭。他的勺子像犁，饭像肥沃的泥土一样被犁起，掀翻。又从另一侧犁起，松松的饭覆盖下来，再铺平。那执勺的手熟透了一样。勺退出来时，在笼壁节拍紧凑地轻敲两下，仅剩的一些附在勺上的饭粒清脆落下。几乎同时，木勺倏然扬起，拽着光影飞起一个美妙的弧线。

“U君，外国米的怪味就是这样被甩到海上去的吧？”船员们每每打趣，“怪不得一经U君的手，就跟日本米饭一样了呢！”

U很清楚这一类话的分量。在漫长的航海日子里，一切按部就班，可变的只有随时可能出现的险情和每餐的伙食。

“U君，今天做什么好吃的？”每次做饭时，都有人向厨舱探头探脑，问。

或者扮出一副苦脸叫道：“敝人可实在吃怕了三色饭啦！”

“我们在给帝国输送润滑油啊！”大家还会说，“一滴石油就是一滴血哪！”

这话脱胎于当时的流行语，是坂本船长的口头禅。有一次，船长在就餐时这么说着，又接下去说了一句：

“我们给帝国供应润滑油，U君给我们供应润滑油呢！”

U嘻嘻地笑起来。在这嬉笑底下，坂本觉察到了这个中国人不敢掉以轻心。他在审视坂本船长说的是真话，还是只是开玩笑。他应该看出船长说的是真心话，但他仍然谦虚地摆了摆手。船长又说：

“喂，U君，大家从心里感谢你呢！”

“U君，谢谢你啊！”大家也跟着叫起来。

他又开始观察大家的诚意。大家明显是真诚的，但不知为什么，他仍然没有接受这种真诚。他有着聪慧的眼睛，他不是不识好歹的人，他对人总是带着一颗诚恳的心，他巴不得大家诚恳相待，但他偏偏不相信大家这下是真的在认可他了。他的嬉笑转成了哈笑，他打起哈哈来。

“哈，我有什么可感谢的？”他说。他甚至显出玩世不恭的样子，一副二流子的样子。

“怎么会是这种反应！”船长嗔怪地拍了拍他的后脑勺。

这一拍，让他确认了，他心里踏实了。他慌忙站起来，立正：“是！我还要继续努力！”

“这才像话嘛！”坂本船长哈哈大笑起来。

“这伟大的时代在呼唤忠诚的人才啊！人才难得，但光是有才又什么用？不能为国家所用。忠诚更重要。忠诚的阿U，把你的本领全掏出来！”

“是！”U响亮应道。

他的身份

“等等，”我打断坂本胜三，“‘光’号是货轮？”

“远洋货轮。不过是改装的，货轮都被征用了，那么多海外资源，光靠那些货轮，怎么运回大本营？”

“大本营”这词让我不舒服。我明白“光”号是什么性质的轮船了。我曾经看到资料，太平洋战争期间，日本由民船改造的运输船，为战争运输了大量物资。我没料到林修身也上了这样的船。

我采访林修身，没料到竟踩进了战争。

我想结束采访，但坂本谈兴正浓，脸上发光，好像回到了青春时代。他不仅显得年轻，而且显出凶顽的样子。那应该就是他当年的样子。眼下，他顽固地要把回忆进行下去。我瞧在场的大使馆人员。应该是出于礼貌，或干脆就是担心惹出妨碍中日友好的事端来，大使馆人员没有要结束的意思，仍是一副礼貌的样子。我也只能继续听下去。

“昭和十七年夏天到十八年夏天，会长可算过上了他平生最有阳光的日子。”坂本说。

在这个坂本嘴里，那个黑暗年代竟然充满阳光。我曾经看过太平洋战争资料，印象中，昭和十七年，就是一九四二年夏天，到一九四三年夏天，正是日本对南方掠夺最凶狠的时期。东南亚被占领地区的百分之三四十的原油被运输到日本本土。“怎么可能！”我脱口而出。

老人显出吃惊的神情，瞧着我，又瞧大使馆人员。大使馆人员有点紧张，也瞧向我。我也觉得自己冒失了。“指的是……阳光……”

“真的哟，”坂本说，“太平洋上的阳光，难以想象的灿烂啊！但我不是说这个大自然的阳光，是他心里的阳光。”

他真是哪壶不开提哪壶。

“一个人，总要有自己的精神归宿，那就是一个集体，一个国家。唱着《君之代》，望着太阳旗，脑子中出现的自然就是天皇，决不会是英国女王。数起心目中的英雄，自然会是自己民族的英雄，不会是麦克阿瑟。这是没法改变的……”

“但他是中国人呢！”我干脆说。

“确实是。”他承认，“他不是日本人。我当然知道。正因为他不是日本人，最初他才难了。但到了后来，我也忘了他是中国人了。”

“为什么？”

“信赖了，就渐渐忘记他是中国人了！”他说，“大家都是集体的一员。不仅船上大家是一个集体，天上也和我们是一起的，还有海上。我们的船队有军舰护卫，天上有飞机防卫。这让我们省心多了。大家也心情轻松，常常忘了这是在战时，好像这只是普通的航运。但这也有不好的地方，容易不讲究仪容。在船上，清一色男人，没有女人，人本来就容易邋遢。我就又喝令大家：我们也是军队，我们也要讲军容！只有 U 君，一直保持着体面的仪容。我几次发现他在干活时，朝水桶里照脸，他把水桶里的水当镜子了。”

林北方和照子奶奶都说过 U 爱照镜子。但这是为了自己体面，还是为了照见自己可耻？

“但到了昭和十八年的后半年，就大不一样了！”坂本继续回忆。

一九四三年后半年，盟军开始反攻，日本海军无暇顾及运输船，运输船频频遭受攻击，损失惨重。“光”号油轮也像惊弓之鸟，远远望见漂浮物，就会惊慌失措起来：“敌人，敌人！”

得知是日本船，就又会激动得又蹦又跳。“原来是自己人哪，自己人的船哪！”船员们彼此拥抱，也抱 U，叫着：

“U 君，U 君！”

U 也兴奋地搂大家。“啊，是自己人的船。‘光’号可平安无事啦！敌人不会出现的……”他喃喃着。

自从船上来了一个叫森达矢的人，U 的处境就尴尬了。森达矢是从部队病退下来的，到长谷川航运找工作，被安排到“光”号上。坂本说，这个森达矢上船的第一天，就被他掴了一耳光。这家伙虽然是日本人，但比中国人的 U 差劲多了。全船人也都不喜欢他。但他却不觉得羞耻，到处招惹人。这是一个标新立异的人，口口声声称自己只是来讨一口活命的饭的。坂本说，虽然连年战争，日本国内经济确实不景气，但他的话谁也不爱听。他那玩世不恭的样子，更是谁见了都厌恶。

没有人听他说话，他就拿战场上的事吸引大家，他毕竟是从前线下来的。他说盟军的鱼雷击中了多少日本军舰，哪些海域已经在盟军控制下了。他还说，真遇到飞机轰炸，人家在天上，居高临下，飞机速度又快，船慢，根本逃不了。他说人家用机关枪射击，从飞机上射下来的子弹，就是军舰，就是有三层钢板也会被射穿。

森达矢就是说了这样的话，被坂本掴了一巴掌。要不是当时缺人，坂本可以送他去牢里，这可是杀头罪。

“再胡说！动摇军心，扔你到海里去！”坂本威胁森达矢。

森达矢于是有所收敛。但他仍然用一种貌似客观的语气说前线的事。有一次说到各国所属的阵营，他指着U，说：“中国属于英美阵营！”

坂本看到U当时脸都白了。这可是要命的指认。那时运输船队中也有中国人船主的货船，这些船被征用，日中处在战争中，他们作为敌国人，不仅不敢拒绝，还得表现出很愿意的样子。他们要比日本人更合作，稍有怠慢，就被认为在抗拒。稍有差错，就会被当作破坏圣战。虽然U跟大家熟了，大家都喜欢他，但到了小摩擦时，还是会想到他毕竟是中国人。

其实U几乎不跟人发生摩擦，他一直是好人。但太好人了，也会引起大家怀疑。这种情况，也在那些被征用的中国船的船主身上发生过。表现得对战争过于积极，就会被怀疑是别有企图。曾经有一个还被当作奸细抓了起来，这事U也知道。这样，U就必须拿捏好分寸。他毕竟是聪明人，他好像认定跟着船长就不会错，说吉利话就不会有错。那时运输船队虽然还有军舰护卫，但遭到进攻的时候明显增多，护卫的军舰也在逐渐减少。大家不能不想到，总有一天会被军舰完全抛弃。船长经常给大家鼓气：

“你们可没理由垂头丧气啊！我们是为国家运输石油的，军舰可没理由不保护我们！”

“对啊！”U就跟着说，“军舰上有大炮，还有鱼雷。对它们来说，离我们再远也很近呢！”

这时候的U好像个军事专家。

但森达矢来后，大家听到的老是盟军鱼雷袭击日本军舰，U就显得不懂装懂了。这下，森又指他是中国人，他简直就有奸细嫌疑了。

这个森达矢，很得意自己的话产生的效果。每当聊天，说着说着，总会扯到U的国家来，U的身份就会被突显出来。好在U机灵，也是被逼到没有对策了，有一次，他反问：

“你怎么知道我是中国人？”

谁都知道U就是中国人，他怎么这么问？起初大家觉得他是在反击森达矢，但接下来他对任何人都这么反问，大家就觉得他在抵赖了。甚至想：中国人就是会撒谎。但日本人是不反驳人的，只是不理睬他。森达矢更得意了，一再把U的中国人身份提溜出来示众。坂本船长感觉U就像被推到了悬崖绝壁边上。他简直已经挂在绝壁上了，爬不上来，又掉不下去。坂本看不下去了，他决定帮U。

“什么中国不中国的！‘大东亚共荣圈’不是？”坂本说，“不仅是中国，菲律宾、泰国、印度尼西亚……都是‘大东亚共荣圈’！”

坂本船长还故意提起旧闻，对U说：“喂，你小子的中国不是还换了新的政府了吗？”

U瞪大了眼睛，他确实不知道。他怎么可能关心新闻？新闻是日本的新闻，即使有中国的内容，又跟他什么关系？他只知道干好自己本职工作。但现在，他被逼着必须先解决好自己身份问题。他明显接收到了船长的善意。“中国也换政府了吗？”他做出惊喜的样子，大声问。

坂本知道，U是说给大家听的。坂本于是又道：“当然啦！”他伸手敲了一下U的脑壳，“早就换了！你就是不看报纸！《日华宣言》一调印，汪兆铭新国民政府就跟英国人美国人宣战啦！蒋那家伙跟在洋鬼子屁股后面，完全不行啦！你这个傻瓜，什么都不知道！只知道干活！”

U立刻做出羞愧的样子，一缩脖子。

“所以啊，”船长对大家说，“什么中国人、菲律宾人、印度尼西亚人，都是日本‘大东亚共荣圈’人！‘八纮一宇’！中国菜，你们不是都爱吃吗？你们觉得U君手艺不错吧？那就是中国菜！告诉你们，中国不仅菜好吃，姑娘也漂亮！”

为了增强效应，坂本故意说起女人的话题，并且做出兜着女人身体，上上下下套弄的动作。这动作日本男人都很喜欢做，不同的是，坂本做得更逼真，两手大拇指翘着，其他手指扇动着。大家哈哈大笑起来。U也笑。

“笑什么！”坂本猛地收起动作。

大家也刹住笑。

坂本一本正经道：“真的嘛！中国已经不是过去的中国了，你们这些小子啊！”

U道：“船长很知道我们中国的事情啊！”

坂本说，他听出了这嗓音里的暖意，U好像被他用棉被裹上了一样。不只是温暖，他的状态整个是涣散。经过长时间折磨，他产生了一种从骨髓里发出的极度的涣散，简直要虚脱了。

大家又恢复了对U的信任，日本人还是相信和服从上级的。坂本说，他发现U的话也多了一些。有时候，远远瞅见日本军舰驶过，他会叫：

“军舰开的方向是中国！”

接着他欢呼：“哦，军舰要开去中国了！”

但坂本注意到，一旦叫他做什么，他会更加紧张，噌地站得笔直，听着，手指也直直伸着，贴在裤脊上。对自己的身份，他的心里还是有阴影的。“光”号不再理所当然是他可以依托的家了。以前，他觉得只要他干得好，他就可以理直气壮在“光”号站住脚跟，现在，他知道自己必须比别人更加卖力，才能让大家接受他。他就像脚踏在一块跷跷板上，需要不停地动，才能站稳脚跟。

那阵子，船上的伙食不时有新花样。他发明了很多新菜，有时候，大家不能适应新菜，觉得是他把菜做糟了。坂本也怀疑，他分析，有的菜确实是做糟了后补救的。坂本判断，也许是他太紧张了，太要成就了，反而把事情办砸了。

一个凌晨，坂本船长听见甲板上一片喧闹。大家在指点着远处的海面，那里有一个扁平物体，它的周围还有几个黑影，怎么看怎么像舰艇。谁也弄不清这是哪一国的船。“美国人！”有人嘟哝一声，大家大为惊慌，也跟着叫了起来。

“混蛋！这是交换船！”船长根据航向判断，“送我们日本侨民回国的。”

大家才安静下来。

“没看到那白十字吗？”船长慢条斯理道，“哦，你们是只看那些旗啊！洋鬼子的旗！比如英国人的，”当时U正拿着写膳食的粉笔，他抢过U手中的粉笔，在地上画了个英国米字旗。“这是什么玩意儿嘛？花里胡哨，就像……琉球人围肚子的兜布片！哇哈哈哈哈……”

坂本率先夸张地大笑起来。大家也跟着笑了。他又装模作样端详着米字旗，指着被切割成的一个个三角形。“唔，如果拿这兜布片裁女人的裤衩嘛，倒可以裁出好几条呢！”

大家又笑。U也跟着笑。他笑得很夸张，坂本说，他看出来了，U是想用夸张的笑，用对洋鬼子的奚落，来表明跟大家同仇敌忾。

“还有美国旗……”船长又说，“就更像……尿布了！”

“狗畜英美！把他的旗射下来！”U叫。

这竟然是从U嘴里发出的，坂本说，当时他委实有点诧异。“狗畜英美”和“把他的旗射下来”，都是当时的时代流行语，几乎人人耳熟能详，U当然有可能掌握。但率先用上，不是日本人，却恰恰是这个中国人。他这么叫还真有效果，大家一下子有了共鸣。而且，这共鸣是围绕着U的，这就形成了一种局面，他是中心。退一步说，他至少也是无法跟大家分割的一分子，跟大家一道同仇敌忾。坂本说，他能看出U的意图，他的苦心。坂本于是推波助澜，也喊：

“把他的旗射下来！”

船长这么喊，喊的是U率先喊出的，那么U就是被船长支持，大家就跟着大喊起来。但坂本船长注意到，U跟大家的表现又不一样，他喊时，眼尾在瞥着别人。他脸上还带着一丝笑意，那是讨饶的笑，好像在防着大家把他驱逐出来时，他也有个回旋的余地。这是在海上，回旋余地是很小的。一旦大家驱逐他，他只能到海上去。大家的吼声又给他带来震慑，他好像意识到必须有个更特别的表现，于是他在船长画的旗子上踩了起来。大家也围上去踩。他狠狠跺脚，大家也狠狠跺脚。这下他无可怀疑成了带头的了。坂本推波助澜：

“把洋鬼子的旗踩烂！”

大家也叫。

“把洋鬼子从太平洋赶出去！”坂本又叫，“从亚洲赶出去！亚洲是我们的亚洲嘛！大日本帝国，肩负着神圣的使命，‘亚洲的领袖、亚洲的保护者、亚洲之光’！”这是上次“光”号到印度尼西亚时学到的，“所谓‘三亚’！咱们这‘光’号，不就是‘亚洲之光’吗？”

坂本胜三回忆着，哈哈大笑了起来。

“就你善于鼓动！”坂本夫人在一旁笑他，“会长后来重用你，也因为看中了你鼓动能力吧？”

坂本胜三承认。“都是那年代的事了！那年代的人能够被鼓动起来，现在的人，鼓动不起来了！人没有了精神力量。中国还可以，那个‘文化大革命’……”

“中国已经否定‘文化大革命’了！”我纠正他。

“哦，现在是‘改革开放’。反正干大事，都需要举国一致，鼓起精神力量。”

这老人价值观里太缺乏是非了。见我要反驳，大使馆人员制止了我。坂本就得以继续说了下去：

“不过，精神力量，也只是精神力量。鼓舞士气，鼓舞起来的毕竟也只是气。客观状况还是改变不了的。就说那英美旗事件，几个小时后，轰炸就来了……”

当时坂本船长正从厨舱走过，骤然一声巨响。船身剧烈颠簸，这使得船长倒退几步，看到了舱内的U。U正趴在台板上，企图按住台上的食料。但又一个冲击波，把台板上的食料扫在地上。U是跟着食料连同锅盆砧板一起下去的。他还企图把它们抓起，刚弓起腰，又是一个震荡，他的身体被甩到墙壁上去。“快出来，U！”坂本叫。U支起身，懵懵懂懂地从厨舱爬出来。他和船长一前一后爬到甲板上，抬头瞧天空，空中浮现着一块黑色的斑点。斑点不停地增大，片刻凝固，就慢慢扩散开来。

“好！”坂本船长知道那是怎么回事，叫起来。

好一阵，爆破声才传进耳里。打中的是美军飞机。“万岁！”大家喊。

U拿手在胸口画十字。这是基督徒才有的动作。坂本曾一度怀疑他是教徒，因为日本跟西方战争，日本基督教被限制，他才不敢显露身份。但到了战后，U也没显露出自己是信基督的，坂本只能理解，这只是一个一般的祈求姿势。这次遭到空袭，毕竟是U上船以来遇到的最大一次。

况且，U做着这姿势，嘴里喊的却是“万岁！”

他又拿手挡着天光，瞧着天空中小鸟一样飞来窜去的飞机。又担忧地瞧瞧不远处的日本军舰，嘴唇嗫嚅：“打！打！打……”

一颗炮弹呼啸着飞上去了，他又慌忙闭上眼睛。但很快地，他又睁开眼。天上一个黑烟浓聚的地方，一只小鸟溜了出来。

“杀了它！八格牙路！”他怒号。

大家也跟着喊了起来。他和大家一起，好像要把怒号铸成炮弹，射上天去。那只小鸟终于被击中了。但几乎同时，又一只小鸟突然变成一只矫健的老鹰，冲向海上一艘船的上空。大家发现，就是早上看到的那艘交换船。不知什么时候，那交换船离这边近了许多。大家都愣了，不知道那老鹰要干什么。

交换船一副被盯得不敢动弹的模样，亮着自己船上的白十字标志。好在白十字标志够大。它缩着脖子，好像以此来表明自己手无寸铁。大家心头刚掠过一丝侥幸，那交换船就遭到重击。

交换船好像还沉在梦里，摇摇晃晃着。接着，它又一下被打击了。它每挨一下，身体就一震，顺着惯性在海面画个弧线，又怨怨艾艾地缩住，好像在说：我没有反抗啊！但接着它又挨一击。浓烟升起了，浓烟被底下的火光冲起来，好像腾空而起的黑色的伞，黑色伞的上方又有暗红火焰在闪。从火焰里不停有明亮火星迸出。“那是人啊！人！”U眼尖，叫道。

“啊！啊！”大家喊，好像火烧在自己身上。

“强盗！交换船也炸！”坂本船长骂，“践踏国际协约的强盗！”

再瞧那遭难的轮船，它终于在一个打滑之后，没能稳住，颓然倾斜了。

“救人啊！救人啊！”U喊。大家也喊。在喊声中，海面上，一只日本军用艇向交换船奔去了。“快！快！”大家催促着它，像在推着它。大家扑向舷栏，后浪推着前浪。U挤在最前沿，拳头敲着舷栏，喊得最大声。军用艇速度飞快，眼看就要接近交换船了，但又转变了方向。大家正要骂，就见交换船迅速倒了下去。它的船舷上挤满了蚂蚁一样的黑影，那是人影。他们一摞摞攀在摇摇欲坠的船帮上，忽然落下几个，紧接着越来越多扑簌簌掉下海去。

“啊！啊！”U悲惨地叫，好像是自己掉下海去。

交换船上空的老鹰还不肯罢休，又向下一个俯冲。“啊！啊！打！打它！”U又叫。一声炮响，那老鹰被击中了。U煞然止住喊，不安地环视着大家，好像在说，可不是因为我。但一个船员冲过来，搂住他。“U君！”紧接着又有几个人抱过来。U被他们搂着，憋红了脸，他好像不能承受大家的拥抱。他挣扎出来，在甲板上疾走起来。

“强盗！强盗！竟然炸交换船！践踏国际协约的强盗！太坏了！太坏了！强盗！强盗！洋鬼子！丧尽天良！滥杀无辜！八格牙路！啊！太坏了！强盗！谁是强盗？你就是！强盗！强盗……”

U疾走着，语无伦次，堆砌着这些词。他好像在声明自己的正当性，自己并不是一个恶毒的人，自己不是恶人，自己是好人，自己只是被逼的。他就这么走着，絮絮叨叨着，直到一颗炸弹掀起的巨浪横扫“光”号甲板，他被扑倒。

大家也全被冲倒。U好像摔得特别惨，他简直疯了，跳起来，站着，指着空中一架敌机：“打！打死它！”

军舰上的炮好像按着他的指令，一颗炮弹飞出，击中了。大家欢呼起来，U好像又心虚了，怕被对方怪罪，说明性地嗫嚅：“这下要打死你们了！”

但敌人才不理睬他的说明，不知从哪里又出现了几架敌机。坂本船长心头一紧，要是扑向“光”号怎么办？他喊：“左满舵，左满舵！到那边雨云下面去！”

但机舱没有反应。船长冲进机舱，掌舵的已经昏在角落。船长自己抓住舵盘。大家也滚爬起来，奔向机舱，喊叫着，把心糅进舵盘，拽着轮船向暗云靠近。但轮船笨拙得像被绑住手脚的大汉，接近那块雨云非常艰难。坂本船长觉得舵盘整个地都要被拧下来了。空气沉闷，沉闷中，他听到U的喊叫声。U在外面，他叫喊着。这家伙不要命了？船长不得不分心去叫他，喝令他藏起来。但U好像完全没有听见，或者是根本不管。平时非常听话的U，完全变了一个人。他只管乱跑着，还破口大骂。一会儿日本话，一会儿中国话。大概是觉得日本话里骂人的内容太单调，不够狠，他加进了中国骂。坂本船长说，虽然他听不懂中国话，但他可以听出那是在骂。那一次，坂本第一次听到那么多中国骂人的话，竟然是从一贯谨小慎微的U嘴里听到的。这家伙可真是骂人专家。老实人一旦被激怒，那会比老虎还凶狠的。

U好像担心敌机听不见他的咒骂，有船员来报告，他竟然爬上舷梯了。坂本船长心一紧，把舵盘交给别人，冲出去，喝令他。但坂本的声音压不过U的声音。U蹬在舷梯顶，叫骂着。船顶上的天空阳光灿烂，他高高的身影在阳光下就像剪影。他的声音一发出来，被幻化在阳光里，大家已听不清他在喊什么了。大家望着他，觉得是在仰望一个神。

“但死神扫视人间是没有差别的，”坂本胜三对我说，“不管是日本人，还是中国人，还是交换船上的人，不管是日本侨民，还是美国人，还是，”他指天上，“轰炸机上的美国人，都一样。只有在那种时候才知道，都一样。但人毕竟是不能只屈服于死神的，精神！”他又说“精神”。“高高在上的U君，就是一尊精神雕像。一架敌机就像锋利的剪刀，从他头顶上剪过去。这下他没有把手抚在胸口，他做出的却是双掌合十的姿势。这是信佛的人做的姿势。当然也是临时拿来用的，‘临时抱佛脚’。”坂本“嘿嘿”笑了起来。“当时，只见U君嘴在动，在念咒。但这时候的他，不像是佛，倒像是魔。魔才有力量，魔咒。那架敌机在他的魔咒中被击中了，灰飞烟灭……”

“帝国精良武器”

“战后大家见面，都会抱头痛哭。”坂本老人滔滔不绝。

只能让他继续说。

“从那种年代活过来不容易，大家可谓是生死之交了。大家回忆起当年，往往会回忆起那次遭到袭击之后的贺宴。”

“贺宴？”大使馆人员问。

坂本让夫人拿来纸笔，写“仮の宴”。有好像担心我不懂，把“の”省略掉，又写道：“仮宴”。

“我知道。”我说。

“不，未必知道。”他说，“这是日语。”

“我知道日语。”我说。

之前我不是一直跟他用日语对话吗？其实我是不想继续听下去。

“日语，只有日本人才能领会。”他顽固坚持。

“但林先生是中国人。”我说，“林修身先生。”

“他已经是日本人了！”坂本说。

我想争辩，大使馆人员拦住我。在当时那个中日“蜜月期”里，坂本这话未必有不友好的意思。大使馆人员做了个请继续说的手势。

“贺嘛，也不是贺，”坂本老人继续说下去，“是祝。祝是面向未来的。当然你也许会说，那种情况下可有未来？那未来确实抓不到，但是，还是拿光作比喻吧，谁让我是‘光’号船长呢！”他笑了起来，“谁又让我们‘光’号上有个‘U’呢？一见到光，就见到了希望。不是吗？但这光是抓不住的，只照着你，引导你通往希望。当然，也得有通向希望的实际道路，或者说，得走完这通向希望的路。都一样。也就是说，人必须活着。在每时每刻生命都可能失去的情况下，老实说，仅仅靠精神的力量是做不到的。”

“您刚才讲的就是这个话题。”大使馆人员点头道。

“这是真理！”坂本老人自负地迸出一句，他嘴里迸出几星唾沫。他夫人帮他擦掉。这当儿，他的眼睛望着天花板，回忆了起来。

“光”号从美军轰炸下死里逃生，就像惊弓之鸟。但恶性事态还没有结束。不到两天，日本军舰折转了航向，离开了运输船队。发现军舰离去，大家惶恐起来，拥向甲板，嘶喊着，哭号着。那个森达矢，竟然抓起救生圈，要跳到海里去追赶军舰。坂本船长急了，拽住他，猛给一个耳光。

“我们不是客船！”森达矢嚷，“我们在为国奉仕！帝国海军不能丢下我们不管！”

这胆小鬼到了生命受到威胁，也会说这样的话了。“谁说丢下不管！”坂本船长喝道。

“军舰都走了！我们要死了！”

“炸弹还没落你头上呢，你小子就死了？”船长吼，“死总是自讨的！”

但这种话，连船长自己都不能让自己信服。茫茫太平洋处处潜伏着杀机，大家变得寡言少语了，只有在工作必须的时候，才干巴巴发出一两声，像从眼看就要崩溃的危墙掉下来一两块土渣。森达矢更是连聒噪都不会了。有时候坂本船长倒希望他聒噪一些，这样，就有了声音，就有的对付了。没有声音就是死亡，没有的对付的，只能跟空虚作战。坂本船长心中藏着更深的忧虑，军舰离开前曾警告过船队，前方是盟军鱼雷密集区域，轮船要以锯齿状行进，避开鱼雷瞄准。军方建议最好绕道菲律宾，避开盟军潜水艇。但这样，航程就延长了，食物就会不足。但越是在这种时候，越要稳定军心，稳定军心靠的就是食物。在漫长的航行中，常常只有在吃的时候才有活着的感觉。还得吃得好。

一个大胆的计划在坂本心中酝酿。

一个午后，坂本船长拐进了厨舱，嗓音响亮得近乎夸张：“啊哈，好香啊！U君，今天的晚餐是牛肉饭吧？”

U瞅了瞅船长，神情诧异。厨台上分明放着做卯花饭的材料。在配给时期，就连小孩子都知道所谓的“卯花饭”，就是豆腐渣。

“U君，明天咱们办一场贺宴，庆贺一下咱们不死的‘光’号！”船长又说。

U明显没有听明白，愣着。

“就来个中华宴吧！”船长仍然说。

U侧了侧耳，这是表示不可理解、不可思议的姿势。船长心里清楚，U以为他在开玩笑。谁都知道中华宴需要丰富食材。但船长让自己表情严肃，丝毫没有玩笑的意思。U没有吱声。这也不是他的风格，他的风格是立正，“是！”这个U，已经习惯了无论如何满足主人或上司的要求。

“怎么了？”船长问。

“是……明天的膳食……中华定食。”U答，试探性地。这倒是他的风格，以前，船长出现口误，他总是采用把正确的话说出来的方式，不露痕迹地纠正了船长，给船长面子。

“不，是中华料理宴席！”船长向他竖起了食指，一板一眼重申，“叫大家在隆重的贺宴上吃定食，这是你这个厨师之耻！”

U脸色变了。

“U君是极有耻辱感的人。”坂本老人说。

这简直不可理喻！我几乎要脱口而出。“巧妇难为无米之炊”，是你船长提出不合实际的要求，怎么反由人家来承担办不到的耻辱？日本上司真是霸道。我的心思又活跃了一些。也许，U，也就是林修身，他所做的一切都是被逼的吧？

“是坂本先生您自己的要求不合理吧？”我说。

“是不合理。”坂本老人坦然承认，“但这世界上有合理的事情吗？即使有所谓合理的事情，那么只遵循合理原则，就不会有创造力了，就不会有‘向死而生’了。人人都愿意做可以做到的事。但U君不是这种人。而且，他也不敢这样。”

“为什么？”

“说起来残酷啊！对不起U君，哦，是会长。现在想来，他后来能够成为会长，也是这么被逼出来的。”

果然是逼。我想。

“说起来，有耻辱感是绝对的好事。他是从长谷川家跑出来的，实际上就是背叛了长谷川小姐。所以，他得做出更大的成绩来雪耻。他要从更大的方面来证明自己是一个顶天立地的男子汉。国家大事，就是大的事，就是男子汉应该做的事。他应该清楚自己是带着耻辱上船的，我就是要拿这个耻辱激他！”

坂本的脸现出摁住猛兽时的凶狠。他紧抿着嘴，没有牙齿的嘴窝整个陷进去了，下巴都要顶上鼻尖了。这使得他像鹰。这是个凶狠的人，我可以想象当时U在他手下是怎样的受罪。

他夫人提醒他，他又恢复了慈祥的模样，以一个长辈的语气道：“主要是我比他虚长几岁，所以才敢那样。”他不好意思地掩着嘴笑了起来。“开玩笑，开玩笑！”他又摆着手，“但主要还是靠他自己。他自己躺倒了，你再激他，他也不会起来。自己要有自尊心。有自尊心，就有亏欠之心。”

“亏欠？”

“亏欠，亏欠之心。日本人喜欢说‘对不起’，就是常怀着亏欠之心。”他说，“再说，我曾经在大家面前夸他是‘帝国精良武器’……”

“‘帝国精良武器’！”

“是啊！其实这话也不是我发明的。那时候的报纸上颂扬战斗英雄，常这么说。U君也够得上。如果说之前，我这么说他，可能还不是太客观，我更多的是在鼓励他，但这次，我要让他成为够得上的英雄。你已经得到了‘帝国精良武器’这个荣誉……”

“但这是您加在他身上的。”我说，“他不一定要接受吧？”

“荣誉是能够爱接受就接受，不接受就不接受的吗？”

这简直是强盗逻辑。

“既然你有这荣誉，那么你就不能愧对这荣誉。你这么受器重，你就要做好，做得更好。”坂本说，那一次，U最后回答：“对不起……明白了，是中华宴席。”

坂本船长简直喜出望外。“能行吗？U君！”

“是！”

“真的能行吗？”船长又问。

“是！”U的嘴好像被锁在固定程序里了。

坂本瞅着U，又绕着U转一圈，像检阅自己亲手训练出来的士兵。这个U，虽然个头矮小，但像一根扎实的短钉子，钉在他的岗位上。他猛然出手击了一下U的膀子。“唔，果然是好样的！那就拜托啦！”

船长说着就往外走。生怕U又变卦，走到口上又站住，回过头来。“说定了！”他指着U。

“是！”U像是被他施了法术，入定了。

他又于心不忍了。“本船长是明白的啊！”他说，“别人能够混，U君，混这种事，你可做不出来。U君会让大家有信心坚持下去的，是不是？我知道，U君的脑袋好着呢！”

U点头。

坂本船长清楚，U当时并没有想出完成任务的办法。这是一个简直不可能完成的任务。但根据他对U的了解，既然答应了，U就会完成。U是个有信仰的人。

我没想到坂本老人会扯到信仰上去。

“是职业信仰。”他又说，“有信仰跟没信仰全然不同。没信仰，能完成的才完成，不能完成的就不能完成。但有信仰，不能完成的也要完成。”

很快到了贺宴那天，全体船员集合在甲板上，围成一圈，盘腿坐定，腰板挺直，像岿然不动的金钟。每人的膝前都放着杯子、盘子，筷子汤匙横架在筷架上。正午，风凝固不动。船长一声令下，大家“唰”地站起来，鞋底在甲板上整齐一蹭。

“执盏！”船长叫。

大家弓腰，举杯，统一执在右手。没有酒，U给船长斟水，再给大家斟，最后斟给自己。船长举杯，大家也举杯。船长叫：

“为我们了不起的‘光’号大难不死干杯！”

过后大家说，当时，船长的声音就像从天空传播下来的一样，好像天上有个大喇叭，这给大家奇妙的非现实感觉。船长率先一仰脖子，饮尽杯子里的水。大家也饮，水在大家喉咙里咕咕响着，整圈地回转。

水滋润了大家，大家显得轻快起来。

坂本船长用眼尾余光瞥 U，U 面无表情。以水代酒，这是船长料到的，大家也都会觉得正常，平时就这样。但接下来就考验他了，他会端出什么来？坂本船长心里没底。他必须为 U 顶住，就装作只顾自己，喝得酣畅的样子，下令大家坐下。“U 君！”他忽然叫了一声，连眼睛也没有瞧 U。

“在！”U 应。

“还不快把你的中国料理端上来？”

“是！”

U 端上第一道菜时，船长感觉到他身体是僵硬的。他的动作因此显得特别的沉稳，但这沉稳是有时间的，稍长就要崩溃。大家的眼睛都像聚光灯一样聚集到菜上。船长立刻“吆西”一声，把大家的目光吸引到自己身上来。他拿起筷子，缓缓向盘子伸去。所有的目光跟着船长的筷子伸向菜。船长迅速一夹，迅速把手收回，大家的目光又跟着夹着菜的筷子回来了，回到船长嘴前，等待着船长的评价。船长慢悠悠地咀嚼着，面色凝重，令人担心。船长的鼻翼在“呼啦呼啦”翕动着，很快显示出是在抑住笑。终于，一个响亮的声音从装着食物的嘴里迸出来：

“这就是正宗的中国料理啊！”

大家的惊叹声就像海鸟一样，呼地飞起来。

U猛然不自在地耸了耸身子。这一耸，他的身体好像顿然化成了一摊水，他虚脱了，手里的托盘“咣当”掉地上。

“喂，别把端盘给我摔破了！”船长假装严厉道，“本船长还等着用它端更好吃的上来呢！”

大家全都笑了起来。U赶紧去捡，又是伸舌头，又是缩脖子，又是鞠躬致歉。他的身体灵活多了，腰柔韧得像弹簧。

船长又夹了一筷子，道：“怪！这看上去简简单单的食材，一经我们U君的手，怎么就成了美食了呢？U君，听说中华料理有个原则，叫作‘三分材料’什么的？”

“是‘三分材料，七分手艺’！”U答。

大家很感兴趣，伸着脖子。船长啐大家：“这有什么值得大惊小怪的？八格牙路！你们这些家伙，饮食之道懂得太少了！U君，给他们说说！”

大家目光又“唰”地射向U。U好像没有料到船长会来这一出，虚弱地将手中的托盘在胸前挡了挡。他瞅船长，船长向他发出狡黠的眼神。U嘻嘻笑了起来。

“笑什么！你这小子！”船长责备道，“你就说嘛！”

“是的，料理的原材料是不能决定厨师……”

“所谓饮食是文化嘛！”船长插嘴道，“在原材料面前没有了自信，垂头丧气，在物质面前不懂得超越，是阿猫阿狗呢！”

大家喷笑。几个活泼的学着猫狗叫起来。

“阿猫阿狗尽管叫去，本船长可是人呢，我要尝我们U君的手艺了！”

船长又提起筷子来。笑声止住了，大家纷纷动筷。船长又“唔唔”赞叹，大家也跟着赞叹，“唔唔”声从每一张嘴里发出。

“对啦！吃了半天，还没问这是什么菜名呢！”船长估计U已经被他引上路了，他应该懂得杜撰了，故意问。

“‘佛跳墙’……”U支吾。其实这只是把杂七杂八的东西混炖在一起。

“就是中国料理店‘佛跳墙’那个‘佛跳墙’吧？我知道，有名！以前长谷川先生总去‘佛跳墙’点这道菜，能作为店名的菜能不好吗？是秘传名菜啊！U君毕竟是‘佛跳墙’秘传弟子啊！”船长说。

U的表情僵住了。船长意识到自己弄巧成拙了，“佛跳墙”是U的忌讳之地，他是从那里被赶出来的。但船长又想，索性趁这时打破他心理障碍。他要给U放脓血，让他彻底从耻辱中解放出来。

“在‘佛跳墙‘学艺，没少挨打吧？高徒一定出自严师，严师才能出高徒嘛！”

他说。他巧妙地把话题限定在学艺上。U听明白了。

“师傅很严格的……”U说。他从船长的话里得到了启发，不说“老板”，而说“师傅”。他又确定地点头，重复道：“嗯，非常严格！”

“我当年走船，”船长道，“还差点被赶出来呢！”

U被刺了一下，脸躲在阴影里，不吱声。“喂！”船长故意喊他，

“你有没有这种经历？”

“什么？”

“差点被老板赶出来。”船长这下说的是“老板”。这可是超出了学艺范围了。U只能嘻嘻笑起来。

“笑什么嘛！有没有？”船长逼问，“问你话呢！你小子！”

U像一只被追杀得无路可逃的兔子，抖着腿。

蓦地，他应：“有！”

“有吗？”

“被赶出来了！”

船长惊异，他只是说差点被赶出来，但U却干脆直接说被赶出来。这下倒是他愣了，瞧着U。这个U终于从遮遮掩掩里走出来了，而且这么彻底。

“那时候，我就看出来了，这是一个有强大心理的人，不可小觑，以后会有大作为的。”坂本老人议论道，“果然，干出了大事业！”

我可以承认这一点，他确实干了大事业。那么大手笔的报效祖国，不也说明了这一点吗？我点头。虽然我和坂本老人想的不是一个方面，但我们至少在观点上达成了共识。坂本老人高兴了，继续说下去。

“师傅他用心良苦啊！”U接着说。他竟然开始了回忆，是那样的深情，眼里隐约还有泪光。他不纠缠历史是是非非。他巧妙地把历史变成了塑造他形象的资源。

“对啊！小鸟长大了，总不能再待在羽翼下嘛！”船长接着他的话，“要是再待在‘佛跳墙’，那我们今天都尝不到U君的手艺了！”

“是啊！”大家附和。

“出师了，就要到外面打天下嘛！好老板就会让徒弟这么做的，让名声传得远远的。”船长说。

“真是名不虚传啊！”有人叫。

“稍等！”U打断大家，又跑向厨舱。再出来时，他三个手指支着一碗清汤。没有用托盘。那汤里只漂着一段大葱。

“这是？”大家问。

“‘游龙过海’！”他应，“当年师傅秘传的。”

“哦？是‘佛跳墙’的保留名菜吧？你们别动！本船长得先尝尝！”船长霸道地将汤碗拉到自己面前，又做出抱歉的样子：“对不住哟，谁让我是一船之长嘛！”

船长重重咂了一口，叫起来：“啊，真好吃！这一碗要是在东京，要卖非常贵的。没逢大喜事，怎么敢点啊！我们现在就是在庆贺大喜事，贺宴贺宴！”

甲板上真的洋溢起一片喜庆气氛。U受了感染，更加勤快起来。他又跑进去，一会儿端出一样菜。“看，扬州炒饭！”

大家又是喝彩。

“可是在中国，这道菜可不是这样的呢！”一个声音响了起来。船长的汤匙停在了嘴边。不用看，就知道说话的是那个令人讨厌的森达矢。他又冒出来了。“U君，你这是扬州炒饭吗？”

“森，怎么能这么说话！”船长喝道。

但森达矢仍然说：“敝人可是驻扎过扬州的！”

坂本啐道："皇军驻扎扬州，就会去吃扬州炒饭吗？"

"敝人吃了！"

"你吃得到？部队吃的是部队伙食！"

"至少，敝人应征前也曾在中国料理店干过。"森达矢又找了个理由，"那扬州炒饭可不是这样的！中国料理讲究食材。敝人多想尝尝燕窝啊、熊掌啊……"

"达矢！"船长喝道。但他不知道还能说什么。这家伙不好摆布，但要是让他胡说八道，刚提起的士气要泄掉了。船长跳起来，去拉这家伙。大家慌忙来劝。其实坂本心里也明白，到了动手的地步，要是再不能制服对方，那么他的威信就完了。但他又不能罢手，他骑虎难下。他甚至后悔自己鲁莽了。蓦地，他听到身后响起一个声音。是U的声音。坂本简直惊异，U的声调是那么平稳，虽然用的是问句，但他好像不是在发问，而是在陈述：

"森君指的是哪一个中国料理？"

森达矢愣了。

"中国可是很大的哟，料理的种类也很多的。"

船长瞧着U，好像瞧着一个突然长大的孩子。坂本说，那一次，他顿然觉得自己老了，老朽得端不了架子了。倒是U撑住了他。这个U，在猖狂的森达矢面前沉稳应对。他说中国时，还带着夸耀。他不再遮掩自己的国籍，倒好像他身后站着一个实实在在的国家，历史悠久，文化发达，饮食种类繁多，他有底气。U镇住了森达矢，救了场，坂本船长像抱了个大果子的小孩一样，"咯咯"乐出声来。

"喂，森，还有什么话说？你小子在中国料理店才打几天工啊？

还是你师傅不严格，不想教你啊？你的老板没打你吧？是不想打你吧？压根儿就不想打你，不想教你！”

森达矢被奚落，不服道：“那你说你这是什么种类？”

“U君，咱也不教他！”船长道。

大家笑了。船长理直气壮又道：“就是嘛！‘朽木不可雕’，为什么要教他？”

森达矢愤愤离开了。船长望着他背影，道：

“走了好！给别人省点吃的，大家放开肚皮吃啊！”

大家响应起来。

“U君，等战争结束了，带我们去中国，各种料理都吃一吃！”船长说，又对大家，“本船长用‘光’号送你们去！等打完仗，就不用他妈的老在这船上熬了！我们专程去解馋啊！喂，U君，傻站着干什么？大家在请求你呢！”

“是！”U答。

船长拍手鼓掌起来。“呀呀呀，U君答应啦！约一下！”船长伸着脑袋，夸张地寻找U的手指头。寻着了，钩住，又高高举了起来。“既然U君答应大家了，大家可不许辜负了U君一片心意啊！到时候谁也不许缺，一个也不能少！小子们都听清楚了吗？”

“是！”有几个回答。

船长故意侧了侧耳朵。“什么？本船长没听见！”

“是！”更多人答。

“啊，是在说‘是’啊！U君说‘是’，你们也说‘是’。‘是’‘是’‘是’！那么一言九鼎，男子汉说话算话，军中无戏言……”

船长堆砌着辞藻，绞尽脑汁。他把钩着U的手拖向席中。他突然一改调笑的语气，庄严喝道：

“是大和民族男子汉的，钩起手来啊！”

大家的手，好像猛被船长的声音一个抽打，跳将起来。它们叠在船长和U的手上，层层叠叠。

“U君，拜托啦！”船长叫。

“拜托啦！”大家叫。

“我们会熬到战争结束的！”船长说。

大家嘶喊起来。有人哭了起来。接着更多的人哭，最终大家抱头痛哭。

“不隐瞒地说，我也流出了眼泪。”坂本胜三对我说，“人心都是肉长的，将心比心，在那种时候，谁会那么心硬？我记得我朝大家喊：‘哭吧，小子们！哭吧，大哭一场就坚强起来啦！’”

“好”的哲学

我发现了破绽。

“美国人怎么会炸交换船？”我问。我期待用一个破绽，让坂本构建起来的世界坍塌。

“是哟！”但他肯定道。

“美国人为什么要炸交换船？”我又问。

“为什么要……”他那神情，不是因为被我揭穿后惶惑，而是因为被问了不可理喻的问题，显得很无辜。“那得去问美国人，为什么要这么做……”

坂本夫人说：“也许是误炸吧？战争中会发生什么，谁知道呢！”她朝我征求意见地点着脑袋，“嘞！”

“所以要齐心协力，团结！”坂本说，话题又回来了。

夫人赶紧又纠正方向：“所以要避免战争。战争无论如何是个坏事。”又朝她丈夫一侧脑袋，“嘞！”

坂本胜三认可。“原爆。”他又说，“死了那么多人，现在还有人在患病。”

还是典型的日本人思维。他们习惯于强调自己受害。坂本夫人又来和稀泥：

“所以要和平！”

他们说的和平不是我们说的和平。日本人喜欢谈和平，虽然和中国和其他战争受害国一样，都在谈论和平，但日本人谈的是空洞的和平，最后暗度陈仓到了他们价值观上的和平。

“会长无论如何是个好人。”夫人又说，朝她丈夫，“嘞！”

“绝对的好人！”坂本老人说，“工作好，技术好，人缘好，为人处世好！”

他的“好”也不是我的“好”。日本人信奉“相对主义”，回避绝对的价值标准，一味强调事物相对性，没有是非，没有正义与邪恶。在这种情况下，林修身当然就可以是一个和善的同人，一个优秀的职人，一个能工巧匠，一个勤勉的人，甚至是一个拯救了大家的功臣。这个坂本胜三，看上去不像是日本“右翼”。如果是，他不可能对中国大使馆这么热情。他只是在叙说林修身的“好”。

对“好”这种东西，我一直不以为然。我从来没有被称为“好”，无论是读书时代的“好学生”，还是工作中的“先进工作者”，乃至在幼儿园时，“好”都跟我无缘。我也从不争取，用父亲的话说：不求上进。也许我天生就不是“好”的坯。我喜欢搞“坏”。明明在做好事，却要用流里流气的方式；明明心里有正气，却要表现得逆反。此次这么重大的采访，本来是不会让我去的，虽然我的工作能力无可厚非。多亏父亲动用了上头领导的关系。所以父亲特别关心我的采访情况。采访坂本胜三的当晚，父亲还打国际长途来。他是老记者，他希望能帮到我。或者明确说，是在价值观上教导我。

“要多从正面想问题。”父亲说。

“正面？就是‘好’？”我反问。

“你这孩子，就是喜欢钻牛角尖！”父亲说，“毕竟，‘好’是人类共同追求的。”

无论是林北方揭发林修身，还是佐伯照子维护林修身，还是坂本胜三夸奖林修身，包括林太郎塑造的父亲形象，都以“好”为价值原则。果然像父亲说的，“好”是人类共同追求的价值。这个“好”抽离具体现实，到了超凡脱俗的境界，类似于宗教。日本人没有宗教，“好”就是他们的宗教，这宗教内核是空洞的。我曾听过一个讲座，那个讲座说，在西方，教会跟世俗政权分立，宗教可以跟世俗政权分庭抗礼。但在日本，神道还成了天皇发动战争的精神武器。其实中国何尝不是如此？宗教依附于皇权生存和发扬光大。在这种情况下，“好”可以被人上下其手。多少人抱着这种“好”的哲学，成了暴政与罪恶的帮凶？

讽刺的是，就在这一年，一九八五年八月十五日，那个热衷于“中日友好”的日本首相中曾根康弘，竟参拜了靖国神社。靖国神社供着十四名甲级“战犯”名册，日本方面的理由却是他们死了，罪恶已经洗清了，已经成了好人了。这理由是鬼都不会相信的。我从此怀疑日本人不是不明白，而是装作不明白。同样是日本人，那个森达矢，他怎么就能明白？

我想找森达矢。

巧的是，这个森达矢曾经联系过大使馆。我拿到了他的联系方式。但他已经去世了。“战后”他回到了老家长崎，一直过得很糟糕。一九八四年，他在贫病交加中离开了人世。据说他在公寓里断气好几天，没有被人发现。他一直孤身一人。邻居发觉他门口木信箱里的广告单塞不下，撒在地上，报了警。警察破门而入，他身体已经长蛆了。

战后，他曾以战争期间就反战的民主人士身份，活跃在日本。他还写了一本回忆录。据说回忆录出版后，他还寄一本到长谷川会社，给他当年的同事U。但没有收到回应。我查了一下资料，那时候U虽然还在长谷川会社，但他已经不叫“U”了，改名叫“长谷川光”。这个叫长谷川光的人，已经跟长谷川家小姐结了婚。他是不可能去理睬森达矢的。他才不会去暴露自己在战争期间的作为。就是不考虑这，森达矢的反战行为，在日本人看来也不会被认可，哪怕这是战后，森达矢仍然被看作捣蛋的坏分子。长谷川光不可能跟这种人搞在一起，他是向“好”之人。

人人都向“好”，就好像小草向往阳光。坏人森达矢的书在日本无法出版，最后在美国用日文版出版了。也就是说，美国人也不要看他的书。

据说，一九七二年中日邦交正常化时，森达矢曾一度兴奋起来。他可以作为当年的反战者，跟当年的被侵略国中国取得联系了。但他被当作一个不合时宜的人。

森达矢没有等到一九八五年。因为中曾根首相参拜靖国神社，中日关系开始转折。几乎与此同时，林太郎对父亲“裸捐”的承诺不认账的事，在中国引起了不满。关于林修身的宣传被取消。但我却感觉到机遇来了。本来，采访林修身只是我的工作，现在，我想做一个我自己感兴趣的事。我要挖出一个真实的林修身。当然，根本驱动力是我喜欢搞“坏”，我有这癖好。我要利用我工作之便，收集林修身的材料。我的企图被父亲发现了。

“你这是心理黑暗！是逆反，是戾气！那么多正面人物你没兴趣去追踪。你这样，是很危险的！”父亲说。

不幸一语成谶。

第五章

我的“一觉”

一九八七年，中国女排夺得“五连冠”。同事们都跑到街上，凡是会响的都拿出来敲。我太激动了，竟然去砸街边百货的橱窗。这本来也并没什么大不了的，但不知怎的，一年之后被翻出来了，并且号称已构成刑事案件。

那时我在美国采访。本来还计划在美国采访后，取道日本，干我的私活。将要飞日本，接到国内单位电话，要我直接回国。从父亲电话中，我知道事态严重。我怀疑有人在整我。我平时自视颇高，一定得罪了人。单是我之前去日本采访，就挤了别人的名额。

我决定留在美国。

我的英语一般。好在我原有的身份具有优势，我可以给报纸写跟中国有关的报道。报社也愿意派人给我订正英文。

就这么待着，干着，三年。苏联解体了，“冷战”结束了。

又干了三年。媒体对我没兴趣了。我每次跟报社谈选题都战战兢兢。选题被否决，就好像被掴了脸。渐渐地，每当这时，我的脸就会有一种烧痛，好像真的被掌掴了一样。

我去看医生，查不出病因。各项指标正常。医生说可能是心理原因。也许是吧，是我的失败感。

渐渐地，我的生活无法保障了。父亲说，你还是回来吧！现在回来还未晚。但我不甘心。明白说，是不甘心被父亲、被周围人看成失败。又赖了一年，我实在待不下去了，回国了。

一出机场，我发现自己的穿戴显得多么寒碜。相比之下，中国发展了。这是始料未及的。虽然在国外看到相关报道，但眼前生机勃勃的景象还是冲击得我有点晕眩。我出国时,宣传板上还是“中国女排”，现在是“马家军”了，铺天盖地是“中华鳖精”广告。出租车司机拉活很起劲，车挡风玻璃后挂着毛主席像，好像我小时候看到的。挂像衬上了红墙，原来车已经驶到了长安街，我又看到了天安门城墙，上面的毛主席像衬托在出租车里的毛主席像后面，一前一后，一大一小。近的小，远的大，不合透视原理，但有一种纵深感。

我回到原单位。是父亲去托主管局濮局长争取到的。这濮局长就是我原来的上司,那个给我去日本采访机会的领导。他升职了。把当初为什么不回国的理由设计好，说我当时有所误解，实际上，构成刑事案件云云也确实是讹传。再加上身体不好，一直在生病。但还是想等病好后回国的。这理由居然被采信了。濮局长说：

“本来也没什么事。就是爱国热情。谁不爱国啊？中国长期以来被当作‘东亚病夫’，女排打败了日本，又征战世界，取得了排球史上唯一‘五连冠’。特别是最后这次，克服了重重困难，8比8，太不容易了！我也很激动。年轻人一激动就把持不住，可以理解嘛！”

濮局长说得轻描淡写。

“不过还是要吸取教训！”局长又说，脸严肃下来，“好好干！别让我失望！”

我知道这话的分量。我当然要好好干，单是为了感激老领导的宽容和帮助，我就要表现好。人应该有感恩之心。惹祸了，也让帮你的人倒霉了。人不能没有道义。

旧同事们欢迎我，好像我只是出差回来一样。也许也因为我不可能像过去那样对他们形成威胁了。“好马不吃回头草”，我不是好马。当夜，我的脸突然肿得像馒头，还红通通的。只觉得睡梦中被掌掴了。两边脸都肿，好像是被掴了左边，又掴右边。左边被掴时，我躲右边；但右边又掴过来。左右开弓，我被夹中间，就被掴得扎扎实实。第二天请假，去医院看病。还是查不出原因来，仍然说是心因性的。

我一度想不干了，再去国外，哪怕是“偷渡”。一个偶然机会，我认识了一个福建人，他说他们那边很多偷渡的。但要花几十万，我没有钱。我的情绪被父亲察觉到了，父亲说，你就是不为自己着想，也要为濮局长着想吧？人家好心帮你，在上面为你说了多少好话，你就这么报答他？

我没话了。

“你该成熟起来了！”父亲说，“白活得这么大。”

一个人的成熟，是心理的成熟。一个成熟的人是能够消化屈辱的人。

但消化不了啊！

要消化！

实在消化不了啊！

必须消化！人得生存，就必须消化！

生存！这是个瓷实的理由。“生存还是死亡，这是个问题。”哈姆莱特的千古问题。

但哈姆莱特他自己也没有做好。我不管……我像任性的小孩。“那么好，就饿肚子。”父亲说，“都是吃太饱的缘故！”

父亲真的饿我肚子。饿两天我就屈服了，也消化了，脸也瘦下来了。

但其实，同事中也没有人记着我那些旧事的。大家都很忙，工作跟收入挂钩，大家都在为自己创造财富。以前大家会在一起争论，争得脸红脖子粗，什么“姓社”还是“姓资”，“物质文明”与“精神文明”，现在这已不是问题了。“发展就是硬道理。”倒是我，还活在八十年代。用我父亲的话说，我在国外那几年，好像是被冷冻了。有时我老脾气又会犯，要挑起争论，但大家不接茬。有一次一个同事被我惹急了，说反正我有上头撑腰。我知道他指的就是濮局长。我哪里要局长为我撑腰？我要争的是理！我曾是那么的热爱真理。

即使局长为我撑腰，你就认了吗？但这似乎已是不必去争的问题，幼稚的问题。

理解我的同事，笑着说我没有进步。不仅周围的人在进步，整个中国都在进步。北京开始大规模城市建设，到处都在拆迁，到处都是工地，空气都在震动。身处剧变时代，我也最终被卷入了。当年林修身就是这么卷入的吧？但我要拒绝卷入。但当我的家也要拆迁时，我还是和父母一起，想方设法占便宜。通过拆户口，我单独拿到了房子。拿到房子钥匙的当晚，我的脸又肿了。但第二天又好了。

时会旧病复发，这使得我即使脸上没有痛感，也会经常神经质地去照镜子。有时候，对着镜子，还会忽然生出自己抽自己一巴掌的冲动。

那个林修身也爱照镜子。他是否也想过掴自己？没有人跟我说过，无论是林北方，还是佐伯照子，还是坂本胜三，更不用说林太郎了。林修身是个爱体面的人，他一定不会当着人的面这样做。我也不会。但他意识到他在耻辱中吗？从佐伯照子的回忆中，是的。那么，一个人可以长期生活在耻辱之中吗？

但其实，耻辱不影响活着，也不影响去打拼。就像胃病，消化不良，可以恢复过来；溃疡了，糜烂了，甚至切除了，只要留一部分，照样可以保持功能。耻辱感到底是什么劳什子？

我有房，很快结婚了。妻子很快就怀孕了。我生了儿子。我的儿子上学了，我也去跑各种关系。然后，我在单位里升职了。“这下好了！”父亲欣慰道，“可见我当初决定是正确的。还是回来好！”

我又升为部门领导。

在周围人眼里，我是成功的人。我获得不少奖。我能够体会到被肯定的幸福，至少，作为一个好人的安逸。每当夕阳西下，我还在办公室，加班不按时回家是成功男人的标配。从办公室向窗外望，远远的闹市车水马龙。亮起的灯光与其是起了照明的作用，毋宁是反而产生幽晦的效果。我捏着纸烟，在无名的思想中静静地合上眼睛。我看见很长的梦。忽而警觉，身外还是环绕着的昏黄，烟篆在不动的空气中飞升，如几片小小的夏云，徐徐幻出难以指名的形象来。

但我愣愣的并不认识他们。

大家叫我“航空母舰”。不仅因为没有我解决不了的难题，还因为我采访过“光”号。尽管我一再告诉他们，“光”号不是军舰，更不是航空母舰，但他们还是这么说。其实是他们自己有航空母舰情结，航空母舰已成热门话题，中国要制造航空母舰了。这可是中华民族一扫历史耻辱的重大举措。富裕起来的中国，现在又要崛起了，富强了。语境大为改变，中国人普遍有自豪感。这跟当年女排夺冠的自豪感不同，究竟怎么不同？我也说不清。

有时候我还疑心，他们称我为“航空母舰”，是因为我胖了，也就是笨了。他们敬佩我，只不过是在忽悠我，谁认谁的账啊？谁服谁管啊？中国人都这样。再照镜子时，觉得自己简直长着猪一样的脸颊。“丸太”？蓦地，我冒上这个词，这个久违的词。

他儿子林太郎说

我惦记着林修身。二零一一年，我弄了个赴日的机会。但坂本胜三和佐伯照子都去世了，林北方也不知所终，我后悔当初没有留下他的联系方式。唯一能联系到的只有林修身的儿子林太郎。

林太郎老了许多。他接手父亲企业这二十年，就是被称为“失去的二十年”。他的企业经营状况应该好不了哪里去，日本在衰退，相反中国在飞速发展，GDP已经超过了日本。我再去找他，心里是有底气的。我甚至还有一丝幸灾乐祸，但我马上制止住了自己。我真有资格幸灾乐祸吗？

虽然仍是正襟危坐，但林太郎没有了二十年前的傲慢。他甚至表示向往中国，说中国是他的半个祖国。我猜，他是想跟中国做生意。全世界都想跟中国做生意。

我向他提起坂本胜三的话。我暗示，是战争使得他父亲林修身得以登堂入室。“不如说是战败吧！”他严谨辨析，“家父是在日本战败后接手长谷川企业的。”

“固然，”我说，“但企业就是那个企业，就像‘三菱’‘住友’等。”

我不知自己为什么又去提起这些企业，它们曾经支持侵略战争，他们有原罪。我已经很久没去想这么严厉的问题了。现在，面对林太郎，我好像在面对善于抵赖的自己。

“似乎不能这么类比。”他说，“长谷川是小企业，底子薄。战时并没有怎么发展……”

怎么可能？

“就是有，战争结束时，也几乎没有什么家底了。家父接手的是这样的企业。就算有一点基础，彼基础也不是此基础，长谷川企业也已经变了经营内容。您知道，家父发明了绞肉机。”

“我知道。但毕竟还是在长谷川企业的基础上发展起来的，毕竟会社还叫‘长谷川’。”我说。

“确实。”他点头，“家父不如说是为家母代为接管会社。”

我没听明白。

“家母为什么要全权交给家父呢？”他说，“家父这么一个人，又没文化。家父当时没有上过学。家父是战后才开始读书的。本来想去文化补习，‘牛棚教室’‘露天教室’什么的，但会社实在太忙了，抽不出时间。家父就抽时间自学。家父很聪明，一个人没有文化，不等于他就不聪明，也许是因为没有学习的机会。而且，一旦有学习机会，这样的人往往会更加珍惜。家父就是这样的人。他越学越多，终生保持读书习惯。企业能出类拔萃，跟这个有很大的关系。当然，也应该归功于家母的决定。家母是会拿主意的人。”

岂止是会拿主意。我想起了照子奶奶的话，在心里笑。

“这也是遗传了外祖父。外祖父就是这样的人，不管是在开拓事业上，还是对自己女儿的影响上。说起来，家母冲破门阀，自由恋爱，外祖父外祖母当时还是有点犹豫的。但是家母就是爱家父，她是为爱而生的人。好像，您上次来跟照子奶奶也交谈过吧？照子奶奶一定也跟您说了一些事，一定是说家母对家父不好。”

他这么说，我反而不好承认了。“倒不是。好是好，但……就是有点强迫他……”我不知怎样表述。

“强迫，是的。”林太郎说，“那不正是说明家母爱家父吗？爱难道只是在嘴上说说吗？爱是理性的东西吗？虽然可能做得委实不合规矩，但当时还年轻，那是年轻时候的事情，年轻人的爱，难道不能理解吗？”

“但为什么您的父亲，当初竭力要离开？”我问。

“您指的是？”

“上‘光’号。”

“一个男子汉，怎么可能长期待在家里？”林太郎道。他立刻又补充道，“但并不等于在家里做得不好。”

这倒是。

“既然在家，就把家里的事做好。做什么都要做得好。”林太郎又说，“这是日本人的品格……”

“您父亲是中国人。”

“不管什么人，做人的品格都是一样的。一个事情做不好，别的事情也做不好。这里做不好，那里也做不好。小事情做不好，怎么可能做大事情？小事情做好了，就要做大事了。尽管家母很留恋家父，家父也留恋家母……”

“他留恋？”

“是的。家父是很重感情的人。各方面都照顾得很周到。您可以去会社里了解，特别是那些老人。家父常跟我说：要有雄狮的力量，佛陀的心肠。”

“佛？”我脱口而出。我想到了“佛跳墙”，还有“佛跳墙”老板说的“你要普度众生，你自己先得是佛”。

“是的，佛陀。”林太郎说，“要用雄狮的力量去奋斗，要用佛陀的心肠去待人。对别人，他只想着把事情做得好一些，再好一些，让人满意。但这样，他就委屈了自己。他想满足任何人，但最终仍有不满意的，不能理解他的一片苦心。我都想不通，会说他，这是何苦呢？但他好像受苦成癖了，凡事都要让自己受苦，让别人舒服。有时候，超出了自己的能力，反而把事情做糟。比如‘裸捐’之事。”

我一跳。他竟然自己提起这事。

“您确认有这回事了？”我说。

“也是后来了解到的，确实有这事。当时我毕竟还没有全面接管会社嘛！接管后才知道，其实会社里并没有多少钱。我接手后又欠了银行的债务，到后来成了坏账，日本次贷危机，您也听说过吧？到现在企业还一蹶不振……”

我明白了，林太郎是在利用机会为自己不实现父亲的诺言辩解。

“我很惭愧，没能让家父实现遗愿。他一生心都在中国。说起来，他还救过中国人呢！”

林太郎忽然说。

“什么时候？”

“战争时候。”

我吃惊。“有这种事？”

“嗯，坂本先生跟您说过一个叫森达矢的人吗？”

我点头。

“我拜读过他的回忆录。”

这个林太郎读过森达矢那本书？难道就是森达矢寄给林修身的那一本？难道在森达矢的笔下，林修身，也就是当年的U，是另外一种人？

“您有这本书？”

“没有。”他说，“我当年是在东大图书馆读到的，叫《正义之光》。”

好高蹈的书名。

“在本乡校区。”他说。他是东京大学毕业的。“都快三十年了！太久了。当时没有太上心，虽然写了家父的事。当时太年轻，年轻人对上一代的事情没有兴趣。现在不知能否找得到？”

他表示可以通过校友关系，帮我进入东大图书馆。

我进入东大本乡校区图书馆。但无论怎么查，都没有查到这本《正义之光》。难道林太郎在忽悠我？或者曾经有过，后来因为什么原因丢失或被处理掉了？那么从数据库也应该查得到吧？但我也没有查到。

二零一二年，“钓鱼岛事件”闹得厉害，我本能地不想去日本了。

森达矢笔下的他

二零一五年，单位有个赴美采访任务，我争取前往。并非对那个任务多么感兴趣，中美关系这些年，就像在沼泽地踩来踩去，没甚意思。世界变得不可捉摸。我只是仍然放不下林修身。通过网络，我查询到美国国会图书馆有《正义之光》这本书。

在国会图书馆，我终于看到了它。很新，看得出来，几乎没有被人借阅过。在前言，森达矢谈到他为什么要做危险的反战工作，引了苏菲·索尔的名言：

> 毕竟，有些人要做先驱，因为我们所写的、说的，也被许多人认同，但他们不敢像我们一样表达出来。

我愣了半晌，一种久违的勇气。

森达矢还谈到苏菲·索尔的事迹。一九四三年二月，这个慕尼黑大学的学生和她的哥哥汉斯·索尔一起，因为反战，被慕尼黑纳粹法官以“叛国罪”判处死刑。但他们最初是狂热支持纳粹的。森达矢坦承，自己最初也跟他们类似，相信日本在干着一场伟大的事业，振兴日本，拯救亚洲。毕竟当时他年轻，容易轻信。毕竟他处在那样的时代，容易被宣传所蛊惑。毕竟，他是日本人，日本是他的国家，振兴日本是日本人血液里的需求。

“这与那个中国人厨子不同。”森达矢写道。

在森达矢笔下，那艘“光”号运输船是一片黑暗无光的世界。它就像黑暗无光的日本，那些本来谨小慎微的日本人，一个个都藏着兽性。这兽性和荣誉感混杂。兽性产生很大程度是因为“群胆”，这“群”当然也包括国家民族，甚至，绝大部分是被国家民族这个“群”所正当化。但难说大家就完全不知道自己在行恶，但当组成团伙，大家会互相用眼睛的余光观察别人，仿照别人。同时，在这种观察和效仿中，你我都在试探恶的底线。还会因为群体作恶而产生的有恃无恐和责任泛化，继续探寻底线的底线。这让他们陷入黑暗的旋涡里，互相遮盖，遮天蔽日。

所谓忠诚，不过是这样的产物。但还出于“甘え心理”（依赖心理）。“甘え心理”来自日本人的“义理”与“人情”，它造成了日本社会封闭性与逻辑欠缺、道德欠缺，所以日本人的人格大多是不独立的，普遍害怕被驱逐出集体。他们不敢“冒天下之大不韪”。“他们把我这种人，斥之为标新立异。”森达矢写道。

森达矢承认，当年他的反战言论并没有起到作用。正义在哀鸿遍野的极权体制下是不会产生意义。他冒着杀头风险说的话，大家基本不听，还感觉厌恶。有人一听他讲话，就赶紧站起来走掉。甚至，有人害怕被告密自己听了森达矢的话，争先恐后向船长告状。

“我很清楚，孤立无援的自己所进行的，注定是一场没有人民的抵抗。”他写道。

那些人为了让自己免于被怀疑，还表现出非常相信战争宣传。他们甚至真的在心理上确信了。森达矢写道：人不至于瞎了眼。这边自己的家庭明摆着被战争搞得破败不堪，而那边，国家与天皇却仍然要求你为国家牺牲；这边柴米油盐供应日益紧张，衣食住行捉襟见肘，民不聊生，那边报纸广播却宣传皇军在海外取得多少战绩，捷报频传。怎么可能继续保持信仰？所谓信仰，不过是臣服于谎言而已。

森达矢也写到了船长坂本胜三。他写道：这个人是天底下最会装腔作势的人。他不仅自己满口套话，还对森达矢的真话给予打压。他是用喝叫来强迫大家信仰的。信仰应该是自主的选择，当只有一种信仰可以选择，如果你怀疑，就会被威胁扔到海里去，这信仰还叫信仰吗？茫茫大海中的"光"号，就是一个封闭的海上监狱。在这监狱里，所谓有信仰，不过是对死亡的恐惧。回头想，就是坂本船长自己，他难道就真有信仰吗？他也只不过是不敢表现出对"圣战"的怀疑罢了，天知道船上谁会告发他呢？

森达矢观察到，当日本人表现出对天皇、对国家、对"圣战"忠心耿耿的时候，那个中国人厨子U，一定在心里笑话着。他才不会被搅进这个日本人的迷障中。正是他异国人的眼睛，洞穿了这个由日本人自己制造的自欺欺人的世界。任何谎言都不能糊弄他。但他毕竟必须在这个船上生存，他又是一个外国人，严格说是敌国人，所以他必须虚与委蛇。因为他压根儿就不信那一套，所以他能表现得比信的人更信，特别一本正经。

他干活总是用跑代替走，就明显是在做戏。甚至，带着戏谑成分。

森达矢也记录了那场煞有介事的中华贺宴。当船长宣布某日将举办一场中国料理贺宴，他简直不相信自己的耳朵。森达矢自己也曾在中国料理店干过，他知道，这是绝对不可能的。但船长真的吆喝大家布置宴席场地了。刚经历过轰炸，船员们眼里失神，由船长赶过来，赶过去，哄哄一团。他们一个个好像是空心的人，随时都会散架倒下去，只是因为船长强硬的声音支撑着。他们也不相信几个小时后会有一场宴席。但是，那个中国人厨子还真做出了一桌菜。

“这是这个中国人愚弄日本人的闹剧。”森达矢写道，“日本人一直被中国料理所糊弄。作为对中国料理也算了解的人，我认为中国料理是具有糊弄性质的。日本料理靠的是真食材，而中国料理靠的是烹调技术，食材退居次要，甚至不重要。技术是可以造假的，技术造起假来，让假的更像真的。正是在那个煞有介事的伪宴上，我第一次窥视到了这个中国厨子的内心。”

森达矢记录了一段他和U在那个宴席之后的对话：

森：“你不觉得在助纣为虐吗？”

U：“我是在救命。”

森：“这些人是干什么的，你难道不清楚？你的祖国正在遭受侵略，你每向大本营运输一船物资，帝国就多了一船侵略资本。”

U：“我救自己总可以了吧？”

森：“你真的不在乎他们在干什么？”

U：“我不关心这。”

但是，在正义与邪恶激战的关头，一个有良知的人，怎能心安理得于对世界的无关心？但这是我的愚蠢，因为我也是日本人，我再怎么反战，也毕竟是日本人，他怎么可能跟我交心？

森：“你真的不知道你在做什么？”

U：“我只是一个干活吃饭的。干活，拿钱，吃饭。”

U竟然把自己说得很势利。就这么暴露出来。日本人才不会这么说的。他竟然对我这个日本人这么说，就不怕我去告发他？要知道，那时候我们并不是朋友。

“我不干活，你们给我饭吃吗？”他又说。

“他说‘你们’，说明他很清楚他跟我们不一样。”森达矢写道，“后来我明白了，正因为他知道不一样，他才自立起一颗坚实的心。那些日本人的东西对他都不重要。归根结底，他所以强大，是因为他不是日本人，他本来就不属于这个集体。日本只不过是他一个跳板，一个暂时栖身之地。反正不是自己的国家，好坏跟他没关系。栖身不了，再换个地方。所以就放大胆干，干砸了，拍拍屁股走人。他尽可以无所顾忌。所做的一切事，到头来都可以当作排泄物一样排泄掉。”

“无家，就是自由。”森达矢写道，“‘无’的自由，或者说，是双向自由。就说战争吧，日本败了，在他，却是胜了。相比之下，我却是以失败之国国民接受战败。虽然我是反战人士，我可以庆祝我的胜利，但我的国家败了，我虽胜犹败。与祖国为敌，输是输，赢也是输。包括我在内的厌恶战争、反对战争的日本人，其实内心都或多或少有所纠结。我为了正义而让自己国家失败，真的应该吗？只有那个中国人没有这种矛盾。他在日本人的‘义理’之外，他自有中国人的‘义理’。日中战争，中国人的“义理”就是抗日。一个人应该义无反顾地维护自己的祖国，一个被侵略者可以理直气壮地拿起武器，一个侨民也可以破釜沉舟，把不义的所侨居国当作战场。他没有矛盾，他的价值观很统一，所以他的心坚实。”

我吃惊，森达矢笔下的U竟是这样。

但是,U不是确实为侵略战争做了事了吗？“光”号可是为“给帝国输送润滑油”的,坂本胜三不就这么夸耀吗？哪怕U只是做饭，他可是“帝国精良武器”。

好像知道我会这么发问，森达矢写了U曾经破坏食物。这事发生在贺宴之前，被他发现时，他只是以为是U笨拙无能。在贺宴上，他看出了U在无关心瞎搞，再回想起这事，他明白了。

战争期间,食材紧张。珍惜食物,保证温饱,厨子只能做到这样。“巧妇难为无米之炊”，但这个U却是“无米”还要出“好炊”。有一阵，船上的伙食新菜迭出。但很难吃，作为也曾在中国料理店干过的人，森达矢判断，这根本不是什么发明新菜，而是U把菜做砸了。从刀法看，完全没有章法。有时错得简直太低级了，比如火候的把握上。就连从没下过厨的人都不会犯这样的错误。森达矢很奇怪，这个中国厨子怎么会这样？森达矢开始观察他，有一次，他竟然看到他拿着刀对着食材乱剁。简直像剁着猪菜。他又把菜抓着揉，他眼睛发狠瞪着，嘴巴歪扭，发出“咦咦”的尖厉声。突然，他把它们“哗”地扫到地上。但他好像又担心被人看到，赶紧把它们从地上捞起来。森达矢起初理解是，他是在玩，不小心玩过头了，又紧张补救。他捞东西的样子笨拙极了，怎么可能补救得了？单是沾着地上的脏，他都没办法洗干净。他才不是笨手笨脚的人。森达矢只能理解，他仍然在玩。但这么玩着，这东西怎么吃？森达矢想冲进去揭露他。但他加紧补救了起来，这下大概是真怕了，动作也利索了，慌张的背影可怜兮兮的。森达矢说，自己是同情人的人。那一餐，森达矢称肚子不舒服，不吃。但大家都没有发现食物有什么不对，这个U聪明，竟然做成了大杂烩。

“即便如此，仍然也是猪食。”森达矢写道，“大家竟然吃得很香。日本人总是吃得很香，其实是表示一种虔诚。日本人干什么都要表现得很虔诚。我能想见，U的心在笑得发抖。后来我理解了，作为厨子，他必定要做他的工作，但他的良心怎么可能允许他助纣为虐？这些吃他做的食物的人，都在为侵略战争卖命。当然他自己也得活命，人毕竟得活，干活、挣钱、吃饭，活，可以理解。那么，只有以破坏、捉弄的方式工作，才能让他的工作有了正当理由。”

一九四三年底，“光”号到达苏门答腊Palembang。这个日语叫パレンバンポート的港口，已经在日本人手中了。船员们远远就望见码头黑烟弥漫。“光”号很快得到海港军方的通知：码头正在清查当地游击队，为了安全，轮船先不靠岸。

“八格牙路！”坂本船长在甲板上走来走去，破口大骂，“不识好歹的混账！是谁保住了你们的油田，你们的港口？洋鬼子逃走前要统统炸掉，多亏了我们闪电进攻才保住了。洋鬼子怎样对待你们的？不知感恩的劣种！”

好像历经苦海，好容易挣扎着爬到岸上，又被赶下海去，“光”号船员们也受不了，骂骂咧咧。食物已尽，“光”号获准由船长带着厨子，乘军方的小船上岸采购食料。森达矢发现，U 从岸上回来，脸上总是带着安恬的笑意。但当大家围着他打听岸上的情况，他总是一问三不知，他说自己只顾着干活了。

“你是‘丸太’啊！”有人啐他。

“丸太”！我又听到这个词。

这些日本人总是不知不觉流露出对中国人 U 的歧视。但是这个 U 并没有反抗，有时甚至难以置信地麻木。森达矢写道，这就像战争时候他在中国看到的，大多数中国人任人宰割。比如在南京，那么多人束手被杀。杀一群羊也没那么容易。但他接着发现，U 其实是很敏感的人，只是大家漠视他，没有觉察出来。没有人去留心他，对他大大咧咧，一再扎伤他。脚被人踩了，都要叫痛吧？小爬虫被人踩了，也要吱一声吧？这个中国人不是麻木，而是怯懦。这是一个窝囊的人。森达矢说，后来他咀嚼这个 U，才明白这是忍耐。日本人也讲忍耐，但是一味地忍耐，是心悦诚服的忍，但中国人的忍不一样，是揣着复仇心的，卧薪尝胆就是这样，受胯下之辱也是这样。忍耐，甚至装傻，这正是 U 超人之处，深藏不露，伺机出手。倒是森达矢自己不知策略，当时他还替 U 抱不平：

“‘丸太’？”他冲大家，“要不要把他砍了？厨舱里就有菜刀！”

“吵什么呢！”坂本船长喝道。船长也为 U 说话，他是船长，单为了船上不至于乱，也要做出主持公道的样子。“工作时候不专心，就关心岸上发生的事，出了差错谁负责？厨师就是要关心伙食，你们愿意饿死啊？职业本分，职业本分哟！每个人都该知道自己的本分！游击队跟你们屁关系！”

森达矢说，“光”号就是日本国家结构的缩影。船长了解时局，搞政治鼓动，船员被要求当个忠于职守的职人。日本就是一艘由少部分聪明人掌握方向，由绝大部分愚民忠心卖命的大轮船。

坂本船长是太聪明的人，骂归骂，他应该也清楚大家的情绪必须有个发泄渠道，于是大多时候，对大家的闹腾睁一只眼闭一只眼。大家像困兽一样互相顶撞，嗷嗷乱咬，就连走起路来都呼呼带着怒气。但是中国人U却出奇地心气平稳，俨然他已经上岸了，解脱了。有时候森达矢猜想，他在岸上是否真的听到了什么？看到了什么？

船员们白天焦躁，晚上闲下来，这情绪又转变成了对家人的思念。但日本人外强中干的特性，又使得他们不愿暴露自己的脆弱。他们打趣别人，在互相的嘲弄中，把愁思像足球一样踢过来踢过去。

“瞧呀，这家伙流眼泪了！”一个叫，“哎呀呀，这么多眼泪，像我家刚出生的小孩撒的尿呢……”

说话的人其实是想提自己家的小孩。大家跟着怪声怪气嚷起来。被奚落的人反击：“你说我？你不是也在想你家孩子？”

前面那人被揭发，又不愿意承认了，反击：“谁像你？刚才还对我说：我真懊悔，出发前的晚上还打了孩子他妈。虽然只一巴掌，‘可我不能饶恕自己！’”

他模仿对方的口气。大家大笑起来，发出夸张的“哇哈哈”的笑声。

被说的人腾地从床上坐起来，冲下来，向说话人冲过去。两个人很快一个追，一个逃。终于，追赶的人垮掉了一样扑在地上，竟然哭了起来。

“老子打老婆，是老子自家的事！你们管得着吗？”他嚷。

大家慌忙去劝他。劝着劝着，大家眼睛都湿了。

森达矢说，他从不加入他们。他知道大家心里苦，但他不怜悯他们。这些人看似值得同情，但他们是战争机器上的螺丝钉。大家闹，他无聊转去角落，这时候只有U会待在角落。他没有家人，没有孩子，这些话题缠不到他。他的神情，与其是孤单，毋宁是超然。他超然于事外，他那身影，好像随时都可以拍拍屁股远走高飞，无牵无挂。

森达矢觉得自己了解U。“但是我错了。”森达矢写道。

五天后的一个晚上，码头方向传来枪声。一会儿，一位驾驶小船的日本港湾官员为“光”号带来消息：码头上枪决了五个嫌疑分子。

“这么说，上岸的日期就不远啦？”“光”号船员们额手称庆。

“那还不一定哪！”官员说，“被枪决的统统是中国人，怀疑破坏事件跟当地中国人游击队有关系呢，这就麻烦啦！这些侨民比当地原住民难对付得多。战争前，荷兰人就很头疼。以前对荷兰做坏事，现在对日本做坏事，中国人坏透了！”

大家把目光投向了U。U就在边上，但他的脸平静得像磨平了的石板一样。他好像根本没有听到那人说的话。森达矢说，这个中国人曾经想淡化他的中国人身份，这可以理解，毕竟日中是交战方。坂本船长还曾经为了安抚他，把南京政府当作中国政府，说日中亲善什么的，他竟然很当真。只要稍微有点脑子，都不会这么认为，何况U是个太明白的人。也许是他毕竟身在日本，他能听到的只能是日本的宣传，所以当真了？也许他只能装傻，用以保护自己。但现在，人家明显指着他鼻子骂中国人，他怎么可能忍受？但他还是忍受下来了。他的忍受力简直超过常人。森达矢寻他眼睛，那眼睛像枯井。也许他真的不当一回事？他既不把日本当一回事，也不把中国当一回事。这是个完全没有良知和尊严的人，森达矢说，他曾经一度这么判断。但接下来发生的事，改变了他的看法。

为了引来游击队，好一网打尽，日本军方决定每天杀一名当地中国人。当天晚上，码头上果然又响起了枪声。森达矢看见U猛跳起来，赤着脚冲到舱外。他好像在用身体去撞舷栏，他的头好像系在柔韧皮绳上的球，一下迸出，又反弹回来。他白天还像枯井的眼睛闪着光亮，盯着灯火明灭的码头方向。他沿着舷栏移动起来，好像要尽量接近码头。他的移动越来越快，变成了疾走，到了跑。这下他是真的跑，他步子凌乱。他跑到舷栏尽头，又往回跑，最后他脱开舷栏，在甲板上跑起来。他跑着，又猛地向舷栏冲去，好像要冲毁它，冲出去。他个头小小的，让人觉得他好像有可能冲出去。他很结实，好像像一颗子弹。当然他还是被弹了回来。他被弹到了身后的舱壁，但他借力又反弹出去。这简直是折腾。他简直是在自我虐待。

那个晚上起，码头每晚都传来枪声。或是成串的，或是零星的，每次都要刺激着U冲出来，冲向舷栏，好像要冲出船去。一次次这样，也许是他再也无法欺骗自己，他是无论如何不能冲毁栏杆的，更不能抵达码头，于是，他就换成在甲板上奔跑。但这样更不可能让他接近码头。森达矢说，他怀疑这个中国人仍然是为奔跑而奔跑，但不是做戏，他是借奔跑来缓解心焦。也许，平时他干活用跑，也是他用来排解内心苦闷的方式？

大约在码头开杀戒五天后，傍晚，长谷川幸之助社长突然出现在“光”号上。社长怎么到南方来了？森达矢后来才了解到，战争期间，长谷川幸之助一直往返于日本本土和南方之间，那段时间刚好在 Palembang。他上“光”号看望大家。大家像孩子依赖父亲一样地拥向社长，向社长吐苦水。但长谷川社长直奔厨舱去了。那里响着刀剁砧板声，不知是不知道社长来了，还是什么原因，U 竟然没有出来迎接社长。

大家纷纷尾随着社长拥向厨舱。狭窄的门口被堵住，厨舱的光线霎时暗了下来。U 好像被黑暗惊起，猝然转过身来，手里还拿着菜刀。跟在社长身后的坂本船长向 U 做了个提醒手势，但 U 没有反应。船长想上前把菜刀拿下来，但他挤不过去，只能恼怒地冲大家戳胳膊肘子。好容易挤到前面去了，社长宽大的身体又挡在他前面，他只能冲 U 小声喊：“喂！”

社长明白船长意思，显出满不在乎的样子，摆摆手。

“一瞧见这形象，我就想起当初 U 君在敝舍勤勤恳恳干活的情景啊！”社长说。

社长也称 U“U 君”。

U 慌忙摆起手来。他手里握着刀，这使得他的动作成了执刀挥舞。他像是在自卫。船长又喝叫，U 才意识到，赶紧把刀藏在身后。这下，反把社长逗笑了。社长笑，船长也跟着笑，大家都跟着像泛滥开来的水一样笑了。唯独 U 没笑。他平时很爱笑的，怎么偏这时候不笑？森达矢也替他担心：你小子哪怕嬉皮笑脸也好啊！

社长仍然宽宏大量，道："阿 U，听说在'光'号上干得很好啊！你的事迹都传到香织耳朵里了，香织整天'阿 U''阿 U'的。我这次来，香织还问会不会见到阿 U 呢，说要是见到了阿 U，一定要代她问个好。香织这孩子！"

社长又笑起来。所有的人又跟着笑，笑声哄哄地震荡在厨舱里。U 好像被笑声挤压了一样，挣扎了一下身体。

社长又道："阿 U，这次返航，一定要回家里！"

社长说的是"家里"。森达矢写道：多么虚伪，好像那真是 U 的家一样。U 低着头。船长怪异道："怎么？ U 君，你都没回家？"

"你不是也没回家嘛！"社长说。

"我是外面有办公室……"船长说。

"谁外面没有办公室？"社长反问。森达矢说，长谷川社长分明瞎说，普通船员哪里有办公室？只有在会社的寮舍里挤着。U 就是跟大家一起挤寮舍的。但大家都听出来了，社长把 U 拎出普通社员之外。

"U 和你，"社长又对船长，"都是从长谷川家飞出来的。"社长竟然把 U 的顺序摆在坂本船长前面，船长也显得有点尴尬。"但是，翅膀硬了！"

坂本船长连忙否认自己翅膀硬了。

“翅膀硬了是好事嘛！”长谷川社长说。

坂本船长又连忙改嘴称是。

社长又转向U，笑盈盈盯着他，没说话。U也没看社长，但他应该能感觉到社长的目光。

“香织总是说阿U，”社长说，对大家，“翅膀硬了。我说，这话可不对！阿U是去干大事业了。男子汉一定是要干大事业的。事实证明，阿U是能够干大事业的人，香织你哪里能关得住？但虽说如此，也得回家看看。”又转想U，“是吗？U君！”

U嘻嘻一笑，但眼睛仍然没有看社长。这是他平时标志性的笑，在不同情形下，这笑含义不同。现在应该只是敷衍。他躲避一样转过身去，又剁起菜来。坂本船长赶紧接过话题：

“U君的确是人才啊！简直是‘帝国精良武器’啊！”

刀剁砧板声更加急促，像在逃脱魔鬼的追逐。

长谷川社长皱了皱眉头，睨着船长：“船长你说的是什么啊！什么‘武器’？”社长拿手指了指码头方向，提高了嗓音。“那些‘武器’只会滥杀无辜！”

社长竟然说出这么大胆的话，大家都吃了一惊。森达矢说，后来他才知道，社长是带着军方任务的。社长顿了顿，眼睛溜着惶恐的大家，最后停在U的脸上。“没有仁义之心！为人，应该有仁义之心。还不如小女，当初无论如何要把U君从绝境里救出来，一再说：‘爸爸，您救救阿U，救救阿U吧！’阿U，还记得吗？”

剁声变得凌乱起来，好像在泥沼上闪跳。

社长船长一走，日本人船员们苍蝇一样缠着U，审问他跟社长女儿的事。

“你小子原来还有这么个背景啊！怎么都没听见你提起啊？”

“U君，社长的千金漂亮吧？”

“快坦白吧！”

U的脸埋在阴影里。

“不说话？就是说不漂亮了？”一个故意说。

这下，他被逼得不得不表态。“不是……”

“不是？漂亮？”

他摇头。

“不漂亮？”大家又问。

他又摇头。

“那还是漂亮了？”

U模模糊糊地点了点头。因为是上下点着，他好像有意把抬起的动作做得很明显，所以显得不像是在点头，倒像是在抬头。但他的小伎俩没有起作用，大家惊叹起来了。U也鬼得很，他又做出不明白大家为什么惊叹的样子，用不解的眼神瞅大家。但他脸在阴暗中，大家仍然没有注意到他的眼神。森达矢奇怪，既然没有作用，他为什么要频频使用这些伎俩？也许就因为实在无奈，他必须得做。与其是为大家做的，毋宁是为他自己做。

“好有艳福啊！”一个说，“啊啊啊，妒忌死我了！敝人连社长千金的芳颜都不曾一睹呢！”

“这么漂亮的小姐，又这么疼你！”

“哪里……”U好像被扎了一下，迸出一句。

“什么？不疼你？”

“不……”

“那就是疼你了？”

“不是……”

大家的逻辑像陀螺。但其实只要他不理睬，不反应，这陀螺就转不了。但他好像特别敏感这问题，或者说，特别要闪避，所以他必须得反应。“不……”

“那还是不疼？没关系，社长不在这，”一个压低嗓音说，“船长也不在，偷偷跟我们说！”

“跟社长在不在什么关系嘛！”蓦地，U 好像从深水里浮出来一样，道。他应该终于明白了，必须跳开人家给他设下的陷阱。

“那就说！”大家逼他。

U 像一只被逼到夹角的小动物。“当然好了！”他大方起来，亮声道。

他竟然这么坦然。大家就没空子可乘了。U 俨然打了个大胜仗，站起来，准备离开。但大家不让他走，拉住他：“怎么个疼法？”

一个家伙淫声淫气道：“肉好白吧？”

空气顿时僵住了。

大家好像也没想到那冒失的家伙会这么说，直到 U 的手掐到那人的脖子上，那人发出一声呜咽，大家才发觉不妙，扑过来，七手八脚解围。大家恐惧地瞧见 U 的脸颊在跳，像是突动的火山口。他那双平时掌锅的手青筋暴起，简直像老虎钳一样有力。这个平时温顺得像猫一样的人，刹那间变成了虎。大家的手胡乱刨着虎爪，所有目光都聚焦在那上面。U的目光也转到了他自己手上，直直地盯着，但他好像自己也驯服不了自己的手。他的眼睛里已经少了愤怒，更多的是懊恼，还有担心。他好像在懊恼自己的手毁了他的好形象，担心自己的行为会毁了他的前程。甚至，闹到这份上，他一旦松手，就会被大家围殴至死。他的手可不能松开，但他又渴望它松开。如果不松开，这么多人掰着它，它最终也会被征服。作为旁观者，森达矢也看到了这局势，最终会对这个中国人不利。他想为U解围。他正在想着解围的办法，蓦地，他听到了U的笑声。看U，他狰狞的神情瞬间变成了嬉笑，好像在黑暗中绽开出幽微的花来。从激怒到嬉笑，竟然没有任何过渡，就转换过来了，人脸的怒态跟笑态竟然是那么的接近。他嬉笑起来，好像刚才那么凶，只是在开玩笑。

"肏你娘！"他用中国话骂。他一直对所有人毕恭毕敬，谨小慎微。他从不骂人，噢，之前只有一次，在遭到轰炸时往天空骂。那不是骂身边的人。他平时甚至还过多地使用敬语，而且还用得不恰当。现在他骂了。他用中国话骂，是否是一种回避？大家可能听不懂，他可以躲在大家听不懂的语言里。但他既然骂，为什么刚才发怒时不骂？而要放在现在骂？也许他现在仍然还在发怒，只是掩藏起来了。而且因为极怒，他必须用大家听不懂的骂来发泄。但他接着说出一句话，那语气，又真是让人觉得他压根儿就没有动过气：

"都想些什么啊！长谷川小姐只是喜欢吃中国饺子……"

大家好像也没能适应他这种变化，傻愣愣地"哦"着，点头。

"……八格牙路！"他又骂了一句。这下用的是日语，大家全听得懂，而且感觉到亲切了。大家也松弛地笑了起来。

“八格牙路！”大家纷纷跟着骂那个找麻烦的家伙。

“原来是这样啊！”又说，“阿 U 的中国饺子，我们还没吃过啊！”

“蛇”

那晚，在大家的吵吵闹闹中，U 被长谷川社长召去了。大家又是一阵唏嘘。好像要刻意证明自己并不像大家想的那样，U 磨蹭了好一阵，才懒洋洋去了。他一出去，就有人跟着他。但又不敢直跟到社长那里，就在拐弯处张望着。这些鄙俗的人，那样子可笑又可怜。森达矢挖苦：

“去吧，说不定社长会赏识你呢！”

“反正不会赏识你！”对方反击。船上的人都学船长，对森达矢说话不客气。

森达矢说，他自己也没有料到，临睡前也被召到社长那里去。大家惊得合不上嘴。他才懒得去，他道：“要不，换你们去？看你们，口水都流出来了。这可是难得的机会啊！”

“不知感恩为何物的东西！”有人骂他。

“我就不知道！”森达矢应，“你们知道感恩，好大的恩啊！皇恩浩荡！”

森达矢回忆说，他当时内心是揣着不祥的预感的。也说不清是为自己担忧，还是为U。他刚拐到能瞧见社长所在的船舱的地方，舱门就打开了。U的身影在舱里灯光的反衬下，像灯芯一样小，好像要被火光燃尽了。

“U君，努力干吧！”传出长谷川社长的声音。

不见U回应，只有他的身体僵硬地晃着，把光影弄得扫来扫去的。夜很静，空气中好像有他挣动关节的脆响。

“U君……”坂本船长提醒U。

U仍然没有搭腔。

“这小子！”船长尴尬地笑了起来。

“喝醉了啊？”社长说，声音也带着笑。森达矢奇怪，U去之前并没有喝酒。供给紧张，哪里有酒喝？但U出来时，身上确实有酒气。森达矢进舱才明白，社长他们开着酒，原来U是在这里喝的酒。他奇怪U怎么敢喝？还喝醉了。而且社长为什么给他酒喝？还对他的失礼那么隐忍。

社长没有让森达矢喝酒。直接交代工作，让森达矢暂时接替U下厨。

“那U呢？”森达矢问。

“这你不要问！”坂本船长说。

“嗳，”社长制止船长，“应当让人有知情权。”

社长说出这么开化的话来，毕竟是社长，比船长懂得收买人心。但社长也只是告诉他，U要上岸协助军方搞治安工作。岸上有很多中国人，U跟他们语言相通。也许还因为中国人了解中国人心理吧！森达矢想，他是去过前线的人，借中国人消灭中国人，是常用的手段。但这样，U 岂非成了奸细，成了帮凶？

出来时，U 还在甲板上。一副醉醺醺的样子，依在舷栏上，站都站不住。他刚才出来时还没这么醉，在社长面前，他也不至于喝醉的。这下，也许是风吹了的缘故。

“你干吗去喝嘛！”森达矢道。

森达矢承认，在此之前，他和 U 并没有深交。但这下，他忽然觉得自己跟这个 U 的命运绑在了一起。

“我为什么不能喝？”U 说，他语气乖张，“你们很霸啊！霸，你霸个把把！你把把啊！”

他突然冲口说出这话。这是什么意思？森达矢听不懂。应该是骂。对方手抄在裆下，森达矢好像明白了他骂的是什么。中国骂比日本骂狠。他的神情也恶狠狠的。也许是他长期被压制，爆发了。但他很快就收敛了，做出讲道理的样子。

“为什么我就不能喝酒？”他还是咕哝了一个似乎是“八格牙路”的尾音。“就因为我不是日本人？我知道，你们还是忘不了我是中国人。既是这样，我跟你们又有什么关系？”

森达矢知道 U 的心结，他搂住他，叫：“阿 U！”

“啊，还是有关系的！”U 继续说，大幅度扫着手臂，“中国跟日本还在打仗，我是你们的敌人！‘中国人坏透啦！’”

虽然船长谈什么“大东亚共荣圈”，中国政府已经是南京政府，但 U 的心里果然明亮得像镜子一样。“阿 U，他们日本人又懂得什么呢？”森说。他特意用“他们日本人”。

“你是日本人！”U 说，“什么‘他们日本人’！是‘你们日本人’！”

“我才不是日本人！”森说。

“那你是哪国人？”U反问。

森达矢说，U不经意道出了一个根本性问题。也许也并非不经意，这是U自己长期纠结的问题。

“我没有国籍！”森说。

“放屁！”U说了一句中文。“放屁，放屁！全是放他妈的狗屁！”

“狗放屁！”森达矢附和，“日本人说话就是放屁！”

“不对！”U却道，“日本人说的话哪里会错呢？说得很对呢！我是中国人，藏不住的。想藏也藏不住。被揪出来了。现在我要‘坏透了’！我要去干坏事了！你知道我上岸去干吗？混进码头民工，将那些‘坏透’的中国人一个一个地揪出来！”

森达矢大吃一惊。所以社长才突然出现在“光”号上，所以社长才那样的收买U。这也太歹毒了！而你，U，竟然答应了？他正要开口指责，U又说下去。他今晚话变得很多，他变得大胆起来，也许是喝了酒的缘故。

“船长不是说敝人是‘帝国精良武器’吗？敝人可是很能干的啊！你们不行！日本人全都不行！谁叫敝人是中国人呢？”

这是什么意思！难道他觉得这是展示自己能力的机会？不以为耻，反以为荣。森达矢发觉，这个人的心思是飘忽不定的。也许是因为身份复杂的缘故。

“你们不行！只有我行！只有我有用！有用！”他絮叨着。他俨然是在不停的说话中，把问题归结到“行”还是“不行”上，努力把理由说顺了。他好像真的理顺了道理，语气越来越蛮横起来了，身体也摇晃得更加厉害。他蛮横地挺着身体。忽然他的身子向背后折，要跌倒，森扶住他。

“U君，社长他要你做这样的事吗？”他问，“我们不能做！”

“我们？”U道，“你是你，我是我！你是日本人，我是……中国人！”

他又是这话。森达矢想，现在跟他纠缠这些没意义。森向他承认，自己口误，说错了。U不纠缠这问题了，安静了下来。但他的样子也变得羸弱了。他虚弱地望了望森达矢。“阿达你教我不听话吗？我阿U，U君，可是从来很听话的啊！听社长的话，心里就踏实了，做个好人，心里就亮堂了……”

“可是……”

“不要可是！”U猛然甩掉森的手，“难道社长的话错了吗？难道阿达你不希望码头上少死人？天天都在杀人！为了挖出游击队，一天杀一个人。死的都是中国人！”他手指着自己。“中国人！你们当然没感觉。我有感觉，所以我要去救他们。但他们就知道游击队的事吗？中国人就知道中国人的事吗？中国人跟中国人还满是仇怨呢！他们要知道，还不说？就是不知道嘛！不知道就是不知道，杀死了也不知道。但你们还要杀下去。在你们日本人眼里，中国人的命就不是命！”

U猝然一笑，这笑亮得像一道闪电，让森达矢猛然一惊。他从这笑中捕捉到一种特殊的东西，他以前没有感觉到的。但他也不清楚这东西是什么。这让他更加担心U，不只是担心他的行为道义，还担心他的命运。“阿U……”森叫了他一声。

“你小子想教训我吗？”U道。

“不是……”

U暴躁起来。“你小子有什么资格教训我？八格牙路！”

U没有再用中国骂。森达矢本以为他会用中国骂大骂一通，发泄。也许是他担心森听得懂，他对森还不是很交心。用母语骂是发自五脏六腑发自心田的，会把自己全裸露出来。

第二天晚上，一艘小艇靠上了“光”号。船员们挤在下船口围观，船长吆喝着给U打开一条通路，一边又故作风趣地叫：

“送出征者啊！诸位，请让出征者出征！”

然后他手臂在空中一挥，率先唱起了那首妇孺皆知的《出征士兵送别歌》。大家的歌声像散落的金属棒，被他一拢而起，齐唱起来：

啊，恩蒙永世大君
水浸草蒸的陶熏。
誓效忠烈者，到时候了，
多么豪壮，这个远行！
出征吧勇士，日本男儿！

U在哄哄的歌声中木然不动。他好像根本没听到歌声。森达矢发现，这个中国人的目光在眉毛丛下歇息。印象中他是没什么眉毛的，这也让大家觉得他羸弱。其实现在他的眉毛仍然只是稀稀拉拉的，但他的脸微微低俯，眉骨凸出来了，出现阴影地带。他俨然是身处局外。

船长对U没有表现出应有的庄严姿态，也没有不满，他只是更用劲地挥了挥手。这下U好像被船长的手牵了一下，像牵线木偶一动。但他的动其实只是嘻嘻一笑。这笑更糟糕，消解了士气，歌声的金属棒七零八落了下去。船长又向U做一个齐唱的表情，撮撮嘴。其实U作为出征者，不需要开口唱的，他只接受大家送行，船长是急了。U的嘴张开了，但他哼哼哈哈的，反而显得不庄严。船长咬牙切齿，喝令地冲着他，自己示范地高唱。U好像被搡出去，终于发出了一个石破天惊的声音。大家零落下去的歌声又拢起来了。但很快，大家发现U那加入的歌声总是“呼啦啦”跑在节拍前头。大家追上去，但那声音更快地奔跑了起来。大家追得气喘吁吁，好像全副武装的士兵，顾不着笨重的装备，盔甲丢弃一路。所有的人好像进入了U的圈套，欲罢不能。就连船长也跟不上，他索性振臂拍掌起来。

森达矢写道：法西斯政治总喜欢大合唱，人人唯恐被排除在合唱团之外。不知战后“光”号船员们是否还记得那次合唱？是否在回忆当年U的唱相中，咀嚼到他的疏离与戏谑？

但森达矢承认，他当时对U仍然没多大把握，他担心U真的会去当奸细。前一个晚上，他缠了U一个晚上，想从U嘴里确切得到他的打算。但这个U就是不说。他虽然喝醉了，但他守口如瓶。有一阵，森达矢怀疑他是真醉还是假醉。也是，他怎么可能告诉人家？自己跟U并没有深交。但也许U也确实无可奉告。他能怎样？

在这么强大的威压之下，他有什么办法？他还是中国人，身份本来就是问题。那么，他在大合唱时的表现，就只不过是消极逃避。他不能容许自己加入合唱，但也不敢不唱。如果他坚决抵制，犯了众怒，可能会被丢到海里去。这可不行！

许多年后，森达矢在他的书中写道：

> 要求人去当烈士，太苛刻了。就是我，也没有当烈士，苟活到现在。生命是最重要的，对日本人、中国人都一样，我们毕竟不是教徒，没有此岸之后的彼岸世界。而在此岸，世俗的光芒在召唤，谁能抵挡得住诱惑？
>
> 我甚至能在最人性化上理解U、体味U：谁愿意当烈士？他连英雄也不想当的吧？但是他被逼迫了，只能走上英雄路。

U走后，“光”号像被掏空了。接下去的每一天，U几乎成了大家唯一的话题。大家都知道U干什么去了，大家都觉得这是一个极好的主意，没有人怀疑U的能力。还因为U肯接受这个任务，大家不再介意他的中国人身份了，觉得他是跟大家同心同德的。大家不住地念叨U的好，还把他当救星。

“等阿U回来，我们长谷川船运就会被授予国民援战爱国奖了！”

“到时候，阿U就要被提拔到总社去啦！作为会社的光荣，只要有客人来，就介绍：这就是功臣阿U……”

“什么‘阿U’！功臣能这么叫吗？”

“那叫什么？”

大家才想到，这个中国人U没有正式姓名。

“你们这些混蛋懂些什么啊！”有人说，“功臣，固然，是的，但等着阿U最好的事情，是被社长千金收回去呢！有这关系不抓住,阿U才不这么傻呢！你们听到社长的话了吗？‘整天“阿U”“阿U”的’，‘见到了阿U，可一定要问个好！’”

“哈哈哈哈……”大家笑了起来。但这个笑并没有揶揄的意思。

码头上的枪声平息下来了。港口睡在热带特有的绒布一样黑暗的天空下，只有几个星光在狡黠地一眨一眨。岸上到底发生了什么？U真的按照社长，不，是军方的部署去做了吗？握着U握过的厨具，森达矢感觉跟U产生了一种感应。这些厨具很沉重，像武器。能掌握这么沉重器具的人，一定不会是无力的人。他记起，虽然U个头小，但手好像很大。难道就因为他手大才有力？才对这么重的器具使弄自如？单凭有力是不行的，我还拿过枪呢，但操弄起这些却用不上力。得靠智慧。他想起中国有句话：“治大国若烹小鲜。”中国人有着中国智慧。

“但是这些，日本人是不懂的。”森达矢写道，“日本人自以为懂得‘道’，什么‘武士道’，不过是走向精神幻想。当然还有其他‘道’，‘茶道’‘花道’‘书道’等，但也无法洞悉中国人的智慧。”

船长坂本胜三不满意森达矢干的活。“阿达！森达矢！你小子这是做什么啊！这是猪食！要是U在就好了！人家U的手艺，可是从多少挨打中硬练出来的。一个人有能耐，就干什么都有能耐，窝囊废，干什么都是窝囊废！”

好像船长也没有参透U的智慧。也许是为了给自己和大家打气才这么说的。但据说，他到岸上去，都没能探听到U的消息。

有一天，船长从码头回来，显得很兴奋。“果然社长好眼力啊！U君，哦，现在他叫‘林光’……”

船长专门用中文发音。

“叫‘林光’啊！”大家叫，“阿U有名字了！”

我想起坂本胜三说过，U“战后”曾取名叫“长谷川光”。这个名字是否源自这个“林光”？ 坂本胜三没有对我说这个名字，也许是他要隐去U在苏门答腊这段事。

“……这小子盯上一个游击队队员了！还是女游击队队员。”船长说。

大家哇哇乱叫起来。

“还女扮男装，企图骗过皇军。皇军什么不知道？一调查就知道了。就让她装，看她能装到什么时候！”

“U怎么知道的？”大家对男女话语非常感兴趣。

“总得洗澡嘛！”船长说。

“这么说，阿U去偷看人家洗澡了？”一个说。

船长拍了那人一脑瓜子。“什么叫偷看？你们洗澡，我要偷看？”

大家笑了。

“也是偶然撞到的啦！”船长又说，“只可惜啊，没看一会儿，就被美国人告发了！”

“怎么？”

“一个美国俘虏。他也在偷看。”船长说，“狗畜英美！狗畜嘛，这种事肯定是很上瘾的嘛！”

大家嘲讽地大笑起来，有人还做着交媾的样子。

森达矢感觉不妙，难道U真的当了军方的奸细？他失望。也许U真是个没有操守的人，无耻之徒。都够无耻的，社长女儿不是喜欢U吗？社长他还把U送到别的女人那里去。这个U也够可以的，他偷看那女游击队队员洗澡时，就没觉得对不起社长千金？偷看女人洗澡这种事都让人知道了，他就不觉得羞耻？日本人不觉得羞耻，可你是中国人。你一个中国人，数典忘祖，你祖宗在天上，你就不怕被诅咒吗？

好像U真的受到了诅咒。接下来没有U工作进展的消息了。也许他收敛了。森在心里默默祈祷，人毕竟是有良知的，U也应该是有良知的。森达矢不信神灵，但他现在呼唤神灵来唤醒人的良知，让人迷途知返。他相信U是有慧根的。那些船员们当然缺乏慧根，他们只是两只脚的动物，他们只知道生存，只期待船长给他们带来好消息。一天，船长终于带来消息：U要假装投奔游击队，让那女游击队队员带路，摸到老巢，来个“包饺子”。“‘包饺子’，”船长道，“是U的看家本领嘛！”

我愣。森达矢是这么白纸黑字写着的：

包饺子

我想起照子奶奶的回忆。难道坂本胜三也知道长谷川小姐要

U 做的丑事？应该知道，整个长谷川宅都知道了嘛。

但好像森达矢并不知道这“包饺子”的意思。大家欢呼起来。他简直绝望了，原来在没有消息的这段时间里，U 并没有停下罪恶的步伐，阴谋还在进展着。这世界上还有良知吗？

一九四三年的最后一天，日本除夕。“光”号上的人都不去睡觉，大家一起守岁。下着雨，大家就待在舱里，思念着家乡的亲人。快快消灭了游击队，让船靠岸，装载返航。就又念叨起 U 来了，他什么时候摸进游击队老巢？想想这么恶劣的天气，U 还在风里来雨里去的，实在难为 U 了。忽然狂风大作，“光”号剧烈摇晃。大家慌慌张张推了杯子，跑到甲板上，一双双祈求的眼睛像搭钩一样钩紧海岸。海岸好像消失了。

U 小小的个子，能担当得起这么重要的任务吗？大家又觉得把希望托付给这么一个人，简直冒险。

“让我们上岸！让我们上岸！”大家叫。

“杀了游击队！”

“U 怎样了啊？”

“U 是好样的！还用得着怀疑吗？你这个混蛋！”

猝然，黑沉沉的天空中闪出一条蛇形的光，狞笑一样。大家的眼睛好像被灼伤了，眨巴起来。再瞧那闪电，竟然不见踪影了。骤然一声轰响，就像砸在头顶上。大家逃回舱内，缩着，连叫声都没有发出。大家痴痴地你瞧我，我瞧你，像是灵魂被闪电摄了去一样，张着嘴，谁也没有说出话来。好半天，缓过神来了，但还是不敢说话。

不知过了多少时候，才有人说那闪电是野槌蛇。那人是岐阜来的，说他家乡就有人亲眼见过野槌蛇，孤独猎食，怀揣剧毒，身体像一把没有握柄的槌子，动作快，一跳就两公尺高，一下子就不见。岐阜是内陆，但这是在海上。大家嘲笑他少见多怪，海上的闪电就是这样的。但另一个秋田来的也说，他认出确实是野槌蛇。

野槌蛇的传说在《古事记》里就有记载，也有不少地方的人声称目击过，但一直没有谁抓到实物。从它的名称就知道它是抓不到的，野槌，“のづち”，就是“野つ霊”，“山野精灵”的意思。

在书中，森达矢专门做了注脚。

也许是大家心虚吧，大家渐渐相信自己刚才见到的就是野槌蛇了。森达矢写道：

这些日本人哪里想到，这与其是蛇，毋宁是龙；不是日本龙，而是中国龙。战后，这个中国人U，果然把名字取作“龙”。可见他是信仰龙的。

我推算了一下，森达矢写这本书时，U确实已经把“长谷川光”改名为“长谷川龙”了。

森达矢写道：

他是否对那晚“光”号上大家谈论的话题有感应？受了启发？不，是他的本性使然，他才做出了那么漂亮的事情来。这中国龙，日本人是理解不了的。不错，日本人思维诡谲，但中国人思维深邃。我读过中国名小说《三国演义》，曹操说：‘龙能大能小，能升能隐；大则兴云吐雾，小则隐介藏形；升则飞腾于宇宙之间，隐则潜伏于波涛之内。方今春深，龙乘时变。’这个中国人愚弄了日本人。

第二天早晨，军用小艇荡着平静得涣散的波涛，向“光”号驶来。

没有U的身影，艇上的军人个个神色阴郁。他们一上船，就钻进了船长舱。没有欢庆，一切静悄悄的。究竟发生了什么？U怎样了？一直被成功预言所蛊惑的船员们，好像突然被丢在半途中，不知如何是好了。森达矢说，只有他截然不同，他感觉自己是立在荒原上，感受着孤傲独立的欣喜。他承认，欣喜，同时也意味着灾难到来了。他所期待的情形也许真的成为事实，那么他的返程就遥遥无期了。他要返回日本，日本是他的国家。但U可以不回，他的家又不在日本，日本没有他任何亲人。所谓社长千金，这下看来，他才不在乎呢！他的心深如深渊。森达矢说，直到此时，他才真正领会到。

军人走时，船长把他们送出来，不停地鞠躬，到小艇开出好远才停止。但他的身板子仍然没有硬气起来，他的身影略显佝偻，脖子微微伸着，瞅着远方岸上的天空。满天是扯得破碎的云朵。

蓦地，他意识到大家在看他，拉抻身体，不自然地打起哈哈来。

"啊，U君有消息了！终于有消息了！"

大家惊喜，围了上去。"真的吗？"大家问。

船长"嗯嗯"应着，又啐大家："还值得怀疑吗？八格牙路！"他忍不住痛骂起来，"八格牙路那些士兵，到了一个叫作太阳桥的吊索桥，游击队老巢眼看就唾手可得了，可是那些混蛋士兵，毛毛躁躁，毛毛躁躁！竟将U君从桥上撞下去了！"

"啊！"大家叫。

"啊什么！"船长又啐，"换你们也一样！"

大家纷纷点头承认。

"后来呢？"又有人问。

"还有什么后来？"船长啐，"惊了游击队，吊桥断了，也过不去了！八格牙路，八格牙路！"船长不知道在骂谁，"八格牙路！社长早就看透啦！"

香草

坂本胜三没有说这些。当然，他想告诉我的是符合他价值观的林修身。

人都按自己的价值观说话。也许真可以用上福柯的"话语构型"。那时候我开始读福柯。福柯在中国热起来了。但似乎中国知识分子喜欢的是学术的福柯，而不是，或者有意无意忽略了政治的福柯。世界已不泾渭分明，我寻求理解复杂的中国，复杂的世界，理解各种观点。实际上，我是取消观点。批判是需要观点的，当观点像太阳一样咄咄逼人，并且，观点还会要求接着去践行，那么躲进学术就荫凉多了。

无论是坂本胜三，还是林北方、佐伯照子，还有林太郎，当然也可以包括森达矢，他们的陈述，也就是 énoncé，都只是他们个体性的陈述。个体性，这在福柯理论中是个非常重要的认识基石。而且，陈述作为一种功能，它的意义存在于运动中。反过来说，是在特定的关系网络或空间中才得以界定的。但这些人都是林修身也就是 U 的关系人，某种程度上说，他们跟林修身的关系还相当密切。但仍不能忽视陈述主体性问题，陈述主体的最大特点是，陈述者是一个“位置”。

我承认，森达矢的陈述符合我的“位置”。虽然我也意识到，在这么多个陈述者中，森达矢的陈述是最外在的，他跟林修身的关系最疏远。他们间的关系有个巨大的空白，林修身在战后为什么没有回应森达矢呢？

而且，作为最值得大书特书的林修身在太阳桥的壮举，具体是怎样的？森达矢没有记录。

他只说他曾经一再探问 U，但 U 没有说。森达矢只记录当时 U 因为摔伤，在军方医疗所做了包扎。并不严重，很快就被送回“光”号来。他胳膊吊着绷带，照样要干活。他动作不利索，船长就骂他。船长变得很会骂他了。他被骂，就嬉笑着。还是那种简直是坚不可摧的笑。但森达矢感觉到他变了，真变得没有荣誉感了。他原来是很爱惜自己的荣誉的，做好工作就是他获得荣誉的途径。虽然森达矢感觉到他在荣誉与正义、所服务的敌国与自己被侵略的祖国之间纠结，但看得出，他是在努力寻找出路，也就是最恰如其分的行为方式。把菜做糟，就是这种努力之一。这下，他完全放弃了努力。他甚至还公开承认自己就是没有能力的人。他多了一句口头禅，是中国话，“窝囊废”。问他什么意思，他竟然解释给大家听。

“我就是‘窝囊废’。”他指自己。

他还真去证明自己是“窝囊废”。他把饭做煳。以前，他这样之后会害怕，竭力补救，但现在他不补救了。船长骂他，他就接受，嘴里还嘟囔：

“我就是‘窝囊废’嘛……”

“什么？”船长问，“你说什么？”

后来船长也从其他人那里知道了这个词的意思，有一次他又说时，船长啐：

“你‘窝囊废’，就给我滚！‘光’号不需要‘窝囊废’！”

森达矢发现，U 低着头，埋在阴影里的脸在笑着。

有一次 U 也生气起来。就这次，森达矢趁机刺探他。他还真的说了岸上那个女孩的名字。森达矢发现，说起那个女孩子，U 的眼睛发亮，那是之前他在无论怎样受到船长跟大家赞扬都没有出现的光亮。他好像看到了阳光。他否认她是游击队队员，说她只是一个普通的女孩。她叫香草。

“香草？姓什么？香？”森达矢问。

“哪有姓香的！”U 说，“你以为是日本人啊？”

U 这么说时，简直是恶狠狠的。森达矢疑心他这话是指社长千金的，她名叫“香织”，虽然不是姓。

“那姓什么？”

“李。”

“李香草？”

“八格牙路！”U啐道，“只叫香草。”

是啊，亲近的人之间，哪里能连名带姓称呼？森达矢看得出来，一说起这个女孩，U就有点失态。他以为是进入他内心的好时机，就问起太阳桥发生的事。但U马上警惕起来，不说了。也许是当时情况下，他不能说，所以森达矢才在战后试图找他。

森达矢也试图寻找那个叫李香草的女游击队队员。他去过苏门答腊，没有找到李香草，也没见到那些当年的游击队队员。当地人说，这些中国人很多在一九四九年回国了。其中是否也有李香草？当时，作为日本人的森达矢去不了中国。

中日邦交正常化时，森达矢去联系大使馆，是否也是为了这？但这只是我的猜想，森达矢没有写。他也没有跟别人说过是因为这个原因，只是说他作为反战人士，联系当年的受害国。当然，如果说了这个原因，他的书写也就有瑕疵了。

资讯时代到来了。如果森达矢那时代资讯发达，也许他会找到李香草。好在我赶上了这时代。而且，我的英语大有长进。回国后，我有机会进修业务，包括学习英语。这是八十年代难以做到的，当时缺乏进修观念。有时候我会想，当时我英语要是这么好，我可能就不会回来了，就会留在美国。那么留下来是对还是错呢？

我在网上查找。也许是“李香草”这名字奇特，还真的找到了她的信息。果然她当年是回国了，但后来又出国了，去了美国。我继续查找，又有了收获。一九九一年，她接受了美国一家中文报纸的采访。

虽然我基本能够看懂英语，但我还是看重这个中文采访。虽然我信奉话语阐释，但对其一些观点，也感觉可疑。比如一个陈述可以由多种形式的语言来表达，也可以用具有不同语法构成的同一种语言表达。用不同语言来报道同一事件，虽然所用的符号、语法不同，但表达的意思是一样的。真的会一样吗？

记者手记把李香草的经历理得比较清晰。这个李香草，太平洋战争结束后跟着兄长回到中国。战争时，她哥哥的游击队是通过洪门接受祖国当局领导的，所以他们回国，受到了高规格的接待。也正因此，他们也有机会知道一些内幕：抗战期间，国民政府竟然跟日本人暗中勾搭。他们要把丑闻闹出去，于是都被秘密枪杀了。香草逃跑，被一支共产党游击队收容。到了共产党建政，她兄长的事迹得到新政权的肯定。补偿到她身上，她被送去文化速成班学习。这一读，她读书读上瘾了，一直上了大学。毕业后当了中学教师。但不久就犯了错误。

一九八八年她再次出国，去了美国。在我找到她资料的前三年，她去世了。我算了一下，我在美国时，她也在美国。我们失之交臂。如果当时我知道她在，也许就能采访到她。但当时我采访她，有什么意义呢？

也许我们还会争吵。但现在的我已经不是当时的我。但也难说，一九九一年的她还是一九八八年的她。世界格局已经大变化了。

“您是不是奇怪我的名字？”她一开口就问记者。“很没文化的名字。不必讳言，我出身农民。我最初的文化是速成出来的。也因此我是很野的哦，喜欢有什么说什么。我说的话你们不要受不了哦！”

很有意思，这家报纸把这些话也登载了出来。还有，在她谈论观点前说的另外一段：

“您不要用这种眼光看着我。您的意思我懂，您是在说：‘你虽然受过高等教育，但那是五十年代的！’我告诉您，我是八十年代接受的高等教育。改革开放，我才真正智力开化了。但你们不要误以为是‘启蒙’，我是反‘启蒙’。实际上，八十年代那些叱咤风云的观点里有两种价值观，它们是相背离的，一种要回到‘文艺复兴’，一种是看到了‘后现代’。不要混为一谈。我属于后者。前一种到头来被掌脸了。”

李香草的话让我惊喜。她反思自己的激进人生，她认为应该走出激进的轮回。我曾读过一本书《告别革命》，作为成熟的过来人，其中观点深合我意。我特别心仪于其中谈到的“圣本乎道”“道本乎心”。中国传统的“圣王”“治心”被当代利用，把中国人逼上了苛酷的战车，生灵涂炭。至今仍然有这种逼迫，比如我照镜子时，就会产生被审判感，我的脸颊就会有被抽掴的感觉。摒弃“圣王”思想，也就承认理想的局限性与真理的相对性，也就不期待一次性解决问题。在这个语境下，李香草回忆了当年的苏门答腊。

她提到了一个来自日本运输轮船上的中国人。从她描述的那中国人外表特征，以及他所做过的事，我判断应该就是U。

果然，她说那个人叫林光。

在李香草叙述中，林光是个爱上她的人。从采编者对李香草的介绍中得知，她一生没有结婚。当然，她一直命运坎坷，谁会跟她结婚？估计都没人向她示爱。果然，她也说到了这是唯一爱过她的人。也许正因此，晚年的她产生了去找他的念头。但没有找到。

她是否知道林光后来几经改名？她这么说时，他已经去世六年了。

一九四三年底，苏门答腊的 palembang，中国人叫它巨港，或者旧港。那时李香草才十七岁，就被征去码头为日军奉仕。没有任何报酬。她是在出去玩耍时被日本人抓去的。她平时喜欢女扮男装，头发理得短短的，穿男的衣服，日本人以为她是男的。被日本人抓了，她就更不能暴露自己性别了。好在她只要稍微弓着身子，胸部显不出来。民工群里有她同村的，为了保护她，没人去揭穿她的性别。大家都叫她“小河南”，她祖籍河南。

一个傍晚，大家拖着疲惫的身体回到寮舍，发现做饭的人换了。是个个头小小的人，好像会说中国话。因为看上去像小孩，还很腼腆，爱笑，香草就对他没大没小的。香草生性活泼，爱说话。她嘴上长着一个很大的痣，说起话来，这颗痣被扯动得一撇一撇的，增强了她嘴型动作，而且总显得在蔑视和嘲讽对方。

她问他从哪里来？他摇头。

“你不是华人？”

他又摇头，马上又点头。

“你到底是不是华人啊！”香草道。

他点头。

“哪里的？”

他摇头。他好像被围猎的小动物，惊慌失措，不知怎么办，只能摇头。

“怎么又摇头了？问你呢！我是问你是中国哪里的？”

“啊，这个啊！”蓦地发出声音来。谢天谢地，香草想。但他发出的嗓音怎么怪怪的？好像几辈子没有说过话一样。但他也并没有回答是中国哪里的，只是说：“很早就出来啦！”

这显得有点油滑。他还抽笑了一下。香草道：“我还在这里出生呢！我是问，老家哪里？”

他又摇头，又恢复了惶惑。“老家哪里都不知道？”香草问，“你爹你妈没告诉你？我是河南的。”

“河南……”

“你知道？”

他又摇头。她有点不耐烦了，自己说了起来：“你是奇怪河南人怎么到这南洋来的吧？我爹碰到一个福建人了。”

他眼睛一亮。“知道了吗？”香草像看白痴一样看着他，问。

他重重点头。

“你叫什么？”香草又问。

“没……”

“怎么会没名字？”

“哦！”那人好像突然记起来，“林……光。”

这个人，最初给人怪异的感觉。但这个人菜做得好，让香草喜欢。一问才知道，他曾经在中餐馆做过。问哪里的中餐馆？却也像他的家乡一样说不清。这个人好像总是在地点方位上弄不清楚，给工地送饭，他老是走错路。日本人就骂他“八格牙路”，香草知道那是骂傻子。她不想学日本人，但他确实傻。于是她就喊他“窝囊废”。她这么侮辱他，他却嘻嘻笑。这个人好像没有一点脾气。

对日本人，他也没有脾气。他竟然干活很认真，好像不是被逼迫干活，倒像是真的在“奉仕”。晚上大家都歇去了，他还在干活。香草叫他别干了，他却好像受了褒奖一样，笑嘻嘻答：

“没事！”

“什么没事！你这是给日本人做事！”香草说，“又不给你钱！”

“没事。”他仍然憨厚笑着。

“你这是支援日本人！”香草说。

她性格直率，口无遮拦。他害怕起来，做出要捂她的嘴的样子。她连忙退步，他也好像意识到什么，刹住了动作，改而竖起食指封在自己嘴上。他那样子，胆怯，猥琐，香草太看不上了。“怕什么？日本人又听不懂！”她说。

他好像才明白过来，放松地笑了。

这让香草觉得憋屈，好像她是因为日本人听不懂才敢说那些话，她又说：

“听得懂我也说！”

她甚至学了几个日本单词。他又慌张了。“日本人在时，你可别乱说！”

“我就说给他们听！这下他们能听懂了吧？”

“我不知道……”

“你当然不知道，你又不是日本人！”

他“嘿嘿”点头，又重重点头。

他们说话，常会涉及日本人话题。香草爱说，她心里有恨，她哥哥参加了游击队，要不是被日本人抓着，她早去找他哥哥去了。有时候她还会有幼稚的念头：让日本人讨厌她，把她赶走。但她也知道这是不可能的。听工友说，除非死了，才能离开这里。那么就死，她想。所以她什么也不怕。

相反，那人跟香草不同，他胆小怕事，总是制止香草说话。但他越害怕，香草越爱说。他只能不去接香草的话茬，埋头干活。他干活，香草就去捣乱。“你这是干什么！你多干，日本人就越高兴！”

他去挪装着淡水的水桶，她就去踢水桶，要把它踢翻。“踢掉！倒了！”

码头淡水宝贵，他就蹲下身来，护住水桶。香草就寻侧面踢。他移动身体，把水桶像宝贝一样抱在怀里。她的脚都踢到他身上了。但她并没有觉得自己不对，他那样子太可气了，一点觉悟也没有，简直是日本人的奴才、帮凶。他不反抗她，这让香草更生气。哪怕他反抗一下也好啊！香草觉得自己碰到了一只癞皮狗。她就跟他抢水桶，抢不过他，她就晃荡，让桶里的水晃出来。水倾泻出来了，他终于开口了，他叫：

“这是吃的水！”

“吃吃吃！就知道吃！”

“倒了就没了！”

“没了就好了！”她叫。

他道：“你以为这样你们就可以回家了？”

“你们？”

“哦，我们。”他改嘴，“你以为他们会放了我们？”

“管他放不放！”

“管他？没吃没喝，照样要干活！他们有的是吃的喝的！”他理直气壮说。

第六章

老了的李香草嘴里的他

在接受这个采访三个月后，李香草与一个叫 Michael Penn（迈克尔・佩恩）的美国人有过一场对话。

当时，《联合国安理会 661 号决议》已经实行到第八年，对萨达姆政权严厉的经济制裁，导致了伊拉克婴幼儿死亡率上升，平民百姓的贫困加剧。萨达姆集团并没有受到威胁，慈善救济落入他们的口袋里。是否继续救济，国际社会议论纷纷。在这个对话中，李香草又说到了当年的 palembang，那个厨子，那个淡水的事。

"现在我认识到了，你再倒，也倒不了日本占领军的淡水。就是你把全码头的淡水都倒掉了，只要有一点补给，还是优先供应日本人。渴死饿死的只能是民工自己。"她说。

迈克尔・佩恩是在纽约八大道遇到李香草的。那是一个夏天的午后，李香草嘴唇上的痣让他记忆起了炎热的苏门答腊。那时这痣上总是冒着细细的汗珠子，痣下面的嘴唇刺激着他的欲望。他主动跟她搭讪，果然，这就是当年 palembang 的那个女孩。他早知道她是女的了。迈克尔·佩恩一个多月后上媒体谈论对萨达姆政权制裁的问题，他提议让李香草也参加。

我通过美国同行，找到了现场录像。是未剪辑的素材。这个李香草的外表打扮像极了陈香梅，那个著名的陈纳德将军夫人。陈香梅似乎已成为海外杰出华人女性的典型形象。但在气质上，李香草每每透露出老干部的本色来。她的话被播出来的不多，好在未剪辑版保存了下来。

把李香草刺激起来的，是主持人说起了汉娜·阿伦特的“平庸之恶”。李香草马上抢过话，问：“您是不是还要引述下面一段话？我很熟悉，我可以背诵给您！”接着，她真的背诵了这么一段话：

> 我们这些当年有罪的人，实际上是坚守岗位以防止更糟的事情发生的人；只有那些身处其中的人才有机会缓解事态并至少帮助一些人；我们与恶人共处但并没有把灵魂出卖给他们，但那些什么都不做的人却逃避了所有责任，只考虑他们自己，只考虑他们珍贵的灵魂的拯救……

她竟然背得一点也不卡壳。虽然她是用中文背诵，但她的流畅已让主持人吃惊。主持人很尴尬。李香草又用英语：“我还可以告诉您，主持人，我曾经是坚定的阿伦特信奉者，极端的，我比阿伦特还有洁癖，那个汉娜小姑娘。”

李香草把汉娜·阿伦特称为“汉娜小姑娘”。

主持人对这话表现出不相信。李香草说：

“因为我不是停留在纸上谈兵。汉娜小姑娘是在困境之外想象困境，我就在困境之中，危险之中，挣扎之中。在祖国需要之时，汉娜小姑娘流亡了，而我，跟祖国站在一道。”

“我们就问题谈问题。”主持人说，“毕竟恶总是客观存在的，恶就是恶。”

“好！”李香草说，“我可以承认恶是客观存在的，但在面对恶时，各人的责任是不相同的。比如身处恶的威胁之外，那么就要尽更多的反抗恶的义务。原谅我又回到了阿伦特身上了。”

“阿伦特曾经帮助过犹太人，还有共产党。”主持人明显用眼睛挑了一下李香草。

“当年，我还是共产党员呢！”李香草反击道，语带嘲讽。

“她还因此被盖世太保逮捕。”

她瞥了瞥迈克尔·佩恩，想大声说什么，但又忽然泄气了，她并不是为了证明这个而来的。倒是迈克尔·佩恩替她说：

“李香草小姐也曾被抓进了日本人的集中营。我们就是在集中营认识的。”

她显出既解气又无聊的样子，没接话茬，而是回到原题：“那她应该在监狱里好好待着。那个汉娜小姑娘，她大可不必出来。如果按她的洁癖，她应该在里面反抗。她做不到吧？当然您可以说，她出来是为了更好地反抗。对，这是我的逻辑。她身陷囹圄，就没能力，那么她就无法尽义务。另外，她出来了，还可以待在她黑暗的祖国反抗，她为什么又流亡了呢？再说，她是个知识分子。知识分子应该尽更大的义务，因为知识分子比普通人掌握着更多权利，权利与义务必须匹配，但她却反过来指责普通人。”

“等等，”主持人道，“您在这方面被指责了吗？”

“不是我，”她说，“我从不为自己鸣冤叫屈。”

“那是？”

“林光。”她又看迈克尔·佩恩，“那个厨子。”

迈克尔·佩恩愣了一下，猛然点头。

“他只是普通人。普通人有什么力量？这种指责，也是一种压迫，也是一种恶！”

这个李香草的话简直振聋发聩。即使我只是看着视频，也被震撼了。她撇着嘴，尤其因为嘴边有痣，大幅度一撇嘴一撇嘴的，有力地把固有的价值观扯裂，让它们支离破碎，让世界凌乱不堪。我猛然有一种被松绑的感觉。松开的绳子在我眼前飞，还抽打在我的身上，但那是我愿意接受的。我的骨骼因为被松绑而疼痛起来，我的皮肉现出了伤痕。我被放在床上，仍然浑身疼痛，同时伴随着困乏，但我感觉到着床了，那种踏实而安逸。我感激这个敢于实话实说的李香草。如果不是意识到自己只是在看着视频，我都会跟她交流。她是前辈，是经历过很多的人。她经历过苦难，我也是。但我几乎把自己也给骗了，她是历尽苦难后进行反思，我则纯粹是逃避苦难。我用她的教训，为自己逃避勉力践行寻找理由。她是我的理论家。我只告诉自己，人类的智慧就是认识前车之鉴，为什么要重蹈覆辙？

李香草就是前车之鉴。

李香草承认，palembang 年代，还叫香草的她太幼稚了。那时候世界也太年轻，两次世界大战仍不足以教训人类。她完全不能理解那个叫林光的厨子怎么那么胆小。无非就是死，死就死！年轻时觉得死是简单的事。

她就是要说危险的话，并且当着他的面说。后来她想起来，她所以那么大胆，某种程度上，还不是因为她料定他会来制止？就像顽皮的小孩敢在父母那里恶作剧。他来制止她，她偏不听，事态常常演变成争论。这并不符合他的性格，他不是那种争强好胜的人，但他在她这里却争强好胜。因为他一旦输了，就会被她看不起。他爱她。但他爱她，为什么还要跟她较真？爱情中讲什么道理？讲什么尊严？

好在最后他总会猛然清醒过来。他投降了。但按香草的想法，他应该一步一步地退，一道一道地守，也许还能守个平局，实在不行了再彻底放弃。他是一下子就放弃了。不仅放弃，还道歉。他很爱道歉，道歉时还弓腰。“你怎么搞得跟日本人一样？”香草有一次说他。

“我不是日本人！”他急忙辩护。

“你当然不是。”

香草那时候还不知道他是从日本人船上下来的。

香草理解，他所以一下子就收摊，不跟她争辩，是因为他毕竟比她大几岁，让她。但她是得理不饶人的性格，每每乘胜追击。她不肯善罢甘休，还要他按她的指令行事。他也都乖乖顺从。

但这不是她希望看到的他。那是没骨气。她于是就更折腾他。

这下，她心里没有丝毫觉得他好了，完全是鄙视。她把他看得低到脚底下，可以任意践踏。有时候她甚至说，她为有他这样的同胞感到耻辱。

“耻辱！”她啐他。“耻辱啊！”她拉长嗓子叫。

“有一次，他跳起来了，怒目圆瞪。这个像猫一样温顺的人，瞬间变成了虎。”老了后的李香草说。

我记起森达矢也这么说过U。

但也只是瞬间，他马上就又温顺了下去，恢复了卑微。“耻辱，耻辱。”他明显是在学说“耻辱”这个词，说得不利索。李香草后来回忆说，当时她判断这个人很少说“耻辱”这个词。他嗫嚅着，说顺了。但他那口气，又不只是卑微，更像是在悲叹。接着，好像因为确认了自己是可悲的，于是也就无所谓可耻不可耻了，这可耻并非无法逾越，他已经逾越过去了。

这样，他又变得高亢起来。他的高亢体现在干活上，好像一个自得的奴才。奴才做得优秀，也有了尊严。这种尊严使得他不再成为任人揉捏的软柿子。

有一次，香草又啐他为日本人卖命，他反应强烈，不给大家做饭了。民工们中午不能回来，是由他送饭去的。大家等不到他。日本人才不管饭是否会送来，反正有饭送来，就给时间吃饭。没饭送来，就一直干下去。大家饿着肚子干到收工，回来，发现灶还是冷的。那个厨子高高跷着腿，躺在地上休息。才知道是香草得罪他了。大家肚子饿得咕咕叫，纷纷埋怨香草。香草也饿坏了，辩论的心思也没有了。但她不可能去道歉的，大家就替她道歉，求厨子赶紧做饭。他才去生火。

“那时候，我是不能有一点苟且的脾气。”李香草回忆道，“别人替我道歉，不也等于我道歉了吗？我没有错，为什么要道歉？不行，得说清楚！”

几口落肚，她又不服气了，又开始论是非曲直。他生起气来，夺走她的碗。他从来没有这么大胆。他没说话，就夺走碗。香草没有防备，碗被夺走了，她就去追。他也不跑，只把碗紧紧抓在手里。他的手青筋暴起，看得出他的暴怒。如果再逼他，他会把碗捏碎。

“吃几口就打嗝了？”大家责备香草，“那几口都不要给你吃！饿死你，看你还要不要是非！”

香草跟大家论理。大家说：“你干什么嘛！吃个饭搞成这样！‘民以食为天’嘛！”

后来李香草说，当时她真恨这些人。后来她被剥夺了口粮，才知道人是经不起饿肚子的。当时还可以，正因为她只被饿了一餐。人可以超越一切，但唯独不能超越肚子。

这个事件让香草孤立，厨子胜利了。香草再不跟厨子说话了。也不知是可怜她，还是乘胜追击，他对她的行为大胆了些。送饭到工地，他都会另外塞给她一点小食物。香草不接受，他仍然塞给她。她不相信他是真心的，她疑心他是要试探她，看她有多么贪吃。她嘴边有颗“贪吃痣”，从小就因为嘴边这痣被人家说是贪吃鬼。他是存心要羞辱她。她更抗拒了。但他一定要塞给她，她索性尖叫起来，让日本兵听见。日本兵果然注意过来了，喝叫过来，厨子才住了手。但他离开前，趁她不注意，仍然把东西塞她衣袋里，然后挑着担迅速逃离。她还是把东西扔给他，扔到地上去，浪费就浪费，反正她不吃。

但这样不管用，下一次他照样塞给她。他的手往她手心里钻，满是汗气，令她嫌恶。为了结束这种状态，她干脆接了，当着日本兵的面公开吃了起来。她嘴边的痣一抻一抻的，会大大夸大她吃的动作，显得更加嚣张。这样既能刺激日本兵，又能报复他。他的脸吓绿了，赶紧制止她，挡在她前面，不让日本兵看到。他说这样会把他给害了。她大笑起来，又说他胆小鬼，敢做不敢当。他于是又嘴硬起来：

“我怕什么？大不了一条命！”

他竟然说出这样豪气的话来，令她刮目相看。他确实显出视死如归的样子。但不知是为了说明自己确实可以视死如归，还是对自己强调，你本来就活不了，他又道：

“我的命又不值钱，拿去就拿去！”

想想，确实，他的命不值钱，大家的命都不值钱。香草情绪转成了悲怆。“我的命也不值钱！”她说。

“你值钱！”他却说。

“值什么钱？都像牛马一样关在这里！要杀就杀，要剐就剐！”她挑衅地又咬了一口食物，昂起来头来，越过他的肩头，对准日本兵。“就是要给他们看！”她说，宣扬地高声叫起来，“来看啊！来抓啊，杀啊！”

他伸手去捂她，真的捂上了她的嘴。但很快撤手了，以至于香草都没有感觉到他触碰到了自己。他明显对自己这冒失的动作害羞，慌忙用语言来搪塞。“他们杀你容易得很，”他说，“可以再开杀戒……”

“你怎么知道？”

“我……怎么不知道？杀人的事，这么大的事！”

这也说得通。香草也没去追究，道：“杀吧！刚好把游击队招回来！”

“招回来？”

“回来报仇啊！”

“想什么了啊你！”

“肯定会回来的！我哥就是游击队！”香草说。

他愣。“别乱说……”

“谁乱说了？”香草说，“要不要我带你去？”

“你知道？”

“当然了！过了丛林就是。”香草手指向不远处的丛林。他赶紧把她的手打下。“你干吗打我！”她叫。

“对不起……”

“喂，你是不是很喜欢说‘对不起’啊！”

“对不起……”他仍然说。

“对不起什么？”香草反问，“我说我的，你听你的。我做我的，要不是鬼子看得严，我早投奔游击队去了！”

“越说越来劲了！”他说。

“就是嘛！”

“我不听！”他握着双拳，掩住耳朵。用拳头掩住耳朵，这动作简直可笑，也足见他不知所措。香草说，每当提起游击队，他就很慌张。之前就这样。他这样惊慌失措，把香草逗乐了。她偏要拽着他说，扯着他衣服，咬着他的耳朵，叫嚷。他脸色煞白，一边拿眼睛瞥日本人。香草故意叫："喂，听我说！"

"我不听，我什么都不知道……"

"胆小鬼！"

"我干活来不及啦！"他说。

李香草后来回忆，当时她真是不要命。她确实不怕死，这点她能确认，她一点也不虚伪。但要是真的刀架脖子上了，难说不会恐惧起来。人总是这样。所谓视死如归，只不过死神还没有出现；所谓真实，只不过追求真实的心还没有被逼到绝境。她可以不负责任。

李香草说，现在想起来，他阻拦她倒是冒着风险的。如果她是游击队家属的事被日本人知道，阻拦她的他，也会被怀疑是同伙，至少是知情人。他所以要冒险跟她搞在一块，是因为他爱上了她。他应该已经察觉到她的性别了，只是她自己全然不觉，直到有一天晚饭后。当时香草又去挑逗他，趁他不备，突然抢过他手中的陶钵。

"听不听我说？"她叫。

他扑过来要夺陶钵，香草一个闪身，陶钵的水泼在胸前了。她愣住了，清凉唤醒了她胸部的感觉。好在对方应该是看不见的。但也难说，对方竟然趁她愣神时从后面抱住了她。也许他是故意的。说这个人胆小，但这个人有一种冒险劲，或者说是冒失吧，他自己也许都无法控制，突然就变了一个人。她慌忙挣脱，但他双臂紧锁着她。他的手臂就像滑溜溜的蛇身，从她的腋下箍住她湿的身体。她左右摆脱，但这样更增加了摩擦。香草从来没有遇到这种情形，她开始感觉恐怖了，觉得自己要死了。她不知该怎么办？她忘了应该撒开抓陶钵的手，这样对方就不会再箍她了。因为慌张，她反而抓得更紧。他呢，理所当然是竭力抻长手臂，企图够得着陶钵，这样她就被他搂得更深了。她终于意识到要撒手，手一松，他就接住了陶钵。但这样，他的手因为必须端着陶钵，陶钵装着水，一只手拿不住，必须两只手，他又不能把水倒掉，于是就更松不开手臂了，他的两只手在她胸前互抓。她害怕被那一双毛手碰到，弓起身体，这样，就成了她自己嵌进他的身体。好在她灵机一动，向下逃脱。不料，乳房在什么地方卡了一下，一滚而过。

她第一次感觉到自己乳房的形态。

他的手臂猝然崩断了。陶钵摔在了地上。

她逃走了。

过后她越想越害怕，接着，又越想越害羞。她去观察他，他倒好像没有发现她是女的，再见到时，脸也不红，说话也不慌。他应该是会慌张的人，他也肯定知道了她是女儿身，竟然面不改色，他该有多么强大的心？难道他曾经沧海？难道这个人早已阅人无数？晚年的李香草笑称自己曾经对他有太多的猜测。“也许你们会说，哪里有这样猜测爱人的，他阅人无数？这不是往脏上猜吗？但到老了，才知道那些都不重要。我们年轻的时候，总想着一生只爱一个人，跟这个人结婚、生子、白头偕老，一生只有一个异性。到老了才知道，这怎么可能呢？洁癖！”

“您自己可能吗？”主持人问。

“我可能。”可是她说，“我只爱他一个。但我可以宽恕他，爱是信仰。”

信仰？她竟然也说信仰。

“爱确实也是一种信仰。”迈克尔·佩恩插嘴，“就像基督信仰。”他看着李香草，我直感他对李香草有特殊的感情。

“色鬼”

李香草接下来说到一个让迈克尔·佩恩心惊肉跳的事。

当时淡水供应紧张，洗澡不易。为了不暴露自己，香草每次都要等大家洗完了，进了寮舍，才做出磨磨蹭蹭的样子，去洗澡。所谓洗澡，只不过是擦身。大家都是在露天大大咧咧脱光，根本没有隐蔽的地方。但她又爱清洁，就打上了伙房的主意。民工队不像在战俘营管得那么严。最初，她对U说，一个工友睡觉打呼噜，吵得她好几天没睡。“再不睡我要死了！”她说。她要在伙房好好睡一觉。

发馊的衣裤剥落，香草有一种金蝉脱壳的感觉。洗去污垢，她竟然闻到自己身体散发出来的香气。

“在这之前我没发觉自己身体有香味。”老年的她回忆说，“就那一次。”她害羞地笑了起来。不错，视频中可以清晰看到，她笑得很羞涩。这么老了，竟然还有这种神情。其实她这么大铺大陈地回忆自己的私人感情，在这种场合，明显不适合。但她坚决要谈。

“现在没了！”她甩甩自己手臂，又自嘲地一笑。笑容消失，面色凄凉。

那一次，她在伙房的黑暗中陶醉了。她闭上眼睛，让气味不受干扰地被自己闻到。蓦地，她听到一个奇怪的声音，是又粗又急的吸气声。不是呼吸，只是吸。她慌忙抓过衣服，猫身躲在水桶后，辨别声音方向。声音在篱笆墙那边。也不知过了多久，那边响起脚底蹭地声。但只一下，呼吸声也摒住了。但很快，那声音又像禁不住痒痒一样地出现了。在这种时候，这种地方，最有可能是谁？香草能猜得出来。她懊悔自己没有防着这个人，以为他很老实。她太幼稚了。这家伙原来是个大色鬼。她又羞又恼，随手抄起一个盘子，要砸过去。正在这时，那呼吸声又消失了。但同时，香草听到了军靴的声音。不像在巡逻，脚步很急，俨然是赶着去执行什么任务。那家伙敏锐，比她先听到了。脚步声越来越大，明显是冲这边来的。她彻底慌了。

她不怕日本人，她可以反抗。但她还光着身子。她想快快穿上衣服，但她只是把衣服往身前更紧地捂住，她都不知道要怎么穿了。好在那军靴声停住了。也许根本不是冲着我的？自己太紧张了。她正侥幸着，那喘息声竟然瞅准时机一样地又一个吸气。这个人，竟然这种时候暴露出声音来！果然，军靴声又响了起来。他好像也意识到，赶紧屏住。但令香草惊骇的是，他很快就再次喘息起来。铁蹄在步步逼近，他像是鬼迷心窍的贼，不知逃跑，能多抢就多抢，多抢一手是一手，完全不顾后果，到头来死就死了。他的脚底好像紧紧粘在地上,不能移开。香草瞧见哨兵的刺刀在篱笆孔中出现了,她简直绝望。

但这时，那个粘住地的脚底终于一个扭转，大踏步地向哨兵迎去。哨兵用日本话喝了一声什么，他没有发声。响起了拉枪栓的声音，他这才哼哼哈哈起来。哨兵向他逼近，把他逼回竹篱前。他身体摇晃起来。他的身体刚好挡住了香草看哨兵的视线。他摇摇晃晃，把视野晃得凌乱。但日本兵警惕，闪避着他的脑袋，随着他的摇晃，也摇摆着。日本兵好像被他干扰烦了，一枪托砸向他。他倒在竹篱笆上。竹篱笆松松垮垮，眼看就要垮倒。他两个手指头迅捷抠进编条间隙,搭住篱笆。篱笆终于没有倒下来。日本兵骂了一声,又举起了枪,他才慌慌张张嘟哝了一声什么。日本兵叫了一句什么,他的话才清晰起来。他说的竟然是鬼子的话!

虽然日本兵被他支走了，但这个会讲日本话的人令香草更加恐怖。

过后，工友们都知道了这厨子会说鬼子话，都害怕起来，开始躲着他。他明显觉察到了，也不去惹大家。但香草不会放过他。他欺骗了她，更重要的是她已经在他那里暴露了自己的身体。她见他就躲，一在他眼前，她就会觉得自己变得赤裸裸了。这个男人，这个色鬼，这个流氓，这个骗了她的人，这个骗了她她还不知晓的人，这个日本人！以前她只觉得这个人胆小，怕日本人，也许他根本就是日本人。他那么爱鞠躬，不是日本人，谁那么爱鞠躬？越想越觉得他就是混进来的日本人。那么，他为什么要混进来？日本人吃好穿好住好，他为什么要到这里来受苦？

"当时没想明白，"老了后香草说，"当时太年轻。后来才渐渐明白了，他就是奔着我来的，他就是为了接近我来的。"

"怎么说？"主持人问。

"因为他爱我。"她说。

这个解释简直幼稚。李香草这么老了，竟然还这么幼稚。也许正因为她老了才幼稚。倚老卖老，还包括老了有权幼稚，返老还童。主持人没去反驳她，装出相信的样子，只是眉毛明显挑得有点做作，是一种哄小孩的神情。

李香草满足了，继续回忆。

要命的是他虽然躲着大家，却偏偏不躲她。就好像他看到了她的身体，她就是他的人了。他甚至偏偏要接近香草。他要跟香草说明那晚上的事，但香草哪里肯听？一见他，就像见鬼一样逃。他就追赶。工友们就来保护香草，拦他，赶他，他才灰溜溜地走开了。

不能接近她，他就用喊，喊她的名字，好像要借助空气接近她一样。

"香草！"他喊。但他喊的时候，虽然对着她，又把眼睛转向别地方去，好像他是在喊别人。但他的目光又瞟向这边，观察着香草的反应。香草起初装作没听见，但被他一再喊，被人指着，心里慌张，眼睛不由得有了反应。她管不住自己。于是就索性叫：

"不要你叫！"

"就叫！香草！"他更叫了。这个人怎么这么赖皮？简直猖狂。

"不要你叫！不要你叫！啊——"她把耳朵掩起来，尖声叫起来。

大家更担心的是，香草在那个人那里暴露了性别，日本人会知道了。但奇怪，并没有日本人来骚扰香草。也许是这个厨子为了自己霸占，没有跟别人说。总之大家对他很警惕，他被孤立。终于有一天，他好像被逼得愤怒起来，要用食物来刺激大家，收买大家。大家发现伙食简直丰盛，这是想都不敢想的。不知这厨子从哪里弄来这么多食物。但想想，他都可能是日本人，这有何难？但一想这是日本人的鸿门宴，大家又不敢吃了。

“吃吧！没毒！”他索性把大家心思戳穿。他自己先吃一口。大家想，都被抓来了，日本人要杀要剐，哪里躲得过？死也不能当饿鬼。于是就吃了起来。

没有毒。第二天仍然吃得好。大家问他哪里搞来这么多食物，他得意地反问：

“先说爱不爱吃？”

他那厚颜无耻的样子，当时香草简直想抽他的脸。天底下哪有这么不要脸的人。但大家一直是饿过来的。“好吃是好吃……”大家说。

“那你们只管吃！”他说，“我好歹也是厨子，别的能耐没有，让咱中国人吃饱的能耐总还有！”

他这话简直刻意，是要告诉大家，他是中国人。但民工里不只有中国人，还有菲律宾人，还有几个不知怎么被抓到这里来的马来人。他这是要表明他就是偏心自己同胞。

“老子会说他们日本人话，对付他们，轻松！”他又说。

在这之前，他会说日本话的事，没有人去跟他当场捅破。大家只是躲着他，忌讳他。他竟然自己捅破了。他是个聪明而果敢的人，他用这种不经意的方式自己说出来，显得他坦率，心中无鬼。大家倒惊得张大嘴巴，不知所措了。

他好像才想到，问："我会日本话，你们不知道？"

大家竟摇头起来，表示并不知道。这样，又给了他更多解释的机会了。他讲起了自己的身世。没有人审问他，他是自己讲起来的，用的是叹息的语气。他说他原是日本货轮上的厨子，被日本人赶下船来。轮船停靠岸，日本人可以游手好闲，他却不能闲着，被赶到工地上劳动。他说着，手指向海的方向。大家跟着他抻长脖子，向海上张望。那里确实停泊着多艘轮船。"光"号。他甚至说得这么具体。但即使如此，谁也不知道哪艘是"光"号，甚或那里有没有一艘叫"光"号的日本船。但毕竟他指出了方位，说出了船名，给了大家确凿的感觉。

他说他十岁时跟着父母和两个哥哥乘船到琉球。途中船翻了，父母和两个哥哥都淹死在海里，他抱着一块船板，在海上漂了三天三夜，眼看要撑不住了，被一艘路过的船救了起来。那艘船是中国人的，只有中国人才会救中国人。他的话说得大家心暖暖的。他被那艘船带到了日本横滨港，先是在一家中国料理店当伙计，后来被征用到"光"号上当厨子。

大家才想起，这个人总是把"华人"说成"中国人"，不像在东南亚当地的华人。

"福州，你们去过吗？"他问大家。

"什么？"

“我老家。”他说。跟之前说起哪里来时不同，这下他说出了明确的地方。而且是主动的。“福建，福州。”

有人说没去过，有人说听说过，一个人说，他也是福州人。这人还特地跟他说了几句福州话，大家听不懂，他自如应答。大家叫：“老乡啊！”

“我是‘曲蹄’！”他说。他用的是福州音“Kuóh-dà”。也许是为了显得真切？但他那神情，毋宁是在撕开自己。

“‘Kuóh-dà’？”那个福州人叫起来。大家不明白什么意思，问那个福州人。福州人发觉他的神情，不肯说。

“就是不是人！”他竟然自己说。

“也不能这么说……”那老乡说。

“就是嘛！”他说，“怪物！”

他怎么能这么自己作践自己？好像为了证明他是怪物，他把胳膊一折。那胳膊竟然是反向折的，看着要被折断了。又反弹回来。大家惊叫起来。那胳膊又向腰后折去，伸过背，伸到后脑勺去。那胳膊好像不是他的胳膊，弹过来弹过去。香草想起曾经在街上看到过断臂残疾人这么卖艺。但他不是残疾人。香草看了都难受，叫他不要做了。但他没有停下来，一边做，一边睨着香草。香草知道他要什么，他要她表现出原谅他。

“简直就是用‘苦肉计’嘛！让我原谅他，爱他！”李香草回忆说。

李香草后来回到国内，专门去查了资料，才知道了“曲蹄”的含义。“曲蹄”是对“疍民”的蔑称，只有动物才用“蹄”。在中国东南沿海有一群特殊的中国人。他们不能上岸居住,只能以船为家。他们的船叫“连家船”。因为终身以舟为家，船舱低矮狭小，腿长期弯曲,久而久之变形了,像动物的腿。他们并非少数民族,是汉人,但他们是汉人的异类，中国的“等外之民”。这么难堪的身份，他为什么要自己暴露出来？当然当时大家都不知道这身份如此难堪。但他却不肯罢休，继续道：

“‘曲蹄想做官，中原变北番’。”

“什么意思？”大家问。

“就是，”他认真解释，脸上毫无表情，好像不是在说他自己的事，而是在践踏别人。他语气恶毒。“‘曲蹄’怎么可能做官？做梦吧！”他的手夸张地大幅度在自己脸前一扫而过。“书都不许读，还做官？”他骂了一句自己，但却好像不是骂自己，他显出快意来了。又道：“想做官？除非中原变北番！”

“中原。”他一指香草。香草一跳。“就是你老家。”

不错，她叫“小河南”，河南来的。但她才不想理他。尴尬了一阵。“北番是什么？”大家问。

“就是，”他好像在竭力寻找词，“胡人！对，就是胡人，成胡人地方了！”

其实大家对胡人什么的也不了解。这个人怎么知道这么多？李香草后来回忆起来，他一直在身份的纠结之中。

他好像感觉还不够，又吐了一口唾沫。这个人，在大家眼里还是挺爱干净的。现在，他竭力把自己变得粗野不堪。也许对他这个弱势人，只有粗野才有力量，无论是攻击别人的力量，还是践踏自己的力量。只有有力践踏自己，才能有力抵御别人，践踏别人。

“捅墙洞去！”他又说道，戳着中指。香草才发现这个人手指很长，神经质地翘着，像昂扬而起的眼镜蛇头。她感觉怪异、恐怖。这个人整个手都很大。他的另一只手用拇指和食指圈个圈圈，那中指企图往圈里捅。但中指将进圈圈时，圈子猛地变成了手掌，中指捅到了手掌上。“捅墙洞！”他挑着眉毛，让大家意会。

“这是我们福州的说法。”那个老乡解释说，“意思就是:没门。”

男人们当然是明白的，笑了起来。

“捅墙洞去！”他又叫了一声，把中指指向自己下身。

这个人竟然这么恶心，香草完全没想到。她本来已经开始可怜他了，他为什么又要这么恶心表演？难道他天生就是下流坯？色鬼！

也许是他想博取大家同情，表现过火了。

也许只有污秽，才能洗污？

“可以了吧？我自己都说了。”他最后说，“我没有骗你们啊！”

他呼出一口气，好像卸下了重负，涣散地蹲了下去。

那以后，大家跟他更随便了。大家更接纳他了。他也给大家回报，给大家做一些好吃的。食物就那么简陋，但他有高超的烹饪手艺。他确实手艺了得。大家大口大口地吃时，他在一旁满足地瞧着，好像他本身就是美食，荣幸地被大家吃下肚里去。他的话变得多了起来，常常跟大家凑成一群，扯天扯地。他说自己的家乡福州，说得非常具体。同样来自福州的那个人奇怪，他怎么知道那么多？他的记忆那么清晰，老乡甚至怀疑他在制造记忆。但不管怎样，大家喜欢听他聊，因为家乡、祖国，对大家绝大多数人来说，只是长辈嘴里的只言片语。香草也是。

他还骂日本人。有一次他送午饭到工地，和大家坐在一起时，一个日本军官带着一个日本女人从边上走过，他叫：

“哇，一只狐狸精！”

大家一愣，再瞧那日本婆，脸涂得白白的，脚穿日本式拖鞋，身体摇摇晃晃的，扭扭捏捏，不阴不阳。大家忍不住大笑起来。

“小子，在小日本被狐狸精魅过吧？”一个年长的华工道。

“鬼才被魅了呢！咱中国人闻那臊味，跑都来不及！”他说。

大家笑。他受了鼓舞，又说：“咱中国人就是喜欢中国人！单是这身子发出的味就正呀，清清的，干干净净的。”

他说着，用眼睛瞟香草。

“他做的所有所有的一切，都是瞄着我的。”老了后，李香草下结论。

但当时她觉得他太露骨。大家也在起哄。她想起他偷看她洗澡的事，拉下了脸。她霍地站起来，要走开。本来，他应该收敛才是，胆子大点，会来求她不要走。可是这个人反其道而行之，因为她要走，他更要抓紧机会表现一下。他也站了起来，向那日本婆喊了一句日本话。喊完，他朝大家一扬眉，好像在说：我会日本人的话，这下派用场了！他完全没有发现，那日本军官已经几步冲到他后面，给他脑袋一拳。“八格牙路！”

他霎时就现出胆怯本相了。

老年李香草说：“这个人总是要强，但往往强不起来，到头来更出丑了。这是他的根本悲剧。‘心似天高，身比地贱。’谁叫他身比地贱呢！命哪！他甚至连拿手护头的动作都没有，一副逆来顺受的样子。反抗，死得更惨；让人家惩罚你的意志落空了，会遭到更严厉的惩罚。他好像已经很明白这一点了。我直到后来，我也在暴力之下，才明白了这一点。当时我太不理解他了！”

慌忙中，他推诿地指了指边上的装食物的木桶。那军官毫不理会，又抬起了手。华工们喊着，冲过去，在他身后筑成墙。他回头瞅了瞅大家，再审视自己的位置，却显得更加慌张，好像他被大家推到前线，他不能承受。工地上响起了日本人哨子声，他开始往后退。但后面有大家堵着，他索性反身过来。“我们不做无谓牺牲！”他说。

他竟然说出这么有水准的话。这话不像厨子说的，倒像是军师说的。

他马上又说：“不划算！”

“不怕！”华工们说。

“没有人想到，你们不怕，被推在最前线的却是他。”老年李香草评论道，“这就是我对所谓绝对道义、理想主义的反思。你可以当烈士，你没权利绑架别人跟你一样当烈士！是吧？人类经过了这么教训，应该明白过来了吧？反正我是明白过来了！”

李香草回忆，当时那种状况就是鸡蛋碰石头。日本人很快围过来。华工们也开始胆怯了。一声枪响，大家乱了，撒下他自顾逃命。他在最前沿，被抓住了。当然，这时又有人觉得应该去救他，但被日本兵用枪挡住了。李香草承认，她也在逃，不过看到他被抓住，也回来救。她猫身从枪下钻了过去，但被另一个日本兵抓住。

“快跑啊！快……”香草朝他喊。

他愣在那里。

后来他对香草说，他没料到香草会去救他。确实，这是偷窥事件后香草第一次对他开口。香草也不知道自己为什么要去救他，也许只是出于逆反心理。她与其是去救他，毋宁是她自己要冒头，当英雄。但她之前为什么又要逃呢？也许是大家去救，照见了她的胆怯。也许还因为有那么多人，她胆子又大了。人心是很复杂的。但她确实希望他逃，只要他能逃脱，她死也值了。她这时确实很勇敢。但他没有逃。这下他很勇敢，冲过来把那个抓住香草的日本兵抱住，叫香草跑。这下香草更不能跑了，她叫他跑，自己跟那日本兵拼着劲。她觉得自己的命跟他拧在一起了。但这时，他做了个让她愤怒的举动。他冲那个日本兵跪了下去。起初她以为是因为拖拽才跪下来，但当拖拽停止，她瞧见他确实是跪着，姿势标准。

他又向日本人哀求起来，用日本话。香草简直气晕了。你也太窝囊了！人活一口气，不能求生还不能求死？他们抓我，关你屁事？我就是要被抓，就是要被抓！但日本兵放开香草，把他逮住了。他就像一只要被人抓的温顺的母鸡，在人的手底下驯服地一个缩身，等着被捂住。那样子，好像在说：瞧，我可是老老实实的啊！

后来李香草明白过来，他是在用自己的屈辱保护她。她跟别人不一样，她是女的，一旦被抓走，性别很可能就暴露了。日本人对女人会怎么做，谁都知道。何况又是他爱的女人。只是她过后没机会去向他证实，虽然她知道自己性别已在他那里暴露，他偷窥了她，但尚未面对面直接捅破。

当天傍晚大家收工时，他被放回来。他脸上有被打的伤。大家问怎么打的，他不说，只是发着狠地骂日本人。他好像是在用破口大骂抵挡着大家的问话。大家也被他传染，跟着骂。但渐渐地，大家发现他把骂的范围扩大了。他骂日本人，也骂洋人。他骂洋人无能，一打就投降了。他又骂洋人之前怎么压榨当地人。“养狗还不如！”他说。作为中国人，他拿狗作最恶毒的比喻。他的骂形成旋涡效应，大家都跟着旋了进去。他还指着几个马来人，说起新加坡守卫战，帕西瓦尔的八万五千英国精兵无心抵抗，把新加坡人推给日本兵。他怎么懂得这么多？超出了一个厨子的见识。

“都是狗！日本人是狗，洋人也是狗！”他叫。大家刹住了，大家不愿骂日本人的敌人。这是原则，这是近乎本能的自觉。大敌当前，谁都应该有这样的自觉。只有他好像没有，大家骂日本人，他连盟军也骂；人家说法西斯邪恶，他说的却是民族跟民族之间的仇恨。李香草后来回忆起来，他的话语空间是巨大的，有很大的涵盖力。几十年后，李香草反思，那个厨子所表达的，恰恰是世界基本原理。而她自己当时满脑子里的却是意识形态。大时代的意识形态，让人误入歧途。

“就因为咱们弱啊！”李香草回忆，当时那厨子叫喊。他的声音像海浪，盖住了大家。

“这话没有错！是真理！”她说，“但在多大意义上是真理？或者说，角度不同：民族的角度？人的角度？宇宙的角度？”

“我没有明白您的意思……”主持人说。

"中国人被弱肉强食至少一百多年了，当然要反抗，就像中东之于美国，哦，以色列。弱者自有弱者的价值观。"

"您是民族主义者？"主持人问。

"曾经是。应该说，是'弱族主义者'。"她用中文说"弱族主义者"，主持人明显没听懂。迈克尔·佩恩试图翻译，但没有成功，他也没听懂李香草说的。"所有被侵犯者都是弱族，不是吗？珍珠港时期的美国不也是？因为我是弱者，所以获得了天然正义。这话语在中国畅行无阻，几十年，无论做什么，无论做得对还是错，只要拯救民族，振兴民族，就都会被认可。谁游离在正义之外，就是'政治不正确'。"

"政治不正确！"这下主持人和迈克尔·佩恩都听明白了。

"当时我是多么的'政治正确'啊！而且这种'政治正确'多么的支持我们的处境。哪怕是遭受奴役，哪怕是我们束手无策，我们也'政治正确'地值得怜悯。大家不再说话，但觉得真理在我手中，或者，正义在我身后。当时的我更是，我比大家更激进。我感觉要窒息，我不喜欢这种气氛，站起来，唱起了歌。"

视频里，李香草真的站起来，唱起了歌。

这是一首一九三七年欢送南洋志愿归国服务团时唱的歌，香草当时跟着哥哥去欢送，目睹了难忘的一幕：人山人海，码头上人头攒动。法国邮轮上，服务团团员们密密麻麻挤在舷栏，手绢、旗子、横幅标语交织在一起。香草随着人潮往前拥去，接近高耸的船壁时，她才发现哥哥不见了。想回头找，但人们像波浪一样推着她。她只能继续向前。她个头矮小，几乎被淹没在人群里。她的眼睛看不见，耳朵里只有嗡嗡声。她觉得自己要被淹死了。蓦地,邮船一个鸣笛,这声音使她恢复了听力,叫喊声、哭闹声、咒骂声灌进耳鼓。渐渐地,好像有了旋律。她蹬脚一跃，前面，一个巨大横幅下有一群人在唱歌。歌声迅速整齐了，像太阳破开一片混沌，层层向外闪光。歌声从外扩展，码头上的人全都亮出了歌喉。歌声冲向轮船，越过巍峨的船壁，船上的归国团员也唱了起来。在一片壮阔的合唱中，那些挤来挤去的人们辨认出了亲朋好友的声音，香草也辨认出了哥哥的声音，所有的声音像巨大的缆绳，把所有的心攥在一起。

同胞们，细听我来讲：
我们的东邻舍有一个小东洋，
几十年来练兵马东亚逞霸强，
一心要把中国亡咿呀嗨！

最后只有爱这个舍利子

让我吃惊的是,号称已抛弃大时代的老年李香草,唱这首歌时,并没有带着揶揄。她是真诚唱着的。当然，如果她不认可，她何必在这种场合唱？她是站起来唱的，这让摄像机不得不调整了机位。按理摄像师是没必要去调整的，这内容跟节目主题离得太远了。也许摄像师看到了她眼里噙着眼泪?

她还念着大合唱，这点跟坂本胜三倒很相似。森达矢都不相信“大合唱”，但他也提到了它，而且他还引用了歌词。当然可以理解为是提供笑料，或是竖立靶子。但他怎么把歌词记得那么清楚？即使是去查找的，难道他就没有一点对它怀念的情绪？这些歌曲，毕竟承载着他的青春记忆。

U 多次处在这类场阈中。这下，还是意识形态对立的合唱。

根据李香草回忆，U 最初是不会唱这歌的。因为不会唱，他自惭形秽。毕竟这是歌，所有人都喜欢的歌，所有有荣誉感的人都以会唱歌为光荣。华工们都唱了起来了，可是 U 却孤独地待在一旁，好像被大家抛弃了一样，蜷着身体。

或者他渐渐认识到自己是没有资格唱，他的样子也释然了，反正事不关己，心安理得起来，他的眼睛去张望茅寮外的天。那里遥远，那里空旷，给了他存活的空间了。他逍遥地飘到了远远的天上。但香草主要就是为了激发他才去带头唱歌的，他却把她撂下了。她更加不满，大叫一声：

“是中国人的都来唱啊！”

这个语式无敌。谁敢说自己不是中国人？他被喝叫回来。但他不会唱。他局促不安起来。他动了动身体，好像想引起别人的注意，让别人等他一下。但没有人等他，大家只顾自己唱着。他的嘴巴动着，剧烈起来了，好像跑步前的小跑。他好像是在追爬火车，但就是攀不上大家的火车。“我不会……”他嘟囔。他不是对谁说的，他没有对象地嘟囔了一声。

“不会唱？就不会学吗？我来教你！”香草说。

这并不表示她对他示好，而是她要将他的军。她的语气里还带着讨厌。但这在他，无疑是她再次向他伸出橄榄枝。第一次是他们被日本人控制住的时候，那是在紧急状态下。过后自己都觉得不可思议。那可以理解成是一种应急行为。但现在不一样，是在日常之中。他就渴望这样状况下的和好。他等得太久。但真的到来时，他又畏惧了。他搓着手，不敢去接受。他本觉得自己应该伸出手去的，尽管他没必要实际去向她伸手，但这是一种回应，一种感激涕零。香草又冲着他，点头，示范，挑眉，她挑眉的神情真妩媚，引着他。但他仍然唱不出来。到一个小节结束，新的小节开始，她打住了，不让大家唱了。他慌张，以为她生气了，彻底放弃他了。

但她却是重新开始。如果说之前的唱只是临时乌合，现在，是真的演唱了。她领唱：

"'同胞们，细听我来讲'，预备——唱！"

香草一个拍手，空气一下子庄严了。她严厉地盯他。大家恍然明白过来，要等一个声音。没有任何声音，只有他嘴巴在颤抖。大家热忱又宽容地期待着，有的还撮着嘴，启发他。终于，听到一个咽喉挣扎的响声。蓦然，歌声像生锈的锥子从嗓眼冲刺而出。

大家呼出一口气，鼓起掌来。香草发现他的眼里有两颗晶莹的光，它们在流转。香草禁不住可怜他了。她又示范了一句，他嗓门的锈迹像是被磨掉了些，响亮了一些。大家又鼓掌。好像他自己也有些得意了，发出几个很清亮的整嗓门声，羞涩然而用嘻哈的表情瞅了香草一眼。香草给他一个笑，他顿时轻松下来，轻松得垮了。他的歌声也好像锥子抹上了油，脱颖而出。

大家喝彩，围上来把他推过来搡过去，爆栗他的脑袋。他的脑袋理得光光的，像好玩的球。香草说，开始他还一副很荣幸的表情，但不知什么时候起，他的脸沉了，绷紧了，像死了一样。忽然，他号啕起来。大家不知所措，慌忙围着劝他。大家越是劝，他越是撒了泼地大哭。大家去拥抱他，他挣扎着，把口水鼻涕蹭在大家的臂上和肩上。在大家的拥抱中，他像一个任性的孩子，尽情发泄自己的情绪。

那以后，这个逆来顺受的中国厨子变得爱较真了，甚至受不了半点委屈，不能忍受一点点冤枉。香草理解，这是长期被歧视的他突然被宠了，得寸进尺了。但那时候香草想不到这，她也是被宠坏的孩子，她才不吃他那一套。他们争吵，她又不理他。他于是又后悔，有一次竟至于打自己耳光，乞求香草不要不理他。

她没见过自己打自己耳光的。李香草说，这个人不仅在她面前打过，也在别人面前打过。有一次，他还冲着日本人打自己。香草理解，这是他表示抗议发泄愤怒的最强烈方式。

他突然对香草说："我们投奔游击队吧！"

看到这里，我心头一响。这就跟森达矢的回忆对上了！

李香草说，当时她简直怀疑自己的耳朵。之前他从来没有说要投奔游击队，相反，一听到"游击队"这三个字就怕得发抖。但想想，这段时间跟她争吵时，他也不忌讳游击队话题了。但他真的会去投奔游击队？

"我受不了了！"他说，"要死在这里了！我豁出去了！"

想想，与其在这里等死，真的不如豁出命去，拼出一条活路。他说得真诚，香草信了。她日夜都想着去找哥哥，去找游击队，她也受够了。但日本人看得这么严，怎么跑？

“我有办法。”他说。

“什么办法？”

“你忘了我会讲鬼子话？”

“会讲鬼子话又怎样？”

“反正我有办法。”他说。

“什么办法嘛！”

他逃不脱香草纠缠，想了想，说：“我有办法避开哨兵。”

“什么办法？”

“……鬼怕雨……”他说。

这明显靠不住。确实是有鬼怕雨这个说法，日本兵就被叫作“鬼子”。但那只是比喻。但香草竟然相信了。他的说法，甚至还让她更有兴趣了，她觉得好玩，一定要做。

那一夜风雨大作，日本人好像真是鬼子，躲在哨岗里。他拉着她逃出码头，钻进丛林里。整个过程是那么顺利，香草不禁佩服起他来了。但他并没有向她邀功的心思，他只顾埋头走。他走得极快，丛林漆黑，香草只听见他飞快的脚步声。他一直在跑，但已经没有必要再跑了。香草叫了他一声，他好像被惊吓了，脚下一蹭，凝住了。但香草还没有追上，那脚步声又离她而去，倒好像她在追他一样。香草再也跑不动了，不走了，跺着脚发脾气。这下他返回来，小心翼翼凑近她。忽然，他扛起她走。她慌忙挣扎，想从他肩上逃下来。她想起他知道她是女的。她终于从他肩上滑下来，却又被他的手从身后接住，兜住她屁股。她害臊地拿拳头擂他，但手反而被他抓住。这下她上面被钳着，底下被兜着，完全跑不了了。她拿另一只手打。本来她还可以依靠另一只手的力量，让自己不至于完全被他兜着，现在，倒成了全把自己交给了他。那边，他低着头，任她打，还是不顾一切往前奔。树影被成捆成捆地向后抛去。也不知甩了多长时间，她也乏了，树干间隐约有了亮色。他一个踉跄，垮了一样扑倒了。

香草埋怨地又开始打他。他却像从深水浮出来一样，叫：

“鬼子再也抓不到我们啦！”

“你怎么知道！”香草没好气啐他，“你又不知道游击队在哪！”

他没有应，没有问游击队在哪里。他只像瘫了一样躺在地上。但他面色柔和，好像只消这样享受就够了，他也不想再去哪里。

“鬼子要追上来了！”香草逗他一句。

他猛地从地上滚爬起来。他看见香草在笑，安心了，又躺下。他后悔自己反应那么激烈，但又好像他慌张，是故意跟她开玩笑的。你跟我开玩笑，我才跟你开玩笑呢！

“刀架在脖子上也不走啦！”他躺着，说。

“义冢！”香草叫。

他又一个惊吓。也许是因为香草这下真的是惊叫。香草朝着一片坟地跑去，前方阔树叶的交叠间，露出一个中国式的凉亭飞檐。

“坟墓有什么好看的？”

“这是中国义冢！”香草说。

“哦。”他赶紧收敛起轻慢的态度。

“这地方，大明时还是中国的呢！”香草说。

“你知道？”

“以前跟我爸来过，我爸说的。”

他也显出感兴趣的样子。来到一个墓前，香草拜，他也跟着拜。但他拜得敷衍。香草发现了，不高兴了。他赶紧认真起来。拜着，拜着，他竟然神情越来越凝重了，最后，他竟然在一个坟墓前哭了起来。

香草不知道他怎么了？“你认识这墓的主人？”

他摇头。香草想，应该是对同胞感情太深了吧？她去劝慰他，让他坐下。他竟然没骨一样瘫倒了下来。香草想让他歇一会儿，但他竟然一直不起来。香草提醒，还要找游击队呢！

他说，不找了，不去了，他走不动了！

香草说：“就在这不远了！”

他翻身起来：“这么说，游击队就在这里？”

“对啊！过了太阳吊索桥就是了。”香草指前面。

他顺着香草手指的方向看。“这么说，还有一段路？”

“也很快了！”香草说。她拉着他要走。他向后斜着身子，跟她拉力着。“不走了吧……”

“没多远了！”

“我不想走。”

“前面就有游击队了！”

“我不想找游击队。”

“你说什么啊！”

“我就在这。”他把脑袋摇成拨浪鼓，“不走了，不走了，永远不走……”

“你是怕了！”香草放开他，啐道。

“我怕什么？”

“你就是怕了！”

“都到游击队地盘了，我怕什么？”

“还没到！”

“过了那个吊索桥不就到了？”

“所以还没到！”香草道。她听出了这人在狡辩，他明明害怕了，还不肯承认。她把他看错了。她撇下他，自己往前走。他却拦住了她。他自己不走，又拦她不让她走，香草更生气了，把他推掉。让香草奇怪的是，这人被她一推，竟然倒在地上了。虽然他个头小，但她是个女的，个头也不大，哪里有他力气大？分明是身体已经吓软了。他窝在地上求她不要走。这有什么好求的？香草想，你不走就不走。你走你的阳关道，我走我的独木桥。她就要自己走。但他哀求她。香草知道他是怕失去她。她不理睬他。她一走，他就爬起来跟着她。但香草仍没有理睬他，你要跟就跟。她在前面走，他在后面跟。他越走越慢，香草只能也放慢脚步。对这个胆小鬼，她实在是没办法，只能带着他。他的腿在无力地扭来扭去，歪歪趔趔。大雨过后，阳光斜射在地上，地上的枯叶被晒干了，蓬松起来，他的脚就羁绊其中，好像在艰难地翻山越岭。香草又可怜起他来了，冲他鼓劲。他就嘻嘻笑了起来，那样子，活像幼稚可爱的孩子。每当他这么嬉笑时，香草心就会软了。她想，也许他是太累了，一晚上他都在跑。她答应歇一会儿。

他坐下来，她也在他边上坐下。林子里有风。他忽然爬起来，挪到另一个方向去。香草没明白他为什么要这么折腾？他不是累坏了吗？蓦地，她听到一个很粗的吸气声，这声音她曾经听过。她猛然意识到什么，扭头瞧他，他正陶醉地吸着空气，风从她这边吹向他的方向。

她跳起来。“干什么！”

他被吓醒，屏住。也许因为屏住呼吸，他马上脸涨红了。

“干什么！”香草又啐一声。其实多少有点掩饰自己的害羞。

她这一声倒让他沉静下来了，嘻嘻笑了。好像因为笑，他稳住了勇气，说：“好香啊！怪不得叫‘香草’！”

香草涨红了脸。确实有人说她身体里有一种香气。

“你害羞了，你害羞了！”他叫起来，简直猖狂。他从来没有这么轻浮。这倒让香草不知怎么抵挡。“什么嘛……”

“你会害羞！”他欣慰地叫起来，“会害羞的女孩，喜欢！”

他那神态，简直恬不知耻。香草又想起他偷看的事，羞耻难当。他不羞耻，她还羞耻。她以为他悔改了，不料他没有，骨子里是个色鬼。竟还当着她的面。“下流！”她啐他。

这个人，简直就跟日本人一样下流。当时香草还太小，还把男女之事看成下流的事。再看那个人，仍然嘻嘻笑着。

“无耻！”她又骂。

他还真是无耻，骂他时，他仍然贪婪地吸着气。他甚至还有心在调整着鼻孔方向，好正面迎着风向。哪怕他辩解一下，我是在吸空气，又不是吸你，也好啊！他竟都不说。她感觉他的鼻息搭住了她的身体，简直恶心。她躲开，不让他得逞。他跟着她。他简直就是一坨甩不掉的屎。她抽腿跑，他竟然还跟着。突然，远处一群鸟惊飞起来。他像被猛然抽了一下，恐惧地站住。他的耳朵支得好像都能发出拉裂的脆响。他这样子，让人又可怜他，又笑他。她冲他叫：

“日本人追来了！”

他竟然冲过来，去抱她，把她撴倒。他竟然动了手，侵犯她，她完全没有料到。这个胆小如鼠的人，原来只是猥琐，竟然这么凶残，香草像被鬼攫住一样，尖叫起来。

他把她的嘴捂住。他的手掌直接触到了她的脸肉。她汗毛竖起。她闻到了他手掌的咸味。她屏住呼吸，一呼吸，就等于接受他的味道。但她又不能不呼吸。这个人，怎么敢这样！他真的动手了！他蓄谋已久。但即使蓄谋，他有贼心，哪里有贼胆？他好像是突然下了贼心的。他在铤而走险，孤注一掷，好像再不下手，就没有机会了。他不想和她一起走，所以这是最后的机会。要抢着这机会，即使后果严重。因为是在抢，目的性太明确，他的动作生硬，粗暴。

“他简直是强暴！”几十年后，李香草笑着回忆说。被强暴，俨然成了她值得怀念的事情。

他甚至都没有温度。她要死了。

也不知过了多久，她才活了过来。她挣脱，但挣脱不掉。这个人，色胆包天，死死控制住她。他绝不听她的，好像把脸面撕下了，就干脆一干到底。他喘着粗气。香草惊骇地发现有个汗涔涔的东西在她的腋窝蹭着，她才意识到要躲闪的是自己的腋下。她一扭身，也许还因为他身体歪斜着，他就被甩到一边去了。他立刻用胳膊压住她，又爬了上来。这下她看到了，他在用鼻子蹭她的腋窝，像狗一样，狗一样湿湿的鼻子。湿湿的鼻子蹭得她腋下发烫，她觉得那里好像打翻了一碗面汤，他的声音好像在汤中嗡响：

“真香啊！真香……”

他这么哼着。他可以不需要这么哼的，嗅就嗅了，他竟还哼出声来。这让她更加难堪。“流氓！臭流氓！”她骂。他好像才发现自己已经松开了对方的嘴，赶紧又去捂。他又控制住了她的嘴。但他并没有觉得自己是胜利者，他道起歉来。但他道着歉，却并不停止侵犯。他一边侵犯着，一边道着歉。

“对不起！见笑了！让你见笑了！对不起……”

他的嘟囔像潮水一浪浪推涌，他的声音在不断升高。很快地，竟变成了委屈的哀鸣。他好像因为委屈，理直气壮了。他整个人压到她身上，他的脸就在她的脸上。她闭紧眼睛，但她发觉错了，他在冲击她的嘴，于是赶紧闭嘴。但他的巴掌捂在她嘴上，他攻击不到。他的手在往边上移，空出一个洞，亮出她的嘴。在移动时，她的嘴唇还被拉扯得张开了。她想到他就要对着这个空洞压下来了，然后像蛇一样伸进来，不知是恐惧还是怎样，她想吐。但她错了，他的嘴没有进来，却压在她嘴边的痣上。

他像蛇一样的舌头在痣上舔着，蛇芯子，这令她更加恐怖，她本来不怕蛇的，许多女的都怕蛇，她都能抓着蛇玩。所以大家说，从这点上看她也是个“假小子”。但她这一次怕了，觉得要被它咬死了。但她也不怕死，她怕的是痣被盯上。她从小就觉得这是她的污点。她曾经无数次想抹掉它,她曾经还想通过一个来村里的游医,把它点掉。她后悔当初没有点掉。

李香草后来说，她一生经历了许多可怕的事，最可怕的就是这一次，而且仅此一次。她再没有接触过男人身体。“他太年轻了，太急，太粗鲁，太粗暴，他还不懂得女人。”她这么说，主持人也不好意思起来了，迈克尔·佩恩装作没听见，在专心挠腮上的痒痒。年纪这么老的女人，竟然像少女一样脸色羞红。在她，似乎什么都是黯淡的，只有曾经的爱才熠熠生辉。

她说，当时她就这样被那个人的爱拽着走。她害怕蛇芯子，但又无可奈何地被它舔着。她希望蛇把痣咬掉，希望他再凶残一点，索性再凶残、凶残……他果然得寸进尺，进攻她的嘴。她听到了他发狠的声音在她嘴边哼哼，但他在说什么?

“肏你！肏你！肏……”

她感觉被冒犯，受到侮辱。她产生了抗拒之心，要推开他。但不知怎么了，她的手脚就是没有一点力气。她的嘴也没有拒绝他。这本是不需力气的，只消把头摇开。她任由他践踏自己。他要把我杀了！杀就杀了吧！她把自己交给了他。她浑浑噩噩，像被施了魔法。小时候她听大人说，拐卖小孩的人会用一种特殊的迷魂药，让小孩跟着他走。明明知道不可以，但还是跟着。现在她就是这样。她脑子一片空白，都不知道自己手、脚、身体在哪里了。但她分明还是知道的，她知道它们都很完美，只是这痣是瑕疵，让她很纠结。好在他已经不再盯住它了，他盯住了她的唇，她的舌。她的舌很拿得出手的，从小人家就说她舌头薄，有劲道，所以会说话。但现在被他控制了，好吧，我不说话了，缴械了。

但他突然把她放开。

她一时没有领会他的意思。她瞅着他，还没有从梦中醒过来。

但他清醒过来了，他懊悔了，他放了她。

那也好。她转过身体，整理自己的衣服。这动作让她记起前一刻的羞辱。现在他放开她，她好像正在黑暗中苟且，突然亮起了灯，她的羞耻被照亮。周围亮晃晃的，不知什么时候太阳出来了。她的羞耻无以藏掖。自己刚才竟然那样，身体还湿着。风吹过，湿漉漉的地方被唤醒。

她赶紧埋头走掉。

他没有跟着她。这让她安心。她也没有疑虑，反正这种流氓，就是他想跟她走，她也不会带他走的。就是他跟她到她哥哥那里，她也叫她哥哥赶他走。但她怎么敢跟哥哥说？这样，她就得自己一个人吞下这羞耻。这个侵犯了她的人，现在成了抛弃她的人。他对她做过那种事，竟撂下了她。

她怨恨他。她又反过身去，去揍他。

他让她揍着。这让她感觉一丝满足。甚至，打着打着，她觉得刚才他只不过是在跟她开玩笑。但是他突然把她一推：

“你走吧！”

他确实是这么说的。她简直不相信。她瞅着他，好像之前未曾被他骗过。看他，竟好像什么事都没有发生一样。一再被欺骗的屈辱排山倒海地一道打在她脸上。他对她做了那种事，她给了他，他玩完了，一脚把她踢开。他用投奔游击队引诱她，目的是要骗她到这荒地上来。一切都是他预谋的。从一开始，他都在看她笑话，逗她，玩她，饶有趣味地观察着她可耻地动情。她觉得自己被他撕开衣服，被他脱个精光。她又羞又恨。

“骗子！”

“我没有！我真的想找……”

“还骗！”

“我没有！”他总是这话。

“那你去啊！”她激他。她这么说时很害怕他真的跟她去了，那怎么办？那就，让我哥杀了他！她想。

但他不去。

这个人就会抵赖，从来如此。在视频里，李香草还这么说。可是，您误解他了！我真想冲进屏幕里，对她说，您完全误解人家了！他是为了破坏日本人的计划，您真应该读读森达矢的《正义之光》，他是见证人，他清楚。但我不能冲进屏幕里，我只能由李香草继续说下去。虽然她的立意是爱，虽然她在说他爱她，但是他才不是她想的那么浅薄之人。虽然他不是英雄，您也说了，不能逼人当烈士，但他在尽量让事态往好的方向发展。高蹈的人啊，不知道脚踏实地的艰难。您到了这种年龄，经历了这么多，难道还不明白吗？当然，她也在检讨自己。是啊，您当初实在是没有善待人家。甚至，简直是在践踏他。

“胆小鬼！”她骂他。

“我不是！”他辩。

“就是胆小鬼！”

被她坚持骂，他倒心定了。“是，我是胆小鬼！”他说。

他自己都承认了,她感觉攻击就有了落点。“窝囊废！”她又叫。

“是，窝囊废！”

这个人有作践自己的嗜好。那是他抵御的武器。“我就是个废物！”

他好像意犹未尽,又举起手来,抽了自己一巴掌。他的皮真厚！哪有这么恬不知耻的人。只要无耻，就坚不可摧了？她无话可说。她扭头就走。

蓦地，她听到后面他在说：“我跟你不能比！”

“什么不能比！”她不觉地回头。

“我是‘曲蹄’。”

他把他的胳膊关节反向折了一下。他又来这一套！之前她替他疼，现在不了，她只看着他像是在耍着三截棍，那么花里胡哨。

“‘曲蹄’也是中国人！”

“不是。”他竟然说。

“你去祖坟上叩死算了！”她戳义冢方向。

“那不是我祖宗。”他说,“我们连上岸资格都没有,怎会有坟？”

“那你刚才还拜？”她反击。

“我拜的多了！”他赖皮地笑了起来。虽然以前她觉得他多少有点赖皮，但这么恶心地表现出来，她还没见过。好像他是刻意做给她看的，好让她对他彻底绝望，快快离开他，不要再纠缠。她彻底绝望了。她蓦地想起那句侮辱他的话：

“‘曲蹄想做官，中原变北番！’”

她把这谚语说出口时，自己也觉得使用得不对。但对方好像被打中了要害。

“我知道，你们就是这么看我们！”他抓住她的话，道，“你们是不会容我的。我爹就只看了岸上女的一眼，就被告官……”

她才不管他爹。他已经让她怒不可遏。“‘曲蹄想做官，中原变北番！’”她叫。

“对，就是这样！”

她的攻击倒增强了他的斗志。她忽然明白了自己说的这话为什么不对了。眼下日本人占了中国，“中原”真是变“北番”了，这个可恶的人有翻身机会了。她又冲他吐一口口水。

“认日本人做你再生爹娘去吧！汉奸！”

这个词，她是听来的，她也不知道这是多重的词。他被猛搡了一下。这下，他满脸羞怒了。香草还为自己的话有强杀伤力而得意。她甚至期待对方冲过来打她。但对方很快就平静了。这个人，没有耻辱感，怎么也刺激不起来。当然从另一方面，他具有多么强悍的忍耐力。这是她后来才意识到的。

“你走吧！”他催促她。

“当然要走！”香草应，扭头就走。委屈，失败，羞耻，让她哭了起来。她一边哭，一边走。她发现他跟在后面，难道这家伙反悔了？是啊，他已经回不去了。日本人一定发现他跑走了。他这么聪明的脑袋，一定会想到。他不投奔游击队，他就无处可去。但游击队不要他！这种人，不配参加游击队，让日本人杀死算了。我不能让他跟着！香草想着，挣脱地跑了起来。

他并没有跟着跑起来，只是加快了脚步。他没有追上她，只是跟在她后面。他始终跟她保持着一段距离。这不能消除香草的担心，他什么时候会突然赶上来的，只能跟他拉开更大距离，让他赶不上。她就更快地跑。不知不觉，已经到了太阳吊索桥前。过了吊索桥，就是游击队地盘了，不能让他过来。她站住，他也站住了。虽然仍跟她保持着一大段距离，但难说他不会一下子冲过来。她斜视着他，叫：

“滚！”

眼尾余光中，他竟然顺从地点了点头。

她凛然扭过头去，踏上了吊索桥。吊索桥老朽得好像随时都可能断掉，摇摇欲坠。对岸林丛深不可测，静如鬼域。她这才发现自己其实并不很清楚通往游击队地盘的路。但她没了退路，不管怎么样，都要往前去。不管前方有没有路，她都要把后边那个人，那个自己确实曾经动过情的人，抛弃掉。

“等我有本钱了，我会为中国做很多事的。”

蓦地，她听到身后他说。

看到这里，我大吃一惊。这个林修身，竟然在当时就有这志向。人很难看出历史的走向的，在他回国捐资的四十多年前，他竟然看到了。

也许吧，人类毕竟有核心价值，被他把握住了。

李香草好像并不知道他回国捐资的事。她还在反思自己当时的反应。当时她嘲笑他：这是扯什么嘛！游击队都不当，祖国在遭受侵略，你什么都不做。“国家兴亡，匹夫有责”，你却借口有本钱了才会尽责。她啐了一口唾沫。

“我要把钱全捐出去！”他又说。

他应该是被激将了，说得更极端了。

她觉得一盆脏水泼在身上。“谁要你臭钱！”

“我就是要捐！”

“不要！不要！不要！”香草又跑起来。吊索桥的缆索被踏得颤抖，踏板也在飘荡。投在溪流中的阳光反射上来，穿透踏板间隙，托住了她的身体，她觉得自己要化蛹成蝶了，要飞起来了。她进入了音形全无的世界。不知什么时候，她发觉自己已经到了岸上，只是自己的脚还在蹦蹦跳跳着。她欢呼。忍不住回头瞥一眼，那个人，不知什么时候也已经上桥了。他果然跟上来了。但这个窝囊废走得很吃力。他也学着她蹦蹦跳跳。吊索桥剧烈晃动，这个笨蛋不知道她的蹦跳是在借力，让自己起飞，迅速飞过桥。必须用脚尖点踏板，并且点的时候往后推，人就前进了。而在他，跳成了砸。他一直没有前进，这样就等于在一个地方一再砸着。他又摇摇晃晃，慌张地抓住缆索，成了拽缆索。缆绳歪了，桥身失去平衡了。

她不禁又替他担心起来。她想救他，但她不可能回到桥上。她只能教他。她教他，在他，好像就成了对他的原谅，他感激地对她点头。她不要他感激，她只教他，并不原谅他。她又骂他，一边教一边斥责。他接受着，竟然有了幸福的表情。但同时，他的动作更笨拙了。他并没有因为她教，技术好起来。他好像压根儿就没用心，他压根儿就没有想摆脱困境。他只是在玩。

她发现他只是拽着缆索晃荡，脚下拼命跺着，他在干什么啊？

蓦地，她发现他后面的岸上"轰"地出现了日本兵。她大为惊慌。她不知道这些鬼子从哪里来的？鬼子肯定发现他们逃跑了，是来捉他们的。难道刚才鬼子一直跟着？

鬼子们冲上了桥，但被他挡住了去路。他样子笨拙，鬼子们"叽里哇啦"骂着他。他看上去好像在竭力踩稳，却变成更重的跺脚。桥身更大幅度地晃荡起来。鬼子们也站不稳，也身不由己地用力踏住。大家全在跺脚，踏板终于跟缆索崩离了。

他叫起来。他还抓着缆索，但他的手顺着缆索下滑。但很快地，缆索脱出了他的手。缆索飞了起来。整座吊索桥往下崩。鬼子们也惨叫着，乱画着手脚，掉了下去。别看他们是军人，但毫无军人的矫健。倒是这个厨子动作轻盈，香草看到他竟然是飞了起来。那一刻，她好像明白了什么。

"是这个人急中生智救了我。"李香草说，"其实这是个绝顶聪明的人！"

"绝顶聪明？"主持人问，"在知识分子批判话语中，应该是贬义词吧？"

"我不是知识分子！"她说。

"噢！"主持人道。这与其是意识到对方确实不是知识分子，毋宁是，他意识到她曾经生活在那样的国度。在那里，知识分子曾经长期是贬义词。

其实，在我的血液里也有否定知识分子的因子，尽管我是知识分子出身，但我不认可知识分子的"迂"，不合时宜。

"我们的问题是关于绝顶聪明……"主持人回到原来的问题

上来。

“是的。如果在当年，不，直到八十年代，是的，它是个贬义词。但现在我不这么认为了。到我这年纪,已经不是欣赏英雄的年纪了。但他是英雄。他为了救我，故意弄断了吊索桥，鬼子过不来了，他自己被日本人抓了。”

“这是否意味着您转向了？”主持人问，“我知道，很多八十年代从中国大陆到西方的人，后来都转向了，转成了‘左派’，这也是现在被中国自由主义者所猛烈批判的。”

“你确定那些自由主义者不是‘左派’？”她反问。

主持人没有明白。她没有加以解释，又说：“你确定你所说的‘左’就是‘左’？”

“您的意思是？”

“与其是‘转向’，毋宁是‘无向’。”

“‘无向’？”

“一切都混乱了！”她说。

主持人似懂非懂。“那么换一个问题说，您为什么不待在中国？”

“中国有他吗？”她应，诡异地笑了。

“您是个爱情至上主义者。”主持人说。

“您这定义下得对！”她说，难得她这么肯定别人，“我的人生总结就是：万事皆空，唯爱永在。”她用一个历经沧桑的老年女性特有的刚毅，甚至可以称之为顽固，大声说道，手握拳头，举起来，像喊口号。她这一生应该没有少喊过口号，只是这口号跟以往的不一样，她的声音好像穿过漫长的历史隧道，长途跋涉过来，显得有点苍凉。

“可惜我用了一生才修出来，”她又说，“这个舍利子。”

“舍利子？”主持人没明白。

“最后只有这舍利子了。”

“您信仰佛教？”

“我什么也不信，只信爱。不是吗？”她指主持人，“爱情至上。”

主持人笑了。她也笑了。

“您后来有没有再见到他？”迈克尔·佩恩问。

“怎么可能？不然我会是现在这样子？”她自嘲道。

“您找过吗？”

她没回答，好像沉到了怅惘的情绪里。迈克尔·佩恩叫了一下她，她一吓。

“抱歉！我只是想，也许媒体可以帮到您。也许这世界上真有奇迹。”

我真想冲进屏幕，对她说：当年那个林光，也就是U，后来叫林修身，他已经在六年前去世了。但这也虚妄，我想告诉她时，她也已经去世多年。

另一个人，迈克尔·佩恩，他还在吗？

迈克尔·佩恩嘴里的他

李香草惊异，迈克尔·佩恩竟然也记得那个厨子。

这个厨子最初给他的印象像个小孩，很会笑，一副和善的样子，还有些羞怯。这个人曾对饿得皮包骨的盟军俘虏表示过善意，他会在送饭到工地时，装作玩耍地把食物像投石子一样投到战俘这边来。“我没想到他那么坏……”佩恩说。

“给你吃还坏？”李香草反击。

迈克尔意识到冒犯了李香草，赶紧说明：“不是，是指……”

但他已经冒犯她了，她继续道：“你不也吃了吗？你，你们！”

“确实……当时……我们被饥饿……”

“这就是理想主义的洁癖与虚伪！”李香草说。

“我有个疑问，”主持人打断她，“当时民工队食物富足吗？你们中国民工那边，还能有剩余给盟军战俘的？这个记忆是否有误？”

“不可能有误！”李香草断然道，“要知道，巧妇可为无米之炊！”

“但据我所知，”主持人道，“中国这话是‘巧妇难为无米之炊’……”

“您是中国人，还是我是中国人？”她问。简直强词夺理。一旦涉及那个厨师，这个李香草情绪就会出现波动。她继续向迈克尔发难。“您不觉得那是在吃‘嗟来之食’吗？‘嗟、来、之、食’！”她一字一个音，“你们个个人高马大。老实说，我们当年就看不上你们这些盟军俘虏，竟那么轻易就缴械，当了俘虏！换成我们，如果有武器，就要拼到死。死也不会投降！”

“宁可死？”迈克尔·佩恩道，“为什么？难道还有比生命更重要的吗？”

“这就是上帝教导你的？我很感兴趣，作为天主教徒，你，你们是如何说圆这个逻辑的？”

看来之前迈克尔·佩恩告诉过她，他是天主教徒。

迈克尔·佩恩脸憋红了。主持人打圆场。“我们谈的是有没有比生命更重要的……”

“当然有,尊严！”她答。她的价值观似乎走到了她之前的反面。

“这让我想起日本人，他们不投降，剖腹自杀。还有‘神风特攻队’……”

“别拿日本人比中国人！”

“在勇敢上，是没有区别的。”迈克尔·佩恩说。这下他似乎走到了她之前的观点上。这辩论有点乱。“你们很勇敢，比如朝鲜战争，人海战术。当然这可以解读为‘士兵困境’。但某种意义上，我们投降,也是在‘士兵困境’的问题里。但我们保存了最基本的，也就是人。人，对我们来说是最基本的，最重要的。当然，你们中国人也许不这么想，你们打到没子弹了，就抱着美军咬，把耳朵都咬下来了。你们喜欢《孙子兵法》，老实说，我不喜欢。什么手段都用，兵不厌诈，这是有尊严的战斗吗？你们号称尊严……”

"也比投降的好！"

"您现在还这么认为吗？"

"当然！"

"那么，我能不能认为您还在坚守着某些价值？除爱之外。"主持人尖锐道。

李香草无言以对。

"无论如何，保存生命总是应该的。"迈克尔·佩恩来救她，企图跟她站在一起，"生命是第一位的。对了，中国不是有句话：'留有青山在，不怕没柴烧。'还有一句：'好死不如赖活。'还有，'受胯下之辱'……"

"您说什么啊！"李香草像被扒了底裤，奋力逃脱，"我们'受胯下之辱'，是为了最后雪耻，是怀着宏大志向的。"

"好一个宏大志向！"迈克尔有点恼了，"所以大而化之。具体的人，该被追究的人，就没有了，困境也没有了。这就是东方人哲学的奇妙之处？"

"您接触过几个东方人？"李香草反问。

"我还真接触过不少东方人，应该说东亚人。士兵不算，战争时期嘛！是在战后，在东京。"

"那是日本人。不要跟中国人混为一谈！"

"我话还没说完嘛！我还真的接触过中国人。您也认识的。"

"谁？"

"我们刚才谈到了谁？"

"哈，您那算什么接触？"

“不是战时，我说的是战后。”迈克尔·佩恩说。

她愣。

“不过，我得从战时说起，苏门答腊，palembang。”迈克尔·佩恩说，“那是你绝对不知道的。”

她不相信他说的。她叉起两臂，侧着脑袋，做出洗耳恭听的样子。

苏门答腊的palembang，迈克尔·佩恩无论如何没有想到，他在审讯室见到的，会是那个中国厨子。那厨子竟然开口对他说日本话。日本话让佩恩害怕。

英语翻译把佩恩带进审讯室，就出去了。什么也没说。也许这日本翻译觉得这是外国人又是苦力之间发生的事吧，他没什么兴趣，直接丢给那个中国人，了事。这倒让佩恩有点安心，对方再怎么的也是中国人。这中国人仍是一副和善的样子。他脸上带着从来的微笑，甚至还有点不好意思，好像他自己是客人，贸然来到佩恩的领地。他甚至还对他鞠了个躬。

他突然冲来，冲他的胸口就是一拳。

佩恩大吃一惊。

佩恩紧张地分析形势。他身材高大，对方只到他胸脯高度。虽然他骨瘦如柴，但对方对他还是不能构成威胁。应该是对方知道自己的劣势，给他“下马威”。但他惊愕的是，这“下马威”好像是突然决定的，就在几秒钟前，还没有任何征兆。也许是他麻痹了，太无视对方了。其实过于和善就已潜藏着危险。过于和善的人一旦发怒起来，就会异常残暴。从心理学上说，这是一种对长期压抑的发泄。越是好好先生，他可能越受压抑；胆小怕事的人，更会产生冒天下之大不韪的念头。没有排泄渠道，一旦爆发就是致命性的。

他甚至比日本人还凶。也许因为对方动手能力强，打击部位很准。开头一拳，就着实砸在佩恩的心脏。但这并不能重创佩恩，对方个头太矮，他拳头是举着抡过来的，没有力度。佩恩甚至连踉跄一下都没有。对方反而被反弹了回去，差点摔倒。佩恩还冲过去要扶他。他没有搞清楚对方为什么要这样对他，这个人曾经给他食物的。应该有什么误会了。他伸手去扶对方，想问他怎么回事，才意识到自己和对方语言不相通。他试着用英语问对方，对方果然听不懂。

对方猛地挣脱开他的搀扶，一脸屈辱。

佩恩摊了摊手。他向审讯室外面张望，希望叫来那个翻译。他这个动作好像刺激了那中国人，他又扑过来。这下不是打，而是抓住佩恩的脑袋，准确说是揪住耳朵。他的动作仍然那么准确。佩恩战后偶然有机会读到中国的“庖丁解牛”故事，想到，如果当时不是对方实在太矮了，或者自己是坐着或躺倒，对方是否会用中国人的功夫，把自己身体分解了。这么想着，他奇怪，对方当时为什么就没有命令他坐下，而要跟他平站着。他想，这是为了公平格斗。但对方是先动手的，这又是哪门子的公平？

尽管如此，对方两只手同时搭住了佩恩的耳朵，那样子无非像个顽皮的小孩。但那是有武功的小孩，佩恩听得太多中国人还有日本人以弱胜强的传说，以弱胜强，是他们的强项。对方像武功大师，脚搭住他的胸口。但好像滑了一下，佩恩过后才发现，自己军服口袋被撕得挂下来。但这一滑并没有让他摔下来，他已经腾飞而起，整个人凌驾在佩恩的头上了。这下他的力量发挥出来了。佩恩看过中餐馆里厨师掂锅，那锅又大又厚，刀也重，他们的力气就是这么练出来的。现在迈克尔领教到了，对方的拳头像拳击手一样有力，捣在他脑袋上，一下，又一下。

佩恩恍然记起对方的胳膊短而粗，一疙瘩一疙瘩的肌肉，对方的手也很大。他赶紧认真应战，伸手去抱对方身体，刚好拦腰抱住了对方。对方挣脱，扭着腰，对方的腰也一样有力。对方还同时开脚踢，佩恩觉得很痛。

对方打着，踢着，佩恩蓦地听到他发出了声音。他在喊着什么。佩恩听不懂。后来回忆起来，对方是喊中国骂人的话：

“肏！肏你娘！”

佩恩知道“肏”就是“fuck”。这是中国人最恶毒的骂。但对方与其是在喊，毋宁是在吱响。也许是太气急败坏了，发出的是尖厉的“咦——”的声音。他竟然被气哭了，发出哭声。

迈克尔分析战况，对方虽然攀在他头上，但其实是被架空了，那么他就顶着对方去门口叫人，叫日本翻译进来。他开始挪步。对方没有注意，直到挪到了门边，对方的一个拳头撞在了门上。这声音挺大，日本人被吵来了，他才停止。

严格说，他是被吓停了。毕竟他只是中国人，还是怕日本人的。

很长一段时间，佩恩都没有明白对方为什么对他这样。俘虏们常遇到被逼迫的新兵，看着还是稚嫩的孩子，在上司或老兵的逼迫下对俘虏动刑。战争把人性往兽性上训练。但那中国人厨子不是士兵，也不像有日本人逼他这么做。他应该是自愿的。他甚至违反日本人规定，所以日本人后来喝止了他。他为什么要这样？

直到盟军解放了战俘营，佩恩才抓住机会问当初的那个日本翻译。翻译说，当时那个中国人说佩恩窥探了军事机密，他要审问。翻译说，那中国人还说他懂英语，不要翻译在场，所以才造成当时那局面。

佩恩不明白自己窥探了什么军事机密？

翻译说，你是不是曾偷窥过女孩洗澡？

是有。佩恩承认，当时他确实偷窥过中国劳工那边那个女孩洗澡。

“我？”视频里，李香草叫了起来，“偷窥我？你也偷窥我？”

佩恩脸红了。

“你怎么知道我是女的？”

“可以观察嘛！”佩恩说。

“啧啧啧！你们这些男人哪！”李香草撇着嘴，扯着嘴边的痣，那痣因为皮肤发皱，已没有那么明显。她整张脸都是花的。这使得她的表情复杂。她与其是害羞，毋宁是得意。她摇着头，睨着佩恩，但她的神情是责备顽皮男孩的。

“该不会你们一起偷窥吧？”她忽然叫，手指戳向佩恩。

佩恩承认。

“就是那个晚上？”李香草活跃地回忆道。

“对。”

“那晚上吓死我了！”李香草拉长调叫，抚摸胸口。“为了救我，他被日本人抓走了。”

“不是被抓，他就是给日本人做事的……”

李香草一愣。“某种意义上，我们都在给日本人做事……”她强词。

“不是这意思！”迈克尔·佩恩说，“他是在执行日本人一个计划。”

李香草愣。“你怎么知道？”好半天，她才缓过来，反问。

“那个翻译告诉我的。”迈克尔·佩恩说，“利用你找游击队。”

“不，不是……你搞错了！”她否认。

“是那翻译。他亲口告诉我的！”

她好像被逼得无路可走。但她坚持道：“那他是骗日本人的！这我清楚！还有谁比我更清楚他呢？那是战争时期，都是骗来骗去……”她忽然找到了理由，“对，骗来骗去！就说老蒋吧，也在跟日本人勾勾搭搭。再说，盟国，哪个是正义的？全是假的！还记得丘吉尔‘二战’后的那声嘀咕吗？‘也许我们杀错对象了！’他想对付的是苏联，而不是德国。他用手段把美国拉进战争……”

这些话会引起大麻烦，主持人制止。但主持人好像又清楚，自己制止不了这个激情昂扬的女人，反而会争到更大原则上去。于是就把话题转到小原则上去。“但他毕竟打了人了，打人总是不对的。当然，这是为了爱。”

可以谈谈爱。主持人这话，让李香草像被捋顺了毛的宠物一样，安静了。

“就像迈克尔·佩恩先生您，您也爱李女士。”

“还老不正经！”李香草笑道。

她说了一句中国话。主持人听不懂，迈克尔·佩恩也问：“什么意思？‘老……’”

“这么老了，还在八大道追我！”李香草哈哈大笑起来。

“我已经向上帝忏悔了！”迈克尔·佩恩也笑了。他说这话的语气有点油。

无耻的人

要是李香草知道了后面的事会怎样？

虽然我寻找李香草时她已去世，但迈克尔·佩恩还健在。在美国同行牵线下，我拜访了他。感谢上帝，老人虽然九十多岁了，思维还很清楚。也许是知道自己生命即将走到终点，他什么都说。

他和李香草没有交往下去，他们很快分道扬镳了。其实他们的世界观并没有本质冲突，是性格原因。她声称告别了革命，但却用比革命更激进的方式来告别革命。她更像末世论者。在跟她分手后的时间里，迈克尔·佩恩渐渐理解了李香草的激进的绝望。他反思左翼思想，但又看不上自由主义。

我们谈话一开始，他就说了萨特那句著名的话：

在黑暗的时代不反抗，就意味着同谋。

“这句话在当年，熠熠闪光。”他说，“不仅在左翼阵营，右翼阵营也接受。毕竟战争刚结束，刚过去的战争让人记忆犹新。当我再见到那个中国厨子时，我就想起这句话……”

“您战后又见过他？”我问。

“是的。”他说，“一九四六年，他曾去了东京，在军队总部广播科工作。不过我可没有用苛刻的标准看他。刚结束的战争是人类巨大的灾难，上帝是慈悲的。”

从飞机上看东京，一片废墟。不过迈克尔·佩恩并没有报了仇的心理。这个国家太惨了。报纸上经常出现“饥饿地狱”一词。街头发放食物，他和同事去拍摄，破碗破盆子顶在摄像机镜头前，他们不得不攀爬在电线杆上拍摄。那些抢食的日本人，无视自己丢人形象被拍到，只顾着争抢食物。抢到了，在镜头前迫不及待地又抓又嚼起来。

迈克尔·佩恩也曾在苏门答腊战俘营挨饿，当时日本人会用食物诱惑和奚落战俘，证明西方人下贱得像牲口一样，显示大和民族高贵。也是这些日本人，没有死在战场的，战后被遣散回来，一下子收拾起原来模样了。在战争期间，他们穷凶极恶，战争后期还殊死反抗，喊着要“玉碎”。但突然间，他们就投降了，驯服了，为活命奔忙了。他们点头哈腰，让干什么就干什么，脸上完全没有不驯与傲慢，甚至都看不到怨恨。起初占领军还担心会遭到暗杀式抵抗，但没有发生这样的事件。这民族，好像变成了另一个民族。

战时，美英被他们骂为“鬼畜”。但现在，占领军收到了大量的表示感谢表示臣服的书信。还有赠送传家宝的，还有送土地、物产的。麦克阿瑟就收到不少。按说他们应该最恨麦克阿瑟。更有甚者，还有数百女性给他写信，还说：“请让我生您的孩子吧！”

迈克尔·佩恩从同事嘴里听到关于日本女人的神奇之处：她们的肉摸上去是软的，完全没有僵硬的形态，这说明她们完全放弃了抵抗；多摸几下，她们的身体就化成了春水，说明她们已经完全认同了你，完全交给了你。

就是普通女人，东京街头随处可见擦皮鞋的女人，她们也非常忠诚。她们干活卖力，围着围兜，把客人的皮鞋抱在怀里，像抱着宝贝孩子一样，一丝不苟地伺弄。有时候佩恩都觉得把鞋伸进她们洁白的围兜实在太罪过。有的士兵还会欺负她们，把鞋伸到她们胸口上，或者故意用力往下压，压进她们大腿之间。但她们并不抗拒，也没有怏怏敷衍，打发走这些男人。她们的动作像机器一样有板有眼。最后给钱时，有的美国人会把钱丢在地上，让她们去捡。她们真的爬着去捡，那样子像雌性牲畜。她们也没觉得难堪，还一面道着谢。

美军最初登陆日本，被吓了一跳。这个战败国家竟然在美军登陆必经之路的京浜国道旁的大森，开设慰安所。

“慰安所！”我耳熟的词。

“不是你们中国韩国所说的慰安所，”迈克尔·佩恩提醒，“是日本人自己办的，慰安妇是日本女人。”

这我也有所风闻。

最早的慰安所叫“小町园”，用日本传统的秋田美女小野小町的名字命名。随着占领军大批到来，特殊慰安设施协会在东京都内的银座、赤羽、小岩、立川、调布、福生、青梅等地方陆陆续续开张了三十三家慰安所，还通过报纸广告召募战前的妓女重操旧业，先后募集到数万慰安妇。

更令人吃惊的是，这些慰安所是日本政府组织的，而且公开招募。最初，特殊慰安设施协会PAA，还在皇宫广场举行成立大会。PAA通过报纸广告召募战前妓女重操旧业，在银座这么繁华的地区，还竖立了《告新日本女性》的大广告牌。不是说日本文化是“耻感文化”吗？迈克尔·佩恩那时读过一些关于日本文化的著作，远东委员会的工作卓有成效，其中成果之一就是鲁思·本尼迪克特的《菊与刀》。在这本书里，鲁思·本尼迪克特使用文化类型学方法，分析日本人的文化心理。本尼迪克特期待美国国民和政府客观认识日本，改变对日本的占领方式。实际上，迈克尔·佩恩所以去日本，就是奔着这个目的的。

说到日本人的人格类型，本尼迪克特提出一个相对于欧美“罪感文化”的“耻感文化”的概念。“耻感文化”在乎的不是“内在约束力”，而是“外在约束力”。简单说，在“罪感文化”里，人们相信上帝无处不在，罪恶无法藏匿，所以讲究“自律”。相反，“耻感文化”里的人们心中并没有无所不在的上帝，他们以他人的眼光来确定荣辱。换言之，如果罪恶不被看到，就不会感到羞耻，就不会有忏悔的必要。但一旦被发现，甚至可以以死雪耻。迈克尔·佩恩说，这观点对他影响很大。但眼前的景象却让他诧异。

当然，也许办慰安所也可以看作一种向死，就像在大庭广众下切腹雪耻。但雪耻雪的是耻，但办慰安所也是耻。脏水能够洗净身体？当然他们还有一种说辞：将妓女投饲如狼似虎的占领军，是为了良家妇女免于遭受污辱。既然耻辱必不可免，尊严必不可保，那么就干脆放弃绝对尊严，选择相对尊严，接受相对耻辱。“日本人就有这么一种相对主义的力量。”迈克尔·佩恩说，“嗯，可以说是力量！”

“相对了，”我笑道，“还有力量吗？”

“难说。每个民族都有其生存秘籍。一个民族能够生存下来，能够在极端恶劣条件下生存下来，并且发展，是有其秘密的。东方的秘密，不，是东亚的秘密。”

“应该说是日本人。”我企图撇清。

“中国人不也是这样？”他反问，“比如食物，比如空气污染。东亚人的厉害就是可以不停地打破极限，把生存极限打破，再打破……”

“不，不。”我打断他，“我们谈的是日本，不是中国……”

“中国不也是属于‘耻感文化圈’吗？”他说。

“拿文化说事……”我反驳，“就说‘罪感’，‘内在约束力’，西方人就真是这样吗？希特勒又是怎么产生的？”

“这个……确实是……”他承认，“当时日本学界也不认可‘罪感文化’‘耻感文化’的说法。但是日本人还是把《菊与刀》列到国民教养丛书里了。”

“我们不谈日本人吧！”我矫正谈话方向，“我们谈的是中国人，那个你认识的厨子。”

“噢！”他恍然，“但是还得从慰安所说起。”他说，竖着食指。

“慰安所搞得声名狼藉，性病流行，媒体上刊载美军在慰安所排队的照片，传到美国，舆论一片哗然。麦克阿瑟坐不住了，下令禁止美军涉足慰安所。当然，麦克阿瑟之前也未必就不知道这些事。占领当局还向日本政府提供青霉素，为服务美军的慰安妇治病。只不过后来性病控制不住了。所谓道德的‘内在约束力’是没有的，是的，你说得对！”

禁止占领军涉足慰安所后，那些慰安妇成了PANPAN，也就是暗娼。占领当局也得查啊，采取定期查抄的办法。有一次，竟然查出了S/M服务。

对S/M，西方人当然并不陌生。但日本人也提供这样的活动，起初占领军当局还是吓了一跳。迈克尔·佩恩说，后来他才意识到这是西方人对日本的无知。

谢天谢地，这下他没有把日本跟中国混为一谈。

迈克尔·佩恩说，他曾经做过研究，日本在这方面是有传统的，好像出现得比欧洲更早。形态也不太一样，喜欢用“绳缚”。“绳缚”的纹理比欧洲的紧身衣要华丽得多，难以想象那是怎么打出来的，他们有一套专业技术。看那些“绳缚”照片，迈克尔·佩恩总是想起断臂维纳斯，那种残缺之美。这种残缺给人一种委屈感，但占领军是不会去享受这种委屈感的，大兵们大多只是去猎奇，尝尝“日本风”的S/M，那有一种诡异的感觉。

但有一次，抓到了日本人客人。

现场有绳子、鞭子，还有蜡烛，地上洒着烛油，绳子跨过屋梁悬下来。当时美国人对日本的S/M了解甚少，非常好奇日本人跟日本人玩这种东西，就带回来审问。

“这使得我看到了他们。”迈克尔·佩恩说，“没料到，那个男客我认识。他根本就不是日本人，而是中国人，他就是 palembang 那个中国人厨子。”

我大吃一惊。

“那人被放走时，我尾随他到了他的家。”佩恩说，“我承认，我当时有个奇想，也许在他那里可以见到那个女孩，就是我后来遇到的李香草。在 palembang 时，他们是一起在一夜间消失的，后来是在一起？或者他知道她的消息？”

他的家简直是豪宅。这本也没什么，在西方，玩 S/M 的也基本非富即贵。但问题在于，这个厨子怎么在这短短的几年就飞黄腾达了。

但门口挂的表札上写的还是日本人姓氏：长谷川。

迈克尔·佩恩回去查，这豪宅的主人是长谷川香织。她有个丈夫，叫长谷川光。我再查那个被我们抓到的人，他就叫长谷川光。应该是他通过结婚进入了这个有钱的日本人家族的。这个长谷川光现在已是长谷川实业的代理社长了。长谷川会社什么生意都做，它有个卖得十分抢手的产品：绞肉机。据说这绞肉机就是长谷川光发明的。想想他本来就是一个厨子，发明这种东西也理所当然。但他不只是个厨子，战争期间他是有问题的。但他竟然没有得到清算，超然脱身，并且拥有着企业，住着这么大的房子。算他走运。他经过这次被抓，应该收敛了吧？如果能自省，可以放他一马。但迈克尔·佩恩没有料到，两天后这个人再次被抓住。

这个人简直猖狂，这种事，在迈克尔·佩恩看来，无非就是猎奇，就是消遣。那一阵查得很严，他至少应该避避风头吧？“但我想错了，我太善良了！”佩恩说，他这么说时笑了一下，意味深长地，这使得他说自己善良显得不那么扎人，显得未必是对自己赤裸裸的吹捧。现在谁太信善良啊！“这个叫长谷川光的男人，他照去不误！”

迈克尔·佩恩敲开了那豪宅的门。

那男人看到迈克尔·佩恩，一愣。他明显也认出了对方，反身逃进屋里。迈克尔·佩恩跟进屋。屋里不见人影，只有壁橱能藏人。佩恩冲过去，拉开壁橱门。果然，那人缩在壁橱里。

这时，一个女人像一颗绒球滚了过来。她不知从哪里过来的，一边说着什么。“我听不懂她的话。”佩恩说。

“等等！”我打断迈克尔·佩恩，“您没带翻译吗？”

“忘了。走时匆忙……”

这解释有点牵强。难道他不知道自己是去做什么吗？难道他不知道自己不懂日本话，还有中国话吗？该不会是故意的吧？这样就可以躲在语言后面了。

“这样啊！”我说，“这样您就可以听不懂那女人的话了。”

“什么意思？”迈克尔·佩恩问。

“没什么，”我还想听下去，赶紧敷衍，“我是说，您听不懂那女人的话。”

他点头。也许是我之前那话，根本没有表达到意思，他是真的没听懂。我的蹩脚的英语反而救了我。这也是神奇，我忽然好有一比：言说就是戳破糊着格子门的日本纸。日本纸有韧性，有时以为戳过去了，却没有破。过后发现反而是侥幸。有时不想戳破它，只是一碰，它毕竟是纸，却破了。

看迈克尔·佩恩的谈话兴致，我的话没有戳破他。

“但我还是听得出来的，她是在求我。”迈克尔·佩恩说，“那声音不大，但很恳切。不，她简直是在哀求我，那声音是凄绝的。这是我近距离看到的第一个日本女人。也许是因为她一直在动，我闻到了她身上的味道，她有狐臭。平时见到的日本女人，都像假人，令人捉摸不透。现在这个日本女人就跪在我脚前，伏着脸，这使得我可以正面审视她。她身材娇小，好像整个身体是无骨的。她的肩膀像蝴蝶翅膀一样抖着，和服的大领子后部，好像不是因为趴下来而拉后，而是被抖落。我能看到她的脖颈，还可以延伸到背。我承认，她皮肤很白，比西方女人还白，也许是细腻的缘故。或者还因为光线，晦暗光线下，那白嫩的肉在暧昧地沉浮着。我承认，这真是性感。但我告诫自己，这个女人可能是故意这样的。这个国家可以办慰安所，什么事干不出来？但这样猜测人家，毫无证据。我又觉得自己对不起这个女人。这个可怜的女人，她的丈夫干出了那种事。这么好的女人，那男人，那个中国男人竟不珍惜！”

“您为什么要突出说‘中国男人’？”我忍不住纠正，“世上男人都一样。”

“是吧！”他坦承。

“对嘛！”我缓和地笑了，他也笑了。在他，这是男人跟男人之间的笑。我发现了我的愚蠢，我说世上男人都一样，岂非也包括我？但我没办法向他说明了。

“这么想着，”他继续说，“我就猫身去搀她。我是想让她起来，要知道，我跟她语言不通，只能用动作。”他说明道。“但是我怎么也拉不动她。我没弄明白，这么个身体小小的女人，怎么会那么重？她并没有表现出抗拒起来。我才发现，她在巧妙地跟我的力气周旋。我使劲去拉她时，她确实被拉动了。我觉得她动了，稍微松懈了，她就开始使劲，稳住，让我觉得她沉得拉不动。经过几个回合，我明白了这女人的意思：她就是要跪求，让我放过她丈夫。日本女人表面上看柔弱，其实坚硬。我想起战争后期日本本土，女人承担起男人的工作。

“这个女人岂止柔弱，还简直大胆。我要绕开跪着的她，直接去面对她的丈夫。她却跪着移动，对准我，挡在我脚前。我干脆从她身上跨过去。我个子高，腿长。我抬起了腿，她立刻意识到了，竟然抓住我的腿。她当然抓住的是我的靴子。我索性把腿从靴子里抽出来，这样，她失去了着力点，抓着靴子倒下了。我趁机跨过去。但这时，不可思议的情形发生了，这个女人猛地立起来，高高举起我的靴子，母兽一样大号一声。我被吓住了。这当儿，她已经迅捷跳到壁橱前了。她仍然像举着日本刀一样举着我的靴子。这是一个果敢的女武士。在这个个子只到我腰部的日本女人面前，我感到无力，甚至是恐惧，天知道她会干出什么来。相反，她的丈夫，那个中国男人却缩在壁橱里，一动不动。

迈克尔·佩恩竟然又说“中国男人”。

“是男人。”我纠正他。

“不，是中国男人。”他却明确说，“到壁橱的门已经被拉开了，他明显藏不住了，但他仍然自欺欺人地藏在角落，脸朝里面，背向外面。我承认，当时我确实想到了他是中国人。虽然中国是盟国，但在整个战争过程中，中国军队表现得确实差强人意。”

“不是全部的军队。”我纠正，“这是偏见！西方人对中国人的偏见！再说，你们军人不是很会投降吗？”

“这是嘛……理念不同。”他说。

我早在视频里听过他对李香草说过。本来李香草就是这个立场，但她忽然走到他对立面去了。我这下也一样。我承认我其实价值观挺混乱的。那与其是表明自己的价值观，毋宁只是为自己辩解，把价值当为我一用的草纸。“难道有以投降为光荣的理念吗？”我反问他。

他被我问住了。我乘胜追击：“中国人可不会这样。中国人不受‘嗟来之食’。”我有意提起李香草曾经指责他的话。这个我懂得用英语表达，李香草说过的。“老子说：‘民不畏死，奈何以死惧之？’”这话我不会用英语说，我直接说中文。但这样，就好像是对着我自己说的。下面也是。“大道不行，揭竿而起。或者，以死相谏，自己用绳索倒吊于城门之上，一手执谏章，一手仗剑，口称如谏不从，自割断其绳索，撞死于此地……”我一边正义凛然说着，一边自忖：这确实做得到吗？我能做到吗？我不过是在理顺自己的逻辑。我差点要说“坚持真理”了。好在“真理”这词实在太威慑人了，我不敢正视。

好在这老外没有这么质疑。也许是因为他根本听不懂，他只听懂最初的那句话，他说：“确实没有。但总没有以耻辱为光荣的吧？”

我愣。“投降不就是耻辱吗？”

迈克尔·佩恩粗粗地呼吸了一下，换了一种身体姿势，耐心分析道："耻辱有程度不同。我们可以把它分层次：一种是迫不得已接受耻辱，一种是并非迫不得已，自愿选择的，比如他为日本军队寻找游击队……"

"这您怎么知道他是自愿的？"我反问。

"日本人透露的。"

"您又怎么知道他说的是真的？"

"这个……就算他是迫不得已。即使是迫不得已，也有区别：一种是生命受威胁时的迫不得已接受，一种只是为了保全其他。同样是其他，还有重要跟不重要的，还有最重要的。"

"比生命更重要？"

"某种意义上，是的。"

"那是什么呢？"

"伦理。"他说，"人之所以为人，就因为伦理。这是'底线'。"

他要说什么？

"你听我说。"迈克尔·佩恩简直是炫耀地神秘一笑，道，"刚才说到那人躲在壁橱里，明白已经暴露在我眼前了。我冲壁橱里的他喊了一声：'そと！'这是我学到的有限的日语单词之一，中国话，我完全不会。他终于转过头来，我把手指向大门外。"

让他到大门口说话，这是个好方式。不仅避免了跟女主人的冲突，而且，要谈的内容，即使是迈克尔·佩恩，也难以在他妻子面前说出口。怎么能当着妻子的面说她丈夫去S/M店？迈克尔·佩恩说，他也该给那个男人一点尊严。

那男人领会到了迈克尔·佩恩的意思，缩着肩膀出来了，一脸感激。他表示自己一定不再去 S/M 店。尽管他说的是日语，迈克尔·佩恩听不懂，但通过他的手势，还有他的神情可以猜到。那个男人一再这么说，发誓，擂自己的脑袋，捶自己的胸。他的动作剧烈程度，让佩恩想起当年在苏门答腊时，他的攻击。现在他是对自己，他那么小的身子，几次好像都要被自己打飞了。迈克尔·佩恩制止了他。他听话地停了下来，抬起脸，明显在期盼着迈克尔·佩恩原谅他，然后过关。这也是人之常情，但迈克尔·佩恩却还想着跟他叙叙 palembang。但对方好像并没有认出他来，好像他们只是刚刚打了照面，要解决的只是他去 S/M 店的事。难道是我认错人了？迈克尔·佩恩想。也许是我变得太厉害了，他没有认出来。自己当时太瘦了，又一身邋遢。

迈克尔·佩恩问他："战争时期，你去过苏门答腊吧？"

他只能说英语。他把"sumatra"这个词强调出来，并且又说了一遍。

"sumatra？"他学了一声，好像没听明白。但这可是地名，应该无论是日文还是中文，都是用音译的吧？他分明在抵赖。迈克尔·佩恩又注意到了对方的目光，深邃，闪着幽幽的光。对方明显并没有对他报以真诚。

"你打过的人也忘了吗？"迈克尔·佩恩索性说。

"打？"他仍然装不明白。

无须翻译，佩恩做出打的动作。对方慌忙一缩，好像怕佩恩打他。佩恩就改而往自己身上打，又指对方，又打了自己一下。但对方仍然缩了一下身子，好像仍然是害怕自己被打。这个人在装傻。

这个人赖皮，迈克尔·佩恩意识到了。他恨得真要去打对方，他刚抬起拳头，不料对方把身体顶了上来，让他打。他赶紧缩住手，拳头没有落在对方身上。但对方却抓住他的拳头，往自己头上砸去。这是佩恩始料未及的，他收缩不及，拳头还真的落在了对方头上。

对方被打，好像已经受过惩罚了，这下，只等着佩恩放他过关。

“是你，你打了我！”佩恩竭力搜罗日语单词，向对方喊，“你，我！”

对方仍然装傻。

“我不会原谅你的！”佩恩道，他无法用更多的日语表达，只能用英语，“你等着！”

对方突然开口说出一句。佩恩没有听错，对方讲的是英语。原来这家伙会英语！

迈克尔·佩恩说，他大吃一惊。后来他想想，战后日本人有不少在学英语。这个人看上去相当聪明,会说几句没什么大惊小怪。懂得语言，就懂得交流。但之前佩恩一直在说，这个人却装作听不懂。这个人一定一直在观察他，甚至笑话他，这么想着，他觉得自己被对方下了圈套。也许对方并不会英语？因为佩恩并不知道对方讲了什么？

其实，迈克尔·佩恩说，他是不敢相信他听到的是那样的内容。

“他究竟说了什么？”我问。

“Japanese women，very good！”

“Women？”迈克尔·佩恩说，他能想到的只能是那个S/M店的妓女。难道对方这个男人是在为自己嫖娼行为辩解？

"Japanese women，very good！"对方又说了一遍。

迈克尔·佩恩实在听不懂。他不想跟这个人搞在一块了，扭头要走。

"My wife，very good！"他又说了一句。

这是什么意思？他的妻子？他要干什么？迈克尔·佩恩意识到了，但他实在不愿意相信对方是这个意思。他面前的家伙身材矮小，像只猴子，但毕竟还是人哪，他怎么可能有那么无耻的想法？佩恩探究着，毋宁说是祈祷着，祈祷对方不要说得再明白。你闭嘴！他在心里喊。但那只猴子的嘴巴又张开了，露出了牙齿。那牙齿简直是龅牙，东方人，本来鼻子就塌，这使得嘴巴凸出来。不，简直就是猿猴的脸。这是一只没有进化到人类的猿猴。那龅牙狰狞，好像要咬佩恩。但并没有咬，但比咬更可怕，它张开了，发出声音，是人声。佩恩听得懂，这是他万怕听到的词：

"SEX！"

他不仅发出这词，还做着动作。他比画着自己下身，这使得他就像没有穿衣服的畜生，裸露着他的性部位。但他又不是畜生，他那动作几乎全人类通晓。哪怕佩恩装作没有听懂他的发音，那动作也赫然展现在他眼前。他自己也做过这样的动作。他猛觉得被掴了一个耳光。

你把我当什么了！

是否刚才对方缩在壁橱里时，窥视到了我什么？可我并没有做什么，说什么。他误会了！卑鄙下流的人看别人也是卑鄙下流的。对，这是一个卑鄙下流的人！一个不知廉耻的人！一个无可救药的人！一个不是人的人！不是人！动物！这么想着，佩恩才释然。那么，他要站在人的立场鞭挞之。追究对方是否打过他，是远远不够的，迈克尔·佩恩要追究他支持日本邪恶战争的事实。“在苏门答腊，你替日本人做事。”

对方竟又装听不懂。可见这个人赖皮到什么程度，能赖就赖，硬赖。

“你懂英语！”佩恩指着他鼻尖。

“We are allies！”他用英语说。

这句说得如此标准。他不是说friend，而是allies，他是否在指战争期间中国和美国是盟国？这简直又是对同盟国的玷污。佩恩叫：

“你还好意思说！”

“我是中国人！”他理直气壮道。迈克尔·佩恩简直不知道这个人说自己是中国人的底气从哪里来！

“你是……‘汉奸’！”

迈克尔·佩恩脱口而出。他承认，他其实并不知道这个词有多重，他只是在日本工作中接触过这个词，大概就是中国人中败类的意思。情急之下，在脑子里冒出来了，他实在太气了。

对方“扑通”跪下了。

这动作，迈克尔·佩恩最初都没有觉察到。他当时实在太愤怒了。他向他跪下来，他的愤怒都没有平息。他不齿这家伙，他不愿再跟这个脏兮兮的人纠缠。他拔腿离开了。

几天后，具体几天他也记不得了，他得知，那人自残了。

“自残？怎么自残？”我问。

“把器官……”

“怎么会？”我叫起来。

怎么会有这种事？怪不得林修身在中国猝死后，他的家人要求不要动他的身体。

“也许是难以摆脱罪恶感吧！”迈克尔·佩恩说，“惩罚自己。男人最害怕的就是被阉割，所以赎罪也最彻底。早期基督教里就有这种自惩。耶稣肯定阉人，说他们是为天国这么做的。但奥古斯丁可不这么看，他认为耶稣话里的阉割，只是寓言，只是在指教士是孑然一身，而不是说他们要去做这种手术。但不管怎么说，那个中国人不是教士，也没资料说他信教。”

老外真是想多了。“跟这无关。”我说，“这种行为，您知道在中国叫什么吗？自宫。”

“我知道，自宫。”他说，“‘自宫’，‘阉割’，‘宦官’，‘太监’……”

“‘宦官’就是‘太监’。”我矫正。

“总之他们是底层的人，这也符合《马太福音》里‘在后的将要在前’的说法。”

“不不！”我摇头。跟西方人交流总是不能到位，“正相反，自宫，也叫‘去势’。知道什么叫‘势’吗？‘势力’的‘势’。”我又直接用中文了，我真恨我英语不够好。但这种东西，跟西方人说本身就是白瞎。“但它最初不是指‘势力’，而是男性生殖器，他阉掉，也就是割除了那个东西，就没有‘势’了。这‘势’是生命之本。一个男人没了它，一切都没了。他是自己把它割除的，所以表示的是自我臣服,对你臣服,求您放过他。”我终于又可以用英语表达了。

“我放过他？”他说，“我对他做了什么吗？”

“‘汉奸’这个词就够可怕的了。”我说。

“是吗？”迈克尔·佩恩显得很吃惊。

“想想 Benedict Arnold。”我说。Benedict Arnold 是“美奸”，“美奸”的鼻祖。“对中国人来说，还更严重。汉奸是要处决的，而且身败名裂。”

他愣了半晌，辩解道：“即使是被我说‘汉奸’，即使送上法庭，他也还可以申辩嘛！他应该也并没有做什么的，他这么一个小人物……”

“您现在觉得他是小人物了？”我挖苦道。

“他不就是小人物嘛！”

“正因为小人物，才没有申辩的权利。”我说，“小人物才不信法庭会听他的申辩。所以他才被逼无奈,试图私了。‘私——了’！”我说中文，“知道什么是‘私了’吗？当事人之见私下解决。也许您会说没有法制观念，但中国人不信法庭，怕官，凡事爱用‘私了’。所以连献出妻子这样的招都使出来了。”

“这是在我说他‘汉奸’之前。”

“您穿着制服吧？”

“是。”

“穿着那身制服的人，美国人，占领军，说出‘汉奸’这词就已经足以吓死人了！当然他也未必是真要那么做，要知道，他是聪明人。这只是权宜之计，先把您稳住，然后慢慢想办法。没办法了，还可以抵赖，过河拆桥。他就是这种人，您也许不知道，他从小就是这样……”

我差点要拿出林北方说的事情作为证据了，我怎么这样？难道我相信林北方的话？不，只是权宜，我的权宜之计，转移斗争方向。我急于为林修身辩护。我甚至要说出这个话来：长谷川香织说不定也愿意呢！她本来就在这方面很开放的，何况您又是美国人？日本女人爱美国人。好在我没说，我也觉得这么说太过分了。何况，权宜就是权宜，适宜为好，否则反会搞砸。

但即使按我现在这样说的，把林修身说成是过河拆桥之人，不也是给他抹黑吗？但抹的是小黑，跟性贿赂比起来，只是小问题，一点阴暗面。谁没有一点阴暗面？人嘛，立体的人都有阴暗面。何况这是为了生存，要知道，那时如果真被指控为“汉奸”，是要被枪毙的。那么就是过后平反了，命也捡不回来了。活命第一！这才是“底线”。其他都是次要，其他都是“高线”。当然这“底线”仍然可以再下降：像狗一样活着，哪怕像狗一样活着，也是活。挨到翻身的那一天。中国人什么都不信，但还信着翻身、翻盘。“卧薪尝胆”“受胯下之辱”，不就是为了那一天的到来？并且将以十倍百倍的凶狠报复之。所以要先蒙混过关。“因为他的生存处境由不得他不这样。中国人，中国底层人，没有稳定生存环境，活得仓皇，背井离乡讨生活，又被卷入战争。您知道战争期间在日本的中国人多么不容易吗？虽然可能没有守住道义，但道义这东西，存在吗？即使犯了一点错，难道不能理解吗？哪怕是罪，谁没有罪？‘谁没有罪就可以拿石头砸她’！”

我有意引了耶稣这话。迈克尔·佩恩显出了羞愧神情。“我当时是决定放过他的。”他说，“我说的是真的！当然我也知道，人是没资格原谅人的，必须交给上帝……”

“上帝在天上，还是在您心里？”

这是“罪感文化”理论的核心。他明显没听明白我的话，但他应该从我语气中听出了揶揄。他愣着。

“还是在别人看不到的地方？像‘耻感文化圈’里的那样。”我又说。

这下他应该明白了我在讽刺，涨红了脸。

“也许我应该承认，我有罪！”他说。

我摆了摆手。我不愿意去苛刻一个行将就木的老人。追究他有没有罪，归根结底，有什么意义？死者已逝，面前这个可怜的老人也将逝去。

我只想知道真相。但我真的想知道真相吗？

“您是怎么知道他出事的呢？”我问他。

“广播科一个作废的新闻稿里。这事没有报道出去。据说是家属疏通了各个新闻社，应该花了不少的钱。稿子写得很详尽，记者应该是买通了医院进入抢救室的。细节都写到了，那地方惨不忍睹。不是平削的，是扯断的，像拔掉的树根，根部一部分还留在身体上，还刺拉起来。身体也有一部分被揪掉了，空着洞。稿子里这么写，我还记得。”

“怎么会这样？”我叫，“他究竟用的是什么工具？”

“绞肉机。”

第七章

绞肉机

绞肉机在转。这杂乱的伙房独立得像流放地行刑房。你骑上了自己设计的绞肉机，就像骑上自己的爱马。那么亲啊，你把我带走吧！你从来没有骑过马，你甚至都没有见过真马。你想象这是一匹战马，它背着你浪迹天涯。你胯下满是马的骨骼运动的声音。因为马在运动，你的胯底不停撞击马背，你的胯底跟马背之间时而亮出空隙，你胯下生风。这感觉有点恍惚。你头脑空白，只觉着自己一往直前，直到粉身碎骨。你已经把自己献出去了。

但你又纠正自己的感觉：我并不是战士，而是牺牲品。你不是去征服的，你是去毁灭的。这样，胯下的就不是一匹骁勇的战马，而是一匹怪兽。它被确证是刑具。就当我是“丸太”吧，一根圆圆的木棍，“七三一”部队里的试验人体。

不，不仅如此，这身是有罪之身，必须被惩罚。你罪不可赦，必须死。但你整个人太大了，装不进绞肉机。所以你挑选最致命的部位。你的器官是祸根，没有了它，就没有人能控制住你了。有说没有生殖器，人会死的，死就死吧！

你为什么要选择绞肉机？因为世界就是一台绞肉机。你被旋进螺旋叶片，晕头转向，你根本不可能掌控自己的命运。你被送到绞刀口，被绞过来，绞过去。你现在用绞肉机，是要表明自己是怎么死的。世界绞杀我，我也用绞杀自己来回应世界。至少，跟世界扯平了。

这样，你平静地瞥了一下绞肉机，就像临终的人视察自己的墓穴。但从上面的漏斗口往下面看，什么也看不见。你只能弯下腰，侧着头，去瞧出口的筛板。但也看不到绞刀，只有从筛板的小孔里不时泛出微弱的刀光。泛起的光间隔很有规律，就像均匀的机器运行声，让人知道机器在作业。均匀的动静给人安稳感，以至于慵懒，甚至缱绻。好像这眼前的机器并不是绞杀肉体的野兽，它甚至有点慢条斯理。人生死在天地间，整个人生事件不过尔尔。到明天那个美国人知道了，一切已尘埃落定。

天地有如此静穆。

你把器官向漏斗口垂去。根据你的经验，只会看到肉被投到不可测的深渊里。漏斗状给人通往无限的感觉。究竟在哪个阶段会痛一下，不知道。绞刀很锋利，肉几下就快脆地碎了，以至于你平时投放肉时，可以不去想这肉进去后会怎样？肉是不会叫的。那出口的肉泥，难以想象就是投进去的那块肉。它们好像全然没有联系。只有在肉堆得多的时候，需要稍微使些劲，把新放进的肉压一压。

这时候，你才微略觉得前面发生了交通状况。但很快就又通畅了，又可以继续放肉。这机器设计得很贴心，是你得意的作品。

早在“佛跳墙”时，烦琐的剁肉工作，就让你萌发过发明一种机器的想法。但当时条件不允许。单是制造材料就没法弄到，战争时期钢铁非常紧缺，家用铁器都要献出来。撇开这一点，那时候你也只是个伙计，做不了主。即使到了长谷川家，你仍然是用人。当然可以利用小姐的力量，但小姐根本不在乎你的工作。后来去了“光”号，你成了名副其实的厨子了，但也不可能实现这愿望。那时一切为了战争，或者，对你来说，一切为了生存，所有的空想都简直是犯罪。坂本胜三船长有一张急躁的脸，连说都不要说。当然，战后把你的发明变成实物的也是坂本，他是具体实施的人，但那时你已是老板了，他对你唯命是从。

战争后期，美军飞机狂轰滥炸。长谷川宅也不能幸免，长谷川先生夫妇都被炸死了。长谷川夫人死时，长谷川先生还有一口气。他把女儿香织叫到跟前，香织拉来了你。战争败局已定，“光”号已不再出航，你又住回长谷川宅里。你在门口恭候，长谷川香织在父亲卧室里哭成了泪人。长谷川先生烦躁地呵斥女儿不要哭，但她还是哭。长谷川先生已经气若游丝，等不得了，就把你也叫进去。他攥着你的手，笑道：

“你小子脑袋好啊！”

这时候了他竟然还能笑。这是太阳吊索桥事件后，长谷川先生第一次对你笑。但他的笑令你胆战心惊。果然，他的脸一变。

“以后，家里、会社就交给香织了，你小子来帮她！”他说。

"不……"你推。你没想到长谷川先生会这么安排。你不想被这么托付，你宁可当无用的人。

"你小子，瞧着我不行了，要撒手不管吗？"长谷川先生威慑地吼道。

"不是……"

"就这么定了！"临死的长谷川先生依然那么霸道。更霸道了，他很急，他的时间所剩无多。"你们这就结婚！"他又说。

这更让你害怕。你拼命摇头，推说自己承受不起。

"我没叫你娶她！"长谷川先生道，"她娶你！长谷川家的家业，还是长谷川家的！"

你是长谷川家的人，必须听从主人调遣。你没退路了。这不是给予，是安排你工作。其实会社里，比你有地位有能力的人有的是。长谷川先生所以选中了你，是因为家业要落在亲生女儿手里。你一个中国人，难以进入日本家族。而且你又有能力，适合辅佐小姐。当然长谷川先生也看到了，他女儿只要你。他清楚女儿的任性脾气，强行让她跟别人结婚，女儿是不会答应的。这样，他撒手人世后，后果不堪设想。

"你们给我喝 339 杯！"长谷川先生又说。

这是神前婚礼仪式，必须喝 339 杯交杯酒。都到了这份上了，长谷川先生还惦记着日本人这个婚礼仪式。他也不考虑你是中国人。但你只是用人，你没有选择。先生把其他用人喊来，要酒。好在酒窖虽然被炸，还可以再汇集一些残留的酒。但还没喝几杯，长谷川先生就断气了。这场婚礼简直就像开玩笑，就跟小姐对你一样，是过家家。

小姐确实什么都不懂，什么事都要依赖你。渐渐地，你也有了主动性。重要的是你一旦主动起来，就可以少被她纠缠。但你仍然逃不脱她的纠缠，她天天叫你“包饺子”。当然你不再像过去那样服从她了。绞肉机就是你不服从的成果。你为她“包饺子”，嘴里却说着真的包饺子，显得你的心真的只在包饺子上。起初她会说：

“哎呀，你别老说话嘛！”

但你还是说。她就不管了，只管自己快活。完事，你仍然说着饺子话题。你说剁馅太麻烦，太累。她就说要去买一台绞肉机。当时市面上已有绞肉机，但设计粗糙，你说，那些机器不安全。

“这也怕？胆小鬼！”她说。

她总是对你口无遮拦，肆意践踏，你已经习惯了。特别是，战争后期你回到长谷川宅里，大家都在说你在东南亚不但没抓到游击队，自己踏断吊索桥掉到河里的事，大家都在笑话你，认定你是胆小鬼。你是很要体面的，你总是要展现自己能力，但你心里清楚自己是怎么掉下吊索桥的。那是不能说的。这样，你也就失去了申辩的机会。你只能揣在心里，自我肯定，自我咀嚼，自我欣赏，自我陶醉。经过这么多，那个很在乎面子的人，已经确立了另外的价值观。你另有价值观，你心中暗暗揣着一个爱的人。别人全不知道，这是你的秘密。你是有秘密的人，有秘密的人可以静谧自处，有秘密的人有着一颗不让别人窥视的世界，一颗黑心，黑心人自有黑幸福。

香织骂你胆小，于你，倒可以保护自己。“我就是胆小。对不起！”你说。

“实在没办法啊！”香织叹息道。

你清楚，她还真不敢让你去冒险，她不愿意失去你。你意识到这是一个机会，可以显示你的能力。你提出要对市面上的机器进行改进。“我可以的！”你说。

“我当然知道你脑子好用！”香织说，“你脑子好用，身体也好用，就是心不好用！”

“也好用，也好用！”你说。为了表示自己对她忠心，你那段时间表现得非常殷勤，就像当初你争取去“光”号一样。她高兴了，答应了。于是新的绞肉机诞生了。确实比市面上那些机器好。你有市场意识，于是投放市场，大受好评。这是长谷川先生离世后，长谷川会社获得的最大商机。你请求香织干脆趁此机遇，让会社转型。她同意了，会社一下子发达起来。

这时候，你趁机做了个一直想做的事，把名字改成了“龙”。“龙”是中国的。当然日语中也有龙，有两种写法：“竜”“龙”。你写作“龙”。在发音上，不念“かみ”“きみ”，也不念“しげみ”“たつ”“とお”“とおる”，这些全是日本人名字的读音，你告诉人家，就念“りゅう”，跟中文读音相近。

当然，表面上你还得有个说辞：绞龙。绞龙是螺旋供料器，这是绞肉机的关键部位。当初你设计时，在这方面下了最多功夫，竭尽残忍之能事，要绞多少圈？叶片间隔该有多密？齿轮该多有力？转速该多快？越狠越好。不承想到头来狠在自己身上了。

绞肉机运行正常，供电正常。一段时间来，停电少了，战后形势开始好转。至少从会社经营上，你看到了好转的势头。但是香织对你的玩弄一如既往。她越来越缠你。也许是因为她已经没有了父母，当然，也许是因为你现在已经不是原来的你了，你显示出自己的才干了。当初那个林北方曾说你是“内务社员”,吃软饭的。现在，你是会社的顶梁柱。那么征服一个这样的人，一定更过瘾。

你受不了，不再逆来顺受了。你也有了逃避的理由，你要去会社上班。这样，至少白天你可以逃脱她。但晚上还得回来。当然你还可以装作加班。日本人喜欢加班，实际上很多时候是磨时间。但你还给他们加班费，这样，大家一起加班，你可以理直气壮躲在会社，迟迟不回去了。

这样，你每天晚饭都是在会社吃。但饭得从家里带，香织就有理由给你做了。

起初她说给你包饺子。你一听，就浑身起鸡皮疙瘩。她说她已经学会包饺子了，做得很好。她确实做得很上手了，但你恶心饺子了。一见饺子，就想起她包着你的一身肉。特别是胯下滑溜溜的肉。从上面套下来，说这样她就包着你了。这种姿势，你就是不愿意，就是没感觉，她也能高潮。甚至，你就是软塌塌的，她也能套进去。

你推说讨厌吃饺子，原因是你本来是做饺子的，见它都恶心了。

更重要的是，你连她身上的味道都忌讳。她的狐臭会留在食物上。那种狐狸的荤味，是一种肉味。你喜欢清纯的味道，草的味道，所以你喜欢香草。你讨厌荤味。在别人，那是一种富足，在你却是肉麻。

但战后家里经济状况不如从前了，只留下两个用人，一个男佣干粗活，一个女佣，可惜不是照子。如果照子还在，你可以让照子做。你能接受照子做的。现在，那个女佣笨手笨脚的。最后达成妥协，香织指挥女佣做，做便当。

便当好，简单，简陋。但香织竟说起江户时代的大名进城办公也是带便当。那是豪华便当。她不是爱摆谱的人，就是当年她父亲把会社干得名声大噪时，她也只关心实在的快乐。但她却把你视为大名。你说：“我才不是大名。”

她说，也对，你不是大名，大名不过是主管，你是社长。

“代理社长！”你纠正。

“以后会是社长的。”她说。她又说，“以后我们会有专职厨师的。”

这让你不舒服。你本就是她家雇的厨子。她的话让你看到自己是爬到高位了，就像爬在竹竿上的猴子。竹竿是她扶着的，她不高兴就可以撒手，让你摔下来。

虽然不说什么“大名便当”，但她有奢侈的习惯，把便当设计得花里胡哨的。什么“赏花便当”“游船便当”“郊游便当”。你道：

“我是去工作！我也不要便当了，只要握饭团。”

于是就只做握饭团。但她又在饭团里加上一些东西，外层也多包了一层海苔，饭团里还塞进梅干、肉末之类，她简直就像一个贤惠的对丈夫关怀备至的妻子。你也忌讳。你说加上那些七七八八的东西会硌牙，吃得艰难。我要工作，我很忙，这是妨碍我工作，糟蹋我时间。你只能斥女佣，女佣委屈地说是女主人要她这样做的。

终于什么也不放了，连海苔都不用。你啃着它们，它们很难吃，但你吃得很舒坦。甚至因为它们难以下咽，你感受到是在被漠视，被虐待，你产生了解脱的感觉。

但你在会社躲得再晚，最后毕竟还得回家。“我要加班到很迟。”你说。“我等你！”她总是这么说，俨然是个体贴的、善解人意的妻子。她温顺得就像一只绵羊，一个任人摆布的日本女人。她面前这个人是她的丈夫，养家的人，干事业的人。你们的关系颠倒了，你才是主人，她随你。但你深知，这是表象。日本女人实际上强悍得很。这只不过是她另有所求：只要得到她所要的，她就放弃其他。按她的性格，她可以放弃一切。这是有放弃余裕的掌权者才有的权利，有威慑力的人，才有柔弱的资本。

你于是采取回家倒头就睡的策略，连澡都不洗。但她把你拉起来，要你洗澡。你说你不爱洗澡，你这么说，是想诱她说：

“你这个中国人不讲卫生！”

你宁可她这么认为。其实你生来就爱洗身子，你特别清洁。她果然说你是中国人了，她说日本人睡觉前必须洗澡。但你是中国人啊！最好她因为鄙视你，受不了你，把你踢下床去。但她没有，她说她也没洗，就等着跟你一起洗。洗就洗，也没什么。但洗完，她还要你给她“包饺子”。这是无法推给绞肉机完成的活。

“累坏啦！”你说，“忙了一天，会社那么多事，在这种艰难时期，会社发展的关键时期，稍有懈怠，爸爸留给咱们的基业就完蛋了！”

“你还知道爸给你留下基业啊？”她说，“你还记得这一切是谁给你的啊？”

“不是给我，是给你，你才是社长……”

“你还知道我是社长啊？”她又说。

你怎么都是理屈词穷。这女人总是倚强凌弱，胡搅蛮缠。“你干脆解雇我好了！”有一次，你干脆说。

“解雇你？你还是不是我丈夫？”

你逃避的就是当她的丈夫。她就是解雇了你，你还是她丈夫。当着她丈夫，被她解雇，就更糟了，你更成了一只被她死死套住的宠物狗。没有了工作机会，没有了施展才能的机会，你更不可能洗刷耻辱了。

你畏缩了，迁就她了。但你实在受不了。你是一个男子汉。但你哪里像男子汉？你的生活是难以启齿的耻辱。你终于下决心了，趁一次吵嘴，你叫：

“你把我离了吧！”

你还是说得很得体，不是说离婚，也不是你把她离了，而是让她把你离了。你记得当年是她把你拉进这个宅里来的。你还记住，是她父亲要你跟她结婚的，你都是被动的。要解套，也要她来解。

但她说：“你要离开我？”

“不是！”但总不能说她要跟你离吧？分明是你要跟她离，“是求你离开……”

“你说的是真的？”她问。

你委实犹豫。你当然清楚，你的一切全建立在长谷川家所提供的条件之上。要是离开了长谷川家，你又要回到一无所有中去。岂止，在这世界上你还无立锥之地。外面仍然是“饥饿地狱”，你一个外国人，怎么生存下去？但那再说了。人应该有“底线”的。那个美国人迈克尔·佩恩还是说得有道理的。你鼓起勇气，点头。

你想，你愿意付出这么大代价，她应该无话可说了吧？但她却说：

“你现在知道逃了？”

“不是逃……”

“你现在知道逃了？”她仍然说，语气加重在“现在”。你明白了，她是在对比当初。“知道什么叫忘恩负义吗？”

你最怕人家这么说你，忘恩负义，可耻。但你要推开这样的活法，不就是为了摆脱可耻吗？但这是两种可耻，两种反向的耻辱标准。你夹在中间。“我没有！”你叫。

“你没有？”

“我会报答的！”你只能说。

“你会吗？”

“会！肯定会！”

“肯定会？就这样？当初来时是怎么说的？‘叫我干什么都行。’哦，我忘了，你对‘佛跳墙’也是这么说的吧？人家把你养大，你一脚把人家踢开了！”

“不是这样！”你辩，“虽然确实如此，但又并非只是如此……”

她盈盈瞅着你，那样子，好像在说：“我看你怎么狡辩！”

是的，你确实是受过“佛跳墙”的恩，受过她的恩。但我也有付出。难道受人之恩，就一点也没有申辩权利了吗？早知道这样，我当初绝对不会去接受。但我已经接受了，不可能退回去了，吃进去的，即使吐出来，也只是呕吐物，不可能还是原来的食物。再说，已经不是物质，恩是精神的东西。精神的东西有这么简单吗？把恩退回去就是背叛。你要永远背着这个债。它是债，它还是高利贷，是“驴打滚”，你永远无法偿还。

人间恩怨，人情孽债。为什么我会到了受人恩的地步？我又不差。在能力方面，我比很多人都强。要是没有我，你长谷川企业能起死回生吗？在我所见的人里，我能力是最强的。就因为我出身低贱！为什么我天生就是这么低贱？生我的人为什么要把我生出来？但这样，又显得你完全不讲理。你负的是父母之恩、造化之恩……

你无法说。

她就当你理屈了。“我也不是跟你计较，”她说，“我是计较的人吗？”

你应该承认，她不是。她不小气，她大大咧咧也说明她大气。但这是哪跟哪啊？她原谅了你。但掰道理成了和稀泥。你最怕泥，你要清爽，但你清爽不了。一切成了糊涂账。以前就是这样，算不清。现在又要继续。你又要说，她说：“好啦，好啦！我又没说你什么？”

她分明刚才说了。

“我错了好不好？”她说，“好不好嘛！”她寻着你的脸问。她从你身后转到前面来，她包上了你。

一切恢复了原样。每晚再迟，她也会等你回家。脱得光溜溜的等你。她很有耐心，她简直是娴静的。甚至你在庭院里磨蹭，她都不着急。她本来可以跑下来催你的，哪怕是赤身裸体，她又不是没有赤身裸体到处跑过。她甚至可以直接把你按在庭院，就地做她想做的。或者，她可以用喊声催你进屋。但她全没有。她一声不响，一点动静也没有。

你甚至怀疑，她这是熬自己，为了更汹涌的泛滥。

你进屋，总是被她的狐气熏得半晕，满眼白光，但又很昏暗。她仰在被褥上，下身幽幽泛着光。那部位就像被细水缓缓洗过的水晶大理石，白得不真实。她的身体虽然白，但有体毛，就像很多日本女人一样，体毛茂盛。你曾听“佛跳墙”老板跟客人闲聊，说毛发旺盛是吃刺身的缘故。第一次看香织的身体，你简直不敢看。你曾经长期不敢看，现在敢看了，是因为对那身体麻木了。因为体毛，她的身体不那么白皙，但那地方却显得格外白起来。那是因为那里没有毛。不，有毛，只是只有跟整个身体一样密度的体毛。你后来去找妓女，S/M店吧？发现人家那里是茂密的森林。回头再看香织的，好像那是在唱着《空城计》。你想起小时候听大人窃窃私语的“白虎”，当时你太小，不明白。这就是“白虎”！它淌着口水。你觉得有点恐怖。但她的神情却是微笑着。

“来，我给你包饺子！”她说，张开身体。

那哪里是饺子皮？是活的皮。那活皮摊开着，简直瘫软、无骨。日本女人看上去都像无骨一样，圆溜溜的。但那是假象。你一靠近它，它就撑大了，卷起来了，剩下一个口子，把你吞噬。

你要死了！

我不能死！你挣扎着要起来。但你挣不起来。她像白虎凌驾在你的上面。她是那么驾轻就熟。因为你一直懒惰，她索性一开始就用上位的姿势。你不能任她摆布，你只能反守为攻。你掀翻她。

但你被她紧紧裹着。你的进攻反而令她兴奋，她大声叫了起来。

这毋宁是你跟她沆瀣一气，是更大的羞耻。但你无法放弃了。这下，是你在进攻她了。不仅，不仅是你进攻了她，而且你让她得到了快活。

这是怎样的可耻呢？是怎样的罪恶？被她绑架，又确实是得到了快乐，你流连着这种快乐。这就是被强奸者所以备觉羞耻的原因吧？

床边有个镜子。你不知道自己为什么要去瞧它？也许是你照镜子成习惯了。但你此时应该忍住不照的。但你偏要去看。你要说明：我不是没有自省之心的。越是在这时候，越是要看自己成什么样了。镜子里的自己简直是光溜溜的畜类，还涎笑着。也许那是因为在敷衍这羞耻的行为，但反正可憎。你感觉自己腾出一只手，甩自己一记耳光。事实上你经常甩自己耳光，对着镜子，长谷川宅里她的化妆镜，会社里给员工准备的仪容镜，电车上的窗户玻璃。趁没人注意时，你会甩自己一个耳光。

我不能让自己再可耻下去！我要用自己的意志！你中止了。她像一只撒了一半尿的母狗，悬着屁股，巴望着你。

她开始求你。你无动于衷。你的器官软下去了。

她揪它。但没有用。她踢你。你逃开。她就抓起东西砸你。你不逃避了，让她砸，这样你就有被惩罚的感觉。不是被她惩罚，是你被自己惩罚。她就冲过来，打你，抓你，掐你，喊着要把你剁成肉末，做饺子馅。这你更愿意了。只可惜她的手不是刀。

有一次她真的拿出刀来，但哪里剁得下去？毕竟是明晃晃的刀，你毕竟是活生生的人，她的丈夫，打理她家族企业的人，还有，按她说的，她爱你。

这样一次又一次，每次都搞得下不了手。她哭着求你。不知怎么了，你有时竟然也可怜起她来了，答应她了。

这样，最好的办法就是快快完成，过后不去想这种事。所以才有了完事后的絮叨，好像你只是一直在想着工作，所以说到了绞肉机。

在“佛跳墙”时，你就寻思着做出这么一种机器。这是一个遥远的愿望，那时候还没见到香织呢，跟香织毫不相干。当然现在相干了，但也只是跟她的会社相干。当然，你承认自己是利用了她的会社，她的资本，她给你的权力，你有权制定企业的发展方针了。但最初也只是想省事，但越发明，你越投入。你发明出的机器，可以不露刀锋地把肉绞了，绞得烂碎都不见刀光。但这仍然只是发明创造，不是杀戮。这是无论魔鬼还是上帝都认可的。对于魔鬼，是杀戮不见血；对于上帝，是教化。

她也对这机器很感兴趣，她本来就是一个残忍的女人。还在样品阶段，她就要弄一台在家里。一个晚上你进屋，发现这机器竟然被摆在卧房里。大概是她让男佣搬的。她拉你的手往进入口伸，你竟然害怕了。你缩着，但在理智上你是想进去的。有一刻，你差点让自己进去了，但伸到稍深的地方，又抽出来了。你确实有点担心，寻思：她可是任性的女人，她可是一个什么都敢干的女人，她可是一个常失去理智的人。她是我的主人。她要是不在半途停住，做真的，把我的手送进去怎么办？

果然是。她真是要把你的手按进去。她狠命抓你，往入口里按，把整个身体都压上去了。她叫着，她好像产生了快感，就像她跟你做那事一样。好像你的手就是阴茎，绞肉机就是她的阴道。

但百无聊赖之时，你也想索性随她怎么惩办。你的手缩回，但接着又松垮了，随她拉去，甚至自己还往那入口戳。但到口沿上，又缩回来。你和她的用劲方向错位，她摁，你抽；她放弃了，你又自己伸去；但到她再摁，你又抽出来。

你恨自己怯懦。怯懦让你一次次堕入罪恶。既然断不了，就得接着给她干活。你于是在顺从她时骂，用中国话骂。只有用自己的母语，才能骂得解气。“肏！”你骂，于是进入她。虽然仍然是跟她做这事，但是你骂了，你肏她，却不是在跟她交媾。但这骗不了自己。有一次，你挣开她，凌驾她身上，把你的生殖器架在她肩膀上：

“老子把把架你肩！”

她起初没明白。猜出来后，哈哈大笑起来。“好啊好啊！”她叫，配合你。她把这当作新鲜游戏了。

你的罪恶越积越多，必须用一种方式予以清除，一种抽筋拔骨的方式，逃离温柔乡。起初你抓她的手抽你的脸，但她不肯。“你干什么！”

“你打我吧！”你说。

“你说什么啊！你变态！”

变态！我就是变态！我就是变态！

听说中野有一家暗店，是S/M店。你摸去了。那里的女人，你要喊她“女王”。神圣，权威，像上帝一样铁面无私。你喜欢称她“圣母马利亚”。她抽一鞭，你呼号：

“圣母马利亚！”

这简直亵渎。她就是做这种生意的，客户要她扮演什么，她就扮演什么。你让她应你，她应了。然后，再给你一鞭。

血酣畅地奔流。

所以你才会不可遏制地去那里。你是去获得救赎的。但却让你陷入了新的罪恶，又扯出了旧罪。你被那个美国人迈克尔·佩恩逮住了。迈克尔·佩恩有一张巨大的手，怎么逃也逃不脱它。逃到天涯海角，世界尽头，一抬头，那手还在。那手还长着毛。那手向我劈头盖来，我大叫。“干什么！干什么！”是我妻子的声音。她怎么会在这？我坐起来，她已经坐着了。“总是这样！你怎么回事啊？”她抱怨。

原来是个梦。

中国式“心”探索

我越来越会做噩梦。醒来，妻子总是已经坐着了。心脏像撞钟一样，我只能坐起。我的心脏也出了毛病。

一天，我也感觉心要被撞碎了。我上医院看医生，医生哈哈大笑：“心哪可能碎？”

“不是有一种叫‘心碎综合征’的？”我说。

“那个啊？不是你们想象的那样。专业之外的人，望文生义。再说，国内也没出现这种病例。”

我想起了当初接诊林修身的司空医生。他仍然在北京。

五十多年来，司空医生的研究几乎没有进展。主要是没有病例。外国病例不少，但没有中国人的。他认为人种因素在研究疾病上至关重要，比如用维生素D预防心脏病，根据美国华盛顿大学兰·德·波尔博士领导的小组的研究，血液中低维生素D水平使得白人与华裔患心脏病风险增加，但对黑人与西班牙裔却没有影响。

起初司空医生还信心十足。中国改革开放，社会转型，各种矛盾纠缠，人心一定会受冲击。从二十世纪八十年代的趋势看，确实如此。不料进入九十年代，中国人一门心思赚钱去了，没闲暇管心的问题了。久而久之，也就不成问题了。应该说，中国人的心理消化能力是人类中罕见的，正因此，这个民族才成为唯一把文化延续至今的古民族。自我消化，虽然每每效果不确定，容易反复，但频繁发作，也就麻木了。就像胃病。

但问题仍然客观存在。《南方周末》就做过专题报道《中国式“心”探索》：

多少人活在痛苦中

时间是周日上午8点30分，一间30平方米的房间里，阳光从东面的窗户照进来，25个人穿着宽松的衣裤沿着房间的四壁围成一圈，前面的空地上放着五六个纸巾筒，随时等待被人抽取。

房间里的人各诉心事。有大学老师因竞争压力焦虑躁狂，有在美国长大的ABC男孩因父母的冷落而抑郁低沉……总之，“心像匹野马一样狂奔，却就是得不到安宁”。

这是广东省中医院开展的团体心理治疗的场景。作为国内最早从事团体心理治疗的心理医生，心理睡眠科主任李艳记得2005年时，科里每年的门诊量只有7000人次，2014年，这一数字已经上升到了5万。

“无论是抑郁症、焦虑症还是精神分裂的发病率，中国都远高于世界平均水平。”她说。

一组数字可以大致窥探出国人心灵世界的秘密。2007年，中国抑郁症人数的官方数字为3000万，2009年国际著名医学杂志《柳叶刀》的估算则是9000万，并在不断上升；而2009年中国疾控中心的数据则更甚，我国各类精神疾病患者人数已经在1亿人以上。

需求是因焦虑而起。不仅是传统医疗机构，互联网上专注于心理服务的平台的用户数量也在迅速飙升。在国外，这被称为“自励自助产业”（self-help industry）。

互联网心理服务平台壹心理创始人黄伟强就曾被快速增长的用户数量吓到了，过去四年壹心理的注册用户从0飙升至931万，旗下的心理电台，一年播放量高达3.2亿次，“到底有多少人活在痛苦之中？”连他自己也心生疑问。

另一家专注于内心探索和成长的互联网平台“心探索”也感受到了用户数和范围的变化。“2008年创立时，我们还是非常小众的。但现在每期电子杂志的阅读量总计超过5500万。”创始人乌实告诉《南方周末》记者，其用户群也不再以北京、上海等大城市为主，来自湖北、湖南、河南、四川等地的用户群正在崛起。

各种现象表明，过去几年，中国人的内在心灵需求正在以喷薄之势增长，来自西方的心理学、来自中国的传统文化和世界各地的宗教体系在安顿国人心灵上正呈现出多元繁荣的景象。

幸福停滞困局

“无论如何，中国人都活得并不幸福。”2015年3月13日，上海市精神卫生中心院长、国际精神分析协会中国联合中心主席肖泽萍在第十届应用心理学大会上说。

“过去的时代和教育给中国人内心留下了痕迹，让原本应该葆有活力的心灵失去了弹性。”台湾心理学家陈一德见证了大陆人直面心灵问题的过程，2007年他到大陆首次演讲，谈到“心灵和灵性”，很多人认为是玄学，但最近几年，陈发现越来越多的人开始追问：“Who am I？”（我是谁？）

当过去30年中国GDP不断创下新高，并一跃成为全球第二大经济体时，幸福的话题被密集关注。

众多受访的学者都会引用1974年美国经济学家伊斯特林（Easterlin）的“幸福—收入悖论”来解释当下社会。伊斯特林说，短期内经济增长有助于幸福感的提升，但当经济发展到一定程度时，幸福感可能出现停滞甚至下降的趋势。

这种现象又被称为中国社会的“幸福停滞困局”，尤以北京、上海等一线城市为甚，大城市可能成了“幸福感低谷”。

心理学家和经济学家都试图破解“幸福—收入悖论”。武汉大学黄永明的研究发现，近年来的环境污染和食品安全是让城市居民感到不幸福的重要原因，“每平方公里的地域内多排放一千克烟尘，居民的主观幸福感下降0.012分；每多排放一千克二氧化硫，居民主观幸福感下降0.002分”。另外，西南政法大学研究人员陈刚和李树发现腐败显著降低了国民的幸福感。“如果样本城市的腐败水平上升一个标准差，国民幸福感将会因此下降4.05%，这需要GDP增长率上升6个百分点才能弥补。”

而牛津大学心理学系著名教授马克·威廉姆斯（Mark Williams）在接受南方周末记者采访时提醒，不能忽视中国城市化进程带来的一系列问题。他说，“中国人急切地希望在快速变化和普遍焦虑的时代，获得一种保持内心宁静的方式”。

《南方周末》记者采访中，社会发展阶段的“30年论”也被多次提及。学者们看来，新中国第一个30年，人们忙于政治争论，过去这30年，人们忙于经济发展；今后30年，精神信仰的需求则会越来越大。

我看到这个报道时，也曾产生策划念头。但自己就属于有心理问题的人群，我难以指认自己，就拖下来了。后来又鼓起勇气，选题都上报了，上头也否决了，觉得这问题很难说清楚。

确实难以说清。司空医生就认为心理治疗缺乏实证性，还是应该在器质上进行治疗。他是典型的科学主义者。这是我们总谈不到一块的原因。但回头想想，是因为他是科学主义者而我是搞人文的原因吗？抑或是，我内心不愿面对我危机四伏的真相？

“早在十七世纪，英国生理学家、医生 William Harvey 就证明了心是一种生理器质。”我们在争论时，他总要申明这个常识。“心脏的功能就是血泵，血液受了心脏推动，沿着动脉血管流向全身各个部位，再沿着静脉血管返回心脏，就这么环流不息。心脏，连同血管构成的血液循环系统，它们的功能就是输送养料和氧气的。”

“但根据我的了解，”我反驳，“心脏的功能远不只是血泵，它还是内分泌系统和血液循环系统耦合。”说到这词，我心虚地瞥了他一眼。我一个文科毕业的，怎么懂这个？这只是我在科技读物中学来的。我应该说得更加肯定。“是的，耦合，再没有比这个描述电路的词更恰当的了。耦合成人体化学信息系统的输送中心，从而成为欲望和情感的中心。”

“不错。”他说，“还是器质引起的。”

我确实是班门弄斧，但他的思维也太死板了。这就是搞科学技术的人的问题。相比之下，我的思维活跃，敏锐，我直觉到物质世界之外的世界，那个捉摸不透，但确实存在的世界。“无论如何，”我说，“心理对器质会产生影响。比如肿瘤……”

“我知道您要说什么。”司空医生说，“作为专业医生，我们认为关键点是肿瘤细胞，而不是什么心理。你们这些搞文的人，就知道把医学、科学隐喻化！”

又来了！这是我和司空医生熟悉了之后的谈话，我们聊得很坦率。

“就像那个叫什么……”

“苏珊·桑塔格。”我替他回答。我知道他要讲的是她。对人文学科，他知道得很少。苏珊·桑塔格还是我告诉他的，他只记住桑塔格有一本书叫《疾病的隐喻》。我估摸他并没有细读内文，他对这书名，比对书内容感兴趣。对作者名他也很感兴趣，他说这是美女的名字。

“对，就是她！苏珊·桑塔格！《疾病的隐喻》。”司空医生说。

我烦他老用概念来套具体问题。这跟他作为医学研究者似乎不相衬。“我们还是来谈别的吧！进化论。”我说，我自视武器甚多，“需求改变人的身体功能……”

“您之前已经说过。”司空医生说。

其实我们已无数次争论了，司空医生对我的例证很了解。他抢着说道：

“食物对身体的改变，我认为是对身体有损害的。当然您可以认为不是损害，只是改变。您还可以说是进化，使人进化得坚韧强大。那天我们医院就接诊了一个病人，一个‘老外’，一吃东西就拉肚子。但化验他的食物，并没问题。他就说是我们的指标出了问题。但指标也没有大的区别。请注意，不是化验出问题，不然您可以说是不卫生造成的。也不是指标不同，至多，只是针对中国人身体的指标跟外国人的有差别。这就是我为什么要找中国人心碎病例的原因。”

这我理解。司空医生继续说：

“回到那‘老外’病例。在中国，这些食物大家都在吃，为什么中国人不会生病，你外国人生病了呢？有心理医生就来掺和，说是心理问题。我觉得还是应该在身体器质上，在中国人体质的耐受力上找原因。在‘老外’那里是不能耐受的，但在中国人这里可以。当然耐受力是否也可以被锻炼？中国人的耐受力已经被锻炼出来了。”

“那么，耐受力是纯物质性的吗？”我反问，“何况，人不是动物。人有尊严诉求，有羞耻感，有罪恶感。人类进化是向着伦理方向进化的。这身体不只是肉体的身体，还是伦理的身体。如果不是，那么在一艘触礁的、处在绝境的轮船上，人吃人有什么问题？反正能活下去就行。在饥荒年代，连‘易子相食’都没必要了，直接吃自己儿子得了。还有，乱伦也不成问题了，反正是异性身体，准确说是肉体。反正，我身体需要，我就拿，就抢。能抢就抢，不抢白不抢，抢到手就不放弃。那么世界上就没有放弃这种事了。”

“您的意思是：放弃可以通过精神来做到的？”他说，“那么疾病呢？既然人可以通过精神来取舍利弊，那么人类早已经进化成神仙了。要知道，人是趋利避害的动物。”

“但人也不是动物。也可能趋害避利。”我说。

“那是精神出问题了！”

“比如对疼痛的追求。”

“唔。这倒是有。医学上有这个发现，疼痛能够产生快感。十六世纪末，一个德国医生就发现疼痛会产生性亢奋。他举了鞭打屁股现象，臀部会因为被打，受刺激，发热，血液大量流入，这热量会使精液活泼起来。一个比较新的脑科学研究成果表明，在人的中枢神经系统深处有一组叫胺多酚和安克菲林的化学物质，是一种麻醉剂类的化学物质。疼痛可以使大脑释放出这种物质，产生胺多酚快感。胺多酚就是将疼痛和快乐联系在一起的物质。”

还是物质！

“胺多酚是大脑释放出的物质，”我说，“大脑，难道就没有精神因素存在吗？思想，情绪，这些心理的因素……”

“心理学缺乏实证。”他说。

“这我承认，但您作为心脑血管疾病医生……”

“我要纠正您，心是心，脑是脑。心理是大脑的反应，‘心想’，应该是‘脑想’。”

“好，就算是‘脑想’，大脑反应，大脑受到刺激对心脏也会有影响的吧？比如男人失去了男人性征，心就不会受到戕害，至于心碎？”我脱口而出。

司空医生愣。“您说的是？”

“没……”我赶忙支吾。

“您一定有所指。”他肯定道，“您担心自己心脏有问题，会导致心碎综合征，所以您找到了我。您为什么会来找我？就因为全北京，不，全国，心血管疾病领域只有我在研究心碎综合征。我为什么研究？因为我年轻时，上世纪八十年代，接诊过一个病人。您是知道这个的吧？”

我承认。

“您是说他吗？那个从日本回国的。我记得他名字叫……林修身？‘修身养性’的‘修身’？对，那事件发生后，我曾想过，他名字叫‘修身养性’，怎么就不懂得‘修身养性’的道理？性子那么急。”

“您这么说，我是否可以认为，人的精神状态跟心脏疾病是有关系的？”我抓住了他的把柄。

他笑了。“但从医学角度，我必须首先把心脏疾病看作器质性疾病。这是立场。告诉我，他的性征有问题？”

我不置可否。

“对了，我忘了，您是新闻工作者。”他说，“对啊！当时我就觉得奇怪，他的家属为什么别的条件都不提，就要求不要动遗体。要是我早想到这，我的研究就有新思路了。”

“还是器官问题？”

“对。不过也许我应该更多地考虑精神问题了。”

他终于这么说。“那就把我当病例。”我说。

但直到司空医生离世，他的研究仍然没有进展。其中部分原因也在我。他并没有找到好的合作者。我说服他从精神角度进入心碎综合征研究，但我对他却并不坦诚。我对自己也不坦诚。我精神状况越来越不好，但我又竭力让自己去认知我生活中好的方面。也许不只是我，每个人，只要他还有理智，就会进行这种自救。何况我的生活从某种意义上说，确实不错。我的职务与收入越来越高，我获得不少荣誉，我的家庭很幸福，妻子贤惠，儿子有好工作，孙子聪明可爱。有时候我也会笑想：老天想给你时，你不要也不行；人到运气旺时，拦也拦不住。我个人的运势越来越好，国家也越来越发达。想想我应该知足了，但我就觉得这样的生活哪里不对？

我仍然不由自主地照镜子。镜子里的脸，从年轻光滑到满是褶皱与赘肉。我总觉得这是一张为老不尊的乃至可耻的脸。有时候还会冷不丁抽一下。其实尽管如此，也并无大碍。抽了过后，心就平静了。我已经付出代价了。“船过水无痕”，父亲在我小时候说我赖皮，经常用这俗语。这样想着，我又不安了。我其实并没有长大。有时候我会问自己，我还会做出什么更剧烈的行为来吗？比如当着他人的面抽自己。不会。但这样，就觉得自己是把羞耻和罪恶掩藏起来了。掩藏得越深，就越难以清算。那么最后可能就要做出终极抉择，彻底清除，比如扒掉这张脸皮，比如摘除这个头颅，比如，清除自己最重要的器官，就像林修身。

我显然跟林修身处在不同的时代，在当今这个并不峻急的时代，有必要非得做出抉择吗？只有在你死我活的环境下，人们才时刻必须做出选择。特别是引领时代的知识分子，他们的决定可能影响到成千上万人的命运，影响到一个族群、一个国家的精神。而这些抉择又必须孤独地做出，所谓“绝对独立下的绝对责任”，那个声称“在黑暗的时代不反抗，就意味着同谋”的萨特，就是这么定义“自由”。而我们现在完全可以享受并不如此苛责的自由，我们面对的只是鸡零狗碎，我们的世界并非黑暗，至多是晦暗明灭。

这么想着，我又放过了自己。

但真是如此吗？如果不是闭上眼睛，我们会发现，我们同样处在峻急处境之中，我们仍然必须做出抉择；如果不是把这时代的鸡零狗碎只是当作茶余饭后的谈资，而是用来反视自己，哪怕只是希望转化为自我劝勉的资源，哪怕只是“志于道，据于德，依于仁，游于艺”，那么，就必须经历内心的自我辩难。

实际上，在二十世纪九十年代初，就是许多知识分子声称“告别革命”的那些年，我就企图寻找除了革命与反革命之外的心灵的“第三条道路”。这当然很理性化、学术化，但不可否认有策略性因素。转向后的知识分子总得为自己的行为找到理论根据，他们开始为“世俗精神”正名。“世俗精神”这名词冠冕堂皇，在西方，它解构神圣，因此在中国，它好像也有了同样的“政治正确”。但中国的“世俗主义”跟西方的“世俗主义”其实是南辕北辙的。西方“世俗主义”是把人从神权中解放出来的反抗，而中国，则是把尚未立起来的人丢进“世俗主义”的被窝。中国的世俗化在前现代、现代与后现代的三重语境中混世，它是价值观乱伦的“怪胎”。

但我仍依稀留恋着旧梦。或者说，当我瞧着镜子里那个人脸时，我的心里总会亮起一盏灯，打在那张脸上。在浑浑噩噩中，那盏灯亮着，我既欣慰它亮着，它是我的希望，但又被它亮着所困扰。光吊在我眼皮上，我不能睁眼，又不能闭上。在这种半睁半闭中，我做着噩梦。在噩梦里，我仍然半睁半闭着，这使我的灵魂被拉裂。

我终于听到他自己说

一天我梦见，有一游魂，化为长蛇，自带绞肉机，不以绞人，只把自己身体伸进去。我大声叫它，它没听见。我眼睁睁地见它进去了。我跑过去，从漏斗口找它。不见它。我只能去张望出肉口，徐徐出来一条肉泥。

我试着再朝它叫，它竟然还会反应，并且最先出来的部分开始鼓胀，竟然鼓出一个脑袋一样的东西。我冲着这鼓出的东西问："是林修身先生吗？"

那脑袋点着。因为身体细长，脑袋显得找不到有力支点，像安装了轴承一样滑来滑去。这使得它像个羸弱无助的孩子。

"您何必这样！"我说。

那脑袋裂开一道口子，竟然会发出声音。我仔细听，它在说：

"我应该接受惩罚……"

庆幸它还会说话，我也许可以听它，也就是他，林修身自己说了，明白地说，听他自己为自己辩护。我劝："您的事情我已经听了很多了，我清楚。"

"您清楚？"他也称呼我为"您"。

"怎么不清楚？"我说，"您很难。这完全可以理解，只是您对自己太苛刻了，对自己太狠了！您看，您把自己绞成这样。多少人在虚与委蛇呢！别人怎么说，管他们呢！就是有罪又怎么样？谁没有罪？就您不放过自己。我已经看到您绞自己的全过程了，我已经知道了您心里有多苦。其实您很无辜，您是一步步，身不由己地被推到后来的境地的。如果说您有错，只是错在您的命运。最重要的是，在不该撞见美国人迈克尔·佩恩的时候，被他撞见了。这也是命运。”

“不是命！”他却说，“要是什么都归结为命运，那就什么也无须说了。”

“但事实上就是这样。他本来不会撞到您的。”我说，“要不是在 S/M 店查抄，不，即使查抄，要是没有把您带回……”

“带了又怎样？又不是带到广播科。”

我愣。

“查抄有广播科什么事？”

这倒是。“这么说……”

“他是听到抓了个中国人，专门赶过来的。”他说。

“那他怎么知道抓到的是您？”

“是啊，不知道。日本人和中国人一样，在他们洋人眼里，都不值得重视。但他还是跑来了，可见他慌张到什么程度。”

“慌张？”

“他跟你说的是，他想从我这里找到香草，因为在 palembang 时，我们是一同消失的。是的，我后来也再没有回到 palembang。但他不是在战争结束后从翻译嘴里知道我是什么身份吗？他怎么可能还会认为我跟香草在一起？撒谎！谁都不说真话，因为谁都有不可告人的地方，谁都藏藏掖掖。”

“可这是他生命要结束时说的。”

“是被结束。”他说，“他会自己选择结束吗？他会吗？”

他这么说时，俨然占领了道义制高点。也确实，自宫生殖器确实会导致生命的死亡。不可否认，他当初是抱着必死决心的。

但我又有点忌讳他这种姿态。

“无可奈何地失去了，就想能留一点是一点，就像面临着被人夺走手里的豆，能少被夺走一粒，就少被夺走一粒，能多留到天堂一粒，就多争取一粒。当然他是天主教徒，主在迎接他呢！但他是上天堂还是地狱都不知道呢！”

“为什么？”

“他有罪！是大罪。他是告密者！”

我吃惊。

“他喜欢香草。所以他偷窥香草。当然，他可以说这是爱。爱是可以大声说、可以向全世界宣扬的。偷窥虽然不能，但时过境迁，也并不是什么难为情的事。但他为了这个爱去告密。当然，这也可以理解。但他是向日本人告密的。他本来可以直接来打断我的窥视，比如丢个石头过来。但这样，哨兵也会发现了。哨兵一过来查看，他的好事也结束了。所以他采取告密的方式，偷偷跑去哨兵那里告密有人在偷看女人洗澡。”

“他就不怕日本人知道了香草是女的，对香草不利？”我说。

“对啊！可见他哪里真是爱？”

“有个问题，”我又问，“他会日语？”

“不需要，只要手势。”

“您怎么知道这么清楚？”

“我不是日本人派的吗？我已经承认了，我有罪。”他说。

“我不是这个意思。”我说，“我们不说这个。”

“但他是在双方开战时期向日本人告密。这可以按他们美国人的话说，是正义向邪恶开战之时，他利用了邪恶力量。战争虽然结束了，但正义与邪恶这种言说还在。我是‘汉奸’，那么他是什么？告密者。美国人虽然占领了日本，但我还在。我还是中国人，所以他要把我打成‘汉奸’，我就没有话语权了。当然他最初不是这么想的，他来找我，是想封住我的嘴。他对我说，我们互相不说当年在 palembang 的事，我们不认识。”

“他不会日语啊！”

“手势，还是手势。”

我大点头。我怎么这都想不出来了？真是糊涂了。

“我理解他的意思，我们都是屁股有屎的人。但他之前的表现让我不舒服。他企图猥亵我老婆！”他称呼香织为“老婆”。

“什么？”我吃惊。

“他说的是我企图把老婆送给他。怎么可能？这是我老婆！我是中国人。我们中国人，老婆是不可侵犯的，老婆就是我的，侵犯我老婆就是侵犯我。我在壁橱里看得清清楚楚，他那色眯眯的眼睛啊，虽然光线很暗，但他的眼睛发亮。也是他的弱点吧，遇到女人就把持不住了。在他们看来，日本女人不是很好吗？在我，唯恐逃不脱，在他却很好，也许是他强大吧，可以把日本女人当玩物。他以为我躲着不敢出来，他就可以为所欲为了。他故意给我老婆施压，让她慌张，好让她顺从。但香织怎么可能听从他？她一定知道我在壁橱里看着，怎么可能在丈夫眼睛下跟别的男人干那种事？日本人是讲‘耻’的，‘耻’是发生在别人目光之下的，香织毕竟是日本人。所以他就来威胁我。他把我叫到门外，说了那个意思：我们不认识。我看出来，他心里是惦记 palembang 他告密的事的。这本来应该是平等互助，但他好像是在赦免我，对我施舍。我应该感激他，报答他。当然，他最初说的不是我 palembang 给日本人做事的事，而是说我在 S/M 店被抓，他不会告诉我老婆的。但告诉我老婆又怎样？我都想跟她离婚了。当然即使这样也不能让他染指，因为还没离，香织还是我老婆。他那无论如何都是他占上风的姿态让我倍感耻辱。我要反击。我在自己脸上做了羞耻的动作，指着他。他就做了捆绑的动作，也学着我做个羞耻动作。我又做女人洗澡动作，偷窥动作，指他。我们这么做，彼此心领神会，那是我们的共同经历。他也同样指我偷窥。这样，我就做了个告密的动作。这动作很难设计，但他看懂了，所以他要反击。但他明显不知道怎样用动作设计他要表达的意思。因为他自己做过这种事，这是他的心病，他应该很清楚这是一种怎样严重的指控。可惜我不能表达得完整，我想说，我是被逼才为日本人做事的，你却是主动去告密的。但他如果有良知，他应该自己想到这个吧？但良知是没有的！他突然发出了那个词。”

“‘汉奸’？”我问。

“对。”他说，“这是太可怕的罪名，你应该知道。”

“我知道。”我说。

“在苏门答腊时，我怎么会去打他呢？”愣了很久，他说，“我不是凶恶的人。虽然我知道很多人怨恨我，‘佛跳墙’一家，特别是少东家，还有香织也是吧。还有长谷川先生吧，他心里并不喜欢我，他看不起我，后来他又忌讳我。他去世前让我辅佐他女儿管理家业，我看出来他是很不放心的，他只是无人可托付了。还有坂本船长，palembang后，他好像看破了我，对我冷淡、警惕，虽然后来我主持会社时没有亏待他，我总是竭力做得好一些，他也感恩，但他心里怎么想，天知道。日本人的心理是看不透的。还有照子，我没能娶她，她一定也恨我了吧？虽然‘战后’我对她不薄，但她终身不嫁，她是在用不嫁要挟我，是毁了自己给我看。但我有什么办法？人的一生要结多少恩怨啊！但我没有想结怨，我只想与人为善。还有香草，在她眼里，我简直是软骨头，背叛者。我在任何人那里都是背叛者，是的，我软弱，软弱导致背叛，一次次背叛，最终成了那个美国人所说的‘汉奸’。

“其实要不是我该死的拧巴性格，我真应该跟他沆瀣一气。只有他有话语权，美国人已经占领了日本，你好好服侍他们也没有用。为他们开设的最早的小町园，原本是在九月二日开业，但是，八月二十八日，一批美国兵就冲进去痛打服务员，强奸了在那里的全部慰安妇。全世界已经都是他们的天下，同盟国？正义方？会社里有个从欧洲回来的社员，他说在欧洲，当初被德国人侵害的人们在杀德国人。苏联人到处强奸德国女人。布拉格人杀人，可以仅仅因为对方会讲德语。在捷克斯洛伐克，他们把德国人排在公路上，让卡车从他们身上碾轧过去。他们也把人皮做成灯罩，把人体器官装在玻璃箱里观赏，把人头劈成两半，看里面的大脑。‘以血还血，以牙还牙。’历来如此，我们中国人也是懂的啊！在苏台德，他们成立‘人民的法庭’，判决二十分钟就可以推上绞刑架。绞杀！我在黑市上看到过一张图片，里面绞杀德国原军官的画面让我忘不掉。

“也怪我气太盛了。其实我哪里有权利跟他讨价还价？再说，香织又不真是我的，我可以告诉他，我搞不定她，我是个窝囊废。我应该承认自己是窝囊废，就不齿于别人了，就能逢凶化吉。但我偏偏在女人问题上不。在香草的事上更是，她是我喜欢的女人，我更不能忍受别人染指。那个美国人动了我最重要的了。那是我的女人！只能我看，别人不能看。我可以被践踏，但我爱的人不能被侵犯。我从来没有尊严，但爱使人有了尊严。而且，那个男人是和我一起看，就像一起吃一个碗里的饭。不，是共奸她，还不是轮奸，是同时同刻。这太脏了！我是有洁癖的。也许你会说，他只是看，又没有触到香草的身体，又没有拿走什么，但这也不行，他用他的目光拿走了香草的身体，玷污了她。这个仇一定要报！结果被他反报复了。”

如果生在好世道

“如果我不是爱上了香草，我就不会去打他，他也不会去打听我当时的身份。打他，纯粹是因为香草。我喜欢她身上的味道，我都不知道这世界上有这么好闻的体香，像太阳光一样。你也许会笑我，香气是看不见的，太阳光是看得见的。但其实香气也是看得见的，它实实在在围绕在你身边，附着在你身上。污浊的空气是灰暗的，干净的空气是明亮的。不仅看得见，还摸得着。空气干燥还是潮湿不就可以摸一下就知道吗？比如衣服，被阳光晒干后是有阳光香味的。你穿着这样的衣服走到人前，坦坦荡荡，清清爽爽，体面做人，前程似锦。我多么想就停留在这样的空气中啊！就像梦见自己的前世。我多少次梦见自己从今生回到了前世。如果我生在好世道，我一定会是个好人，我会好好工作，好好生活，好好爱，生儿育女，子孙满堂。

“如果我没有遇见香草，那也罢了。我就待在‘光’号上。我是被逼着上岸的。那天长谷川社长突然来到‘光’号，我就感觉不妙了。不知为什么，也许就是直觉。他开口夸我，我知道我被盯上了。社长可是从来没有夸过我，他甚至都没有用正眼瞧过我，不管我做得多好都没有。但他那次夸我了，令我害怕。

“您是不是会觉得这里逻辑出了问题？我原作为长谷川家的用人，当时作为长谷川会社的会社员，被老板夸奖，我理应高兴才是。确实，我最初心里有点热和，说受宠若惊都不为过。我竟然有点难为情，我用嬉笑来表达谦逊及感谢。当时我正切着菜，我继续切菜。我不敢夸口说我这是在抵制。我哪里敢？他是我的老板，我是个卑微的人，我压根就不是敢反抗人的人。我也不想香织欣赏我。我只是在继续干我的活。

“如果事态停留在社长站在厨舱里的那一刻就好了。但世界是一台绞肉机。世界本就是绞肉机，所以最终结局在绞肉机，其实是早已定下了。时光啊，你刹住脚！但不可能。当然可以拉下电闸。拉下电闸就是仁慈，哪怕肉已经被绞上了，但停住，拉下电闸，就有得救。但这样绞肉机就不成其为绞肉机了。绞肉机就必须连续不断地绞下去，才能把肉绞碎。所以，紧接着事态不可阻止地滑下去了。当我被叫到社长那里，我知道了我之前受宠若惊之下为什么那么不安了。社长搓着手，其实天气热得很，他这动作是让他显得跟我亲络。他不停地说:‘真好啊！’这不是居高临下的人该有的样子。他甚至显出幸运的神情，像个得到奖赏的小孩。‘真好！’他又说。他又开始夸我，夸我能干，说我是一个可以托付重任的人。他话里的逻辑是顺畅的，他的价值观跟我是一致的，都是‘好’，我也想‘好’。但说着说着，这个‘好’走向了反面。这让我醒过来。但他仍然向着‘好’的方向走下去,是啊,‘好’,人心所向。在这世界上，只要你端着‘好’，就所向披靡，没有人会反对你，会抵制你，否则你就是不知好歹。特别是日本人，看他们不管怎样都彬彬有礼、善解人意、与人为善，将心比心，你还真不能去想他们揣着什么恶意。所以，当社长说出了让我去协助军方。我还只能从他们对我委以重任上去理解。

“当然，我才不是心大之人，什么‘好’都接着。我很清楚自己的本职定位。我安身立命的是做厨。也许你会说，我在‘光’号上的工作不也是在为侵略战争服务？但那毕竟不是上战场杀人，我只是在做饭。但这下不同了。所以我向社长表明，我只会做饭，我厨艺高超，我甚至可以做‘无米之炊’，‘船长您可以为我证明的！’我请求坂本为我说话。社长说：

‘不用证明。那些，我换一个人也可以做！’

“社长这话，让我感觉有被解雇的危险。我身体冷了下去。

“‘你要做大事！’社长又说。这又让我有重新被召回来的感觉。但我不想做大事，我只想做饭。我只能做这个，我保证，我一定能做得非常非常好！我还没说出，社长又说了：

‘你没听到岸上天天都在开枪吗？他们天天在杀人，没找到游击队一天杀一个。那些人就知道杀人！’

“这话使得他跟军方拉开了距离。他不站在军方立场。

“‘杀的是你们中国人！’他特地点明，戳着我。

“我摆手，简直是下意识地。我承认，我不愿意人家说我是中国人。他们这么说时，多少带着歧视，至少是把我看成跟他们不一样的人。就是‘佛跳墙’的人，他们也觉得自己是台湾人，不认为是中国人，他们也叫我中国人，少东家叫我‘小中国’。但长谷川先生现在这么说，因为有了前面的态度，显示出的是对中国人命运的关切与怜惜。

“‘我一个日本人都看不下去了！’他又说。

“他是在晓我以大义。我当然不会无动于衷，我害怕有人被杀，我也没有忘记自己是中国人。当然我承认我心里有个小九九：岸上杀中国人，日本人对中国人的仇恨会被煽动得更大，更不用说中国人游击队也会来报复。其实因为上不了岸，大家就已有怨恨，那么到时候火就会烧到我的身上。那么我也许应该承担起灭火的任务。但这是什么任务啊？要我利用中国人身份，混在中国人群中，探听游击队所在地，然后顺藤摸瓜，把游击队一网打尽。那些游击队不也是中国人吗？

“长谷川先生好像看透了我的心思，他对指责的方向渐渐转变了。最初他是指责军方滥杀无辜，不知不觉地，他只针对滥杀这种事，中国人也在杀人。他把中国人加以区分，说游击队是害群之马。然后，他又说他们不识好歹，‘大东亚共荣圈’是对全体亚洲人有利的，把洋鬼子从亚洲赶走，让亚洲回到亚洲人自己手里。他说这伟大的使命落在日本和中国两个大国肩上，其他亚洲国家都是小国，是无力承担的。战争期间都是这么宣传的，我一个普通人，哪里能看得清楚？作为一个在日中国人，中日并肩，我没有理由不欣慰。更重要的是，我也恨那些丢中国人脸的同胞，让我也跟着被抹黑了。这么一想，让我干的事就没那么可怕了，倒有点理所当然。我的任务只是去清除坏人，保护好人。‘好’不只是一味地行善，还包括惩恶。惩恶就是行善。我小时候做了坏事，父亲就揍我，这看上去是行恶，但是为了我好。对社会也是这样，那些作奸犯科的人，孔子这么个好人，也说要诛杀之。当然你会质问：这不一样。首先行恶的是日本人，游击队只是被迫反击，要把恶人赶走。我知道，很多人都会这么问，战后我也一直在这么问自己。但不要说当时我看不清，即使看清了，在当时那情况下，日本人赶不走，那怎么办？绝对理想达不到时，为什么不取相对理想？人还得活，为什么不在有限范围内，努力过得好一点？好，总是没错的，建设总好过破坏，做点有益的事总是对的吧？对吧？”

我一惊。

“当然，尽管是这样，我仍然最好不接受那个任务。用惩恶来行善，我觉得很可怕。那太黑暗，对我来说，黑暗是绝对可怕的。必须有强壮的心，但我的心只配在光亮的世界里喘息。我爱阳光，爱一切美好的东西。你可以说我的思想很平庸，但我就是思想平庸之人。但我又不能拒绝社长，我于是找种种理由来逃脱，想方设法让社长找别人去完成这个任务。但长谷川先生一个理由就把我摁死了：只有你一个是中国人。

“如果我不是中国人，就不会被盯上，那么我就可以优哉游哉。不只，我还可以吊儿郎当，就像那个森达矢，战后还可以说自己战时是反战的。我也不至于他来联络我都不敢回他的信。”

“您收到他的信了？”我问。

“也许我不该不理睬一个对我有好意的人。但我都当了奸细了。我不是没有自知自明的人，只是我太怯懦。怯懦，是的，这是我的缺陷，但不至于有罪。我怯懦、软弱、平庸，干脆，我自私，这够卑劣的了。但自私又有什么错？对，当时我灵机一动，我可以用自私来让自己卑劣地逃脱，让社长觉得我不堪托付，我人品不行，我用自私来保住自己。甚至自私到不认同胞。只要能逃脱都行啊！岸上那些被杀的人跟我什么关系？他们是中国人，不错，但中国人多了，就跟我有关系？我就要去救他们？我又不是佛。过去在‘佛跳墙’，老板总说：‘你要普度众生，你自己先得是佛。’我不是佛。

“但社长说：不需要你是佛，只需要你的身份！

“我干脆说：我中国话都忘光啦！

“这分明是蠢话，谎话，理由都编不好。但我实在没理由了。社长不再说话了。我看到他腮边一暴一暴着牙龈痕，但他没有说话。

他的沉默令人害怕。也不知过了多久，他才又开腔：

‘那你也没用了。’

“他这话说得有气无力，夹着微微的叹息。他好像一个被我打败的人。这怎么行？社长他被我打败了？我打败了社长？这可是了不得的事，我的大罪。这么想着，他那话是什么意思？什么叫我也没用了？他脸上毫无表情，这无表情的脸简直恐怖。我觉得死期到了，身体一节节冷下去。一旁的船长跳起来，抓住我衣领，就往社长脚下摁，让我跪下，还不快求饶！我‘扑通’就跪下了，磕头。我说过，我是个软弱的人。也不知磕了多久，才隐约听到社长的笑声。他的笑声像太阳一样冉冉升起，先是现出一点点，然后喷薄，然后普照，我感觉到了温暖。他把我扶起来，安抚我，我的身体暖和过来了。我知道，他重新接纳我了。我渴望被接纳，哪怕是被要挟之后的接纳。我只求这么一点点的抚慰。像我这种人，随时都可能被剥夺生存的权利，能保住的只能是最低线。我就这点出息。

“也许你会说，社长这么说，也不一定就是要剥夺我的生存权。把人丢到海里去，这话之前也是船长说的，社长并没有说。你最多只是被边缘化。但那是在船上，船还没进港，被边缘化是什么意思？就是已经被赶到舷栏边，随时都可能掉下海去。只有融入群体才能安心。我只希望融入，不期待什么荣誉，那对我太奢侈了。所以最初上船时，船长一命令我把头剃光，我立刻就剃光了。虽然我爱漂亮，我一直留着长发，在‘佛跳墙’时，老板娘也曾要我把头发剃光，做起事来方便，也不会有头发掉在菜里，但我巧妙地敷衍过去了。但这是在‘光’号上，我是这个集体的一员，剃光头发有着特殊的意义。‘光’号起航前举行出航仪式，全体船员列队在甲板上，我站在队尾，齐刷刷的光头溜溜延续到我的头顶上，这一道光没有因为我而断灭。船长宣读征用船员服务《十条战阵训》的声音，就是顺着这光道传过来的。船长的声音在头顶上回荡，像阳光，我沐浴其中。那些‘齐心协力’啊，‘献身奉公’啊，‘爱护物资’啊，这些报纸上经常出现的词，社长的那些有身份的朋友也经常说，以前‘佛跳墙’少东家也老是挂在嘴上，我一说，他就寒碜我，说我不配，现在，它们不再是可望而不可即的东西了。甚至，它们就像光环，我和大家没有区别地被戴上了。你可以说我没原则，可以说我平庸，但我就是这么一只井底之蛙，一只可怜虫。我就需要被接纳。只要是正常的人，正常的平常人，都会有这种需要。

“如果我不上‘光’号，我就不在乎被不被他们接纳，我只在大场家里，跟这个社会、这个国家没有关系。但是我上了，船到了茫茫大海上。可不能被赶下去，没有退路。只能好好工作。但工作条件却不具备，食料单调匮乏。我能做的所有菜谱，都成了纸上谈兵。第一餐，我不知道自己手忙脚乱干些什么，乱搭配着豆腐干、鹿尾菜藻、大豆，还有红生姜杂七杂八的作料。有一刻，我还感觉到‘佛跳墙’师傅在骂我胡作非为。师傅骂我败坏了他的声誉，抓起刀板向我当头劈来。厨舱外静悄悄的，没有人理我，哪怕打骂我。这世界上没有人肯打骂我，师傅打骂我，他就是我的亲人。师傅的打骂，反使我有一种窝在师傅羽翼下的感觉。我有了底气，得到了怂恿。我跑去找船长。

“船长反问：‘这是我的工作？’

“日本人讲各司其职，自己的工作，自己负责。但问题在于食料并不是我备的。也怪我太客套了，我不敢提出来要我来备料，我怕他们觉得我麻烦，所以让二副为我做这件事。这是我的错，我在日本那么多年，仍然没有学会日本人的做事方式。但即使让我备料，战争期间，能有什么食料？那么也不是我的责任吧？咱中国人脾气就是得理不让人。但船长根本不跟你掰这个理。再说，战争就是不讲道理的。他接着又一句：

‘干不了？’

“我赶忙摇头。我逃回厨舱，船长的声音在后面响着：‘干不了就回去！我找别人干。做不出好料理，是料理师的耻辱……’

“我关上舱门，但船长的声音仍然穿透进来。我打着转，好像这么一打转，就会缓解船长的斥责声对我的冲击。我后悔自己莽撞，竟然去找船长。要是没有去找，做出什么菜就什么菜，也许还不会引起船长注意。现在他盯上我了，我敷衍不得。我急得像一只被关在笼里的狮子。我又开始翻食料，不管三七二十一，先把能用上的翻出来用。至于以后，再说了。

“至于悬在头顶上的师傅，师傅，您也看到徒弟的难处的。我朝上头一拜，念道：师傅，徒弟可是打死也不敢造次的，但这是战争！

“要说我有没有机巧之心？确实是有。师傅尽管威严，但毕竟并没有在船上，他在遥远的岸上，而船长和大家毕竟实实在在就在船上。咱们中国人虽然敬神明，怕报应，但到无可奈何时，还是先讲实用。我按自己搭配乱做，终于做出了第一餐饭。我战战兢兢把东西端出来，船长他们已经坐着等了。我估计船长会挑剔，我放下菜，就缩到厨舱门口。也不敢看船长，但我能够感觉到船长拿起筷子来了。他夹起了某道菜，这不是我做得好的菜，恰恰相反，是我心里最没底的菜，这下更完蛋了。要是他先夹我做得还不错的菜，情形就会好一些。但我实在太心虚了，我没有觉得哪道菜我做得不错，他夹哪道菜都不行。我能听到船长咀嚼的声音。蓦地，一个声音穿过食物发了出来：

‘不错嘛！你小子，八格牙路！’

“我赶忙回头，看船长。船长的鼻翼在‘呼啦啦’扇着，嘴角竭力往下摁。他在强压着笑。船长在笑，我过关了！我化险为夷了！

“得到船长的肯定，也就得到了所有人的肯定。日本人就是这样。但我的神经仍然绷得紧紧的，船长是不讲道理的人，他可以肯定你，也可以翻脸不认账。我甚至觉得他夸我也是不讲道理的，我自己都没觉得做得好。我每天都提心吊胆，一听到船长喊：‘U！’我都会跳起来，像被针扎了一样。不，心像撞钟一样。不管在哪里，不管在干什么，都立刻放下手上的活，连滚带爬寻船长声音奔去，好像去接受末日审判。每时每刻末日都可能降临。我常常捧着饭碗，想：这可能会是我最后一顿饭了，‘吃尾顿’，这是我家乡的话。

“但那以后船长再没有斥责我。我渐渐感受到了他的善意。他是个凶神恶煞的人，如此凶神恶煞的人，竟然对我好，这种被阎王搂在怀里的感觉，在香织那里曾经有过。不过这不一样，香织给我羞耻，坂本船长给我展示我才干的机会。这是我要的勋章。被阎王授予的奖章沉重又有含金量，我戴着它，辛苦又光荣。我也有荣誉感，哪怕再卑微的人也有荣誉感吧？何况，我是重体面的人。体面跟身份无关，是生活态度。下层人有下层人的体面。你也听说了我爱照镜子，在‘光’号上没有镜子，但我仍然可以找到镜子的替代品，比如让阳光照出投影，观察自己。转动，就有了各个侧面的轮廓，合在一起就是全部的我了。还可以对着锅盖照，还可以对着水面照……人活着就要体面地活。活人还怕被尿憋死？我有的是办法。但唯一没有办法的是我的身份。

“大家常谈起自己家里。通信不便，家里的消息是通过带话到船长那里的，船长就对某人说：你家让我带话了，好好干吧！有时候船长会说得具体一些，大家一起听着，也会热泪盈眶。每在这种时候，我就特别孤独。不会有人惦记我。船长一定是看出来了，他其实是个细腻的人。有一次，他也朝我喊：

‘U 君，也有你的呢！’

“这简直不可能。会是谁呢？只能是香织。我又生出另外的紧张，生怕她说了什么，让我被大家取笑。我一直回避长谷川家的经历，那是我的耻辱。船长真是体贴人，他说的是‘佛跳墙’。这又让我紧张。但船长说的是会社一个人去了‘佛跳墙’中国料理。

“‘据说真好吃啊！’船长说，‘U 君，你不是从那里出来的吗？’

“我点头。

“‘怪不得啊！’船长朝大家叫，‘怪不得 U 君料理做得这么好！原来是从“佛跳墙”出来的。那可是有名的店啊！’

“我的心底升腾起一种自豪感。有一种出征的徒弟干出了成绩，回头告慰师傅的感觉。我于是用一种很有资格的语气念道：‘不知师傅他现在怎么样了啊！身体可好啊？店里客人还那么多吗？’其实我离开时，店里就生意萧条了。‘这时候该是横滨的黄昏时候了吧？正是最忙的时候啊，店里客人一批又一批拥进来，师傅他一个人可忙得过来吗？’

“还别说，这样我还真有找到家的感觉了。我呢喃着，缠绵着，眼泪盈眶了。我让自己沉迷在家的感觉里。但我又分明清醒着，像从梦里刚醒过来的时刻，我感觉到自己真实的身体，感觉得到真实的世界。我很清楚‘佛跳墙’也是我的耻辱之地。我可以在心里尊供着‘佛跳墙’师傅，用来鞭策自己，作为励志工具，但是不会拿出来示人的。一旦在众目睽睽之下暴露出来，就有被揭发的危险。但现在，我却在众目睽睽之下说出来了，我没法面对无耻的自己。是的，可以称为无耻。不管‘佛跳墙’怎么冤枉我，我最终不是也成了他们说我的那样的吗。虽然我是被逼的，但事实已经这样了。虽然我已经摆脱了，但我能说我现在的一切不是建立在原来耻辱之上的吗？永远的癞疮疤了。解决的方式也许只能是自揭，但我没有勇气。

“‘好久没得到师傅的训示了！’我鬼使神差地说下去，‘现在还时时记起师傅说的话：一个人，自己无论如何要有本钱，这是立世之本。师傅他要让敝人有真本领，学艺，学得不到位，师傅他就要严加教训。’

“受磨难，更是我炫耀的资本。但我的意图似乎不只是为了这。这时船长说：‘说起横滨的“佛跳墙”嘛，本船长也曾去过一次。’

“‘真的吗？船长，您看到我挨揍了吗？’我兀自说道。这简直是往自己身上扎刀。

“‘我怎么能看到？’船长啐，‘不过被师傅揍是很正常的。’

“‘抓起饭勺锅瓢什么的，见什么抓什么，当头敲下去，炒路、刀路，什么没过关就用什么工具，敲出血来了也毫不怜惜。“给我再做！”再不满意，再打。瞧，这块疤就是。’

“我把头上的伤疤赫然展览出来。‘永远不会好了！’我说。我这么说时，想的是自己的冤屈永远不会被平反了。‘再不行，滚出去！’我悲愤起来。但同时又有把事情摊出来评理的愿望：你们看，我就是这样被赶出去的！但这简直是在玩火。我能说得清吗？也许我真是愚蠢，应该顾及生存，什么尊严啊，雪耻啊，对我来说是太奢侈了。好在大家没有注意到，只是说：‘啊，这很正常啊！’

“‘这就是严师出高徒啊！’船长总结说。我又有被他戳穿的感觉。船长说那个会社的人去‘佛跳墙’，是真的吗？应该不是，他只是想安慰我，但我却顺着他伸出的杆子爬。他说他也去过‘佛跳墙’，怎么可能这么刚好？分明是在配合我造假，而我却假戏真做了。他一定会从长谷川家那里知道我和‘佛跳墙’的真实关系的，他也在心里鄙视我吧？我自己都鄙视自己。于是我说：

‘我哪里是高徒？贼徒罢了！’

“我简直残忍。我这么说，是有意呼应‘佛跳墙’骂我‘家贼’。只有这么指认，这么往自己最敏感处戳一刀，我才能得到痛，然后安宁下来。但大家都并没有领会到，也许是不愿意理会吧，毕竟是中国人跟中国人之间的事。虽然‘佛跳墙’一家自认为已是日本人了，但在日本人眼里仍然只是台湾人。我是连台湾人都不是，是中国人，我工作干得再好也是中国人。你不要以为我忘了自己是中国人，忘了我的国家正在被日本侵略。我才没有这么傻，但我也承认，我是竭力装作没有意识到。所以那个森达矢也够讨厌的，他老提醒我是中国人。这样，只能让我去撇清，表现得更卖力。你是日本人，你可以吊儿郎当，我不行，我稍有懈怠就被怀疑是跟大家不一条心，不只，就被认为是敌人。我很难做人的。什么‘反战’，什么英雄，还不是因为你有资本？富人吃饱了，所以只吃‘七分饱’，如此而已。你理解我的处境吗？你为什么要来捣乱？对，你地位也低，但你为什么要为难跟你地位一样低、更低的人？你这不是欺负我吗？他也许不是有意的，他只是不想好好干。但你不好好干，大不了被赶下船，回家去。我呢？往哪里赶呢？只能丢海里。战争中在日的中国人就是这样的处境。

“大家动不动就谈论前线战事，我总是装作没听见。有时候我就在边上，撞上了，我也装作在专心干活。我用不停地干活，隐藏自己的存在，就像那均匀响着的、大家习以为常的机器声。但并不等于我没有听进去，我又不聋，怎么可能听不见？我又不是死人，我的心也会被刺激。有一次，一个说：‘要是现在让我上前线，我一定能一个撂倒两个中国人！’那人把袖子高高挽起，现出隆起的三角肌。这也就罢了，又说：‘吃了U君又香又可口的饭，健壮得恨不得就到战场比一比！’

“我猛地像被针扎了一下。我把脸藏在阴影里。但其他人也叫了起来：

‘这是确实的！ U君，感谢啊！’

“把我毫不留情地提溜出来了。我连连摆手。他们又叫：

‘用不着谦虚嘛！’

“‘真不是谦虚！’我正色道。‘哈，我会做什么？’又说，‘我只会做猪食！’

“我开始糟蹋自己做的菜。这时候船长还没说我是‘帝国精良武器’，我就已经受不了了。但糟蹋自己的菜，简直就像艺术家在忍痛破坏自己珍爱的作品。我让自己的心发狠。我不是能够发狠的人，我都是与人为善，但现在我要让自己变成恶人。大概那时候如果有人进厨舱看到我，一定会看到这样的我：歪扭嘴巴，目光像死目一样，嗓门发出尖细的嘶哑声，全身发抖。但我仍然下不了手。这在我简直是犯罪。我又怕被人发现，赶紧去关舱门。关上舱门，我的心踏实下来，继续破坏。终于破坏成了，我又心虚了，手忙脚乱补救，将弄糟了的东西变换花样，变成一道新菜。终于整出来了，打开舱门，跑到甲板上透气。我摇摇晃晃站在日光下，就像从地狱爬出来一样。我多么怀念自己曾经有过的心胸坦荡的日子啊！带着自信而谦和的微笑埋头干活的日子，多么坦荡，多么体面，多么幸福！

“如果我不怕被丢海里，我就可以无所顾忌了吗？仍然不行。如果能那样，那就太好了。我承认我怕死，谁不怕死？但如果一定要死，也没办法。最好能活，但实在活不了了，死就死呗，也是解脱。我虽然气弱，但也不一味地贪生怕死。如果为了更大的原则，我也不是不能慷慨赴死的。我可以把这些日本人毒死！我还想把整个‘光’号弄沉！别以为我没这能耐，我有能耐，我奸细都可以做，不是吗？我会学习，我还不算笨。我还有耐心，我会伪装……也许你会觉得我这么说，是窝囊人在强要面子。不是的，我都已经死了，还要什么面子？绝对不是。你会问：那么你为什么没有做？我所以没有做，是因为‘光’号上的人对我委实还不错，至少还没有到了要杀他们的地步吧。他们都是生命，他们身后都有家人。他们为战争服务，不错，但他们也是人。这世界上有许多原则，有大原则，有小原则，不错。但还有近原则，远原则;有切身原则，宏观原则。同样是杀人，亲手杀人，杀死一个眼前的人，杀一个对你不错的人，熟人，是很难下手的。

“当然，我仍然可以想象：他们是杀人的人。虽然不是直接杀人，也是间接杀人。那个说要是上前线一定杀中国人的人，不是已经在心里杀人了吗？但毕竟还有别人不是这样的。当然我也可以不管他们，他们之前对我不错，也可以一笔勾销掉。但如果人家对我有恩，就不能了。我是欠着债的，欠着恩债。坂本船长对我个人是有恩的，如果没有他收容我，我不可能摆脱香织控制。没有经历过无论如何屈辱的人，怎么能理解我是多么心甘情愿为新主人服务的心理？我是多么的感激涕零。‘滴水之恩当涌泉相报。’咱们中国人都知道，日本也有这样的话：‘一滴の水のような恩にも、涌き出る泉のような大きさでこれに报いるべし’。报恩是人的义理。恩是个什么东西？就好像咱中国人的老公老婆，没有爱，起初只是你养家我持家的功利东西，但久而久之，也有了感情，所以即使两口子吵到死，也难以分开，一方死了，另一方也会痛哭。一种依恋，一种责任吧。人家器重了我，我本应该干得更好，证明他器重我没有错，让他脸上有光，我怎么能够辜负他，让他听话？如果不是他对我有恩，更不能恩将仇报，背叛他。”

谁天生愿意“吃软饭”？

“如果我不是已经背叛过了，我可以背叛一次。仅此一次，以后再不会了。但我已经背叛过长谷川香织了。

“我为什么要逃离香织？我实在受不了她那味道。我这么说，你又会鄙视我吧？你难道就不是因为羞耻吗？你难道不觉得你那样的生活是罪恶的生活吗？你难道就没有作为男人的尊严吗？我当然有。这其实都是我在前面自己说过的，大道理谁不知道？但首先是本能上受不了。那味道你闻过吗？如果那味道好闻，我也许还会继续待下去。这没什么好否认的，别都提那么高调子。我承认我是个庸人，庸人是无法战胜本能的。但屈从于本能就有罪吗？人毕竟喜欢香味讨厌臭味。那味道确实叫人忍受不了，无孔不入，在空气里，熏着你。一个人能够逃避得了任何东西，无论如何逃避不了空气。那是说不清道不明的臭味。那个散发着这味道的女人就躺在我身边。睡觉本是舒服的事，跟女人睡觉本是快活的事，但这却相反。我的鼻孔里充斥着她的味道。我无法逃脱，除非我屏住呼吸。但怎么可能？有时候我也想憋死算了，我屏住呼吸，让自己憋死过去。

但不行了。坚持住，再憋！但实在不行了！再坚持！马上就好了，马上就会过去的，死，了，好就是了，了就是好。我就要死了！再坚持一会儿，一切就解决了！我紧憋住，脑子发黑、发昏。我觉得自己要溺下水去了。不，是飞起来了。好了，就好了……但功亏一篑，扑哧，气漏了。爆发性一泄，紧接着报复性一抽，大抽起来，大喘起来。脚不由自主地跑到室外，寻找救命的空气，就好像寻找救命的阳光。渐渐稳定下来，腿在抽搐，像濒死的鸡。

“人怎么可能自己憋死自己？我心脏不好，所以我认识不少心脑血管医生。有一次跟一个医生聊，他说人要脑死亡需要大约五分钟，但人自憋不可能超过三分钟。超过三分钟就失去了知觉，也就憋不了了。人的能力是有限度的。我是没办法啊！我真恨自己！我只能逃。我向往香味，就是得不到，能不吸污浊的味道也好啊！或者吸别的臭味、屎味、尿味，哪怕纳豆味，还有奶酪味也够难闻的，那是跟她身上一类的难以形容的味道。

“当然，我也不一定就非要这么娇贵。我并不是没有闻过臭味。当初在‘佛跳墙’，店里屎尿这种东西不都是我清洗？虽然做的是中国料理，但老板也有时也会用奶酪熬油。料理店后厨是什么味道都有，食客只知道吃起来好吃，到后厨闻闻，那个臭啊！更不要说每天都要熬的高汤了，每天起来，第一件事就是下高汤料，到晚上打烊了，汤才倒掉。也是我倒的，那味道臭得都要呕了。但这是工作，工作哪里能挑三拣四的？工作哪里有舒服的？但工作让人有尊严。

“现在我要说了，我也是要尊严的。人是在两个线内取舍的动物：一个是人格线，一个是欲望线。我可以迁就你，放弃我的欲望，抑制我的本能，但你得尊重我。也许不该说什么尊重不尊重的，‘尊重’这个词，对我太奢侈。我是奴仆，是奴隶，我是被她收容的猫狗。我应该心甘情愿当她的宠物，我应该报恩。我不是不懂得知恩图报的人。虽然我见了她就反胃，但我还是努力服侍她，她叫怎么做就怎么做。她叫我把她整个地抱起来，她说这叫作包饺子。抱就抱吧。为什么要抱起来呢？她说不然饺子会粘在案板上。我只能听命。她虽然是女的，个子小，但我个子也小，抱着她还是有点吃力的。她把整个身子吊在我身上，脚跷高高的。她舒服了，但我受罪了。而且她一舒服就不下来，我累得喘气，她却享受地哼哼着，脚一荡一荡的。她说她整个人都没有力气了，整个人都交给了我。这是什么话？我只是她的用人，或者说，玩偶。我有时恨起来，想一把将她撂下，那样她会摔得很惨的。那么，我不仅没有好果子吃，还成了恩将仇报的小人了。你也知道，我已经被‘佛跳墙’的人说成恩将仇报了。如按他们的说法，那么这是我第二次背叛了，之前已被他们算上一次。我冤！

“所以，我只能忍耐着。也包括身体上的忍耐。你也听过照子说的，我被香织缠住，但你是否奇怪？为什么香织就偏要缠住我？照子她不可能知道，我怎么可能跟照子说？我怎么说得出口？香织她也不可能嚷嚷出来的。至于少东家林北方，他即使有所猜想，但仍然太浪漫，太精神化了。实际上，身体才是第一位的。明白说，就是因为我活儿大。也就是说，我生殖器官大。她看上的就是我这个。但让她最初知道这个，也不是我的错。是林北方他说的。他不是也向你承认了吗？是他自己嘴贱，让香织听到的。他是在奚落我，不料适得其反，怪谁？

“香织是在后来才对我说她喜欢我这个的。其实我也没觉得自己大，她说：因为我身子小，就显得特别大。‘像长柄钥匙！’她说，‘身子小小的一寸法师，又法力巨大。’日本人就喜欢小而力量大。她就这么幻想，一直要我。我羞耻的，偏是她喜欢的。我身体吃不消了。她没日没夜地要，我站着腿都是颤抖的，没有力气。身体不行起来就是不行。我只能躺着，她更喜欢，这样她更能为所欲为，想怎么做就怎么做了。她说就由她来疼我，她来包我。她架在我身上，用她的器官包住我的。她在我身上纵情，也不管我死活。一次又一次，她简直是吸血鬼。我感觉总有一天要被她吸干了，死掉。更严重的是，死掉的我算什么？用人？连用人都不是，她的玩偶而已。哪里这么简单？用中国话说是‘面首’，是‘吃软饭’的。这太可怕了。人不人鬼不鬼。谁天生愿意‘吃软饭’？树活皮，人活脸。活着没脸面，死后也没脸面，这才彻底完了。

“该死！我又纠结这个了。我要不停地告诫自己：你不配想这些！你不配顾及脸面顾及荣誉！我不是能够放过自己的人。但我又是人，这点上我照样也不放过自己。对自己，我也是很累的。所以容我再说一次：我根本不是蝇营狗苟的人！但我身份低贱，人家这么看我也有道理。不仅是香织，还有少东家。他一直认为我和香织做那种事是在享受着。真是站着说话不腰疼。当然，应该说是他没机会弯腰过，他还垂涎着香织，他喜欢她这种菜，他喜欢她那狐臭的体味。他喜欢是他的事，他变态是他的事，我可是正常人，那么，我怎么可能喜欢她？我宁可把自己整废了，也不接受她。我对味道特别敏感，从我喜欢香草就可以证明。少东家你自己喜欢狐臭，不等于我就喜欢。我地位卑下，但我有正常的嗅觉。他以为我下贱，就饥不择食了？他没有想到，人再饥饿也不可能去抓大便吃。

“如果不是被‘佛跳墙’逼得走投无路，我怎么会去长谷川家？即使我成了长谷川家的用人，我也是该干的干，不该干的就不干。你能拿我怎么样？我本来就是无可指责的人，我是一张清白的纸。我完全不需要去证明自己不是个背叛者，不需要用眼下的忠诚来证明原来的忠诚，没必要用加倍忠诚去洗刷原来的背叛。

“但我原来背叛了吗？少东家真是误解了我。我对长谷川小姐好，是为了帮他。他喜欢长谷川小姐，我想为他多做点事。更重要的是，少东家当时是把我当成知心人了，什么都对我说，我是个知恩图报的人，人家对我这么掏心掏肺，那我有什么理由不为他赴汤蹈火？说赴汤蹈火也许说重了，但说当马前卒总不过分吧？其实在长谷川香织那里，我也忍受了许多。我也心甘情愿。少东家喜欢的女人会使唤我，折腾我，冒犯我，说明她也把我当自己人了。退一步说，人家还是‘佛跳墙’的客户，我是‘佛跳墙’的人，能为店里做贡献，这也是我的光荣。急东家之所急，想东家之所想，东家没想到的，我也要替东家想到。为东家受委屈是应该的，不该推辞，也不要诉苦，自己内心知道自己忠诚就行了。默默地承受着委屈，后来我才明白，我恰在这一点上铸成大错了。到后来手绢的事，我再怎么也说不清楚了。

“不过关于手绢事件，坂本对你说的一个细节不是那样。我确实是穿着那双木屐的，不过只是到小姐面前才穿上，我是想让小姐看出效果来，就像时装，不是都要模特儿穿上才能现出效果吗？我嘴里有说这是少东家的奖品。也许是坂本没听到，他当时离得太远。香织她听到了没有我不知道，反正她是没有理会我，只顾把手绢塞给我。回到少东家那里时，我其实还想对少东家说的，尽管会扯出之前的那些他不知道的事情来，但我问心无愧。但我仍然害怕，就连手绢也不敢亮出来了，于是就成了藏了。到少东家发现，就来不及了。

“于是我的好心就成了企图，我干得越好，就越是有企图。我陷入了怪圈。我就想索性不管他们的事了，逃避。但问题在于我还得干活，我仍然要去长谷川家送餐，去了回来，又被怀疑去勾引长谷川小姐，骂我，打我，后来不仅打骂，还不让吃饭。但活要照干。我虽然个子小，但我是干活的人，怎么能够禁得起饿？起初我以为只是饿一餐，但第二天早上还是不让我吃。但我照样干活卖力，没有因为卖力干活会消耗体能而偷懒。即使你冤枉我，我也不会撒气。

“我承认我性格中有一种过于克己的倾向。但这是冲着得到报偿的。我让自己谦卑，我这样了，你总得肯定我吧？那么我还会让自己更谦卑。但一旦不是这样，你还不领情，那么我就干脆翻了：我做得这么好了，你还要怎样？不甘，心冷，心硬，比以前更冷更硬，走向反面，要讨回我之前被你欺诈失去的。

“但在‘佛跳墙’，我仍然不敢放肆。于是我就用抢着干活来撒气。我干活总没话说了吧？我饭都没吃还这么干，你没话说了吧？我干死你就没话说了吧？于是我又成了抢学技术。关于我抢学技术的指控，就是从这时候开始的。反正就因为我下贱，做什么都被人往坏里想。到了中午，还是不让吃。我受不了了。我算是明白了，我必须自己救自己，尽量省点能量消耗。这样，我又被指控偷懒，又被打，再罚继续饿。这要饿到什么时候？后来我想，他们是想饿跑我。虽说难找到我这样廉价的伙计，但战时经济越来越糟糕，店里越来越没生意，他们想省去我这口嘴。

“如果不是被逼到活不下去，我是无论如何不会跟香织走的。说什么我是蓄谋已久，肚子能等吗？我肚子知道什么时候炸珍珠港吗？又不是山本五十六的肚子。又有说什么撞上了机遇的，那之前我已经知道香织是多么折磨人。要不是实在无路可走，我是万不会去的。在这个世界上，我没有亲人。你也许会问，我的亲人呢？他们都死了，爹、妈、哥哥、姐姐，他们都葬身海里了。我是侥幸活下来的。我被救到一艘船上。但他们见我话都听不懂，没有用，最后在横滨把我赶下船。我流浪了好几天，才遇到了‘佛跳墙’老板。我很感恩他，当然我也感恩把我从海里救上来的人。我是有感恩之心的人，虽然他们都把我赶走了。

“按说我们不会死在水里。我们是疍民，你也知道。水上人家，我们水性好，我们对水太熟悉了。当然这也是被逼的，我们不能上岸居住，只能住船上。你听过这个谣曲吗？

上无片瓦，

下无寸土。

一条破船挂破网，

祖宗三代共一床。

捕来鱼虾换糠菜，

上漏下漏度时光。

“你问我们是不是少数民族。不，我们也是汉族。我们和岸上人一样都是中国人，但却没有我们立锥之地。中国人欺负中国人，中国人打中国人，中国人杀中国人，都是这样。没有一块土地是属于我们的，我们只能在卖鱼虾时上岸，岸上人可以随便打我们。他们赌钱输了，窝了火，见到我们，可以拿我们出气，可以把我们杀死。爹只不过多看了岸上女人一眼，就被他们绑起来了。当时一家岸上人家买了爹的虾，进去拿钱，爹在门口等，屋里厅堂有个女人在洗脚，脚从洗脚桶里提起来，淌着水，一道光影，爹的眼睛被引过去了。那是小脚，跟我们疍民的脚不一样，我们是要立在船板上的，脚特别大。我们脚趾是叉开来的，那脚趾是缩拢的。爹刚入了神，就被人一拳揍在脸上。大祸临头了。

“但他们干脆把我爹送官也好，该当何罪就该当何罪嘛！但王法是不会用在我们疍民身上的。岸上人可以随便对我们动私刑。他们要把我爹绑在北岭的山上，在他身上涂上猪血，让血腥引来老虎，叫老虎把他活活吃掉。妈去求他们，他们说至少要阉割。岸上人传说我们这族类性器官长得跟他们不一样，特别大，像狗一样有倒叉钩的，必须像阉狗阉猪一样阉掉才能除害。妈去央求看押的人，他答应故意装作睡着觉,让爹逃走。他哪有那么好心？我们家贫如洗，妈拿什么做交换我就不说了，反正在岸上人看来，我们疍民都是牲口。爹一出来，我们就驶着家船跑了。

"我们的家船只能到闽江口，再往外，就吃不了风浪了。我们勉强划着，眼看要翻船。好在这时候遇到一艘货船，船主好心让我们上去。船是开去日本长崎的。我们发誓，再也不回来了。"

"就这样，你们到了日本。"我为他补充。

"我们家葬身海里了。"他说。

这之前他说过。"那艘货船出事了？"

"是另一艘。"

"另一艘？"

"怎么可能只靠一艘船？"他说。

我想，也对，漂泊路上，怎么可能只乘一艘船？而且他最终到达的不是横滨吗？林北方也说自己父亲是在横滨捡到他的。

他没有具体说，我也不追问。漂泊在外的苦难甚至难以言说，我自己就经历过。我也很少跟人说我在美国那段经历，我愿意讲的是后来去国外采访的事。流亡跟出国工作及旅游是不一样的，跟自愿移民出去的人也不一样。流亡的人有双向"原罪"：对祖国，你是背弃者；对所抵达国，你又是异邦人。不堪回首。所以他才会最终回国。但这并不等于他当初不该走，当初走的跟后来回来的不是同一个人。这个林修身当时走时是个贱民，回来时是个企业家了。我想起当初他在太阳吊索桥上说的话："等我有钱了……"

即使香草要找的游击队，那里不也是中国人的地方吗？

我终于明白了，是因为这个，他才不跟着香草去的。并不是为了日本人的任务。事实上，他也让那个行动失败了。

我脑补着他在太阳吊索桥上的情景。他仰着头，闭着眼，灿烂的阳光在眼皮上迷走。疏松的泥土蒸腾着香气，那是香草的香气。他吸着。所有的植物都在咯咯拔节，那声音，那香气，跟阳光组成一片亮丽的大合唱。有一种被万物拥抱的疲乏在全身扩散，就像将要高潮的做爱，他呻吟着。但这高潮已经中止，早在上桥前就已经中止。只不过他仍然慵懒地赖在那种感觉中，苟延残喘。现在，他身后方向响起了窸窸窣窣的声音。香草听不到，他听得到。也许是他臆想出来的？但哪怕是臆想，那样的声音终究要出现。他猛然紧张起来，留给他的时间不多了。他凶猛吸起来，能多吸一口是一口。但他也清楚，自己每多纠缠香草一分钟，香草就多一分钟危险。当然，他可以拖延到日本兵逼近那最后一步，用自己的死来阻挡日本兵逮住香草，让香草跑。但他能吗？他这么弱小，日本人都比他高大，他们还荷枪实弹。而且，日本兵一旦出现，香草就明白了是他带来的了。至少是怀疑，但即使是怀疑，他也没有机会去释疑了。他永不可能见她了。见不到还是小事，让她鄙视更糟糕。那是万劫不复。他现在唯一的愿望就是在她心中保持好形象。这愿望从来没有这么强烈。但怎么可能有好形象？她已经把他看成窝囊废。但就是这样，也不能看成是奸细。这非常要紧！非常要紧！比命还要紧！因为他爱她。

他爱她，却要离开她，他千方百计要留住跟她的距离，却又要远离她。他离开她，是为了爱她。

他仰天喟叹，那声音就像失声很久的虎啸。

他蓦然感觉脚下晃荡，也许是他发出太大的能量，让铺板震荡起来了。铺板稀少又破烂，好像脚下是通透的一样，阳光从下面反射上来，下面是虚的，好像他根本没有踩着板。风吹过，吊桥飘了起来。他灵机一动，他要踏掉铺板。板已经很少了，能跺掉几块是几块。至少，日本兵必须吃力地过桥，香草就有逃跑的时间了。更重要的是，香草看到他拆除铺板，就不会怀疑他和日本兵是一伙了，反会觉得他是在救她。当然，踏掉铺板，他就会掉下去。下面深不可测，粉身碎骨。死就死吧，这样她就完全不会怀疑他了。他要活命，但他可以为她死去。他现在也只能用死来洗污。在她面前死，为救她而死，洗污后死了，她会后悔她骂了他的，她会为他哭。她为他哭已经够了，死无憾了。

“我理解，我理解！”我对他说，“虽然您后来活了下来，但您已经有死的决心了，已足够了！也许您不是英雄，这世上有无可挑剔的英雄？只有刹那的英雄。您应该欣慰了，香草，她全名叫李香草，当然您应该比我知道她，后来我也见到了她，哦，是视频，她做节目的视频。她在节目中说，她已经知道您是故意把吊索桥弄断的……”

“不是……”他说。

“您不要谦虚。您不要对自己要求太高。”我说，“谁能对谁高要求呢？谁有资格对别人高要求呢？我们不是大人物，我们不可能创造历史，我们不可能把控事件大方向，既然这样，那我们做些力所能及的事，已经很够了。让事态尽量朝着不那么坏的方向发展……”

“我不是。”

“那您至少在客观上做了，客观，不知不觉地，不经意地，意外，您意外救了她！”

“我没有救她！”他说。

我愣。我的热血被凝固。“不，您……”

“失误。”

“什么？”

“失误！”

“失误？”

“我也不知道那桥会垮。”

“当然，您当然不能保证，谁能保证它就会垮了？但您努力跺它了……”

“是它晃荡。”

“但您不是在跺吗？”

“我只是想跑开。想着一脚踩稳，踩住，就用力踩下去，结果反而让铺板震动，把吊索震断掉了。”

“不可能！”我叫，“根本不可能！您就是舍身救她的！她，香草。她在后来的节目里说她爱您。她后悔当初没听您的话，没跟着您。”

在视频里，李香草这么说了吗？至少没有明确这么说。我在杜撰李香草的话。反正李香草已经不在人世了。但我没有意识到，这个 U 也早已不在人世。我这是在杜撰一个死去的人的话，欺骗另一个死魂灵。我是在企图镇住一个几十年的鬼魂。简直幼稚可笑。他没有被关于爱的话所迷惑，倒是紧紧揪住了问题实质，反问：

“跟着我？回到日本人这边来？然后知道我是奸细？然后爱

我？然后她再被投去当苦力？就比当游击队好？或者她还是爱我，然后跟我一起被当作‘汉奸’？”

我愣。这简直是一个恶毒的老蛇精。“您不要这样！历史怎么能假设呢？历史走向怎么能看清楚呢？您这是在钻牛角尖！您这是给自己出难题，自己跟自己过不去。您怎么能这样啊！打住！打住！您不要再说了，我不听！我不听！我只知道您已经够不容易了，已经很强大了。一个人的强大不在于他做了什么，而在于他能承受什么。您承受了太多。在这个世界上，我们都承受太多。我也知道您有负罪感，但在当时那种情况下，您能那样做，已经够了不起了。您无可指责，您只能做到那样，我们每个人都只能做到这样，只能，只能……”我絮絮叨叨地说着，毋宁是用言说来抵御他。我进入漫长的“只能”的隧道，没有空间边际，没有时间终点，永远“只能”着。“只能……只能……”这是一个异常混沌的梦，“只能”，表明我不满意。但也最终顺从了。我当然感到惭愧，我没有做好，但我没有办法，现实如此，我“只能”如此。等这现实改变吧！我企盼着、畅想着、憧憬着、寄托着、决心着，同时也慵懒着、磨蹭着……

第八章

我消化了自己

二零三七年，我寿终正寝。

我是一路做到厅级退休的。我自己也没有想到我会升到这个位置。

就在我即将离任时，发生了一起轰动全国的毒空气事件，影响极大。我一如既往用舆论巧妙平息了这个事件，安抚了人心。上级领导，还有同事们都认为我给自己的职业生涯画上了圆满的句号。

但我的心并没有安宁下来。我安慰了别人的心，我的心却更加彷徨。那天晚上，我又在照镜子时，蓦然抽了自己一个耳光。我一直都有抽自己耳光的习惯，就像果戈理一生没有戒掉自慰一样。

自掴就是一种自慰。或者说，企图让问题明晰化。几乎所有问题都复杂得无从下手。我们处在最复杂的时代，特别是所谓“改革进入深水区”后，各种价值观纠缠，我常有双手互搏的困顿与痛苦。我常想起特里林所描述的“文化英雄”，他认为，“对于一等智力的检验是看他有没有能力同时在头脑中持有两种相反的观念，而同时依然能够保持行动的能力”。这是太难做到了。有时候，我简直感觉到深入内心，心瓣互撕。可别闹到心碎的地步。但我实在无法做出选择，只能无限延宕行动能力。

延宕也好，就在延宕过程中努力把心跟脑分别出来。司空医生说得对，心是心，脑是脑，“心想”实际上是“脑想”，跟心没有关系。

但我仍然感觉心在遭受折磨。也许我还真应该认同司空医生的观点，这个心不过是一种器质，就从这个思路着手治疗，别把精神因素搅在其中。即使讲精神因素的宗教，佛教，不也把这心叫作“肉团心”吗？它只是“身”的一部分。

但佛教不是也讲“起心动念”吗？心动了，然后传达到大脑，让大脑产生想法。这不又说明心对思想是有作用的吗？管子也说：“耳目者，视听之官也。”“心处其道，九窍循理。”“心以藏心，心之中又有心焉。彼心之心，音以先言。音然后形，形然后言，言然后使，使然后治。”孟子也说：“心之官则思。”“尽其心者，知其性；知其性，则知天也。”张载直接对“心”下定义：“心”由“性”与“情”合成。

但我是信佛说的，还是信这些中国圣贤说的？我承认自己很混乱。也许还是佛学更调和一些。但我又不甘心。我愿意接受王阳明。年轻时曾经读过一些王阳明，那时候喜欢叫他王守仁，他的画像就像他的名“守仁”一样迂腐。那时候，所有传统的东西在我心里都是迂腐的，曾几何时我亲近传统了？这个问题，曾经跟我大学时代的一个同学聊过，他说是我保守了，之所以保守，是因为我是既得利益者了。他总这么说我，他明显不知道即使是既得利益者，内心也充满了危机。也许正因为危机感，我才一头钻进了传统。传统不能给我答案，这我还是知道的，否则二十世纪八十年代的“启蒙”就白启了。但传统可以成为逃避的港湾。

王阳明也说：“人者，天地万物之心也；心者，天地万物之主也。心即天，言心则天地万物皆举之矣。”但他的妙处，或者说是让我喜欢之处，是他干脆以“心”取消了“天地”。

> 《答李明德》：先生曰：你看这个天地中间，什么是天地的心？对曰：尝闻人是天地的心。曰：人又什么叫作心？对曰：只是一个灵明。曰：可知充天塞地，中间只有这个灵明。

这比“二程”将“心”分为人心和道心简单多了，也不像朱熹陆九渊那样老是把“理”作为羁绊。只消对这心，养心。养心就是知天地，养心就是养世界。

“吾日三省吾身”，自我反省又自我调适、自我保存，克服现实世界所带来的种种困难，避免冲突，让一切既在或潜在的对立因素都消融在主观心理的平静安宁中。这是一种智慧，也是一种操持，独立于客观现实之外而刚健有为。

但客观现实还在。无妨，作为知识人，我有不少可以搬弄的武器。中国知识人往往有太多为自己辩护的武艺，有时简直就是背叛知识的犹大。

客观世界是什么？佛学上说：“过去已灭，未来未至，现在不住。”唯有虚无。当然佛学也讲真实，这时可以搬出尼采来，尼采认为唯神不虚无，所谓虚无，是以神为真实。但神存在吗？那么此真实岂非虚无？这似乎又接通了“后现代”了。知识是相通的，历史是轮回的，世界是周圆的。

关于神的存在，还可以很学术地搬出拉康的“大他者”来。上帝不过是人自己制造出来凝视自己的幻象。在迷上“心学”之前，我曾经心仪过拉康。但拉康太思辨，他让我被思辨所引领。思辨是可怕的，还是整体地把握来得安妥。

这整体就是心。它没有嘴，没有牙，但它可以焐化任何东西。用心来消化世界，就像用胃来消化食物。混沌地，缓缓地，耐心地。

终于，我消化了自己。

我不再纠结。我叹息，但我不思考。我的心在浩渺的宇宙里飘游，但就是不及物。我心悲悯。我成了名副其实的好人了。中国知识人活老了，往往会变成光溜溜的好老人。

我理解了这个世界。上世纪八十年代号召“理解万岁”，我很抗拒，认为是对历史的不负责任。现在我理解了。我于是也理解了我追寻一生的那个叫林修身的可怜的人。我理解了他的心，哪怕他苟且，哪怕他无耻，甚至有罪。扪心自问，只需要扪着自己的心，不要说话，就听着自己的心跳，在那种情境下，谁能够做得好？

有一天，我看见孙子做物理作业，拿着U形磁铁。“这叫‘马蹄形磁铁’！”孙子跟我在名称上较劲。

“也叫‘U形’！”我说，“我就称‘U形磁铁’！”

“为什么一定要叫‘U形’？”孙子反问。

我想到了林修身被叫作“U”。

“别跟我扯没用的！”我喝他，“你就告诉我这磁铁是做什么用的？”

“磁场实验。”

“我当然知道。”我说。其实我并不知道。当初我物理并没有学好，现在仅存微弱印象。现在的孩子，仗着受到完整教育，就刁难长辈了。“你就告诉我实验原理。”

“磁感线从北极出发，到达南极，两极之间磁性是最强的。”孙子说，“做成……U形，”这鬼精灵也顺从我的意志说“U形”了。“是为了让两极更接近，好看到效果。两极之间的距离接近，磁通量损失就比较小，造成磁通量密度就比较大，磁铁的吸力就会比较大。”

这不就是林修身吗？他有两极。在他少年时代就显示出来了，最初为林修身取“U”这称呼的林北方，当时是否是受了U形磁铁的启发？当然他不会说，他只要呈现他家伙计“坏”的一面。他是否用心去体会一下，他家伙计“坏”的一极，也在被“好”的一极吸引之中？当然“好”的一极也是如此。但人是复杂的。

人是复杂的，这是我通过一生探索的结论。当我们这么说时，我们已经对人理解了。当然还有一句：世界是复杂的。我也已经跟世界和解了。但“人是复杂的”“世界是复杂的”这种貌似历尽沧桑得出的结论，实际上是没有结论，“放之四海而皆准”的真理是“真理之无”。但还别说，“无”，还真是抵达了世界本相。于是以“无”的面貌最可以言说真理。佛家不是说物理学绕了一大圈，最终回到了佛学真理吗？

在我生命最后三年，我以“无”的价值观，为林修身写了一本事实确凿的传记。我完成了一生的愿望。也是为我自己。

你还要怎样啊？

我没料到在三生石前遇到了他。

这个林修身竟然还卡在这里。他捧着他的心。我看到了这个叫作“心”的实物。它就这么裸露在我面前。它还活着，血淋淋的。它支离破碎，它的主人必须用两个巴掌捧着。它太碎了，主人要不停地转战手指拢着它。但仍然总是顾此失彼，一次次险些让它从指间滑下去。手指赶紧夹紧，兜住，化险为夷。但很快，这样的情形又发生。真难以想象这么长时间他是怎么过来的？

据说早些时候无常也被那心折腾苦了。白无常收了林修身的魂，黑无常负责收魄，但收了身体，独独这颗心收不走。林修身自己也表示无奈，他也拿这心没办法。它都已经不成形了，碎得七零八落，难以收拾。它像小石堆，零碎而坚硬，坚持不让自己拢成一个整体。它简直不成样子，但它不要体面，就像豁出去的无赖。

无常曾经疑心，这个人不归他们来收。从葬仪看，好像不能肯定是中国人的仪式。但他说自己是中国人。他确实也有路引，确是阎罗大帝所发。无常就接手了这工作。但干到一半却干不下去。想撤手，但阳世不收退货。这是众所周知的阳世办事风格，能推就推，快快甩手。扛在黑无常手上了。

说来应该归咎于阎罗大帝，是他签发的路引。但哪里敢批评阎罗大帝？只能迁怒于同事。白无常已经完成了任务，一副事不关己高高挂起的姿态，黑无常心里就很恨，觉得不公平。再一想，凭什么成了我的事？这心本应该由白无常你来收。管子有言：“心也者，智之舍也。”阳明先生说得更是明明白白：“所谓汝心也不专是那一团血肉，若是那一团血肉，如今已死的人那一团血肉还在，缘何不能视听言动？”可见这心应属于魂。

但白无常却也有理由：你不看那心，实实在在可以看得见，破成几瓣都看得分明，得用手兜，还流着血。要让我来收，我用什么器皿来收？只有你收魄的才有工具。

黑无常道：你没有工具，不等于就不是你的职责。只是以往心都包在身体里，我顺便收走罢了。偏偏这个心跑到外面来了。

白无常道：谁叫它主人把它抉出来？

林修身道：岂是我抉的？是它自己破腔而出的，像炸药包爆炸出来了一样。

黑无常道：你明明知道自己心碎得这么厉害，还不看管得严一些？

林修身道：原来没这么碎，是它自己咬这么碎的。

黑无常道：笑话，它哪有嘴？

白无常也道：自己咬自己？谁会这么做？

不料声音竟从那心的一个裂口发出来：怎么没嘴？我就是自己咬自己！

白无常对黑无常道：不管怎样，既出来了，明明白白看见它就是血肉，还有嘴。圣贤的话也不是全有道理，都这时代了，谁信谁的理呢！

黑无常道：我一直替你做，你倒不知理了！

白无常道：就是说理，也有阳世之理，阴世之理。

有一次，又争到这个，黑无常出口道：那阳世之理阴世之理，是否也男女有别？

白无常没明白。黑无常在跟那身体打交道时，发现了那身体里没有阳具。收男性阳魄是黑无常的工作，但如果是女性，那就应该白无常去干了。这下白无常无话了，于是黑白合作，党同伐异，把那心用绳子扎了，塞进它主人体内，快快送到牛头马面手上。牛头马面不知情，按正常手续办了。黑白无常就要开溜，这边那心又破腔而出。牛头马面惊叫，喊无常，黑白无常都装作没听见，只紧紧走。

好在鬼门关有十六大鬼，个个凶恶异常，不怕搞不定这颗心。这心已经扎得实实的，只消再把它塞回林修身体内。又怕林修身不从，又把他绑得像粽子。拽进黄泉路，黄泉路上一路孤魂野鬼哭号。这些鬼魂还不能去阴间，只能在这里游荡，你是寿终正寝，还有什么不满意的？恶鬼说。恶鬼也不是一味凶恶，也知道收买人心。林修身觉得有理，他毕竟是好人，善解人意，但他那心却不管，仍在他身体里困兽犹斗。林修身也够苦的，外面自己身体被绑着，里面又被心撞击，内外受敌。到了奈何桥，那心又突围出来了。绑那心的绳子不仅被挣断，林修身身上的捆绑也被冲垮。它原来就碎了，这下碎得更加厉害。手被解放，这也使得林修身有办法去兜住他的心。恶鬼想，这样也无妨，就随他这种姿势，快快过桥，但那心看到三生石上的文字，就不走了。它并没有脚，应该是它让它的主人不走的。它的主人这下也屈从它。

恶鬼催促，诱惑说再往前走，就是望乡台了。你不是不愿意离开人世吗？你不是舍不得阳世吗？那里可以望见阳世。但林修身却执着于三生石上的文字记载。这又有什么关系？不过是档案而已。你经历过人世，应该知道档案这东西是靠不住的。阎罗大帝也知道，你们过来的人都不容易。但林修身仍然不走。是因为这里毕竟写了你不好的事吗？到时阎罗不宽大怎么办？恶鬼问。但林修身不说是，却也没说不是。那你这是要怎样吗？恶鬼急了，你简直就像“上访户”“医闹”“钉子户”“刺头”！要动暴力。

我赶紧上前为他说话。我承认我为他说话，多少出于私心。如果让它乱说，我那些白纸黑字怎么办？我真怪这个林修身不懂事，我那么帮你，为你树碑立传，我已经为你做这么多了，现在却让我听话。

“你知道他？”恶鬼问。

我点头。“我采访过他。我为他写过传记，他是好人。”

“何以见得？”恶鬼问。

“他身体里没有生殖器就是证明。”我证据确凿道，“那是他自我惩罚的证明。在人间，能自省已经难得了，还自己惩罚自己，惩罚的还是如此重要的器官，要知道这器官对男人是命根儿……”

“命根儿在这里！”不料那心很不配合地叫起来。那心活像脱了毛的鸡崽，几乎已被大卸八块了，还挣动着，心尖部分就是它的嘴。它竟然有嘴，会说话。

“我知道……”我说。

“那个东西算什么？”那心问。

“什么东西？”

“生殖器官啊！”它说。按说它这么粗鲁，可以直接说出“生殖器官”这词。它这么说，明显表现出对那器官的轻蔑。

“噢，对。”我说。

“那东西是我耻辱的证明！”它说。

“也不能这么说。人人都有这个器官。人毕竟是肉身的人嘛！”

“那不过是肉！”它说。

我觉得好笑，就你，不也是肉吗？佛教里说“肉团心”。当然心毕竟不全是肉，（其实生殖器官就只是肉吗？）为了安抚它，我附和它：“我知道您是主情感的。我知道您的心情。我们中国人最了解‘心’了，中国文化简直就是‘心’的文化。中国语言说到深入往往要用到‘心’字，只有说到‘心’才到深处。心情，就是从最深处发出的情。这情来自深处的理，外在的理不重要，心的理才重要，所谓‘心理’‘心理’。心理就是心的纹理，也就是心走过的路，心路。我理解您的心路。我知道您很难，这世界倾轧您，撕扯您，对您不公平……”

“没不公平！”它竟然说。

“别这样，”我说，就像在梦里我说的那样，“我知道您历经苦难……”

“难吗？”它说。

这是什么意思？你否认，我的理解与宽赦，倒成了我塞给你的了。其实梦里也是这样。也许是一直被贬低，自己对自己的认知也产生了偏差。甚至，就像长期遭受寒冷，忽然被盖上棉被，竟会暖得不适应，甚至感觉肉麻。或者，干脆就是觉得这个世界本就是一团黑，它索性乐在其中，而看破，而绝望，而玩世，而颓废，而反叛，而堕落，而行恶。但其实每一颗看破红尘的心都有一个大得无法实现的理想，每一颗绝望的心都充满着极度的希望，每一颗玩世的心都把认真作为准则，每一颗颓废的心都有着挣扎与不甘，每一颗反叛的心都立志牺牲，每一颗堕落的心都是从高点堕下的，我觉得我堕落，是因为我心在高处，我是撒旦，因为我以上帝为参照。当然这不是我的话，我现在怎么会说出这么煽情的话？印象中是我年轻时读过的哪个文学作品里的，二十世纪八十年代的，现在早已被反思，乃至嘲笑。我们已经成熟，我已老，已经圆满，已经从人世过往。当然我也怀念那个时代，怀念，但坚决不回去。我也不能对这颗桀骜不驯的心说这种话语，那样它就更加纠缠不休了。我已瓜熟蒂落，我知道怎样利索地处理问题。这是我的强项。我面对这颗心，跟他讲“未发”，您现在已经到了这个境界，什么都放下，回到“未发”状态，现出您的本心，人心本是无善无恶的。

“谁说无善无恶？”它反问。这心真是好斗。那嘴一下一下啄来，我见过许许多多的嘴，从没有见过这么狰狞的嘴。

“阳明先生说‘无善无恶心之体’……”

“谁说……”

“我知道，我知道，”我说，“您不能理解。其实您也不必理解，这本应该是我这种知识分子来告诉的。”

“对啦！”边上恶鬼插嘴道，“人家是知识分子，懂得比你多！你就听人家的吧！”

我发现恶鬼在向我使眼色。我感觉我在跟它沆瀣一气。我的愿望就是恶鬼的愿望。多少年了,知识分子跟恶鬼就是这么共谋的，心照不宣，你就是我，我就是你，你中有我，我中有你，就像浮士德博士跟魔鬼靡菲斯特。我的心一跳。

“我承认知识分子没有做好。”我说，“但其实也不能怪知识分子。知识分子也是人，不是吗？世界那么复杂，知识分子不过是人……”我不知道自己为什么要扯出这些？虽然可以为知识分子的犬儒辩解，但这岂非让问题复杂化了？但这是我纠结的问题。糟糕的是我自己以带着问题之心，企图去诱导对方的心。“唉，唉！只有知识分子才想这么多！您不必要，您只要顺从本心，只凭本心，‘知善知恶是良知’……”

“嗯，就良知！”它说，“并不是只有你们知识分子才懂。”

它终于不再反驳了。

“再说，文人算知识分子吗？”它又说。

随它怎么说吧，只要入港就好。我说：“好吧，就算文人，是文人的良知。阳明先生摸索致良知的道路，用他自己的话说，也是‘从百死千难中得来’，是‘千古圣贤相传的一点真骨血’……”

那心一震，又一茬血汹涌冒出。我后悔我为什么要去说这些？什么“血”，什么“百死千难”，这不是又刺激了那心？“别这样！

您别这样……”

“找不到良知是肯定要裂的！”它说，念叨着，“就像当初在桥上。”

“桥上？”

“太阳吊索桥。”它说。

我又懊悔我为什么要去提醒它说这个！

“两不去，就裂了……”

我想阻止它。“在我的梦里，您说过……”

“我说过？”它反问。

“哦哦，不是您，是您的主人林修身先生……”

我寻林修身，竟然找不到。不错，仍然有两只手兜着那颗心，但就是看不到手腕延伸出去的部分，更看不到他的脸。甚至都不能肯定这手是他的。

“他说就是我说！”那心说。这逻辑上也说得通。但让我直接单独面对这样一颗心，我心里还是有点发怵。而且因为它血淋淋的，有一种无可辩驳的力量。“是你说的！”

“应该是我记错了。”我说，“那只是在梦里。哈，我怎么会把梦当真？我真是愚蠢可笑！”

“我承认在你梦里说过那些话。”但是那心说。

“不，您没说！”我说，“怎么可能？您怎么可能会进我的梦里嘛！这不符合科学！”

“科学？”它哈哈笑了起来，口子裂得简直不可补救。

是啊，都进了鬼门关了。在鬼域谈科学，真是太可笑了。都是我的知识分子思维在牵制着我。即使论科学，人类对宇宙才了解多少？“所以嘛！”我说，“一切都是虚妄的。您怎么可能说那些话？”

“那些话，我还真的一直在说。”它说，“说着说着，我自己都信以为真了。但说着说着，自己也会说不下去。因为是心在说，心是知道的。”

他的心说

“那太阳吊索桥上的情形，简直就是我一生的象征。我一生困难的象征”。

它还真说得像知识分子。也许每颗心都是知识分子。

严格说，我听到的不是声音。那个狰狞的嘴已经不再动，整颗心也沉静下来，我感受到的是一股波。那波是从它的另一端发出的，这是原来连接身体的部位。那里因为断掉了，反形成一个凹陷的坑，好像漏斗口。尽管这颗心到处是裂口，但它的主人的手仍然一直把它竖扶着，好像担心这口子倾泻出什么来。以至于现在它自己可以单独立着。口子在迅速张大，使得那心呈试管形态。波就是从这大口子汩汩出来的。有一刻我眯眼瞅这心，蓦地一惊：它是U形的！敞开的心，难道不都是“U”形的吗？

我听着。

“一边的岸上是香草背影，一边是埋伏的日本兵。好在日本兵还没有暴露出来，在等我暗号。他们很快就会出来的，只要我没有跟香草走，我就是日本兵的人，就得给日本兵发暗号。但我实在不能跟香草去。当然我也可以不发暗号，日本兵是死脑筋。但他们也不会死板到看见猎物跑掉还不动手。他们一冲出来，我就完了。虽然我不管自己是不是中国人，但我爱香草。虽然我不愿意跟她走，虽然她恨我，但我就是爱她。我要阻止计划施行。我于是又开始踏步，走向日本兵所在的一端。我要去阻挡日本兵。我这时竟然产生了从来没有的勇敢。但问题在于，向着我要去的方向的那块踏板离得太远，我脚踏上去，它像水上的漂浮物一样反而荡远了。这使得我的脚失控地重重踏上去。于是把它踏得反弹起来，吊索也剧烈晃荡了起来。我的脚下深不见底，一旦掉下去就会粉身碎骨的吧？好在我未踏出的另一只脚还支着这边的板。我让自己稳定，保持姿势。但我的腿那么大跨度劈叉着，很快没了力气。必须把一只脚收回，随便哪只，让两脚踩一块板上。但板是腐朽的，固定在吊索上的部位更腐朽，好像一动它就会崩了。我只能抓紧当围栏的缆绳，竭力将自己身体重量牵在上面，好减轻桥板的负担。但总不能一直这样吧？我又把脚缩上去，这样重力就全部压在缆绳上了，缆绳晃荡了起来。我的脚只能又在踏板上找支点，这样，刚才的情形又出现了，踏板荡起。我抽起脚，但又只能再踏下。仍然踏不稳。我完全没有意识到是我踏得太用力了，冲击得太猛了。我的脑子里一片空白。

“蓦地脑子里有了声音。是香草骂我的声音。她还在那里。这可不行！我喊她走，但我没有喊出声音来，我该怎么对她说呢？我开始后悔我为什么要跟着她上这个该死的桥了。当时她走得利索，当然，她是当地人，她走惯了这样的桥，我以为我也可以，就稀里糊涂上来了。如果我没有上来，我就可以在岸上阻挡日本兵。但问题在于我上桥时就没想过阻止日本兵，我只是跟着她，想多闻她身上的香气，还有，跟她解释。好在日本兵还没有冒出来，她还没有识破我。更让我感激的是，她开始教我怎么解困。她甚至都没有看到我已经在往回去的方向踏脚，也许是阳光眩了她的眼了。她骂我，但只是骂我笨。她还是骂我‘窝囊废！’，我感到侥幸。我要回报这种侥幸，于是我产生了就是自己掉下去也心甘情愿的心理。这样好，她就不会发现我是奸细了。但这时候，她尖叫了起来。

“对岸上冒出了一群枯黄色的日本军服，在翠绿的环境里，死亡一样扎眼。死亡向桥上冲来，死亡在向我逼近，我简直绝望，我彻底完了，香草全知道了。但香草并没有骂我，她只是目瞪口呆。我想喝她走，但我仍然没有发出声音。而且整群咄咄逼人的日本兵让我畏惧。但我也可以死，我可以以死来救香草，或者说是赎罪。确实，我闪出过这个念头。我于是装得更笨，堵住日本兵的路。他们喊我闪开，我也装作闪身，但毕竟桥面太窄，不能通过两个人。他们喊我侧身，我侧过身去，身体失去了平衡。是真的失去了平衡，我站到我脚下那块铺板的左头，右一头就翘了起来。我赶忙又去踏右一头，左边又翘起来。我在两头踏来踏去，就像踩跷跷板。日本兵在我身前左一下右一下地企图钻过去。我左，他们就右；我右，他们就左。他们急了，我左他们也左，我右他们也右，像没头苍蝇。差点把踏板踏翻。日本人笨我是早领教过的。这很好，就这么拖延下去。但领头的有脑子，喝令士兵停，让他们静观我的动向。一个士兵机灵，在我踏到踏板左边时迅速踏上右边，这样就平衡了。但他毕竟不是我，我们分别踏一头，无法协调，晃荡一直持续。我们都慌，都竭力用力踩，再踩。这样我们的脚在起落中又不平衡了，因为慌张，越来越不平衡。铺板腐朽，承受着两个人的重量。我感觉脚底有要垮的迹象，我听到了吊索跟板眼摩擦的声音。我叫：‘危险……’但领头的没有领会，他应该是太急了，求成心切，起了冒险之心，喝令另外一个士兵伸脚去稳定住踏板。那士兵伸出脚踏，但因为距离太远，他的脚成了去推踏板。本来吊绳跟板眼共同在一个方向使力撑着，现在被转移了力向，崩了。一崩全崩，我们都掉了下去。

“我真希望自己有轻功，像会武术的人一样飞起来。我不想死，死了一切都完了。我们中国人讲‘好死不如赖活’，不是吗？好在下面并没有我想的那么深，我们都摔在灌木丛里。只是受了小伤，爬上来很难。上面的香草应该懂得跑了吧？这时候我才又想起她。日本兵这下无法再去追踪香草和她哥哥的游击队了。我也保住了命，虽然让肉体受苦，也因此让他们不好追究我。只有受苦才能保全，我早知道这道理。”

“但您毕竟是受了苦。”我说，“至少在客观上救了香草。客观，已经很不错了……”

“不错？”它反驳我。

“好吧！”我不想跟它辩。但它不想结束这问题，又说：

“对爱的人，这怎么够？爱是有洁癖的，连瑕疵都不能有！”

“我知道您有洁癖，”我说，“但您不能这么想……”

“我一直没有跟人说起香草……”

“您说了。”我说，“跟森达矢说了。”

“也许……我忘了。也许在某个时刻，控制不住自己，冒出来了。人有时都不知道自己做了什么。但我确实是不想提她的。但我不提她，还在想着她。她像一抹冷光，照着我。不是阳光，已经不是阳光了。也不是灯光，灯光是模仿阳光用来照亮的。但冷光不是，它没有什么亮度，但又是光，像梦魇一样晃着你。但有被光晃着总比在一片黑暗中强，有关于香草的噩梦做总比没有做好。我觉得有个寄托了。尽管她唾弃我，但被她唾沫星溅着，我也有了价值。我揣着她高贵的唾沫，也有了精神贵族的感觉了。当然，这对我来说是不够的，我要的是爱。有时候我真懊悔，我当时为什么不跟她走？但已经来不及了，没机会了。船在返程。那是‘光’号最后一次到苏门答腊，后来航运停止了。日本要败了。

“战争末期，美国人的飞机狂轰滥炸，寮舍被炸毁了。香织要我回长谷川宅里住，我没地方去，只能顺从。也许我可以做回中国的打算？盟军肯定要赢，日本战败无疑。别人不知道，我在长谷川家还是听到一些消息的。将来中国会是战胜国，日本是战败国，我为什么不回我的国家？但我很犹豫，在这个战胜国里我是什么？我是怎样的一个战胜者？

“这时候，长谷川先生被炸死了。把家业交给了香织，又把香织托付给了我。当时我真不愿意。我说这话，并不是在说明我清高，不稀罕长谷川家的资产。不，我要钱，我坚信自己从出生以来所有的不幸都是因为没有资本。只是我实在不愿意再被香织纠缠。战败，秩序重建，对我这种什么也没有的人也许还是新生。但我想错了，所谓覆巢之下无完卵，软壳的卵也是先完的。果然，战时为战争服务的企业并没有被清算，长谷川也是。我承认，过后我很庆幸自己当时没有拒绝长谷川先生。我确实在偷着乐。

“但我的人生进入了黑暗隧道。我可耻，我有罪，我万劫不复了。但人怎么可能听凭自己万劫不复？人有本能。本能一定要出来抢救，就像濒临死亡时跟死神搏斗，调动起全部能量。每次本能出动，都是殊死的战斗。我为自己的行为寻找各种理由，这些理由是如此有力，就像回光返照。不，回光返照是向着必死的，能量用完了，就彻底完了。为自己辩护永远不会死，它还会真的活起来。你会发现在论证过程中，这理由的逻辑变得越来越强大，无法质疑。论证下来，你简直不但无可指责，简直就是太冤枉了。你简直就是完人、圣人。但这世界上哪有圣人？怎么没有？你反驳。于是论题变成了论证有没有圣人，在这种高蹈之下，作为人的你得到赦免了。

“但是，扯什么‘圣人’！没有要求你当‘圣人’，只要求你当个好人啊！其实对这种戳穿你早已有防备，所以一扯完圣人，你就会及时谦虚下来：我只不过是个普通人。不是谦逊，是策略，你本来就策略性地把自己降格为普通人，再普通不过的普通人。当然，当个圣人多好啊！但那是你能当得了圣人时。如果你当不成圣人，就干脆把自己降为普通人，免除了被架在架子上炙烤，火离你远得很。但仍有火星溅到你：普通人还是人，你做的是普通人该做的吗？但我还有办法，就再自己降格：我是虫豸，好不好？我是小爬虫总可以了吧？我只是一踩就死的小爬虫。这样，你就坚不可摧了。降格到最低，一切责难都无效了，一切罪恶都可以赦免。

“当然我仍然要争取当圣人，至少是好人吧，人性中的向上、向善，我也是有的。我也不是不求进取的人，我也努力。这样，你就连我的态度都无法谴责了。我努力啊，我争取啊，我想伟大，但却降格为善，我也守不住善，于是滑向了平庸，以致可耻，以致罪恶，‘平庸之恶’。但‘平庸之恶’虽然是‘恶’，毕竟是‘平庸’使然。但‘平庸’有罪吗？我毕竟是普通人，人都有平庸的劣根性。但这‘平庸’毕竟造下了‘恶’。是的，我承认，但这是无辜之‘恶’。我价值杠杆上的秤砣滑来滑去，见势出招，变换话语，寻找立住点，最终立在‘无辜’这个刻度上。

“但你真的无辜吗？不是，我也可以承认，我会说：所有人都不可能完全无辜。但还是会被识破：没人要求你‘完全’！是是，我改口：所有人都不可能无辜。但仍然会被打断：别扯所有人！这是坏孩子的品行，自己有错，总说别人也有错。就说你自己！我仍然会承认，确实，我有错。是错……我放出一些小错，好吧，大错。不是错，是罪恶！好吧，罪恶。在你的梦里我就是这么干的。小心翼翼地放，谨慎选择，该放出哪个罪恶？该放出多少程度？并且随时准备缩住，收回。实在不行了，再放出一点：你看，我都坦白了！像挤牙膏。像小气鬼，实是阴谋家。要知道，这可是让自己坐实罪证，对手会说：看，他自己都招供了！没有谁会对别人发慈悲的。我干吗要这么诚实？论起来，他们自己不也身藏罪恶？只是他们现在是审判别人。”

“等等！”我插问，“这‘他们’，是谁？”

“其实是我自己。我是自己审判自己。”

"这有点像拉康，"我说，"但拉康说的是'自以为是主人的奴隶'，您好像正相反，是'自以为是奴隶的主人'……"

"我不懂什么拉康。"它说。

噢！我误以为它真是知识分子了。其实它再会说话，也不过是一颗心。

"我只知道我自己。"它说，"我自己的事实。我知道你听到了不少关于我的话，你也听过我说的，但你没有听到我这颗心说的。心是赤裸裸的，并且我已经破开，你看到我的内部，它才是无所隐瞒的。我想隐瞒自己都无法隐瞒。你不要理解成我是在诋毁他们的话，不，如果这样，我就没必要顶在这里五十二年了。谁都以为我要为自己辩解，大概所有人都这样吧？谁也没有耐心听我说，至少没有让我说的氛围。谁都很忙，但我需要氛围：掏出来，审视，感受着一瓣一瓣裂开，像玻璃裂了一样，那声音，那感觉，没有沉静下来能听得到、感受得到吗？"

"好，现在我可以。"我做出安静倾听的样子。

"不知你注意到没有？他们都在讲我的故事。"

"故事？"

"也是没有沉静下来，所以只能看到故事，我都干了什么，传奇。"

我好像有点理解。

"只有在日常中才能凝视。"它说，"在黑暗中，凝视才像冰锥的尖尖一样尖锐。天花板是黑暗的，你沉入黑暗的床笫。在黑暗中你无可辩护，也无须辩护。黑暗是最阻挡不住的照亮。卧室里有个梳妆台，那里有个镜子，香织梳妆用的。但她不知道，那也是我甩自己脸用的。”

我心一跳。这个林修身跟我一样，都有甩自己脸的行为。之前我只知道他爱照镜子，他是爱美的。也许正是因为爱美，才严苛。

“照镜子，才确确实实看到自己有多么的丑陋。”他继续说，“您照过镜子吧？照镜子时，总是要端庄起来。人总是这样，就是心再丑恶，在镜子前都会端起来。这是一种条件反射。甚至都不是装，人人都希望自己确实有个好形象，是个好人。但是正因为这种希望，连同自己本来对自己的看破，至少是有疑虑，于是就会心虚起来，就想去整理自己看不到的那一面，掩盖自己的丑陋。而且正因为你不是好人，也以小人之心度人，绝对不会相信别人会善看你。要防止随时被进攻，被看破，被他们放心里嘲笑，所以自己要先藏掖好，武装好。就像日本武士，他们化妆，胭脂时刻揣怀里，时刻补妆，化妆也是战斗。

“可惜镜子只能照正面，侧面后面会露出我的破绽。理发店会用另一面镜子照后脑，还有侧面，我也一直想另外弄一面小镜子这样照。但找一个人帮我，我的虚弱岂非昭然若揭？当然我也可以用自己的手端着它，照后面。但这个镜子该藏在哪里？被香织发现了，岂非更成了笑话？直到香织去世，我一个人生活，才用上了这样的镜子。我一直没有再婚，与其是因为我器官缺陷，毋宁是因为害怕她看到我丑陋的一面，这是多么可怕的事！缺陷还可以叫人同情，丑陋是绝对不可能叫人同情的。照镜子时，我就会侧转头睨镜子里的自己。睨着眼就是挤着眼，眼睛一挤，整张脸的神态就怪异了。

不能说是贼眼，贼是有主意的；也不能说是媚眼，媚是干脆全放下的；也不能说是慌张，我要一再端详，端详了又端详。道貌岸然，装模作样，搔首弄姿，心怀鬼胎。特别是跟香织干那种事时，我一再睨自己，那淫样啊！你的皮有多厚呢！”

“不，您不能这么说……”

“为什么不能？”

“您说的是您的主人！”

“我主人不就是我吗？”

“皮囊是他的。”我说，“还有躯体。他要吃，要喝，要干活，他这身体要承受很多事，比如挨打，比如去接受S/M，又不是你挨打。”

“但疼在我这里。”

“但还是不一样。你是间接的，他要去直接承受，直接面对！”

“那只是游戏。”它说，“他是主人，鞭打的是为他服务。没有生命危险，哪怕是受皮肉之苦都基本不可能。鞭子是女人的手挥舞过来的，烛油是不会烫伤皮肉的，日本的服务者很专业的。就是女人骑在身上，一个女人又有多少重量？虽然他个子小，但有男人的骨骼。何况服务还有标准姿势：必须把屁股悬着，防止压坏客人。当然这样又让客人不满足，感受不到被欺压。得有点强制，有点压力。于是就训练出了最恰当的尺度，既让客人感觉到跟女人臀部亲密无间，又不会压坏客人。你能感受到对方满满的爱意，像母亲那样严厉又温情。母亲怎么可能真伤害孩子？找虐是一种找爱，被打是一种被爱，是甘え的依托。甘え，你懂得日语，知道这词吧？都说日本人心理是‘甘えの构造’，其实中国人也是。人在脆弱的时候，就会寻找依托，而最强有力的依托就是责打，特别是妈妈的责打，或者，姐姐的责打，总之是可依靠的女人的责打，所以S/M的女人叫女王。也可以敷衍成圣母马利亚。惩罚再严厉，毕竟是她的孩子。虽然很严厉，但出自女人之手。虽然很耻辱，但是在私密空间里的。虽然我罪孽深重，但我在爱我的女人怀里撒欢。这一切并不是肉体的感受，而是我的感受。什么被虐？什么身不由己？哈，也对，这就是身不由己。应该是心不由己。说什么被逼，我再清楚不过啦！”

都说自己是被逼的

“以前我说过‘如果’。‘如果’我生在好世道，我就会做得好。但有‘好世道’这种东西吗？没有！那么为什么还要指望‘好世道’？无非是推诿。

“以前我一再强调‘如果’，现在我要强调‘即使’。即使生在坏世道又怎样？即使在强权之下又怎样？

“在强权之下，人人都强调自己是被逼的。我实在是身不由己啊！我们往往拿身体当挡箭牌：你看，这实实在在是不可超越的，你也有身体，每个人都有身体，肉身之躯，你也不能战胜。那么谁能指责谁呢？互相理解吧！是的，我也有身体，但人还有本能。当鞭子挥在我们头顶上，我们的本能会抵制，就像身体上毛孔会竖起。

这是恐惧，也是抵抗。问题是你在多大程度上抵抗？你确实是被逼，但是否在并没有被逼到实在受不了时却投降了？在还有哪怕是一点点力气时就躺倒了？人的承受力是有潜质可挖的，你让自己守到最终极限没有？”

“您这么说有点苛刻了。”我说，“什么是极限？什么叫实在受不了了？能给个数值吗？精确的数值，到什么数值才实在受不了了，一崩。有如此机械吗？就像拉钢索，加一分负荷减一分负荷，有那么精确吗？难道要精确到小数点后面多少位？”

“固然不能。但扪心自问，只能扪心自问，自己问自己，你的承受值在哪里？我们常躲在无法精确衡量的下面游移。这是一种自欺欺人的狡猾。心的准线被调节，本来的‘底线’成了‘高线’。那么这个‘高线’下面还有‘底线’。‘底线’再成‘高线’，‘高线’下面又有‘底线’。回头看看，这‘底线’已经离原来的‘底线’十万八千里了。你好像仍然还在讲‘底线’，这个世界好像仍然有‘底线’，但此‘底线’已经不是原来那个‘底线’了，人与世界已经堕落。所以，重要不是讲‘底线’，而是讲‘高线’。在可以取‘高线’时不取‘底线’。”

“您这样，未免太理想化了！”我说，“‘高线’达不到，不如尽量守住‘底线’，不然最终成了空喊。”

“空喊总比不喊的好！”

“但既然是空喊，又有什么意义？”

“有意义！”它说，“喊不喊是不一样的，挣扎还是不挣扎，挣扎多少，都不一样。即使压力强大，还是可以试着跟它磕碰一下的。试试它的强度，博弈一下，不行再退嘛！即使会因此折腾，还可能，不，肯定是白折腾，也有意义。当然会显得很愚蠢，当一下愚蠢人嘛！当然利益会受损，放弃一些利益嘛！就当作对付良心这个讨命鬼吧，就当作丢一点肉屑喂良心这只狗吧，为了良心的安宁付出一些代价。我努力过了，我尽力了。但我们却往往不为。不是不能，而是不为。”

我们！我一惊。“但您现在做到了！”我敷衍它，“您是有自省的。”

“这样就够了吗？”

“您刚才自己不是说努力一下，尽力。您已经尽力了！”

“但我不是继续下来了吗？”

“这可以理解。”我说，“一再反省，但一再没做到。虽不能至，心向往之。这说明您的心有向往光明的趋向，只要有这个趋向就好，即使最终不能做到……”

“你怎么知道我没有另一个趋向？”

它反问。它简直就是一只掉光毛的癞皮狗。

“说什么不能忍受香织。不是也忍受过来了吗？有什么不能承受的呢？要死要活，但最终还活着。所以能活，正因为还是被滋养着。其实我还是过得不错的。说实话，自到了长谷川家，我的日子过得比在‘佛跳墙’好多了。住的条件不必说，吃的，过去在‘佛跳墙’，我只能吃主人剩下来的，到长谷川家后，能跟小姐一起吃了。香织她坚持要跟我一起吃，把我从用人堆里单独拎出来。虽然吃时还得看主人眼色，但毕竟不是吃残羹剩饭了。饭菜是经过我的手的，我对残羹剩饭有直接的感觉。中国菜还讲究火候，冷菜就是残菜了。我是做厨的，对食物的新鲜度特别敏感。即使不在香织面前放开肚皮吃，更多的也不是不敢，是客气，我已经习惯了假客气，或者还因为厌恶香织，不想吃她的东西。这是我自己不愿意，是我的选择。甚至，还以此抵制她对我的支使，哪怕对我好，也是对我的支使。即使不吃饱，我还可以在厨房里补吃，还可以在烹饪时偷吃，在‘佛跳墙’偷吃是不容易的，在长谷川家，我专门有个厨房。我很快胖了，渐渐成了一只安逸的猪。

“扪心自问，我真的只是被动忍受吗？我就没有主动？我知道我的价值在哪里，我就没有利用这个价值？吃‘软饭’总比吃‘硬饭’轻松，我就那么爱工作？我就那么喜欢埋在厨房里？我有优势为什么不用？‘长柄钥匙’，我就用它打发她。

“再说，只是打发吗？身边这女人我真就那么讨厌吗？每一次，我不是也勃起了吗？要不我能够进入她吗？实际上我也想了，要不，她怎么可能迷上我？就是我非常受不了她了，我仍然有欲望，这欲望，并不全是要换取她给我生存的权利，单纯的性欲也不能说没有，只是我自己不承认。这性欲绕过我这个心，暗度陈仓。我还自己骗自己：我是讨厌她的，我是被逼无奈的，我无路可走。我身陷黑暗，但我的欲望在黑暗中满足了。还因为小心翼翼地暗度，逃避道德的审查，一旦到达目的地，欲求更反弹性地强烈了。那简直就是漆黑里的狂欢，但自己却告诉自己，我是掉进泥水了。有时候自己也瞒不住，知道自己也在狂欢，但那是既然掉进泥水里的索性狂欢一下，如此而已。性本身就是一种从肮脏不道德中才寻求得来快乐的，这也没什么。何况我又是男的，我的器官，与其是一根被她要挟的把柄，毋宁是一把戳进她身体的刀，男人在姿势和动作上就是进攻者，尽管她常常爬到我身上来，体位颠倒。人是多么会欺骗自己。

“当然，无论她下位，还是上位，我仍可以视为被强奸。男人也会被女人强奸的，被强奸也会有快感的，这不？就是这样。有一种说法，被强奸的可耻很大程度上来自竟然产生了快感，这让被强奸者倍感可耻。但这边感觉可耻，那边又继续接受着屈辱，逢迎着屈辱。虽然愤怒，虽然也会有懊丧，甚至会自责，但事情都完成了。甚至都没有半途中止，直奔高潮，心满意足地结束。反而是她有点担心了，开始让我用‘突击一号’。你知道这避孕套吧？那时这东西很贵，可能是长谷川夫人担心了吧，让长谷川先生弄来的。这样，我就有一种被操纵感。注意，不是我的生存被操纵，而是我的欲望被操纵，我的快感被打折了，乃至尊严被侵犯。你会奇怪我把自己说得这么丑陋，还谈何尊严？不，有尊严。所有的生命都有尊严的诉求。她想要精子就要精子，不要就不要，弃之如吐口水，我是她的使用工具，这完全坐实了。还不如自慰，自己当自己的操纵者。战后很多男人没有女人，就自慰。但这是失败者的选择，选择了，更坐实了你是失败者。所以自慰之后，没有不产生失败感的。至少香织是个有温度的、会动的、会叫唤的女体。手一触摸她，她就像春水一样融化了。那么，这岂非也是我在操纵她？我什么时候摸她，我可以做主。好歹也算是做主了吧，好歹也有主动权了，好歹也有尊严了。弱者只能顺势赚到尊严，只能偷着乐。这就是弱者的生存与发展哲学。弱者也是个生命，不仅有向内缩的生存诉求，还有向外扩的发展诉求。我姑且也算达到了。

“明白说，确实，我就是‘吃软饭’的。最初就有这个居心。第一次见到长谷川小姐，我就被她迷得神魂颠倒。是爱，还是利益考量？要被长谷川小姐看上了，跟她进入长谷川家，那前途就不是在‘佛跳墙’能比的。但我没有一点吸引她的本钱，我必须引起她注意，我这种没有资本的人只能不择手段。少东家请客那天，我表现得傻傻的，他跟他的同学捉弄我，长谷川小姐也在笑话我。但我无所谓，我本来就卑贱，没有再可失去的了。卑贱成了我柔韧的钝器。卑贱的人能引起人家注意，就是迈向胜利的第一步。长谷川小姐取笑我，也比对我视而不见的好。我巴望她嘲笑我，践踏我。身边有个女人的影子，要比没有好得多。哪怕是被她的狐臭熏着。

“我一再说她身上的味道是臭的，就在刚才我还这么说，现在我要坦白，其实那是荤味。就像肉味，臭就是荤，荤就是富有。我要有！我要长谷川小姐！我为自己这念头吓一跳。这简直是野心，简直不可能。我一无所有，无论哪个方面，我在她那里都一钱不值。但越是这样，我越不甘，越要冒天下之大不韪。蛮试试嘛！我们这种人有的是赖劲，好汉怕赖汉。你发现没有，这也是一种勉力而行。我刚才说人在坚持操守时好歹试一试嘛，现在是在索取利益时。人在坚持操守时的赖劲，远远不如在索取利益时的赖劲。不抱希望地去试一试，说不定能得到呢！大不了砸了，拍拍屁股走掉。

“你也许会奇怪，走？往哪里走？你不是一直害怕无家可归吗？你不是无立锥之地吗？但人会完全落到无立锥之地的境地吗？

大马路上也有立脚的。只不过是不舍得已经得到的，只是不甘，收敛着，蛰伏着，四处张望，一旦更好机会来，就像猛虎下山。这时，原先那个千方百计寻求保住的立锥之地，简直不值钱，简直就是画地为牢。当然也是赌，但老子本来就是流浪来的，本来就赤条条，用我爹常说的话：‘老子把把架你肩上！’

“把把，就是屌。我老家话。‘老子把把架你肩上！’老子把屌都亮出来了，还羞什么？老子光棍一条，还怕什么？我爹还有一句话：‘混出样子给他们看，把他们眼睛抠出来！’在‘佛跳墙’时，我就时刻想着混出个样子。人不能一辈子当下人。如果只是暂时的，哪怕十年或者再长，就当坐牢，只要是有期徒刑我都可以忍受。只要有盼头，再苦也有希望，再黑暗仍然有光。我的光出现了，那就是长谷川小姐。

“让我高兴的是，长谷川小姐喜欢吃饺子。这是我的拿手好活。更高兴的是我可以去送饺子。我可以在送去时告诉长谷川小姐，这是我包的饺子，皮是我擀的，馅也是我做的。我可以向她炫耀做的方法，我的秘籍。我承认我很重视技艺的掌握，这是我立世资本。一个人有技术就不怕没饭吃，就不怕没前途。现在我的人生出现了曙光。我还留意到，是长谷川小姐要我去送饺子的。后来她拒绝少东家去送，我就更明白她的心意了。后来她几乎拒绝见少东家了，我就更加大胆了，把少东家的木屐谎称是自己的木屐，就是一例。虽然我没有说这是我的，我也不可能有奖品，但这是一双新木屐，穿在我脚上，也可以给我长脸。不错，我是少东家骂的‘野贼’，我是贼！但凭什么我就不配拥有这木屐？就因为我没有上学？就因为我天生下贱？天生下贱，就要抢。但现在我要反问自己：你的天生下贱又不是‘佛跳墙’造成的，相反人家还是收留你的人。我当然知道，但当时我不能这么想，这么想，就找不到抢夺对象了。所有有钱人都是我争夺的目标，他们是整体的，阶级？革命？你应该很熟悉这个词。不错，对我们底层人来说，只有革命才能改变命运。但老实说，我并不知道什么叫革命，我只想爬到比我混得好的人头上。

“但‘人为刀俎，我为鱼肉’。我也要为刀俎。在‘佛跳墙’干活，我剁肉做饺子馅。我喜欢做饺子其实只是因为喜欢剁饺子馅。我用两把刀。但两把刀不过瘾，我就想象着有一种机器，有好多把刀。用刀剁，刀被砧板顶着，对下层的肉是没有力度的，所以要去翻，把下层肉翻到上面来剁。如果能有把刀从下面上来，不只，从左从右，从四面八方切进肉里，那么就好了。但还不够，肉有纤维，还得把纤维拉断……只有绞肉机才可以做到。

“当时我还只是伙计，不可能左右老板去买绞肉机。市面上已有绞肉机了，但很贵。再说也不好用，不够狠。我在心里悄悄想着改进的方法，我知道我的方案也许一辈子都不会用上，我不管，我只是想，只是好玩。剁肉的时候，我模拟着在操作绞肉机。但这样就会走神，就会被老板打。被老板打后，我就自己也打自己。继续剁肉，我就想象自己被绞肉机绞。我并不是生气，不是愤怒，挨打已是家常便饭了，被打后，尤其是被自己打后，我倒变得分外沉静。老板常骂我：‘贱骨头，不打不轱辘！’一打，我就轱辘轱辘转了，沉浸地转，一直顺势转下去。我在绞肉机的绞龙中转。有时，也会拿老板一家作为模拟对象。拿他们一家作为模拟对象时，我特别专注，就像纯粹客观在做技术研究。

“其实当时，即使我争取长谷川小姐的事被少东家知道，即使老板一家忌讳上我了，我仍然未必会被赶走。只要我松手，老实下来。店里毕竟还需要我，我会干活，没有了我，我的工作就要分在老板和老板娘肩膀上了，少东家是拎不起来的。也许因为我知道这吧，当然更主要的是我好容易得到接近长谷川小姐的机会了，就像老虎咬到了带血的肉，怎么可能松口？当然，对‘佛跳墙’，我也会求饶，在‘佛跳墙’干，我才能接近长谷川小姐。我甚至会承认自己有错，他们冤枉我的，我也认。因为我压根儿就没有把这当一回事，先认再说，先混过关再说，积蓄力量，等待时机再干。我阳奉阴违，虚心接受，坚决不改。改了我就傻了，老老实实听话我就傻了。我是什么？一钱不值的东西，怎么能听他们的？道义是他们的道义，我还没有这个余裕。我老家有句话：‘鸭子混着凤凰飞。’我是鸭子，不是凤凰！等我成了凤凰再说吧！到我飞黄腾达时，我一定会是好人的，比他们都更好，比他们更高贵。现在我只是贱人。因为贱，我什么都可以做，贱自有贱的自由。我还可以保证悔改，对天发誓，发誓就发誓，我又不信天，老天要有眼，我怎么会沦落到这种境地？我给他们下跪，我知道中国人最受用下跪了。跪，在我只是膝盖一弯而已，我本来就是‘曲蹄’，我的膝盖本来就是弯的，弯一弯何妨？无非就是一个动作而已。我磕头，只是磕头会痛，但为了蒙混过关，为了我的大目标，也值得！哪里有不付出就能得到的？重要的是付出多还是得到多，只要能得到长谷川小姐，什么代价都愿意出。

“少东家想尽法子整我，我都认了。但他却叫他父亲不让我干活。你之前听的是我被饿还要干活，我就争志气干得更欢，给他们看。那是撒谎。我是个很会撒谎的人。实际上正如少东家所看的，我是在抢学技术。没有技术，一旦被他们扫地出门，我凭什么生存？还谈得上什么飞黄腾达？对了，我之前还对你说我为了避嫌不肯去长谷川家送货，怎么可能？说回抢学手艺，老板这不让我干，那不让我干了，这触犯了我的底线。哪怕我得不到长谷川小姐，我也要谋生。谁挡我的道，我就干掉谁。我会不知不觉冒出‘杀’这个词来。想什么问题，想着想着，‘杀！’就迸出来。我剁着肉，觉得是在千刀万剐老板，不，老板一家，我一次又一次把他们一家绞成肉泥。要报复，总有一天我要出头。一旦我出头了，你们这些王八蛋，通通把你们杀掉！你们现在尽管这样对我。

“有时候也没有想着要杀谁，好像只是一句口头禅。长期的弱势使得我成了老好人，但其实我不是，我自己知道不是，只是不得不当好人。外表表现得多善良，这心里就有多恨。好人当得越久，这心里就越毒。我这心里关着老虎，它随时会冲出来。杀！

“说的是‘随时’，毋宁是‘伺机’。像我这种人是输不起的，不可轻举妄动，不可有半点闪失。所以我一直没对老板家动手。也因为我感觉到有改变的希望。我总是强调我是被命运推着走的，哪里有听天由命的人？不如用一句耳熟能详的话：机遇是给有准备的人的。去长谷川家送货，有时我也听到长谷川先生和他的朋友们在说话，运输船够不够什么的。我虽然听不懂，但我感觉形势会有什么大变化。我打探香织，她不知。我就告诉她我在‘佛跳墙’待不下了，暗示她，如果她家需要添人手，我希望来。果然，珍珠港被炸。只是我没想到香织那么快就来拉我，她是没理解我的用意，她把我当她的私奴了。

“我发现自己掉进了陷阱。而且，即使是长谷川先生，他的事业又有多大前途？不过是搞运输的。少东家打到长谷川家这事，就让我怀疑长谷川先生的地位。”

“等等！”我叫住它，“你是指林北方出征前到长谷川家闹事的事？”

“他还有别的机会来吗？”

“机会？”

“他要出征了啊！他才有了机会。”

“当时，”我试探性问，“真的躲在壁橱里？”

“隔着纸门，外面的话听得清清楚楚。少东家放肆，我可以忍受，但没想到长谷川家也对他的无礼那么忍让。就是申辩也是顺着人家的道理。不，那是帝国的道理，他头上有天皇的光环。就因为他是帝国军人，他掌握着无可辩驳的话语权。甚至可以杀人了，他可以拿破坏帝国军人的婚姻来治对方的罪。虽然长谷川家跟他并没有婚约，但他可以揪出我来。我只不过是一只他可以随意踩死的蚂蚁，不，不是他，是时代主流。时代洪流滚滚，谁也害怕被搁浅在沙滩上。我也要参军！你会吃惊吧？我当时确实想参军，要不是我是个黑户，还怕因此公开了我是中国人，我一定会去报名的。那年代，没有比参军更风光的了，对底层人来说，只有参军才能一步走到高端。你指责我吧，我就是这么没有是非原则。社会是一个大转盘，谁都害怕被甩出来，而我根本就不在这个转盘中。我惶惑，我要去至少蹭蹭这个转盘。我跑去少东家出征仪式现场了。

“外面阳光异常灿烂，连空气都在躁动。到处都是‘太平洋海战’‘空的神兵’‘五族协和’之类的大海报，还有早先在日比谷公园庆祝新加坡战捷万人大会的海报。走在街上，不是被军需工厂工人的跑步通勤队伍阻挡了去路，就是被挥动着小太阳旗的妇女小孩蹭着身体。我躲躲闪闪，直觉得自己是个妨碍，迟早要被时代车轮碾成齑粉。蓦地一个横幅标语从身后兜了过来，不由分说兜着我走。我趺趺撞撞，还没迈几步，从侧面又横切过来一溜人。我于是被裹挟在人流中，踉踉跄跄，浑浑噩噩向前走。突然，前头像被墙壁挡住了一样，猛地一退。我的鼻子撞在前面那人的后脑上。‘轰’的一下，我几乎要昏过去。到清醒过来，一个警察拦在眼前，他后面是隆重的红色，那是神社门柱。我刚有个预感，一队穿戴耀眼的人就出现了。

“‘武运长久，万岁！’一个神社神职人员振臂高呼。

“‘万岁！’群众一齐呼喊。

“我一眼瞧见了一个既陌生又熟悉的身影。我几乎叫了一声，但被人搡了一下。那人挤到了我的前面。我个头矮，看不到前面了。我竭力踮起脚尖。又有一个女人擦着我的左肩，挤了上来，我没站稳，趔趄一下。紧接着，我的右肘也被谁顶了一下。我把手臂叉在腰上，顽强抵挡。一边再找那个熟悉而陌生的身影，那穿军装的队伍已经像河流一样流过去了。我相信我本来可以做什么的，是被身边这些人打岔了。我怨恨地左右开弓，挣动手臂，肘尖向他们击去。

但我虽然在情绪上凶狠，却控制着动作的幅度，小心不要实际击中谁。我是外国人，中国人。我的肘尖只撞击着空气。很快地，人群也追赶那队伍去了，这边解除了戒严。我被撂下了。我赶紧跟上。

“人群在分流，每个出征者都回到了自己的家，继续出征仪式。我很自然地选择自己应该去的方向。‘佛跳墙’前旗帜‘呼啦啦’飘扬，像竖起来的波涛。少东家林北方还没走到店门口，前来欢送的人们就鼓起掌来了。人们的脸好像向日葵，齐刷刷跟着他转，直跟着他登上店前临时搭起的小台。町内会会长也站到了台上，就是曾经因为林北方摔奖品木屐而对他上纲上线的那个人，现在完全忘记了那事，满口赞美。说到‘圣战’，那庄重声调，我平时只能在广播里听到。林北方一副当之无愧的神态，神一样伫立着，这使得我怀疑起自己真的曾跟这个人朝夕相处过？我竭力追忆着，当初哪怕是被骂都是温馨的了，哪怕是被打，都传递着令人怀念的光和热。这时大家唱起了《出征士兵送别歌》：

受召于大君天皇，
生命辉煌如朝阳，
激情洋溢来相送，
一亿欢呼震九天。
出征吧勇士，日本男儿！

“歌声就像宣传画上常见到的战斗机，从航空母舰上呼啸飞起。一个短暂迟疑之后，我猛然追赶，也开始哼。我终于搭上了一句，恍然觉得自己攀住了战斗机的机翼，直噌噌腾空起飞了。但并不是坐机舱里，整个身体悬在空中，稍一松懈就会坠落下去。必须使劲攀住。我没进过学校，也没机会参加集会，只是从有线广播里听过这些流行歌曲。平时虽然听得耳熟，但现在一张嘴却唱错了。前面有个老人转过头来，向我示范地动着口型。我觉得妨碍大家了，躲到角落去。

“在角落，我的心又开始萌动。这下我把声音缩在嗓子眼上，囫囫囵囵，哼哼呵呵，配合着歌声。好像配合上了，大声点，却又在利落干净的休止符后面拖出个尾音。边上一个女人向我点头打节拍。我知道自己没有节奏感，我抱歉地向她嬉笑着。但她仍然对我打节拍，好像就是要敦促我唱：你别用笑敷衍我。但我并不是节奏问题，而是根本不会唱。她尖尖的下巴像镢头，好像要把滥竽充数的我刨出来。我很快会被发现不是日本人。我觉得周围的人都在用异样的眼光看着我。所有的人都会很快转过头来的，最后少东家会发现我。‘他是中国人！’他一定会大声叫，‘他是‘野贼’！把他轰出去！把这个中国人赶回中国去！’我赶紧逃走。

“但我没有逃远，我还恋着这种场景。我还能听到别人的歌声，像阳光。在阳光一样的歌声中，我像瘟鸡一样缩在路边，一种令人难耐的闷湿从体内蒸腾而起。

“那天天黑了我才回到长谷川家。我的耳朵里还在回荡着歌声，但那些旋律中的壮烈成分消散了，剩下悲壮。一进长谷川家门，只剩下了悲。恍然间听到类似的曲调，那是长谷川小姐在唱歌谣。日本歌都有悲的调子，随着听的唱的人的心境改变，或成悲壮，乃至壮烈；或成超然，沉迷于美；或者直接是感伤。她唱得有点走调，更有了悲感。我就抓住这个悲，在这个悲的怂恿下向小姐提出要求。我追寻歌声而去。歌声在长长廊道尽头飘失了。一会儿，又在后花园响了起来。我追得疲惫不堪，身子骨要散架了，真想就地躺下去。但同时，我的灵魂却像严格的朝圣者提醒着我，不能躺倒。我继续追寻。那歌声又在二楼响起，我追了上去。

“‘阿U，你跑哪里去了？’小姐说，‘来，我要包饺子！’

“我对准她，‘扑通’跪了下去。

“‘小姐，我会做中国料理！’我说。

“‘我知道。’她应。

“‘我会给您做好多好多中国料理！’

“‘我知道。’

“‘非常多非常多，非常好吃的，我有手艺……’

“‘你这是怎么了？怎么说起这话来了？不是一直这样的吗？’

“‘小姐，我有手艺，我会让您非常满意，非常非常满意的……’

“‘我知道阿U的心意。只要阿U有心，你不做中国料理都……’

“‘不不，我会做，我有手艺……’

“她恼了。‘阿U，我不要你手艺！’

“‘小姐，求求您，求求您……’

“‘阿U！你要回“佛跳墙”去吗？！’

“我不敢作声了。好在她没有说要把我赶回中国。这是她跟‘佛跳墙’少东家的区别，是她的善良。但其实我就是被长谷川家赶走了，又何至于一定要回‘佛跳墙’？我也可以去别的店，我有技术，即使在横滨我名声坏了，我还可以去别的地方，东京、名古屋、大阪、长崎……凭我的聪明，不会没饭吃的。你见过中国人在外面饿死的吗？只有懒死。我们中国人又不懒。”

我点头。中国人的勤劳是举世闻名的。

“其实，”它说，“就是走投无路，回中国去，也何至于饿死。”

“当时国内情况……”我说。

“战乱，贫穷，还有我是疍民。我一直强调我这个身份，向香草也强调过。其实，疍民就活不了了？不过是活得差。我这么强调，不过是以此来抵御别人对我的指责。同时，我也对自己这么强调，制造恐怖，给自己设置一个过不去的坎，让自己断了回国的念头，让我更卖力地在国外待下去，心安理得继续没脸没皮的人生。什么祖国和所去的国家两不被接受？难道不是两边利用资源吗？说是为了活命，活命有那么难吗？一口饭也可以活命。”

“不不，我觉得您是说得太轻巧了……”

“你怎么知道？”

“那时代……”

“你经历过那时代还是我经历过？”它说，“猫狗也生存着。没听说猫狗被饿死的。只是你不愿意像猫狗一样。别找借口了！实际上我害怕被赶出去，是看上了长谷川家的地位。虽然没有军队背景，但毕竟也不错。这资源对我足够用了，我可以借此鲤鱼跳龙门，改变命运。因为担心失去，我变得更卖力了。但我在心里诅咒她。骂得越狠，我就越觉得自己不是在逢迎她。‘内务社员’？少东家曾经这么挖苦我，也就是吃软饭的。我只能躲在这个女人卧房的壁橱里。‘你霸？你霸个把把！’这也是我老家话，意思就是你了不起，你了不起个屌啊！再说，你有把把，我也有把把，比一下看！这么一来，我倒认可了我用把把作为武器了，没障碍了。我以无耻为光荣，在黑暗中进取。人就像榕树，越是要往高处生长，根就越是要往地下深探。树冠有多大，根就有多广。越是向往明亮，越是要伸向黑暗，伸向恶。

“小姐把这误读了，她表扬我，同时对我也体贴了。这让我觉得不妙，这样岂非再也逃不出她的手掌心？我于是又挣脱，有时候甚至故意把工作做错了，让她生气。然后我再道歉。但又不敢太过分。我就像在走钢丝。好在我足够聪明。

“另一边，我关心起时势来了。一九四二年五月，日本大本营做出了运输南方资源的决定。当时全日本仅有一百一十三艘油轮，不能满足需求，许多货轮被改装成油轮。长谷川远洋船运所有货轮，在两个月内全部被改装。还增添了一艘新货轮，就是‘光’号。来找长谷川先生的人多了起来，那气氛，跟我当初被香织领进长谷川家时十分相似。不同的是没有高谈阔论，也不再拍手唱歌，来客神态紧张而又庄重。长谷川先生送客出客间，一拖人把榻榻米草席带出粉尘，灰尘在他们脚边扑闪着凌乱的光影。我悄悄尾随着他们，竭力接收着从扑闪闪的粉尘中传达出来的只言片语。我意识到机会来了。

“但我跟长谷川先生完全说不上话，小姐是唯一可以帮我传达的人。那么就必须哄好小姐。于是我就表现得更好了，对小姐百依百顺，满足小姐的任何要求。有时候还表现得很主动。‘我没想到

的，阿U都想到了！’她称赞说。甚至，她都觉得我烦了。‘不要了，阿U，麻烦！’

“‘我不怕麻烦！’我说。

“‘我怕！’反把她惹恼了。

“待我向她提出要求，她明白了。‘原来你不是真的对我好啊！’

“‘不是……’我辩。

“‘那你就别离开我！’她说。

“果然，更陷进去了。

“有一次，我一边擀着饺子皮，一边又求她。她说：‘你到底是不是真的对我好？’

“‘当然是！’我发誓。我发誓起来，面不改色心不跳，我天生有这素质。

“‘对我好，为什么要离开我？’

“‘我不是“一寸法师”嘛！”我灵机一动，说，笑嘻嘻起来。

“她也觉得有趣了，说：‘是啊！你就是我的“一寸法师”！’

“‘但“一寸法师”也会长大的嘛！’我又说。童话里，一寸法师后来确实长大了。我抓到了理由。我拿起擀面棍，递给她，学着童话里情节，说：‘请公主挥挥这小槌子，帮我许个愿，我想要变得高大一些！’

“按童话故事，公主应该照着一寸法师的话，挥动着槌子，口中念着：‘请把一寸法师的身体变大吧！变大吧！’然后真的灵验了，一寸法师的身体就变大了。但是她不进我设下的套，反拿棍子敲我。我被敲，很疼。她的手总是不知轻重。这是真的疼，不是我后来去 S/M 店那样的假疼。但我还是要假装，做出更疼的样子，增强效果，激发她打我的欲望。我让她敲，让她尽情地敲，只要她敲高兴了，我就有希望了。”

“真难以想象您当时挨了那么多打。”我感叹，毋宁在讨好它。

“我皮厚。”它说。

它怎么这么说自己。“再怎么……”

“当然，我也有受不了的时候。”它又说。

“就是嘛！”我说。它把我的心弄得七上八下的，捧它也不是。这简直就是一颗恶心。真想抽它。

“受不了时，我也会不顾一切放弃。我走！这一切老子都不要了！”

“是嘛！当时照子就走了。当然您有客观原因。”我说。

“什么客观？”它真是暴戾得可以，“我怎么能走？怎么可能跟她女的一样？”

确实，林修身最终没有离开长谷川家。

沉吟一会儿，它说：“跟女的也没关系。我压根儿就没想要她。”

我吃惊。

“我压根儿就没有喜欢她。她身上满是下贱味道，寒酸的味道，汗味，怎么洗也洗不净。我鼻子很厉害的。一接近那味道，我就闻到自己身上同样的味道。那种永远洗不掉的馊味和汗味。我很忌讳汗味，流汗的事能避免就避免，那是下贱的人的分泌物。照子让我联想到自己的身份，她是日本的疍民。”

“日本也有疍民？”我稀奇。

"就是'部落民'。"它说,"闲聊时她告诉过我,她的祖上是'秽多'。从那以后她身上的味道就让我忌讳了。也许她真不该告诉我这些，她太信任我了。或者说，是我伪装得太好了，我从来没有表露出对她的厌恶。也许是见到我情绪激动吧，内分泌加速，那体味就会更凶猛地冒出来。我忍着口水。我是有洁癖的，闻到臭味，口水就要吐出来，无论如何不能咽下。但我是个照顾别人感受的人，于是我就找个借口，转到她看不到的地方吐口水，不让她知道。我一直是挺顾及别人感受的人，克服自己。"

这是克服自己吗？我不禁在心里想。你挺可怕的。

"何况，'破尿壶可以救急'嘛！"

"'破尿壶可以救急'？"我不明白。

"她有口啊！"

真是下流！我想。

"但我心里明白，我要跟她弄在一起，这一辈子岂不完了？所以，就是战后再遇到她，我也没有想娶她。要娶她，就必须跟长谷川小姐离婚。而且那时候我已经进入长谷川家了，已经得到一些好处了。但我为什么还要跟她往来？"

"不是'破尿壶'吗？"我说。

"到那时了，我还缺'尿壶'吗？"

"那是为什么？"

"警醒自己。"

"什么意思？"

"让自己受不了她，于是就回到了长谷川家。每当我在香织那里受不了时，我就去找照子，去感受她的恶心，然后就会老老实实回到我固有的生活中去了。再闻到香织的味道，会觉得是殷实的富有。”

怎么这样？这家伙太可怕了，简直是把我往深水里溺。我简直受不了。为了自救，我替他开脱：“其实从利益上考量，也没错，人不能不考虑利益得失，人性使然，完全可以理解。人不仅要生存，也要发展。发展是硬道理！您当时没有物质基础……”

“那有了以后呢？会社到我手上之后呢？香织死了之后呢？”它反问，简直穷凶极恶。“告诉你吧，不仅要得到利益，还得改变自己。我自己出生那么低贱，怎么可能再被她拖累？当然我也会打点得好的，不然闹到香织那里，我也完了。也得让照子觉得我有难处，她不是爱我吗？那就为我想想吧！当然也得好好安置她。我确实是各方面都打点得很好的人，哈，好人，智慧的人，还有：苦了自己的人。他们告诉你的也没错。拉了屎，捏着鼻子，劳动一下身体去收拾一下，确实也挺苦的。”

它大裂开嘴，大笑起来。那样子简直邪恶。

“也挺愉悦的。”它又说，“看着她被我当作屎还感激涕零的样子，我又有一种种植者的乐趣。人并不只是为自己干过的错事后悔，还会咀嚼，咀嚼着苦味，那是她的苦，也是我的苦，我咀嚼着，这个女人被我熬成老太婆了，一年又一年，我用每年更新的眼光来欣赏一朵一直枯萎在枝头的花。当然我自己也在枯萎，那么这朵花就是我预订好的陪葬品。”

“这种感情上的事情，”我说，“是说不清楚的。不管怎么说，您也是受苦的。至少，您拥有企业，也是经过千辛万苦得到的。”

“一切受苦，只要得到利益的回报了，都不能叫作受苦了。”它停下笑，又说，“哪里有不要付出的获取？世界残酷。人家能让你受苦，就是给你机会。受苦像弹簧，让人在被压下之后，猛烈反弹，弹到高点，更高点。中国不是有句话吗？‘天将降大任于斯人也，必先苦其心志，劳其筋骨，饿其体肤，空乏其身，行拂乱其所为也。’”

我没想到孟子这话被它放在这地方用。

“所以，回到香织打我，她打我，我知道我就有机会了。她打得自己急了，咬着牙发出‘咿咿’声，好像要把我杀了。我趴着让她杀，我知道她杀不了我。我知道那‘咿咿’声拉不长的，难以为继，终究要结束。我只需等着这声音结束。果然，她‘咿’不出来了，精疲力竭，坐在地上哭了起来。‘你太坏了！你坏！你这个坏人！坏人！’只有她知道我是坏人。其实,她与其是因为失败而哭，毋宁是因为太爽了。”

比太阳更不可直视的是人心

“这样换来的机遇，我怎么可能不珍惜？‘光’号就是我人生的光。我唯恐这光收回去，我得努力干。特别是船长，他的声音直击我神经，我甚至在睡觉时，都会因为他的声音跳起来。他就是掌控这光的开关，他一个哼哼，就让我担心他要把光收走，那么我的末日就到了。我只能努力干，拼命干，一生悬命！所谓荣誉感，都是什么东西？

“但是，末日还是降临了。‘战时配给’已实行多年，非但副食品缺乏，就连吃得上本土大米都成了奢侈。给我的是没有黏性而且有着怪味道的外国米。我想起在‘佛跳墙’时，师傅曾用碱消除米的怪味。我好不容易找到碱的替代品,但没有达到效果。惶恐中，我觉得满鼻子都是臭味了。越是嗅，越是臭不可闻。

“但其实，也并没有谁知道我有这种消除米饭怪味的办法，用的碱也只是替代品，不能达到效果很正常。而且，外国米有怪味谁都知道，也不会怪罪到我。是我自己对自己苛刻了。认定自己本来是能做到的，却没能做到。我钻在牛角尖里了。好像所有人都坚决要求我把饭做得又黏又香，他们就等着吃日本米饭。

“‘我怎么这么笨！我怎么这么笨！我是笨蛋！’我骂自己。再没有比发现自己原来是笨蛋更能将我打倒的了。我一直很强悍的，别人骂我，打我，污辱我，排挤我，都没什么，只要自己有真本事。咱们中国圣贤不也这么教导吗？‘不患人之不己知，患其不能也。’甚至，你越锻击我，越能见出我是好钢。但现在却被证明我是笨蛋，无可辩驳。以往的自信通通成了笑柄。自己太不知天高地厚了！我甚至开始后悔自己斩断退路了，这下要被赶下船，再回到长谷川家，小姐会要我吗？如果她能要我，我再受怎样的奚落都愿意。我本来就一钱不值嘛！我这个人就是这样，有时候把自己看得很高，有时候又把自己看得一钱不值；有时候太要尊严，有时候完全放弃。我跑出厨舱，慌慌张张寻找出发的码头。海岸在雾中不断退隐而去。天地残酷。我用尽全部的心力钩着海岸，但‘光’号无情拽着我越离越远。波涛一浪一浪地向远方推去,海岸越离越远，我再也无所傍依了。

“还是认清现实，回去解决问题。开饭的时间眼看要到了。我改变策略，把自己看成一个连厨艺的门都没摸到的人，那么还奢谈什么呢？那么就可以放手干了。一而再再而三自我贬低，我心如死灰，于是也做成饭了。开饭时，我可怜巴巴避在门边，给每个进来的人鞠躬。我在讨饶，求大家对我网开一面。大家入座，我又企图将大家的注意力从食物上引开，去整桌椅，跟人磕磕碰碰，让坐好的人起来,希望惹大家在这方面厌烦我,对我发火。我满嘴挂着‘对不起’，但照做不误。船长来时，我甚至紧张得提着一桶水冲洗起厨舱门口来了。我冲洗得异常卖力，异常专注，好像冲洗地板才是我的本职工作。我一边大幅度动作着，一边眼尾偷觑着迈进门的船长。我不敢直接看他，让命运来安排吧！我能做到的就是索性先把后果想得一团黑。但越是这样，我就越是必须看船长，他的表情和动作，成了我唯一的救命稻草。我瞥见船长挑起一口饭，就那么不由分说送进嘴里了。船长的鼻翼紧压出两个深刻的阴影，丰厚的嘴角一个下撇。

“我的命冷了。

“‘怎么这么好吃！混蛋！’蓦地，我却听到这个声音。这简直不可能！再审视船长，他下撇的嘴唇实际上在忍不住‘呼啦呼啦’向上扬。这是船长习惯性表情，后来我发现，他要表扬人时都是先凶巴巴骂的。我顿觉被他从冰窟里捞了出来，体温从冰点迅速上升到沸点。这让我迷狂，丢下水桶，恍恍惚惚走出去，疯疯癫癫跑了起来。外面灿烂的阳光晃得我视野发花，不知什么时候眼里已噙满了泪水。我任凭泪水泛滥，又一头钻进船舱间的过道。阳光斜斜投在舱壁上，我的身影在光中忽高忽低地跳跃，时长时短，好像被什么拖着拽着。我的手抚摩着我的影子，摸着舱壁，每一块舱壁都跟我有关。我还不时轻轻敲打两下。我在舱道纵横穿梭，路线很快乱了。忽然发现面前有一个舷梯，我攀登了上去，大声叫喊起来。我平生从没有这么张扬过，现在我觉得自己也有张狂的权利了。我的喊声惊动了大家，他们跑出来，船长也出来了。

"'喂，你小子要掉海里去吗？八格牙路！'船长喝，呛了一样笑了起来。'你要死，我们还不舍得呢！你是属于"光"号的！你小子哟！'

"我经常看到船长挥舞着拳头，把阳光拽得一闪一闪的，好像是在把一切打散，打乱，重新洗牌。战争就是重新洗牌。作为等外之民，能有这样的汇入时代洪流的机会，怎么会不愿意？想想，这世界原来跟你没关系，就是你努力听广播，那也是别人的事。现在有我的事了。我很能理解那些底层人为什么在国内政治运动中那么积极，比如贫下中农，运动时，他才有开会的分，可以像读书人一样拿着书了，虽然看不懂。我告诉你，当时我总是拿一把铅笔夹在耳朵后，本来想用钢笔，但哪里弄得到？只有船长有，插在胸口袋里。见我干活时笔经常掉下来，船长骂我：

"'你小子要什么笔嘛！你又不会写字！'

"我就收起来，但等到船长不注意，又把笔夹耳朵后。这是文化的感觉，是高级的感觉！那些贫下中农几辈子没文化，运动了，家里也有书了。还可以发言了，这哪里只是成了读书人？简直就是干部一样了。你是这国家的主人公。当然那时没有日本人会认为我是他们国家的主人公，但我渴望。你看明白了吧？我是认贼作父。因为要这个‘认’字，我一生悬命。至少对这个集体，干活是我进入它的资本，只有干活才能让大家欢迎我。

“‘船长，还有什么要干的？’我常这么说。

“‘这是什么？让我试一试！我一定会干得非常好的！’

“挑战与机遇并存。越是难做的我越是要挑战。在不可能中做成，才有成就感。我这人是很疯狂的，简直有强迫症。

“所以对那个森达矢，我是避之唯恐不及的。首先是他玩世不恭的样子，我不能受他影响。我也害怕人家把我看成他的同类。当然，他说的日本军队滥杀无辜的事，我听了也很不满。但我不敢作声。我暗暗同意他说的话，但就是不敢说出来。我的正义感仅此而已。当然，正义感甚至让我憋得郁闷，像长满了虱子。有一次，我还真冲动起来，要跑去对他说：

“‘你说的我都赞成，只是我不能说！’

“还好这只是一闪念。这世界如此邪恶，我甚至恨不得把世界毁灭掉。可惜我是弱者。那么，我不敢表达也是情有可原的。不然只能做无谓的牺牲。

“如果我不是处在劣势，我一定会站出来。我对自己说。我是有正义感的，谁天生良知就被狗吃了？久而久之，我满足于内心正义。内心正义，明白吗？正义不付诸言行，渐渐形成了纯粹的‘正义’这样的东西，把它供着，内心还会产生这样的自得：我揣着光明，我藐视一切，甚至，唯我独醒。我这种所谓的正义感直拖到不义战争灭亡，不，是一路伴随着不义战争。货轮‘光’号不是军舰，但它受着军舰护航。表面上它不属于战争序列，实际上它在为战争输送资源。揣着正义之心，伴随着不义战争，就像妃子陪睡暴君到天明，是不是很滑稽？这样的正义心是什么东西？虽然我也怀疑过我的工作性质，我毁坏过食物，但终究还是要完成每一餐伙食。我可以承认我自己本意上是讨厌战争的，也讨厌政治，但渐渐地我的思想空白了。空白是可怕的，空白的脑子比装满恶念的脑子还要可怕，它是空房间，是谁都可以进去的。我固然也有苦闷惶惑的时候，但我让自己活得像行尸走肉，这个没有思想的尸体是很轻易被操纵的。

“其实，不用被操纵，我自己已经暗度陈仓了。我告诉自己，在这样的乱世我努力做个好人。大家也都说我是个好人，天生是个好孩子的坯。哈，‘好’！‘好’是个什么东西？是空洞的太阳，无须去分辨它里面有什么，也无法分辨，反正就是‘好’，就是‘好’，就是‘好’！世界上最不可直视的东西就是太阳了。还有，就是人心。不，人心比太阳更不可直视。你瞧我，这么一颗‘好’的心，从善如流。遇到坏人坏事，从不参与，至多只是旁观，嘻嘻笑着，至多只是看热闹。但，你笑就是支持坏人坏事！于是我赶紧严肃下脸来，这样，就是跟坏人划清界限了。

“不仅如此，对‘坏’我还会害怕。就像小姑娘遇到坏人，怕怕！躲得远远的，咬着嘴唇，‘呀！呀！’但你是小姑娘？你是男的，成年男人。世上哪有如此胆小的男人？装什么胆小？装什么纯真？装什么善良？装什么中性？只要瞅一眼你鼓鼓囊囊的胯下。女人胯下是滑溜溜的坡，男人却是鼓鼓囊囊的。所以男人一举手一投足都必须用劲，操着家伙啊！武器库怎么藏得住？我不知道男人们在意识到自己无论怎样体面都带着武器时，是怎样克服或者抹杀对荷尔蒙的感知的。

“也许，唯一能够做到的是把荷尔蒙加以崇高修辞：男子汉。国家是男人的（虽然我不是这国家人，但我在为这个国家供职，我要以国民标准要求自己），战争是男人的（虽然我不是士兵，但我是‘精良武器’），男人应该有力量（虽然我个头小，比日本人还小）。民族危亡，国家振兴，男子汉责无旁贷，不容许玩世不恭。再看看那个森达矢，我就看不惯他那吊儿郎当的样子。森达矢说了我那么多好话，但很抱歉啊，他不知道我当时是多么讨厌他。我好几次都想冲过去教训他。大家都在为圣战出力，你却在吊儿郎当！

“‘干吗呢！’我冲他吼，‘好好干一下嘛！’

“他不急，我急。我一身正气，满脑原则性。好好干活多么好啊！做个好人多么幸福啊！自己欣慰，人家欣赏，世界满是阳光，人生都是阳光。你为什么就不能领会到这种幸福呢？偏要做个坏人，害人害己。我简直就像船长，是管人的人，屌屌的。我真想冲过去揍他一顿。

“但实际上，我连‘干吗呢’这话都从来不敢说出口。我只是模拟着口型。因为我是个好人啊，总是与人为善。老好人，不仅‘老好’地为不义战争服务，也‘老好’地对不给不义战争服务的人，口不臧否。这是怎样的境界啊！简直是佛啊！

“但是，我哪里能够成佛呢！我又会谦虚。记住，千万别让人把你放在烤架上烤。要适当承认自己有缺点，自己是人。毕竟是人嘛！所以，我也是会生气的，我也是小气的。最招我恨的是森达矢你挑衅我，冒犯我，特别是在我的身份和能力上冒犯我，是绝对不允许的。我也是人，是人都有尊严，不容侵犯。你揭我的短，为难我，寒碜我，我该出手，我也会很狠的。不是不咬，是忍不了。你以为我是猫？激怒我，猫也会变成虎的。我也可以承认我是小肚鸡肠吧，记仇，很不光彩，没有男子汉胸怀。我知道我不对，但我不可遏制。尽管我知道这不好，甚至确实我有千般不对，但我就是改不了。我承认我性格有缺陷好吧？甚至，我可以承认我有小恶。我以承认自己小恶，掩盖了自己大恶的实质。当然，我仍会反省。再怎么着，我也要控制住自己的情绪。那么我用软办法，软嘴说硬话，谦卑说硬理，总可以吧？我这么顶他，船长喝彩。船长挺我，这让我满足。我是个容易满足的人，我本是个谦卑的人，我就不追究了你森达矢了。我还是善解人意的，其实你也是可理解的，你也挺可怜的。我原谅了他，宽恕了他，这时候我成了耶稣了。基督教跟佛教的区别就是承认人内心是有冲突的，人是会犯罪的。宽恕吧，宽恕吧，宽恕他人，也宽恕了自己。毕竟我不是日本人，他是日本人。至少得忍吧，‘小不忍则乱大谋’，‘男子汉大丈夫能屈能伸’。我只管凭技术吃饭，凭本事立世。

“看明白了吧？胆小怕事的小姑娘、与人为善的好人、有责任感的男子汉、忍辱负重的大丈夫、靠技术立世的能人……还有，原先说到的正义感。我在‘好’中滑来滑去，变换着评价系统。一个不行了，换一个上；这个不行了，再换一个上，总之总会被一种价值观托住。日本人算什么？只知道‘相对主义’，模棱两可，首鼠两端，暧昧，哪里有我们中式‘千手观音’来得管用？我曾经读过《增广贤文》，‘儒’‘释’‘道’杂陈，各种话语轮番上阵，换频道时毫无违和感。你当然知道《孙子兵法》吧？为了赢，什么下三烂手段都用上。这就是我们中国人的智慧，骨子里是什么都不信。

“事实证明我是对的。历史的路径是诡异的。日本战败了，但那些战争期间为战争服务的企业并没有得到惩罚，照样生产经营。长谷川会社自然也这样。倒是森达矢很快显示出了好斗公鸡的模样，没人理他了。他成了大家心目中的坏人。但他没有办法改变大家对他的这个印象。他的立场太单一了，也该说是他自己那么鲜明地举了一面旗帜，把自己搞得没有回旋余地。他没有什么手艺，凭实说，他的烹调技术真是不行，只能当个帮手。没有人雇用他。他穷困潦倒。好险！实际上当时收到他的信时，我也动心过，好在我的恒定价值观提醒了我，就是凡是都要想想有没有好处。我说的是‘好处’，不是‘好’。当然世间所谓的‘好’也是得到了‘好处’才叫作‘好’。还有，这‘好处’不仅仅从我个人来考量，只盯着自己肚皮上的一点点利益是做不大的，而是整个人间正道。我这么说，又好像我相信有‘正’这种东西了？‘正’是建立在‘好’的基础上的，能得到好处才是正确的，这个世界上有一种隐秘的、恒定的价值，老天都是势利的。表面上，我是掌握着通行的价值观，实际上通行的价值观所以显得放之四海而皆准，是因为其暗合人性中的卑劣。表面上，我是理性主义者，实际上我是功利主义者。我这颗心鸡贼得很。我甚至几乎把自己也给骗了。在浑浑噩噩、半推半就的被骗中，又在刚健有为的价值观中，我勤勉地又歪打正着地刚好站对了队伍，走上了康庄大道。我做对了，森达矢错了。

“但是，我能够傲视他吗？在所有人噤声时，他发出声音；在所有人说假话时，他说了真话；在所有人趴下时，他特立独行；在所有人投机时，他忠实于自己的心。因此他付出了代价。世界是无良的，在这样的世界，失败往往就是操守的指标。即使我有千种苟且的理由，也没有傲视他的资本。在黑暗中活得滋润的人，本身就是黑暗。即使森达矢极端，我仍然无法指责他。即使历史证明他错了，后来被揭发出来那场战争中同盟国也在与轴心国勾勾搭搭，所谓正义，不过是无根之木，但也不能证明我就正确。我只是在不知晓正义不存在的情况下就倒向了邪恶的一方，我根本就没想把脚伸向正义一侧。在太阳吊索桥上，我就是这样。我前面跟你说我当时慌乱，实际上在慌乱中，有一个意念绝对坚定，就是我绝对不跟日本人作对。我前面只强调我不跟香草去，我是在敷衍。我是投机者，投机即使投正确了也是可耻的。再回想起坂本对森的论断，都会害臊。当时我拿着森的信，坂本，他已经不是船长了，已经成了我的下属。我对他说森来信了，他说：‘没出息的人，什么时代什么国家都不会欢迎的。’”

“坂本先生当时知道森过得不好？”我问。

“森那时还没有过得不好。只是推断的。坂本是多精的人哪！”它说。

“其实，对坂本我是有看法的。”它忽然说。

我倒抽一口气。

“当然，他那些口号嘛……”我说。

“不是，是他人品。”它说，“也许我不该说一个有恩于我的人的坏话。人家对我有恩哪！他接纳了我，他照顾我，他给我一定的尊严，他给我希望。我把他看成光。现在我坦白，当时我其实是有意把人品偷换成人情的。但是有一次，那是第三次出航时，我有点受不了了。当时我发现鸡少了一只。出发前，我们会准备两三只杀好的鸡，数量有限，少了就容易发现。我寻着滴在地上的疑似痕迹找，竟然找到了船长舱。门关着，我忽然想到是怎么回事了。但我马上打消了这念头，船长对我不错，我不该污蔑他，这是忘恩负义。但我的手还是试着推一下门，居然翕开了。我瞧见他的右侧身体。果然，他的手掌固定着鸡身，大拇指跷着，其他手指扇动着，频率很快，与他的抽插同步。我简直不相信自己看到的是真的。我把门掩上，退回来，躲在拐弯角，希望证实我是错的。门一会儿打开了，船长鬼头鬼脑出现了，他手里果然提着鸡。

“我一阵恶心。亏他想得出做得出！固然，我也不是童男，跟香织做这种事我也很恶心，但这是跟鸡，而且是死鸡。我难以想象。我承认我是有洁癖的，一方面龌龊，一方面也有洁癖。其实后来我老油条了，想想航行中的条件，人有生理需求也可以理解。但当时非常受不了。我还会去联系他平时的言论，那高声调，那高蹈的、宣传标语一样的语言，满嘴‘大东亚共荣’‘圣战’‘天皇陛下’‘大日本帝国’，煞有介事，好像他是那么光辉。但其实我这样去联想没有必要，那时代嘛，身不由己，或即使认识有误，也很正常。谁能够超越时代？我当时不是都这么开脱自己吗？但我就是要揪住他不放,不去理解他。但这可是你的恩人哪！但就因为我受了他的恩，我就不能反对他吗？他丑陋，我也得拥戴他？这恩成了什么东西？成了压迫，成了绑架。我好像一下子变成了一腔正义之人。但只有我这心的根部静脉的微小抽动，暴露了我的激动。是的，我是在幸灾乐祸。我终于抓到别人了！原来也有跟我一样肮脏的。这多么慰藉我。我被赦免了。我这颗心像警察一样要冲出来，逮住他。

“但我躲在厨舱外，让他把鸡送回去，以为没有被发现，得逞地在舱门口搓搓油腻的手。我怎么可能去逮他？做出这么愚蠢的事来？他可是船长啊！是决定我命运的人。为什么要自绝于前途？再说，他的肮脏不是慰藉了我吗？我为什么要找不自在？我何苦来？再说他虚伪投机，不是对我也有利吗？不错，一个人满嘴宣扬他自己都不相信的东西，他就是做好了干任何坏事的准备了。但他干坏事不是对我有利吗？我也准备干任何坏事。所以我也表现出相信自己都不相信的东西的样子。当然，这样对他也有利，我干得好，我工作好，他于是赞扬我。他利用我，我也利用他。虽然我处在卑下地位，他是我上司，我可以像小动物一样捡大动物嘴上掉出来的食物。战后我成了他的上司，他成了我部下，地位完全颠倒过来了，他完全没有违和感，在羊面前是狼，在狼面前是羊，从狼变成羊，一下子就角色转换了。我们都不像人。

“其实,在‘光’号时,他也知道我在利用他的,只是他默不声张。日本人的沉默是可怕的,那没有说出来的部分,也许就是地狱图景。

但他又是说的，他公然制造一些对我有利的谎言，什么南京成立新政府了，什么去‘佛跳墙’吃过饭，全是谎言。这比什么也不说更可怕，谎言面不改色说出来，才是真正的地狱图景。当然我也假装讶然，装相信，‘八纮一宇’？哈！但心里却看穿他了，鄙视他。跟鄙视的人打得热火，是怎样的卑鄙呢？还感恩。我的心也是地狱。我们就这么搭手，心照不宣，沆瀣一气，就好像男人跟男人互通裤裆。我们完成了一次次航程。哪怕我对‘圣战’完全不信了，厌恶了，感觉罪恶了，我已经判断出来当初被吹得神乎其神的袭击珍珠港其实是日本犯下的极大的错误，是杀人，所以人家才返过来杀你，天上的美军飞机就是复仇来的，我罪有应得，相反，日本击落飞机是继续犯罪，即使这样，我仍然跟坂本配合得天衣无缝。大家都是聪明人，谁也不是傻瓜。对这世界的丑恶我不是不明白，我是太明白了。可鄙的就是我们心里都明白得像镜子一样。可鄙的是我天天照镜子，把水什么的当镜子，抽自己耳光，却就是不改变。人家都不干，我为什么要去干？人家都不说，我为什么去说？至少从为人之道上，不能去妨碍人家嘛！一个人要让人家舒服。我是个精致的人。

“其实整个‘光’号，除了森达矢，谁都是聪明人。谁都明白自己被欺骗，什么圣战？只是理性地不说。当理性成为常识，猥琐就成了常态，良知就出卖给了精明，魔鬼就畅行无阻。魔鬼机器所以能运作，因为每个人都出了力。最后到了不知这机器是魔鬼操控的，还是人操纵的。也正因此，魔鬼可以将其责任推卸得一干二净。但人也可以推卸，聪明人，清醒地对自己说，我是被操纵的，我是受害者。甚至，我们被道义欺骗了，我们被玩弄，于是对道义厌倦。每天体验着冠冕堂皇词句之下的苍白事实，采取阳奉阴违态度，心里什么也不相信。很快地，对一切熟视无睹了，陷入了深度麻木状态中。甚至，对良心还会跳动的人严加嘲弄，乃至攻击，乃至怨恨：你害了我们了！都是因为你不懂事，搞得我们受牵连，被连坐。专制体制是善于用连坐来掌控的。于是你成了众矢之的，大家群起攻之。

“当然，也有好心来帮你的，来劝架的，来救你的。于是，你不能再让人家为你付出的人听话了。这样，你真是太不通人情了。

“但是，这个人只是为他自己吗？但大家全然不做这样想。有道是，不知这样想，也做不起这样想。甚至协助体制对这样的家伙进行严厉制裁，维护稳定。我不是为鸡奸中的船长把门掩好吗？如果那时候恰好森达矢出现，我会不会去阻挠他过来？他如果看到了，要声张出去，我是否会去扼住他的喉咙？

“甚至，从积极镇压反对者中获得好处。但前提是我必须让船长知道我知道他干的事。但要说明，只是撞上的，并非我跟踪他，有意去搜集他的丑事。这很重要。于是，相当长的时间里，我都在琢磨怎么让他知道。但这很难，不小心会下场很惨。

“有时候我想，如果船长发现了我知道他弄鸡屁股，我是否会干脆为他提供鸡？还有，我会为他把持着鸡身，让他方便干吗？甚至，我干脆自己去充当那鸡？上下级同流合污，最好的状态就是我献给他污。有一次，我对他有重大要求时，我真的准备他要我干什么我都干的。这种准备里，是否也包括接受他鸡奸？当然，这种情形没有出现，因为他一直不知道我发现了他。”

我听不下去，太赤裸了！我岔开话题。“您说您对他有重大要求，是什么呢？”

“让他举荐我。”

“举荐？”我没明白。

“上岸抓游击队。”

“什么？哦，您是说船长举荐了您吧？这我知道……”

“不，是我让他举荐我。”

“怎么可能？那任务让您差点摔得命都没了……”

“那是一回事，但去时又不知道会这样。”

“还有香草……”我又急忙搬出香草，“您爱她，您跟她生离死别了……”

“那也是以后的事。我上岸前怎么知道有她？当时我只知道我可以把这任务完成得好。”

“您想完成那任务？您不是被逼的吗？”

“我不能再狡辩了。我之前跟你说的，仍然还在为自己狡辩。”

“不，您已经反省了！”

“真的反省了吗？”

“是的！您说，所谓被逼是没有的，是因为自己怯弱，自己糊涂……不是，也有自己追逐私利的原因……”

“那仅剥了一层皮。”

“皮？”我瞅它，它作为一颗心，没有皮。但从破裂处可以看到，心的外层是有一层膜的。我紧张，它不会把这层膜也剥掉吧？实际上，因为破成几瓣，那膜早已破碎，起不到包裹作用了。现在，我惊慌地发现那些破碎的膜在翘起，跟心瓣的肉分离。那些肉因为几乎失去了妥帖的膜，卷奓起来，显得非常狰狞。

“主动作恶！”它说。

“那天跟船长上岸采购，遇到长谷川社长，说起岸上游击队的情况，是中国人游击队，只能用中国人去瓦解中国人。我就马上反应：我立大功受大奖的机会来了。我表现出感兴趣。当然，我不可能在社长面前表现，这哪里有我说话的分？我只能去做船长的工夫。当然也必须小心翼翼，谦卑地，他毕竟是我的上司。我去牵他的胳膊，在他耳边嘀嘀咕咕。船长明白了我的意思，去向社长提出，并且拿我在船上的表现，说明我是值得信任的。

“‘对啊！这里不是就有中国人吗？’社长叫起来，‘这叫作骑驴找驴！’他还用中国话说了这词。凡他去过的国家，他都会说几句那国家的话。

“那天社长到‘光’号来，是向我传达岸上军方部署的。但我忽然有些慌张了，感觉自己承受不住。我甚至后悔自己没事找事，这下事情真的摊在我头上了。但仅仅是慌张而已，这事太大。但最终我还是接了任务。

“如果说之前，我没有意识到我是在协助战争，战争就是杀人，还说得过去。但现在我分明知道有人被杀，日本人杀了人了。虽然我不能阻止杀人，我能不能自己不杀人？如果说，之前日本人没有在我面前暴露出杀人面目，现在暴露了，我却还要加入这个组织，这怎么说得过去？

“当然，我仍然还有理由：那些岸上的游击队是害群之马，中国人就是这样，祸害同胞，几颗老鼠屎坏了一锅粥！我们中国人不是常这么指责同胞吗？我们这么说时，好像是在为被连累的同胞抱不平，实际上，是在讨厌所有的中国人。中国人讨厌中国人，中国人排斥中国人，中国人打中国人，中国人杀中国人。我也是这种德行，所谓拯救同胞不过是托词。

“再说，还有个香草呢！你把人家当利用工具，顺藤摸瓜，到头来游击队被清剿了，她不是也要一块完蛋？这么一来，我究竟有没有爱她都是可疑的了。我难道不是爱她身体的香味吗？这虽然不是荤味，但是花味。花味是清的还是荤的？我觉得是荤的。那跟草味不一样。我被荤味迷住了，我想吃她。我把她视为肉。爱太不具体，对我这种饥饿动物来说，谈爱太奢侈，肉体才是实的。我要啃她的肉,吸她的髓,连骨头都不吐。这么一来,我去报复那个美国人，也不过是动物跟动物之间的夺食了,不过是‘螳螂捕蝉,黄雀在后’。但我还是要说，虽然我知道我不是东西，我不是自己说出来了吗？我是奸细，不，是汉奸，确实是，但我对香草是有爱的。唯一对她有爱。我对她不仅只有身体需求，确确实实是上升到精神高度的。不然，那美国人又没有抢走她身体，我们不可以一起看吗？但爱是有洁癖的，不能共享。也许你会说，这洁癖只不过是肉体上的，只是不允许肉体被玷污。但不是这样的！我对她确确实实是有爱的。我一生只有这么一份爱。我什么都没有了，你相信我！对了，也正因此我在太阳吊索桥才会奋不顾身。是的，某种程度上也是奋不顾身。我要修正我前面的话，我是为了她踏断吊索桥的。现在这是一颗心在跟你说话，我拿我的心担保！我用我的忏悔之心来保证！”

心混蛋到强大

“我应当继续忏悔。”它说，“我承认，最初我仍然企图推诿。虽然是为了爱香草，但我毕竟借用了日本人。军方正在利用我，我就也利用这个机会。我说那个美国人窥视了我的计划，我要审他。当然最后是不可能审出结果的，我当时也顾不着了，我只想教训那个美国人。奇怪的是军方也让我这么做，也没有要我的审问结果。其实军方也知道我是在公报私仇，他们纵容我，只要我能完成他们交给的任务就行。你听说耶德瓦布内大屠杀吧？在这场屠杀中，德国军人没有杀人。他们只是站在一旁拍照。都是波兰人在杀犹太人。借刀杀人，更加卑劣。所以我被那个美国人指控，没有什么冤枉的。罪有应得。

“但即使我被美国人认出来，被指控，其实也并不需要那么恐惧。不就是‘汉奸’吗？大不了把我关进去，大不了枪毙。有什么了不起？虽然我奉行‘活命哲学’，但其实我也有‘末世心态’；虽然我精心经营自己，但在同时，也会把事情想到最坏，大不了放弃。于是就没有包袱了，反正我没有再可失去了的，干砸了，大不了死！在绝望中求发展，得到就是赚的了。大胆乱搞，不择手段。我在街头常见到残疾军人，断胳膊断腿，有的整个人都瘫了。因为这样，他们的动作幅度更大，甩开手脚，挣动身体，要摆脱一切羁绊，一切干扰，一意孤行，向死而生。当然，不到万不得已不要死，上有政策，下有对策，我办法有的是。活人还怕被尿憋死？大不了身败名裂，大不了再死。总比一开始就坐以待毙的好吧？肯赖就有博得的希望。要没有这种能力和赖劲，还出去混什么？所以我先用乞求。我要跪在那美国人面前，求他。他不答应饶我，我就不起来。抱住他的腿，他踢我也抱，你把我踢死吧！看你真的会踢？

“但没有用。我于是瞄上了香织。男人都好色。之前，我瞧见了他看香织的眼光。虽然我感觉耻辱，但想想，我又不喜欢香织。香织你既然喜欢我，那么为我付出总可以吧？再说，你不是喜欢异国男人吗？这可是洋人。你不是很上瘾吗？美国人器官可是很大的。也许你早就想着要找个洋人了吧？只是没有机会。现在机会来了。”

我直抽冷气。

“那美国人在这点上没有冤枉我。”它说，“但当时，他应该是怀疑这是我的陷阱吧，我们既已经撕毁了信任，他逃了。但当时我没有想到他是逃，我只是恐惧，想着他会去告发我。当一个人感觉性命要冷了,会调动一切能量殊死挽留。他的能量会全部被逼出来，这时候他会变得极端冷静，感觉极其敏锐。我甚至都不知道自己怎么会想到他是信教的，也许纯粹是凭直觉。当然，他是洋人，信教可能性极大。但我也得有耐力去证明。当然，这已不是问题，濒死之人什么都付出去了，耐力还是问题吗？

“一连几天我都没去会社，我就跟踪他。他到哪里我就跟到哪里,他干什么,我就等着。洋人的生活真是多事哪,工作不是只工作，一会儿聊天，一会儿吃吃喝喝，玩的时间比工作时间还要多，拖拖拉拉，偷懒，这能干什么事？要是在我会社，绝对把他赶走。但我现在不是他上司，我只是个乞求他的人，像狗一样跟踪着他。狗还可以在他脚下趴着，我还不能被他发现。他泡吧泡到半夜三更，腻烦哪！我都要睡到人行道上去了。而且我还不能坐在街边，怕被熟人看到。我可是长谷川会社的管理者。有时候也想，索性随他去了，大不了全没了，放弃算了。但我怎么可能放弃？我一步步积攒着人生资本，容易吗？再说，汉奸，这可是掉命的罪。在中国，汉奸是会被处死的！

"我的跟踪有了结果。我看到他有一天去了日比谷天主教堂。你也许会说，你只要星期天跟踪他，看看他有没有去做礼拜就行了。但实际上，他没有去做礼拜。他是平时去的。他是去忏悔的吧？他一定有做了什么罪恶需要忏悔的吧？当然，我不是想去抓他，连他是告密者这个我都不想去抓他。我已经后悔跟他顶牛了。我想上去跟他讲和，我还可以表现得可怜。只要我表现得足够可怜，应该会打动他的。看看我这像乞丐一样的人吧，都是被你吓的。我已经悔罪了，您就可怜可怜我吧！有一次，我鼓起勇气向他走近。他看到我了，但是他拔腿就跑。

"他是不信任我。人和人是很难产生信任的。我可以通过神父。这是个好办法。第二天，我走进了那个教堂。虽然我有乞求宽恕的愿望，但我走进教堂时，这心是澄明的。也许是因为我身处灾难，这下是弱者，狼在期待南郭先生救命时，除了放下武器束手无策，也没有别的办法。甚至我并不需要有成果，我只是去接近光明。人心毕竟还是向往光明的，就像小草都需要阳光。在面对神父时，我还生出一种感觉：我是去告解的。神父是日本人，姓远藤。他说他接纳一切迷途的羔羊，我就是，但我没有勇气向他告解，我说不出口。或者说，我心里毕竟还打着算盘，不能把自己暴露得太丑恶。在他一再劝慰下，我说了我曾经打过那个美国人。为什么打？我实在藏掖不住，就说因为个人纠纷。什么纠纷？我说是因为女人。我没有说战争背景，我说这是我嫉妒。我知道这在基督教里是一个罪，我愿意因此受谴责。我甚至愿意把香草说成本来是他的女人，是我嫉妒了。

“但不能解决问题，因为这样无论如何不能指向‘汉奸’。对方去跟那个美国人说情，那美国人一定会说出‘汉奸’这罪名的。但如果我现在就说，神父很可能就不会帮我了。那么，就撑到最后吧！大不了美国人说了，到时才暴露，也比现在就自我暴露的好。我总是这么侥幸、赖皮地做选择的。但这次不灵，神父沉默着，好像在等着我把来龙去脉完全说清楚。他完全不被我咋咋呼呼扯七扯八的言说方法所影响。沉默是最可怕的凝视。也许他其实已经是知道的，只是看我的诚意。我只能说了，然后战战兢兢等着他审判。他仍然沉默着。我等待着。我等不了了。是啊，我得提出我的要求啊！既然我把一切都交给你了，那么我就可以要我所要的了。我说出了我的要求，求他去跟那个美国人调解，让美国人放过我。但是那神父说，做不到。这下他回答得倒十分干脆，简直粗暴。为什么啊？这不过是你动动嘴的事。我把什么都坦白了，你听了，竟把我丢下不管。你这不是耍我吗？

“他说，告解是向上帝告解，是人与上帝之间的事，不是人与人发生关系。我说，你不就代表上帝吗？他说不是，他只是服务圣道。这我知道。那你不是可以赦免罪吗？我说。他问，你是教徒吗？”

“你是教徒吗？”我也问。

它明显一跳。“怎么可能？我们不要扯那么多，就说当时。”它的语速加快，给我感觉好像是在逃离。“当时我老大不高兴。我不理解他说的是什么意思？我理解的是，他在问我是不是他们的人。什么是不是？我给你赞助不就是你们的人了吗？我暗示我拥有企业，我可以给他，不，我差点要说他了，赶紧改说给教会。他呢，装作没听懂。我意识到自己还是鲁莽了，我应该说给教会捐献。我又改口。他竟然恼了，说：‘你这是在贿赂神！’”

“真是好心被当作驴肝肺了！”它几乎是叫着说的，它一抖一抖，气咻咻的，还真像驴肝肺。“我完全是一片好心，好意，这个远藤竟然这样！太不通人情了！人之常情。你为什么就不能理解人？可怜人？你就真那么高尚？你身上就真的没有沾罪恶？你们，远藤你跟那个美国人在一起时，就谈上帝？信上帝的会这么炸人家？把东京夷为废墟，还投放原子弹。上帝是美国人的。你作为日本人，你怎么听从美国人的上帝？不要跟我说战争结束，民主主义，在战时，你们也这么信？你们屁股就很干净？

“我这么说时，其实并不知道日本教会在战争期间做了什么。至多只是推测。我的指控完全只是戾气下的信口开河。当善意或者应该说是侥幸不能奏效了，身体里的兽性就会冲出牢笼。所有的兽性都被激发出来了。但这时候又会分外冷静，判断，闪避，逮住对方弱点，突然袭击，以期一步到位把对方击倒。即使自己力量尚弱，不能击倒对方，也要虚张声势喝住对方。我得意地瞧见对方果然愣住了，脸色苍白。这给我启发：也许我真的歪打正着地击中了对方要害。难说。

“我有个根深蒂固的思维判断：我不好，别人又好到哪里去？谁都不好，那么就扯平了。这让我被指责时容易去归咎别人的原因，像个坏小孩一样抵赖：别人也这样！我不相信这世界上有好人，有独善其身的人。‘你们中间谁没罪，就可以拿石头砸她！’我喜欢引用耶稣这句话，不是为了找自己的罪，而是拿谁都有罪来为自己开脱。我真的去查了，跑去图书馆。我从来没有去过图书馆，这种地方跟我从来没有关系，我也识字不多，但我埋头在旧资料里，用我有限的识字率，还有查字典，以图片为搜索目标，寻找日本教会在战时的罪行。我一个罪恶缠身的人，却以极大热情查找别人的罪恶，是不是很滑稽？我要用他的罪来抵消我的罪，以罪来扯平罪，让我们沆瀣一气，我要要挟他来拯救我。我的勤奋让我自己都吃惊，之前我勤奋是在干粗活上，体力劳动，现在是在学习上。也就是说，我在高层次上来跟这世界战斗。我毕生读书不断，那时是起点。

“还真被我查到了。战争期间，一九四一年，日本基督教根据《宗教团体法》成立了个日本基督教团。在教团名义下，不仅支持了政府的对外战争，而且为战争的胜利祈祷。我看到祈祷的照片，十字架与为战争祈祷的标语一样明显。照片后面还有人双手高举，做出喊‘万岁’的样子。这动作我太熟悉了。我花钱翻拍了这些照片，又去那教堂。当然，我可以理解他们这么做是为了生存。基督教在日本长时间生存艰难，很多时候被打压，所以必须迎合日本统治者。这个基督教团也是在《宗教团体法》要求之下被逼成立的，《宗教团体法》规定，只有具备教会数五十个、信徒数五千人的教会才享有法人的资格，否则予以取缔。为了生存，一九四零年十月在青山学院召开的‘皇纪二千六百年奉祝全国基督教信徒大会’上，新教各派在日本基督教联盟的联络协调下，同意教派合并。一九四一年，三十多个宗派组建日本基督教团。这是身不由己，他们是被逼的。那我不也是吗？既然都是，那我们为什么不能互相谅解？

“但我不能肯定那个神父会屈从，照片上的人是别人，你如何指认其中就有我？他会这么说。如果是我，就会这么说。如果他这么说，我还真没有办法。远藤神父看了照片，只是潦草地看了一下，我以为他压根儿就不当一回事。他接着一定说出我预想的意思来：不承认。什么基督徒，他们也是要在实实在在的证据面前才无话可说的。我以我很会推诿之心揣测别人也会推诿，以小人之心度小人之腹。这时候我成了抓别人小偷的警察，不，是小偷抓小偷，我们在贼喊捉贼，我们黑吃黑，然后我们一起在泥土里打滚。他不肯就范？无妨，我已经准备好了，我就要用他们的教义来照亮他们，以其人之道还其人之身，看看他们怎么面对。我问：

‘你内心就不疼痛吗？’

“他没有应，脸色漠然。已经不是苍白了。我简直愤怒。‘我的内心都会疼痛。我只是一个俗人，你们是基督徒，不是吗？我只是个小人物，我只是一个个体，你们是有组织的，你们，是你们，基督教里，你们都是兄弟姐妹。你们的根基在西方，我只是个漂浮物。我都会疼痛呢！哦，正因为你们有群心，就有群胆，所以才不

疼痛！’

“我说疼痛时，还真感觉到自己痛了一下。我是真的感觉到自己命苦了，孤立无援。但也许也出于天性，人毕竟不愿意站在罪恶一边。但这痛又是酸酸的，是一种酸爽的感觉，就像劳累后睡了一觉，身上那种感觉。战后一度闲下来，我常有这样的感觉。这酸痛几乎成了一种瘾，是一种残忍的过瘾，有着一种洗心革面的欣慰。现在我以过瘾的、我自己几乎要冲出去自忏心态，残忍，也对自己残忍地盯着他，等待他反应。他仍然没有反应。我的自忏感渐渐退去，看吧，人都是这样的！好吧，那我们就来战斗一下。他一定会辩解，那么就掉进我的窠臼了。我像是拿手铐铐罪犯，对方越挣扎，越被我铐得紧。他低着头，没有辩解。那么，就是供认了！这更是我希望的。只要他从他自制的枷锁里解放出来，一切都自由了。这样我又生出了怜悯。我准备一旦他答应帮助我，我就会过去安抚他。当然，他还需要说辞，不然怎么下得了台？他会说这是日本基督教乃至东亚基督教的困境，无可奈何，是东亚语境下的本色化。这是很冠冕堂皇的台阶。对，东亚语境，日本语境，中国语境，我很同意。他一旦这么说，我就也承认中国语境也在困境中。然后，我也忏悔自己。我揣度着，期待着，幻想着，他开腔了：

‘在国家犯罪之时，我们确实没有去执行警戒的使命，反而助纣为虐。我无可推卸，请求主惩罚我！’

“他竟然这么说！

“他说的还是‘我’，不是‘我们’。他竟然明确把责任揽到自己身上。

“简直是掴来一记耳光。我好半天才清醒过来。绝望中，有一个声音在细细响：让主来惩罚？哧，主在哪里？就凭你说有主就有主，你在谁也看不到的这房子里，对谁也不知道是否存在的那个主，嘀嘀咕咕，就算忏悔认罪了？然后惩罚了，宽恕了，私了了。别人都不知道，只有你跟主才知道。也太滑头了！你这么滑头，好吧，那就怨不得我了。你不帮我，我也不帮你。我也不想解决了，美国人要怎么处置我就怎么处置我，死就死。我死，你也别想活。我威胁他，我要去媒体告发。

“他没有阻止我。我扬言要走了，他也随我的便。他竟然如此无视我！我也是有尊严的。我真的要去找媒体。但我还没找，第二天，我在下班回去路上抓了一张《朝日新闻》，我简直不相信自己的眼睛，头版头条是日本基督教团在战争中的作为。是那个远藤神父自己找了媒体的，登载着他的照片。

“该死！

“他就不怕后果？也许这就是日本人的自裁，羞耻被发现了，活不了了。但我还没有去告发他，他怎么自己就自首了？是为了讨主动？但他可以先跟我谈谈啊！就因为他是基督徒？我感觉他在用挑衅的眼睛看我：你拿我怎么办？

“更要命的是，在媒体追踪报道中，我发现我犯了个常识性的错误：日本基督教团跟天主教并没有关系。后者属于‘旧教’，前者属于‘新教’，这里的‘新教’，是对在日本除罗马天主教东正教之外的所有带基督教性质的教派的总称。我搞混了。

“我之前责问他会疼痛吗？我自己虽然也有感觉，但只是酸爽。

现在，我确凿感觉痛了。我痛，这是以前从来没有的痛，以前是目的达不到的痛，只消得到补偿就会好起来。现在是一种不可救护的痛。我跌跌撞撞摸去了教堂。远藤神父已经不在了。出了这种事，他已经不可能再在教职上。新神父完全不认识我，不知道我就是那个曾经来威胁的人。我装作来做礼拜的，混迹在教徒中间。我听神父在带领大家念《马可福音》：

> 耶稣对他们说："你们也是这样不明白吗？岂不晓得凡从外面进入的，不能污秽人，因为不是入他的心，乃是入他的肚腹，又落到茅厕里。"这是说，各样的食物都是洁净的。又说："从人里面出来的，那才能污秽人。因为从里面，就是从人心里发出恶念、苟合、偷盗、凶杀、奸淫、贪婪、邪恶、诡诈、淫荡、嫉妒、谤毁、骄傲、狂妄，这一切的恶都是从里面出来，且能污秽人。"

"我感觉自己在呕吐。这种难受不是痛那么鲜明，是说不出来的难受。好像有一只手在心里掏着。但又不是掏，根本掏不到，那种令人难耐的感觉。

"心的难受只能靠对肉的施虐来缓解。有一天，我又想去 S/M 店。我想真正受到鞭打。让我痛，只有在痛中我才能安逸。但我不敢。而且 S/M 太脏，现在我变得特别有洁癖。我只能再去教堂。我一次次去教堂，在那里哭。当然我是心，在身体里，我哭，别人看不到。这样也好让我可以纵情地哭。有一天，我看见一个人哭得肩膀发抖，神父发现了他，对他道：

人们常常是不讲道理的，以自我为中心，
无论如何仍要原谅他们。
如果你仁慈，人们可能控告你自私、有不可告人的动机，
无论如何你仍要仁慈。
如果你诚实且真诚，人们可能会欺骗你，
无论如何你仍要诚实且真诚。
你长年累月所创造的，别人可能一夜就毁坏它，
无论如何你仍要创造。
如果你过得平静而幸福，别人可能会妒忌，
但无论如何你仍要快乐。
你今天所做的善事，常常会被忘记，
无论如何你仍要行善。
因为在最终的审判中，是你和上帝之间的事，
无论如何不会是你和他们之间的事。

“我和上帝的事……”

“您好像老想到上帝，”我问它，“当然，‘上帝’也许只是一个说法，或者称为‘上天’‘神’，它本来就是中文词汇，跟基督教无关。中国古代就有‘上帝’这种说法……”

“上帝显灵了！”它说，“上帝报应来了！”

这话简直可笑。报应，不是佛教的概念吗？普通中国人也这

么想。但好像中国的基督教徒也这么说的。“你是基督教徒？”我问。

“我不能再隐瞒了！”它说，“天主教徒。”

还果然是！我想起这个林修身葬礼上那些奇怪的天主教元素。但也没什么。中国人，整个东亚人，说自己信某某教的也有的是。今天信这个，明天信那个，同时信释道，还有把孔子也当作神灵的。过年过节祭个神灵，逢事求个菩萨，走过寺庙随便进去拜拜，多神并存，多轨并进。但似乎不包括西教，西教不在中国人混杂的信仰轨道上，信仰西教是要正式入教的。

“您受洗过？”我问。

“对。我洗名保禄。”

这个林修身又冒出一个名字来了。

保禄，应是保罗吧？保住福禄？很中国思维的嘛！我不小心说出来了，它急了。“我可以起誓！”它叫。

这简直可笑。起誓是建立在确认是教徒的基础上才起作用的，而我压根儿就不信对方是。它突然说起自己是教徒了，那也太随意了。只有在随意这点上，我相信它所说的，不必当真，你说什么就是什么好了。甚至，我急于打压它。这个世界突然冒出一个教徒，太可怕了，简直是突然有一只猴子站起来走路。但它也很决绝，为了让我信它，它又裂开好几条裂罅，顶到我眼前，呈现着惨不忍睹的景象。我慌忙躲闪。但它很快也泄气了，疲软了下来。

“我确实从来没有真信过。虽然洗礼了。我爹出事后我们全家都洗礼了。”

“当时你们是走投无路嘛，”我说，“抓个什么信信，什么能保佑你们就信什么，也是常情，这怨不得你们。再说，你们不是被冤枉了吗？”

“我爹确实对那岸上女人做了什么。”它说。

我愣。

“我一再强调我疍民身份。但其实，有那么多的疍民，千百年来不也生存下去了吗？其实就因为我们自己不安分。可怜之人必有可恨之处。当时我还小，大人瞒着我和哥哥姐姐，但我从妈跟爹的吵架里也知道了一些。并不只是多看了岸上女人几眼。之前我没有说实话。真实是，爹看见人家女人的小脚后，就惦记上了，以后就故意在那一带转来转去卖虾。终于有一天，瞅着那家里没人，爹摸了进去。

“爹他怎么敢这样？简直是色胆包天。爹后来跟妈吵架时说当时他控制不住，也不知自己怎么了。船上人都说我们这种人的性器官特别大，也许我们这种人确实动物性强。我长大后也观察自己这个身体上的性器，悄悄跟‘佛跳墙’少东家做比较，好像确实长很多。像蛇一样。”

“蛇？”我叫起来。我曾经梦见林修身的，就是梦见蛇。森达矢也用蛇比喻他。

“我们本来就是蛇种，蛇的后代。像蛇一样长。都说女人怕长不怕粗。香织曾说我让她很痛。而且我一旦冲动起来，就难以遏制，好像口上突然伸出了蛇芯子，不顾一切地捕噬着。我很害怕，但我自己也没有办法。命吧！”

你个教徒，还信命？我在心里笑。

“爹也是这样吧？”它继续说，“爹逃出来后，妈虽然跟爹吵，但逃命要紧。划着家船向闽江口逃去。过了金刚腿，再出海，这时候才意识到我们的小船经不起海浪。如果再回到江里，很可能被抓。硬着到海上，船被颠得眼看就要翻船了。妈对爹说：这样全家陪着你死，不如你自己去死算了。这时海上出现了一艘海船。我们向他们求救，他们救了我们。他们是从福州去长崎的货船。”

“我知道，”我说，“我曾经看过日本作家远藤周作的《沉默》，说到江户时代起就有这么个航线。”

“这是神保佑的航线。”它说，“多少年来，基督徒都是走这条路。也许是因为终点是长崎，东方洋人最多的地方。但这个航线却开启了我们背叛之路。爹谎称是被岸上人陷害的，就像我曾经对你说的那样。货船上的人信以为真，他们也是疍民出身。但他们是规矩的疍民，疍民跟疍民不一样。疍民都被岸上人歧视，但受害者跟受害者不一样。受害不是施害的理由，也不是撒谎的理由，受害者并不天然占有道德优势，也没有道德豁免权。你能理解吗？也许只有我这样作为有罪的受害者，才能想到这一点。

“那些货船上的人都是信天主的，荤教，我们把天主教叫作荤教。佛教吃素，但天主教可以吃荤，所以叫荤教。我们疍民基本都是荤教徒，我们信不起佛。信佛要吃素，我们只能在水上谋生，没有土地，靠江里鱼虾果腹，哪里有素可吃？吃素在我们这，是岸上人才能享受到的。佛偏心他们，佛不给我们寸土，佛不拯救我们，我们已经不信了。所以西方传教士一招呼我们疍民，就吸引过去了。但是我家并没有去信，爹不信，爹是什么也不信的，也因此闯大祸了吧？

“那船上的人听说我们也是疍民，就以为我们跟他们一样是信天主的。他们决定收留我们。货船要开往日本长崎，我们就让他们把我们载到长崎。在船上，我们都装作是信天主的。他们饭前祷告，我们也祷告。但我们毕竟不信，特别是我们小孩，眼睛到处乱看，爹也憋不住，动作也不对，经文更不会，装不像，就暴露了。他们很生气，扬言要把我们这一家赶下船。茫茫海上，这是万万不能的。保命第一。爹表示我们愿意信教。‘就当尿壶，能救急就行！’爹跟妈说。说好到了长崎后我们跟他们去教堂受洗，长崎新地有天主教堂。我们本来想上岸伺机逃走，但没有逃成。我们毕竟人生地不熟，只能老老实实跟着他们去了。我至今还记得那个给我受洗的器皿，样子就像煤油灯。我还记得我们先是被拦在教堂门口，神父问我们：

‘你向教会求什么？’

“神父是日本人，有个人给我们翻译。‘求信德。’爹说。这是之前已经教好的。

“神父又问：‘信德对你有什么好处？’

“‘得永生。’爹答。

“神父说：‘永生就是认识真天主与他所派遣的耶稣基督，愿做他的门徒，听他的圣言，遵守他的诫命，参加教友的团体生活与祈祷。这一切，你都做到了吗？’

“‘肯定都做得到！’爹说得很肯定。我还有点心虚，之前爹还跟妈说只是骗骗他们的，爹怎么就能应得面不改色心不跳？难道是因为神父听不懂中国话，爹就敢胡说？也无妨，反正到时候就说翻译错了。我想。我那时就挺有鬼念头的。

“神父于是为我们祈祷。接着，带我们进入教堂。神父开始做弥撒，念经。好多经，念的是什么经，我全不知道。虽然翻译用的是中国话，但我也没有听懂。我只是觉得无非跟和尚念经一样，我之前也溜进岸上教堂里玩，听到这种念经声。听着听着，有一种神奇的魔力，好像会把人架空起来。之前我只是觉得好玩，但这次，我自己身处其中，我是被施洗者，我竟然真有点感动了。我渐渐听出了一些话：领洗之后就再没有种族之分了，我们都属于基督。我瞧着神父，想:他是岸上人吧？岸上人水上人，这一直是我的心结。当时我还不知道中国人和日本人有什么等级差别，更不知道就是在日本人中，也有等级差别。爹抬了抬头，瞥了一眼神父。他是否早已经知道了这是扯淡。但他又低下头去，做出相信的样子。他的动作被翻译注意到了，翻译特意要向我们强调：我就是中国人，日本人神父教友跟我们就没有区别。我愣了神。我顿时好像跨过了好几重障碍，升上了好几重天。我感觉我是真的在受洗了。如果一切是真的，那该多好！但是，我们却是存着欺骗之心的。爹，妈，我们可以从现在开始改邪归正，真的信天主？不过这也只是一闪念。人有时候就是在一闪念之间成为圣徒或魔鬼的。必须抓住机会，这机会不是利益得失的机会，而是心灵得到拯救的机会。但问题在于，心灵拯救了，肉体会得到拯救吗？

“接下来，神父率领教友们为我们祈祷，求主的光照亮我们的理智，认清我们所犯的一切罪恶，感化我们的心，痛改前非，重新做人，做天主的好儿女。这让我的心情更加迫切起来，我瞧爹，又瞧妈，还瞧哥哥姐姐，他们都比我大，他们可以拿主意，我只能跟着他们，无能为力。我们开始念痛悔经，这是一个契机，我们可以发真心痛悔。神父还说了，如果我们没有痛悔，圣洗只是赦免原罪，不赦免本罪。爹不就是有本罪吗？还不赶快一起发愿，让罪赦免掉。但是爹却只是按部就班地念着，他的身影黑黑的，简直像一个顽固不化的魔鬼。那边，神父又在求天父了，因圣子耶稣的苦难与复活，救拔我们这受洗者脱离黑暗的权势，以基督的恩宠让我们坚强，在人生的旅途中不断保佑我们。这不是很好吗？不就从此好起来了吗？我真的很想好，要是能好起来，该有多么好啊！但是一切没有改变，就连哥哥也没有做出一点越轨的举动，我们就这样沉默着，让欺骗被掩盖住，让罪恶继续发酵。就这么沉默着，眼见着神父去为我们领洗圣油了，并为我们覆手，领我们进入圣洗礼。

“但是还有机会。圣洗之前，神父还问我们：‘为得享天主子女的自由，你弃绝罪恶吗？’

“‘弃绝！’爹应，‘当然弃绝！’他还增加了一句。他怎么就有那么坚强的心呢？妈也这么说，其他人都这么说，也许我们本来就不信那些东西，我们只信活着，我们当务之急就是要活下去，全家齐心协力，谁会去捣乱，置自己于死地？我也跟着这么说，我也不能捣乱，我是个乖孩子。

“神父又问了一句：‘为脱离罪恶的奴役，你弃绝引人犯罪的人、地、事物吗？’

“‘弃绝！当然会弃绝！’爹又说了一句，‘谁那么傻啊！’翻译连忙提醒他只说应该说的话。

“神父又问：‘你弃绝万恶之源的魔鬼吗？’

“‘是啦！’按原来交代好的，爹本来应该应‘弃绝’，但他不耐烦重复这个词了。他应该并不是觉得没有勇气再说这个词，而是不耐烦老说它。他的表现明显扰乱了局势，妈担心了，竟然忘了神父听不懂我们的话，直接向神父解释：‘他这个人就是这样，心是诚的。他是觉得说‘是’更肯定。知道，知道，应该说‘弃绝’！‘弃绝！’妈用胳膊杵着爹，爹才猛然改正，大声补说：‘弃绝！’

“其实当时，我多少有点侥幸心理，希望爹这么一捣蛋，干脆我们被揭穿了，就不会继续下去了，我们就不会受洗。当然，那样我们能不能逃得出教堂？那么我们全家的性命怎么办？于是我又生出了另一种侥幸，侥幸我们蒙混过关了。很多时候，我们并非没有改恶的机会，但我们耽误了，我们明明白白看着机会被耽误，我们还觉得自己聪明，逃过了惩罚。我这一生不也是这样吗？人真是太聪明了，觉得可以瞒天过海，其实坏的事态在继续发展。

“圣水滴在我的额头上，冰凉，像光。神父喊着‘保禄’，我记起原先说好的，这是我的洗名。但它是这么陌生。当然这是我新的名字，我自己都不熟悉。但之前我被告诉我有这个名字时，我还是欣喜的，因为我本来没有名字。我们这些人，名字没有用，我只被叫作‘细细弟’，因为我是家里最小的孩子。我终于有了名字了！跟岸上人家的孩子一样了。但这名字现在听起来，简直就是我假冒的。就像这额头上的圣水只在我皮肤上面滑动，一滑就滑掉了。但是它仍然在我额上，它冰凉地沁入我的皮，到肉里，到心里。完了，完了……我心里想。中国话玄妙，完了，可以是完蛋了，也可以是好了。我也不知道这时候指的是完蛋了还是好了。我感觉自己被放置在亮晃晃的案板上，是冷的光，惨淡的光，它晃着我。这感觉，我后来离开香草时又出现过。它与其是照耀着我，毋宁是审判着我。但又不是审判，我如果没有在意，它也形不成威胁，也就是一个光。就是我这心里的感觉吧。

“甚至，这光还可以真的光明起来。施洗后，神父为我们敷圣油、授白衣、授蜡烛。神父说，授蜡烛，表示我们在基督那里已经成为了光。爹就很受用。是不是这种说法怂恿了他的胆量？

“我们本来在长崎可以待下去，教会也会帮我们。但在长崎，我们就要继续信教，爹嫌做礼拜太麻烦。而且中国跟日本在打仗，虽然神父说中国人和日本人没有区别，但在现实世界，中国人日子不好过。有人对爹说南洋那地方好，好谋生，气候好，土地肥。‘扁担插土里都会长出米来！’我听见那人对爹这么说。南洋，我们在老家时常听到这地方，不少人去了都发财了。怕被教会发现，爹找了日本人的货轮。更不敢向教会辞行。结果遇到了风浪。

“也是怪事，那也是一条老航线，货轮常年往返这条航线，都没有遇到那么大的风浪。后来‘光’号也走这航线，也没遇到那么大的风浪。我们想到了上帝，是上帝在惩罚我们吧？我们祈祷上帝，求上帝救我们。但没有用，妈说上帝生气了，不理我们了。爹又去求菩萨。其实这更作孽了。我们几乎什么神都求过了，能叫出名字的，不能叫出名字的，都向他们求救。但最终还是葬身海里。

“说起来真有神意，爹妈哥哥姐姐是被倾泻出货轮的，就他们被倾泻出去，别人没有。我也活了下来。也许是我太小，上帝怜悯我？或者上帝把我留着考验我，看看我是不是值得活下来。若不是，再加重惩罚我。这不，我被惩罚了。我身上积淀着家族的罪孽。

“过后我也着实害怕了好一阵。但没过多久就淡忘了。我跟着那日本货轮到了南洋，我不知道是什么地方。他们卸了货，再装上新货去横滨。我家人全死了，只能又跟着船回日本。最初那货船船长想留我当伙计，但在返程中试用，嫌我不会日本话，不好用，所以到横滨后就打发我走了。也是我傻，不懂得加倍肯干，后来我遇到‘佛跳墙’老板就吸取教训了，拼命干，无论如何先干了再说，让人家喜欢我。我成功了，还沾沾自喜了，更不去想上帝这劳什子了。”

“但您当时，确实还是孩子。”我说，“孩子能负责什么呢？”

“是的，我一直觉得我是个孩子，我能负责什么？我们总是这么认为：我是孩子，能负责什么？我是平民百姓，能负责什么？我只是随从，能负责什么？我是受害者，能负责什么？我还要讨公道呢！这是赖皮。当然，所以赖皮，也是清楚自己有罪的，只是不愿面对。最巧妙的办法是让自己显得很健忘。谋生艰难，人生忙碌，顾不过来啊，整天、日复一日年复一年地忙得丢三落四啊，就连愧疚都在记忆的筛眼里走漏掉了。负罪感让人束手束脚，让人畏缩，误事。抛开它，轻装前行。当然有时还会沉渣泛起，都是在具体灾难出现时，觉得是报应了，于是搜肠刮肚寻找自己，还有祖上究竟做了什么了。这是被迫的、应急的反应。就像小孩，我们中国人某种意义上一生都在小孩人格中，比日本人更甚。做坏事被逮住了，见到大人把棍棒举起来，赶紧认错。见棍棒放下来，就放松了。做坏事如果没被发现，就偷着乐。发现了没被追究，就乐得偷闲。一次次都混过去，只要能混过去就权且混过去。直到彻底完了。我终于彻底完了，上帝显灵了，上帝要审判我这个背教者与污教者，死不改悔者。末日审判来了，用我爹常骂我们孩子的话：‘做结’。”

自阉之诡

“那天晚上我回到家。香织一听我脚步声就跑了出来，推着我的背，踩着碎步，我被她推到了卧室。其实她并没用什么力，她也没什么力气，是我揣摩出她的意志，自动去卧室的。我知道她要做什么。‘一寸法师，’她这么叫我，我在她的眼里只是供她幻想的小矮人，‘来，包饺子！’按部就班。她除了这种事，好像对任何事情都没兴趣。虽然我一直逃避，但也总是顺从的。总归要做，与其折腾，毋宁快快结束。

“我的身体已经习惯性地顺从了她。但不知为什么，今天我在乎她的叫声。做就做了，不要叫。本来一切都在黑暗中进行，她的呻吟只是汩汩淌过的污流，但她却叫：‘阿 U，加把劲……’

“我有一种被强光照亮的感觉。是我刚感受到的上帝的目光吧？但也说不准，也许只是纯粹的羞耻感。这毕竟直接得多，它来自本能，即使我这样长期的异教徒，不只，是叛教者，也常会有羞耻感。我掀翻了她。我从来没有这么放肆。

“听她惊叫一声倒下去，我又慌忙爬了起来，搀她，补救。‘我不行……’我说明着，‘对不起……’

“她怒不可遏，推开我的手，自己起来。我站着，干什么都不行，干什么都无济于事。我害怕。但她也并没有做出多么激烈的动作，她只是去抓衣服。也许是她的平静让我更加害怕。我上去帮她穿衣服，她也让。虽然我做出了冒犯她的举动，但我们毕竟这么久了，而且我一直很听话，她应该会原谅我这么一次例外。但我总得有语言上的表示，于是我嘴上继续说明着：‘对不起，我不行……’

“也许是我说得她烦了，她叫：‘废物！’

“但也许她也并没有烦，她只是随口说说。但我自己烦了。好像我本来就是要寻找时机爆发，我的说明与道歉只是诱导她激怒我。听到‘废物’，蓦地，一丝寒颤颤的快意好像清风，从脚底掠来。‘我是废物，我就是废物！饶了我吧！’我猖狂大叫起来，好像抢到了一面旗帜。

“她愣了，大哭起来。

“‘真后悔，真后悔，捡了个废物！滚出去！滚出去！’她叫。

“我就往外走。多少次我幻想着一走了之，但都没有走。这下我可以走了。这下我要是不走，我真是罪孽深重。这时候意识起罪，很有力地驱使我离开。她见我真要走，软了，把我拉住。她毕竟要我。她箍住了我，我挣脱不了。我求她放过我。但她不放。我虽然个子小，但力气不小，至少比她大。但她手臂圈住了我，两边手指扣在一起，这样就牢固无比了。好吧，这样扛着，你也做不了什么。如果就这样耗着，事态也不会继续发展。但她这时候竟做了个令我非常反感的举动，伸手捞我的生殖器。她就是这么任性，也不看时机，想做什么就做什么，想一出是一出。但我的心理还没有理顺过来，被她这么刺激，完全受不了。她是真揪，揪得我生疼。之前她也这样，但这次我感觉到的不只是疼，还有被猥亵。这种感觉，最初她对我这样时有过，后来麻木了。人是多么容易麻木的动物。即使在前一刻，我不是也任她蹂躏吗？现在这器官被强烈提醒，我是如此可耻！我挣脱，但我的包皮被她死死扯着。我已经逃脱挺远了，但它仍在她手中，只是像橡皮筋一样拉长了。我为什么要被你摆布？但是我的包皮被她死死揪着，她的力气在这种地方显得异常大，我简直没有办法。我猛烈挣动身体，我决心就是她把我这器官揪断，我也要跑，像金蝉脱壳一样逃之夭夭。我希望她揪断。终于挣脱了她，包皮猛烈反弹到下肚皮。但她又迅速来捞。我跑，她的手脱出我的裤裆。

"'回来！'她叫。我不理她，向屋外跑去。她跟了出来。她竟然光溜溜就跑了出来，她总是这样，也不怕被人看见，虽然现在是晚上。我当然跑得比她快，但这是她的家，我感觉我怎么跑也跑不过她。明确说，是逃不出她的手掌心。我逃进了专门为我做饺子设置的厨间，反锁上门。这厨间地处偏僻，我感觉可以藏住了。但她很快跟来了。她擂门。家里用人按说可以听见，但他们平时已经习惯了她跟我闹，不会来管。而且还因为她赤身裸体吧。她就在门口拼命擂门，简直就是盯上我的母狼。她太过分了！还不是我这个器官被她盯上！它是我被她掌控的把柄！它是我不幸的根子！从当初我想要她时起，不，我爹犯罪也是因为这个东西，我们被歧视为异类，畜类，蛇类，还真是证据确凿，无话可说。人最可悲的就是被歧视了，又无话可说。这是我可耻的证据。我索性弃了它！人总有愤怒的时候，被逼到一定份上，出离理智。越是精密经营的人，越容易崩溃。什么也不顾了，推翻，拉倒，哪怕功亏一篑。甚至自我了断。”

“理解。”我说，“绞肉机是您的发明的，它是您尊严的产物。”

“无关尊严。”它说，显出很不在意的样子，“只是凑巧在边上而已。”

我转念一想，不对啊！“厨房不是有刀吗？”

“对啊！有刀。”它说，“我找刀。找，找，找，不知怎么的，就是找不到。厨房不可能没有刀啊，是啊！而且这是我专用的厨间。也许我是没有认真找，我急躁，我实在太急了。这时听到门外她在叫：‘你在干什么？’

“‘我死给你看！’我应。这表明我的决心。我为什么要告诉她？也因为我决心不定，我还会用言语说，而不是直接行动。这跟我找不到刀出于一个状态，我毛毛躁躁，根本就没有沉静下来。

“令我绝望的是，门外竟然‘哈哈’大笑了起来。我知道她是不相信我会去死的，我从来没有这么勇敢过，我承认，我从来都是胆小鬼、窝囊废。虽然有时候也会抗拒，但两下也就屈从了。患得患失，下不了决心。我这一生的悲剧就在于总是做不到决绝，总是到头来屈从了。我一直是缩头乌龟。这缩头，造成了我一错再错。不能再错下去了！她还在笑。她的笑声太刺激我了，我脑子一片空白。我于是继续找刀，一定要找到，死给她看！让她后悔！但仍然找不到刀。可能是完全气晕了，我竟连瓢勺也看不到了。我的眼睛只是在仓促扫描，扫过来，扫过去，什么也没看清。外面，她的笑声停了，说：‘别闹了！你在干吗呢？在给我做饺子了？’

“她这话提醒了我，做饺子。我注意上了做饺子馅的绞肉机。它就在我眼前，我对它是那么的熟悉，它是我发明的，它是我生出来的，我的秘密武器，它一切听我指挥，在这个家，也只有它绝对服从我，连用人都瞧不起我，他们只听她的发号施令。好，就让你会发号施令。我被她的发号施令推搡着，去打开电闸。它遵命启动，就像我一样听从指令。我们简直是难兄难弟。亲密者可以用来发泄，我平时不敢向任何人发泄，只能对它发泄。我朝它砸了一拳头，要你听话！我的手顿时痛得让我跳起来。再回头看它，它仍然忠诚地工作着。它在对我说：兄弟，主人，来吧！我想起曾在黑市上看到过一张图片，里面有绞杀德国人的情形，绞索绞着脖子，让人想到绞着阴茎。那画面一直留在我脑里，像鬼一样恐怖，但现在却有了诱人的感觉。外面她仍然可恨地笑。也许她并不知道这里要发生什么。让你不知道！让你从来没把我当真！我当真给你看！镇住你，让你后悔！我急煞煞想着她恍然和后悔时的样子，那真是快意。我就这样想着，诅咒着，跨上了绞肉机……

“其实当时一痛我就后悔了。但绞肉机的电源在墙上。虽然伸手可及，但我痛得哪里还能去伸手关电闸？我的手差点也伸进绞肉机漏斗口去抓救，但马上缩回来。人体本能地往后闪逃，于是我的身体就彻底脱开了我的阴茎了。我甚至都没有觉得疼，只是有一种解脱的畅快。不知过了多久，疼痛才排山倒海地向我袭来。我明白发生了什么了。我开始害怕起来，大叫起来。她好像也明白了，也大叫，叫用人来。”

我抽了一口冷气。“可是，”我问，“在我梦里，你描述的情景里并没有别的人在场。我是说，门外也没人在。你是很从容地自裁的。”

“从容自裁？怎么可能？怎么可能那么勇敢？这么愚蠢！它是我欲望之本。欲望不是正当的吗？人类不是把动物欲望当作人的欲望吗？中国不也是这样吗？为欲望正名，革命是违反人性的……”

“但是欲望，”我说，“人正当欲望应该被尊重的……”

“这是你的价值观！”它说，“也是全人类的价值观。整个人类都理所当然欲望谈利益了，谈身体不知耻。是啊，要不是被刺激，人怎么可能自裁身体？特别是，我这是阉！中国人把这器官称为命根子，我的根本价值就是这个。前面我说过，香织她看上我的就是器官大。我怎么可能自弃价值？我一生追求的就是价值。我以它来满足自己欲望，我以它来换取欲望。但我是教徒呢！”它忽然又说。“我另有价值。主耶稣对阉人可是评价很高的。”

“这我不了解……”我说。

“是的！”它说，“那么，阉就是我的资本了。我可以把我的情况告诉神父。但我还躺着，去不了教堂。再细思，为什么要绕道神父？可以直接去找那个美国人，让他知道我已经自阉了，请求他宽恕我。我仍然不想走正常渠道，我始终不相信程序这种东西，这是我们中国人根深蒂固的思维方式吧？但我怎么去找那个美国人？我还躺着。发生了这种事，媒体本来会像嗅到血腥的饿虎扑来，但竟然没有。向香织打探了才知道，是她紧急处置了。发生了这种事，谁愿意张扬出去？但我情况不一样。而且，只让那个美国人知道，应该可以吧？但必须让香织同意，她同意，也只能她去。如果那美国人对她动手呢？那更好，那美国人也自然会同意我的要求了，他也不会把我被阉的事说出去，一起掩了下来，香织不是也喜欢洋人吗？简直是三全其美。我总是想太多，精于算计，脑子太机灵，像轴承一样转。

“在向她提出去找美国人之前，我采取了取悦她的策略。我已经摸透了她的脾气，她无脑，像小孩。本来我可以等回家以后，但我等不及。这里有恐惧的因素吧。但我现在拿什么取悦她？我已经没有了她需要的东西。作为男人，我的生存根基没了，命没了。我只是行尸走肉活着，空落落的，像个游魂，就连接个杯子都没力气。

“我只能对她表现温柔。我是真柔，柔弱无力。她很惊喜，看到了我主动向她打开，她就开始脱衣服。这又让我慌张，后悔开门放虎进来。但奇怪的是，当她脱光了自己，我竟然也有了感觉了。我竟然仍然有感觉，其实我除掉的只是器官的外部，一个形式。形式毕竟只是形式，就像我一直不重视的敬神仪式。在神面前又怎样？进修道院又怎样？仍然可以在心里犯罪。心谁也看不见，即使诉诸身体行为，但仍然可以推脱。僧人剃发、戒色禁荤，只要心里想着‘酒肉穿肠过，佛祖心中有’，还是可以犯戒的。或者，像一个故事里所说的，两个和尚过河，见一个女人过不去，一个和尚把她抱过去，过后辩解说：我心把她放下了。狡辩！身体是心驱使的，心逃得了干系吗？

“但毕竟已经没了形式，我这心无所附着。我的欲望因为没有阳具这个巢穴成了孤魂野鬼。我放弃了太重要的东西了。之前我总觉得这是她抓我的把柄，但其实它也是我的价值根基。我看她急起来，搓着我仅剩一点的根部。伤口还没有完全痊愈，痛，但我忍着。她怨恨地瞪我，我开始心虚起来。我慌忙爬起来，用舌头来代替。我从来没有这么主动，像只她养的哈巴狗。我才知道原来我拥有男人资本时是多么的轻松。我累极了。大概她看着我累极了，抱着我哭了起来。她同意去找那个美国人。

“但她回来说，那美国人回美国去了。

“这简直太荒诞了！就这么不到一个月时间。也许我最初就是太紧张了。其实，指我‘汉奸’，那不过是那个美国人的吓唬，甚至随口一说。我太亏了！我很懊丧，竟然比被他揪住不放还要难受。我一生最大的悲剧就是不沉着，见光就冲，闻鸡起舞不也是不沉着吗？教训啊教训啊！”

它忽然一挣，好像猛然清醒过来。“你看，我又在侥幸了！好像那个美国人不抓我，我就没有罪，就可以心安理得了。这心滑溜溜的，你们抓不住，一不小心它就逃脱了。”

我下意识上前帮着兜住它。

“你看，我即使这样，也还不老实，不小心就把自己给策反了。”

它说。我有一种肝区被抠到的那样深沉的疼感。

“人心是诡异的深海，各种寻找对自己有利的，变幻多端。还记得我之前强调的‘如果’吗？‘如果’我逢到好世道，我就会是好人。跟‘如果’同向价值的是‘既然’。我‘既然’没有逢到好世道，那么做了坏事，我就没办法了。这‘既然’成了‘已然’，大家都这样，成了无可指责。但有时可以演变成意外惊喜，只要稍微不像大家那样坏，就又成了好了。而如果把因果偷换过来，还会成为有意识的坚守，乃至必须受到肯定、崇拜。我斩断自己器官本来与成圣无关，只是无意为之，至多只是有些忏悔之心吧。但这是在被迫情况下的。但歪打正着，过后我发现我已然成了阉人了，并且是自己选择成了阉人，我也是耶稣所称赞的阉人了！这简直是捡来的，不用白不用。这残废的身体就是我崇高的证明。

“然后，还可以附会。我还受过鞭打，不是吗？S/M。这不就像耶稣那样受鞭打吗？罗马四十鞭。我也累计挨过四十鞭了。我发掘自己各种悔罪资源，叠加成圣资本。这就像寻找自己无辜理由一样，会越发掘越多的。人经历过那么多事，怎么会没有可用资源呢？只要执此一面，重新阐释，稍加改造，突出需要突出的。你所听到的关于我的叙述，不都是这样的吗？

“其实就连耶稣称赞阉人，也是我后来才知道的。即使我知道了，也没有搞清楚耶稣是针对夫妻一体而说的。而我的阉恰恰相反，是用来分离我和香织的。但分离也是重新开始。谁说自阉就是自绝欲望？就像革命，革命更是人性的。断根是断念，但也是新生。置于死地而后生。向死而生。我死而复活了，她倒陷入了死地。她身体本来被我填着，现在我抽掉了，她就空了，成了空壳，颓了，倒了。她拼命要我，但我已经没有了。她知道自己闯了多大的祸了。她说是她害了我。原来她飞扬跋扈，现在她知道对我愧疚了，甚至，她知罪了。之前没有预料到的情形出现了：她对我百依百顺，现出了日本女人的样子。不但是我早年在‘佛跳墙’看到的那个温柔矜持的样子，还更谦卑。现在轮到她谦卑了。我回到家，她总要跪在廊前为我脱鞋子，为我脱大衣，替我拎包。出门，她为我递鞋拔子。渐渐地，晚上睡觉，她也不敢烦我了，小心翼翼地陪在我身边，碰也不敢碰我，俨然把我当睡佛供着。有一次，她直接说我是佛。‘佛跳墙’？当时我蓦然想起‘佛跳墙’这个词，虽然没厘清逻辑，只觉得一切都在冥冥被安排中，大千世界，实在太诡异了。起初她还折腾，希望我还能用，但怎么可能？我已死心了。不，不是死，应该说是踏实了。反正不可能，我就瞅着她折腾，就像一个高僧藐视凡俗。”

高僧？它应该说‘圣徒’才是。我想。但又想，“高僧”也只是中文翻译，基督教的“The Monk”不也可以翻译为“僧侣”吗？我听它继续说下去。

“有时候我会想，”它说。我想起司空医生对我的矫正，是脑想，不是心想。一颗心脏老是说自己“想”，还说了那么多话，多少让人觉得离谱。但如果它不是实实在在出现在我眼前，我是不会觉得说“心想”有什么问题的吧？我们其实都在错误中。它继续说：“这就是我付出代价的回报吧！过去是‘人为刀俎，我为鱼肉’；现在，鱼肉拿掉了，我抽身而去，我听到了刀与俎的碰撞。抛掉了生殖器，我解脱了。以前，胯下总是很妨碍地挂着个东西，我的又大，穿上裤子，只能把它归在裆脊的一侧。我习惯把它归到裤裆右侧，也许因为是右撇的缘故吧，觉得放右边容易主宰一些。但问题在于我又是个完美主义者，无论歪哪一边都让我难受，所以我经常拐到没人的地方调整一下。更糟糕的是走起路来荡来荡去，自己不方便不说，裤子外也会显示出来，让人看见了那个丑态。现在好了，我可以坦坦荡荡出现在人前了。只有小便时不方便，原来有个管子引流出来，现在没有了，四处乱流。于是我用蹲着，像女人一样。但还是会淌到周边。于是我必须随身带草纸了。但擦了后还是觉得不清爽。你应该承认，我毕竟是有洁癖的，虽然我很龌龊，但我毕竟还是有追求圣洁之心的。于是每一次，我都要用水洗，哪怕用抽水马桶桶箱里的水洗也行啊。说起来我还因此差点有了另一个发明：马桶喷水功能。我死后果然有人发明出来了，就是中国人一度抢着到日本买的有冲洗功能的马桶盖。不过是日本人发明的，他们有需求。这在全人类都是绝无仅有的，谁都觉得需要，但就是没有把它当一回事，结果日本人把它当一回事了。日本人有洁癖。谁说只有日本人有洁癖？我也有。我们中国人有着比日本人更强的洁癖。可惜的是我们只能以污秽来追求洁癖。阉了的我，以身体的不清爽逼出对灵魂清爽的更高要求。我给自己取名叫‘修身’。”

“修身”？这是儒家的思想。为什么不用你的洗名“保禄”？你不是教徒吗？我想问，但作罢了。我们的价值系统早已杂成一团乱麻了，谁能剔得清？

“修身，‘吾日三省吾身’。这是多么好的可以当挡箭牌的圣训啊！哈哈，我反省了，和谐了。我有没有反省？天知道。人自己能管得了自己？只能自欺欺人。但即使如此，我这个身是什么？阉人之身。这可太丢人了，又谈何修身立人？当然可以轮换西方武器：忏悔、赎罪。但我毕竟是男人哪！省身省什么都好，赎罪拿什么赎都行，就不能省这个，赎这个。我经常被屈辱感唤醒。有器官是耻辱，没器官更是耻辱。但是且慢，你是否对我说这些很感兴趣？”

它忽然话锋一转。吓我一跳。

“‘身体叙事’，会有很大受众的。”它说。

“我又不是作家。”我推却。

“跟作家无关。跟人有关。”它说，“想来，大概再没有别的民族比中国更在意身体这种东西的了。中国人的精神世界往往只局限在身体层面，所以所谓‘精神世界’也并不存在的。也许还应该说是肉身，肉身是最基本的生理层面。长期的贫穷、战乱、高压，使得肉身生存成了最强大的理由。所以我之前向你强调肉身之难，你就特别能够谅解吧？所以啊，作家们才那么喜欢写啊，知识人才那么喜欢谈论啊！并且显得更有反叛姿态，很革命。对啦，反叛、革命！这点上我本来要充分用上的，可惜我没有生活在中国。当然日本也有革命，二十世纪五六十年代，全世界革命风起云涌，可惜我不在知识圈，我在商圈，商人保守。当然到现在，你们也没人拿‘革命’为贴金了，几十年前就早已‘告别革命’了。精神沦丧，精神只有在宗教领域才存在，而我不是还认为自己是教徒吗？

“但且慢，仍然且慢！这里有个混淆：当我们处在身体受压制的年代，身体才是革命的武器，我甚至可以把身体进入长谷川小姐当作反叛和革命。当身体已经不再受压制，战后日本已经实用主义了，加民主主义，那么再搞身体叙事，就不过是拿身体作挡箭牌，为自己的怯懦辩护。强调身体，就是肉体之难。当然还可以说：我绝望了，我躺倒了。这也算是有心灵的了，我也争取了，挣扎了，我没有责任了。满足于此。多么堂皇的理由，多么合情合理，堕落是一种向上的下坠，就像斜阳。更不要说，我之身体叙事是反身体的，斩断自己，这是多么绝决的行动。这是斩断身体叙事。

“但我仍然在谈身体，不是吗？我用反身体仍然在昭显身体。对外，我以我的自宫故事吸引人们兴趣，以我最重大的身体残疾获取人们同情。对内，没有了生殖器官，那么就尘埃落定了，那么，还有什么可羞辱我的呢？从世俗上说，我是打不倒的人。当然我是教徒，我惩罚了自己，我永世残疾，那么，‘在后的将要在前’，我几乎可以成圣了。我有了特权。明白说，可以理直气壮地无耻了。首先是对香织，每当她企图跟我理论，我就把下身亮出来，给她看。她就彻底投降了，无条件的。日本人无条件投降时令人惊愕，我呢，一张开裤子，就像天皇一播投降诏书，日本人全成了任宰的羔羊了。她无法制约我了，相反，我用自己永远不能挽回的残废，让她永远不能解脱。我用她要挟我的器官，反过来要挟她。

“我又开始操纵长谷川企业。虽然长谷川先生临终前没有把话说透，日本人总不会把话说透，但他应该可以判断我是极聪明的，我懂。长谷川先生所以选择我辅佐他女儿，其实就是看到了我是中国人，战胜国的人。当然他也没料到我会再撞到那个美国人。但现在毕竟那个美国人回去了，也确实再没有人来追究我战争时期的作为。我在蜷伏一段时间后，试着用自己中国人的身份，没有出问题，于是就大胆用了。“We are allies！”我学会了这英语，在占领当局那里大声宣扬。如果不是考虑到人脉关系，我都要把‘长谷川’这个会社名改掉。我把自己的人安插进会社，除了坂本这样的百依百顺的元老，会社几乎被换了血。香织她本来就不管，随我怎么做。

“但也不能说我是完全为了索取，恣意妄为。也是为了企业重生。香织她确实无法掌管企业，对形势变化，她从不关心，更缺乏眼光。正逢朝鲜战争爆发，会社转型金属制造，接了很多订单。也许你会说，我这又是在帮助打中国，岂非重蹈罪恶？但我拿的是中华民国护照。当然我的故乡在大陆。但我当时完全没有去想这些。企业要生存，要发展，这才是最重要的。每当论起我的罪恶，我就会搬出我曾经的自裁，我已经付出这么巨大的代价了，已经解决了。这就类似于求菩萨，事成还个愿，手续办清了，完事了，两清了。”

这下真的忏悔了

“但奇怪，我就是不能安稳。”它继续下去，“我有照镜子癖好，你知道。在社长室也放着一面镜子。别人以为是仪容镜，只有我自己知道它是用来照着甩脸的。只有抽一下自己的脸，我才能继续干活。抽到的是实实在在的身体上，会痛，有实实在在的感觉，甚至会抽搐，再感受着那痛感渐渐变成热感，渐渐消退。当然脸颊红着会让我无法面对别人，我要面对很多人的。那么我就把另一边也搓红。这种竭尽全力消除后果的感觉也是实实在在的，正说明我曾经自责过。

“有一个问题我一直不解：人自责时为什么要打自己的脸？或者，别人羞辱你时为什么要打你的脸？当然，打它能直接抽到肉。

但别的部位也有露在外面的，到夏天，身体露在外面的多了。也许吧，那些只是露，不是裸露。裸露是露出敏感部位，是把私密撕开、把羞耻昭显。脸是裸露的羞处，是我们身体唯一一个这样的部位：当不在乎时它是普通身体，当在乎时它是羞处。但它还不是普通的羞处，早先抽脸时，闭一下眼，赖着感觉，绷一下皮，就完事了。后来长大了，每当它被抽打，生殖器官就会被唤醒，好像就是抽在那上面。生殖器没有了后，抽打就没有落脚点。一种落空的感觉。不，是抵达不到，打不到，挠不到，却感觉应该有个打得到、挠得到的地方。具体去寻，没什么问题。或者，有问题也可以进行辩解，通过道理的辨析来使之正当化。现代社会就是有太多元的价值观念，让居心叵测者搅浑水，所有的追问都抓不到鱼，只能抓到水。但其实鱼还在，它们在浑水，为自己的行为正名。诸如强调在强大的历史车轮之下，人只是什么？发展有原罪吗？在发展过程中出现的罪恶难以避免嘛！再个，追求利益最大化就是公平协商嘛，在协商中取得最佳方案，把弊端降到最低，这也没多大问题吧？

“当然，仍然并非没有罪恶感，只不过在宏大主旋律之下变得很淡，就像当年在出征歌唱之时，就像当年运输战争物资之时。即使意识到不对，知道这是行恶，当群体行恶，就会互相窥视，你可以干，我也可以干。而且，还会彼此试探更深的底线。还会彼此遮盖，像在原始森林里，树互相伸出枝丫，你遮盖我，我也遮盖你。或者，以冠冕堂皇的‘互相理解’作为说辞。

“有件事，我没有对你说。我只说长谷川先生临终前把会社交给我，是匆忙之下的，甚至，我是被逼迫的。其实战争后期，我回到长谷川家时，长谷川先生跟我有一个对话。

“‘你的本事大啊！’先生有一次叫住我，‘在巨港，我差点把你看错了，以为你是为帝国出力的人。你不是。’

“‘不……’我一如既往争辩。

“‘现在帝国这样了，你也不需讳言了。是啊，跑向哪一边都不行……’

“‘跑？’

“‘别装不懂了！’长谷川先生厌恶道，‘你这小子就是这一点不好！很不好！装傻当然很好，韬光养晦？中国的智慧。但是装过头了就不好了。当然你也没有装过头，该出手时你是毫不犹豫会出手的。但是不要否认！什么都要否认一番，很没意思！你知道我要说什么吗？’

“‘请指教！’我说。

“先生又皱起眉头。‘什么“指教”啊？你早做得那么好了！’

“‘先生我真的不明白……’我仍说。

“‘太阳吊索桥！’他说，‘是啊，向哪一边最后都要输，为游击队，要被这边日本兵射杀，为日本兵这边，你就暴露了。所以你干脆把桥踩塌了。好像舍出自己，但只是给这边演一出“苦肉计”，也给游击队留了活路。有手段！不仅狠，还得留后路。人才啊！可惜你的国家不给你施展的机会。’

“‘我没有……’我仍然辩，我也不知道自己辩什么。也许只是长期卑微形成的一种习惯，一种抵赖策略。

“但长谷川先生忽然对我的否认认真起来。‘难道你还真的喜

欢上那个女游击队？’

“‘我没有……’

“‘嗯，尽管你否认，否认肯定是要否认的，在香织的父亲面前嘛！父亲会为了自己的女儿杀死背叛者的。但作为男人，我哪会不知道男人的本性呢？用你们中国话说:“吃着碗里想着锅里。”喔，“佛跳墙”。你小子可是“佛跳墙”出来的。这个比喻更妙，有诱惑就跳，佛都守不住。再说香织那脾气，哪个男人都不会喜欢的。换成我也不会喜欢。但你能够忍她,这又是你的厚道了。不仅要奸诈，还得讲厚道。’

“‘我是知恩图报的。’我说。

“‘唔，知恩图报！这话我爱听，不管你说的是真的还是假的，好听就好。’

“‘我是真的！’我说，强调，‘您看我是中国人，没地方去。您刚才也说了，可惜我的国家不给我机会……’

“‘这倒是！’先生说，‘所以你得靠我们。就是我们战败了，饿死的骆驼比马大。而且对你来说，又是另一个机会。你国家现在要赢了，你是战胜国的人了，在战败日本国土上的战胜国人！长谷川企业，到时候说不定还要你帮着渡过难关呢！’

“长谷川先生没有料到，美国人并没有惩罚日本企业。他更没有想到，朝鲜战争打起来了，日本企业又活了。长谷川企业就是在那场战争中捞了大资本的。但这是什么样的战争呢？是帮助美国人打中国。我讨厌美国人啊！但我却帮着美国人打中国。当然你可以说我是拿着中华民国的护照，但我是大陆人。反正是乱套的。在这种乱中，我挣得钵满盆满，我自知自己的罪恶也随之盈满，我的财富就是我罪恶的证明。但我能够撒手吗？哪怕放弃一些利益。如果放弃，我就完全没有财富了，商人就是一点利益也不能放弃。

“最初还会辩解，但到了做大做强时，就不再辩解了。上帝对我指手画脚的时代已经过去了。人就是这么霸道的。我已经做大做强了，怎么的？有一次，我听说原来‘佛跳墙’的少东家林北方在某个地方议论我，揭我过去的老底，我让坂本去找他。但可惜没有找到。我倒不是想对他怎么样，我是想跟他谈一谈一个人、一个企业（他父亲那最后倒闭的店也算是会社吧）、一个国家以及整个人类要发展的道理。发展就是硬道理。我觉得我有说这个的底气了。但他不来。当然对他，我也无所谓的，他算什么？某种意义上，如果没有他，我还进不了长谷川家。我还应该谢谢他呢！

“倒是那个森达矢，有点让我担心。他把我归入反战类，这没什么不好，但作为还在日本办企业的，这有点不妙。所以我没有回他的信。坂本也知道我的心思，他自告奋勇说如果森达矢再闹出关于我的动静来，他就去警告森。好在森达矢没多久就死了。

“把我害惨的是那个美国人，我也让坂本去探听过他在美国的地址。我可以去美国找他复仇。我已经有这能力了。我经历过那么多不公，现在我都想讨个说法，不，是变本加厉地报复。一个从底层拼上来的人就是这么可怕的，被害得悲惨的人必有复仇之心。所以千万别可怜受害者，可怜之人必有可恨之处，或是终究会有可恨之处。但坂本没有找到那个美国人，我还因此骂他‘窝囊废’。这个过去人家戴在我头上的耻辱帽子，现在我要戴到别人头上去。一个长期被欺压的人，还有民族，一旦强大起来，压制在心底的仇怨是要爆发的。日本当年跟西方开战就是出于这个心理，我也是，我要凌驾于一切之上。过去只是因为弱，当不了暴君，所以才显得善良，显得通情达理善解人意，实际上，当我解人意时，我觉得自己很受委屈。我也压根儿不信这世界上有‘理’这种东西。不要期求好世道，好世道是没有的。即使有好世道，也有掌权者。掌权者就是要使用权力。有谁使用起权力来会有节制？节制使用权力能成就事业吗？不要谴责世道，不要谴责人性。我们所以谴责掌权者，是因为我们没有坐在他们位置上。坐到他们位置上，他们不这么做，又能怎么做？从他们的立场出发，他们就是要这么搞。不然世界还不乱了？不然做事哪里有效率？作为企业管理者，我非常清楚。上有上的道，下也有下的道；上有上的强权，但下也有下的觊觎。我上台，我也是暴君；我在台下，则是乱民。我有暴君人格，越是胆怯，就越要反弹。

“我不再隐晦，作为长谷川企业管理者，我就是暴君。也正因此，企业才越办越强。搞美国人那一套？拉倒吧。不适合日本人，不，应该说是整个东亚人。所以日本人搞的是‘官产学’，这是东亚特色。通商省设立工业技术院，完全财政拨款，推动产业技术发展。另一方面，颁布电子工业振兴临时措置法，限制外资进入日本，保护本国市场。同时，引导企业发展电子行业。当时长谷川企业也想转型电子行业，那是五十年代，我还没完全掌管企业，香织不上心，失去了良机。只能看着人家发迹起来。政府毕竟是政府，依附政府发展企业，实际上，战争时期包括长谷川在内的许多企业不就这么做的吗？到七十年代末，日本政府又组织搞了个VLSI项目，就是超大规模集成电路的共同组合技术创新行动。日本政府明确搞‘重商主义’，引导企业，给优惠政策，摒弃自由市场的买卖原则，把贸易当作国家间的博弈，效果非常好。可惜我已经失去了先行发展的机遇。但我可以在中国找到机遇，八十年代，中国开放了，我要捷足先登。最重要的是，在中国，政府权力更集中，行政更具权威，全民可以用振兴国家的名义总动员，集中力量办大事。中国的发展优势比日本更明显。坦白说，因为这，我才回中国的。”

原来这样！

“自由发展是不行的。”它继续说，“人就是要被管，必须臣服在权威之下。这是我一直的看法。当然，基督徒也这么看，只不过权威是上帝。但我常忘了自己是基督徒。或者，不知不觉地用世俗的理解来替代教义，比如中国人互相不服造成一团糟时，会想到症结是中国人不信教，但想的只是现实问题的解决，所以只能在现实层面上进行思考。如果问题解决了，不存在了，就不会想到宗教了，就会乐于施行现实的、屡试不爽的原则。比如对日本人，日本人和中国人大不相同，他们好管，可以尽管对他们发号施令。对坂本胜三就是如此，过去他对我发号施令，现在我对他发号施令。这下他极为顺从，这就是日本人，让我快意。当然，这里好像也并不完全是因为扳回了权力，其实还有对他的忌讳。我曾经跟他沆瀣一气，那是我可耻的历史。这个人现在还在我身边，最近的人是最忌讳的人。我想抹掉那些可耻的印迹。我有洁癖。

“这么说，我还不至于那么坏，我这颗心还没有完全被昧。当然啰，这心还在嘛！怜惜我者，强调我遭受到很多不公；同情我者，为我的挣扎辩解；维护我者，遮掩我的丑恶历史；当然，诋毁我者，千方百计揭发我。实际上，再没有什么比自己的心更了解自己了，我不需要别人揭露，也不需要别人遮掩，我自己很清楚。我因为清楚，所以才受苦。我所有的痛苦都是因为我看清了我跟欺压我的人一样坏，比别人所揭发的还要坏。与其说我恨别人，不如说更恨自己。这才是永远无法摆脱的。

“最难熬的是夜深人静时。我已经跟香织分屋睡了，但这样使得我毫无遮挡地审视自己。黑暗中，我清清楚楚看到自己的罪。于是必须忏悔。但忏悔最终是不会有结果的，必须有个处分决定的，就像出狱结论，或者是出院结论。身体已经很疲劳了，头脑已经昏沉了，明天还得工作，还有那么多事需要处理。于是就有了对付心理，匆忙做个处理结论，从明天起，再不要犯了！一定！一定！保证！保证！睡去，留着惭愧之心。惭愧是恒续的，到第二天面对重新亮起的天光，只有这惭愧存在了。但惭愧又是似有似无的，人的本能机制往往不愿纠缠亏心的事，就很容易让它们在记忆筛眼里漏掉。于是所有人都有惭愧之心，但又都怀着惭愧之心无碍地继续着人生。乃至继续犯罪，人生就是犯罪。当然仍然会感觉惶惑，从而畏缩。心有惭愧，人就畏缩，哪怕只是迟疑，就会耽误了竞争，导致落伍。所以惭愧是该被淘汰而不该被培养的感情。发现了吗？中国人不仅没有罪感，在‘七情’里也没有惭愧。中国人的策略是把惭愧转换成正面的鼓励，自我修养。这是一个像培育小孩一样培育所有人的民族，所有人生理上已经成为大人了，但心理上仍然需要用鼓励小孩的方式进行鼓励。而实际的结果是，鼓励从来没有成效，人人都成了没有自我操持的坏小孩。我把名字改成修身，表面上看是亲力亲为了，但实际上仍抵赖。我用身体赎罪了，但实际上是以身体来阻挡对心的审判。即使抵达到心，问题在于自己怎么能拯救自己？没有戒律，哪里有标准？心是软的，不定形的，你看，你让它成什么样都行。严格上说，心是没有的，你感觉它有时才有，没有感觉到它时它就没有。所以必须确认它，必须把它钉住，钉在十字架上。

“于是我去了教堂。相当长一段时间里我是去教堂的，而不是满足于自己审视自己。但忏悔过后，仍然继续作恶。作恶了，又忏悔。你见过基督徒犯罪的吗？就是这样，这就是日常。罪的律，一方面在灵的重生中废除了，而另一方面又在必死的肉体中继续存在：说它废除了，是因为罪债借着教信徒重生的圣礼而除掉；说它继续存在，是因为它产生了那虽是信徒也必与之斗争的欲望。所以甚至在伟大使徒肢体中存在着的罪的律，借洗礼废除，也不是根本灭绝。这不是我说的，是奥古斯丁说的。

“我甚至都不敢公开承认自己是信教的。谢天谢地我不是新教徒，不然每天都要面临需要斋戒的食物，比如血。但天主教徒仍然必须受斋，大斋还好，用餐时回避一下就行了，但还有小斋。每个星期五禁食猪牛羊鸡鸭肉等，好在不禁食冷血动物的肉，像鱼虾蟹等，也可以吃鸡蛋。我为什么搞得这么被动这么可怜？为什么不敢告诉人们？无非怕人家觉得你怪异。我虽然暴戾，但我希望活得滋润。我是商人，所有商人都是既凶狠又中和的。竞争不让，又和气生财。何必为信仰这种东西弄得不自在？有的甚至为信仰的饮食习惯刀拳相向。与人为善也就是与己为善，我是个好人。我这心是信仰上帝的。心灵的自我完善？精神信徒？多么讨巧又堂皇的理由，可以不受实际约束，多么好的事！

“当然我也付出实际的代价了。你注意到我尸体上的手的姿势了吧？那是我交代太郎的，作为不把我天主教徒身份外传的交换，我早早就把财产签署给了他。你知道，他不是我亲生的，按我的为人，他应该知道他的养父未必就会把财产留给他，至少是全部财产。为了信仰付出财产的代价，听上去像虔诚的教徒吧？但这简直是对虔诚的反讽。

“当然，我仍然可以说我是虔诚的，我已经牺牲了生殖器。但上帝是会继续追问的，或者说，恰是因为我献祭，诱发了我感觉到了上帝。没有了生殖器，追问之足踏空，直踏心这老巢。之前我其实也很不安，只是心躲在体内，庆幸抓挠不到。其实当时在绞肉机前应放进去的是心，但当时我给自己设计难题：我在里面，怎么拿出来？既然拿不出来，只能拿外器官代受。生殖器，这可是最重要的器官！确实是最重要的，我们中国人禁忌于这个器官，但也只看到这个器官，思想从来没有超越过这个器官。没有了这个器官，就是耻辱，于是也千方百计地隐瞒。就连死了也要隐瞒，我死时，太郎向中国方面提出的唯一要求就是不要翻看我的尸体。我也庆幸儿子做出了这么一个明智的决定。但是人毕竟是赤条条来还要赤条条去的，即使无常当差马虎，但我还有心啊！心是内眼，不剥掉皮囊也能看得到。但可悲的是那么多人都蒙混过关了。心只是个虚拟，就是'心学'谈了那么多'心'，也从不曾正视心的确凿存在。"

我不能同意。我欲反驳,想告诉它我了解"心学",不是这样的。它霸道地阻止我：

"你不要插嘴！我知道你要说什么？你别急，我在说我自己！"

"我……急什么啊！"我辩解。

"那就老老实实听我说！"它说，"心遁形着，拿身体作为挡箭牌。心是最大的阴谋总裁。原来我之前所做的牺牲，不过是螃蟹断螯。很多动物都有这种自救策略。我们人类不是也常常在出事后找替罪羊吗？都因为这心不诚实。所谓我的自我惩罚，毋宁是我心机的实在显现；这个光溜溜的肚下，到头来成了我狡猾的证据。

"心意识到不诚实，但人心是多么不可救药的东西！仍然继续不诚实。一个谎言要继续用另一个谎言来圆。我圆谎的手段仍然是身体。起初想装上去,消除证据。但不可能。做了错事是无法弥补的。只能老老实实惩罚：我再加个惩罚总可以了吧？就像做生意。我献出了生殖器，再献胳膊。我让自己骨折。当然这自残是对自己内心的，对外界只是谎称不小心。我够内在了吧？我够虔诚了吧？我几乎又把自己给骗了。一次次骨折，一次次被送去医院治好。感谢医学。但一再在胳膊上使主意，原地踏步，自己也觉得敷衍。我于是又去献腿。感谢医学，我的腿一直没治好，我很早就瘸着了。人家都以为我老了。但其实我这心年轻得很，它保存得很好。但也正因为心保存得好，感受力不受蒙蔽，看到了自己的阴谋，开始自我诘难。心的一半在诘难另一半，一半中的二分之一在揭发另外的二分之一，二分之一里也在互相绞杀，一刀过来，一刀过去。心如刀绞，就是这种情形吧？”

它把“心如刀绞”这个成语做如此具象的描述，简直惊悚。也只有心自己才能表达得如此具体而清晰。

“倒不如，”它继续说，“倒不如当初放进绞肉机的直接就是我。但我哪里真会去死？于是，我又在痛苦中、决定去死中、发誓不要再活了之下，赖活着。我竟然长寿了。当然，我可以将长寿视为凌迟，漫长的凌迟，漫长，漫长……终于，我四分五裂了，我崩溃了。但我还躲在躯体里，世人还在膜拜我，知道真相的人还在给我涂脂抹粉。但他们心里全明白我是什么形骸的吧？我是什么东西！这是很难堪的事情。但他们很懂事的，这懂事简直就像教科书，一本正经地嘲笑着我。他们在合拢我，毋宁是在昭示我本来有裂痕。我自己呢，也一直在竭力合拢裂痕，但这毋宁是在证明一直合不拢。”

“您不能这么说，”我打断它。当世界完全处在黑暗中，划亮一根火柴都是纵火。它道是忏悔，实则摆显；道是自贬，实则贬人。“现实是残酷的，人性是复杂的。您对自己太苛刻了！我尊重您是教徒，跟我们没信仰的人不一样，但也不能这样苛刻自己啊！您听听，您都说了什么啊！我都听不懂。那么玄乎。您是在进行抽象的演绎，这属于心理学范畴。现代心理学虽然很精彩，但缺乏实证性。我知道您一生坎坷，您遭受了太多苦难。虽然您最终成了大企业家、富豪，但您有精神需求，您还漂泊异国他乡，而且还……”

我这么说着，竟然理由越来越多，可以不停地“而且”下去。理由还真是找出来的。我继续说：

“所以反逼出理想之心来了。都因为我们无力抵御命运。其实我也常常这样，我们归根结底是弱者。按照尼采的说法，弱者没有能力直面现实，为了给自己的心一个安慰，为失落保留一根可以抓住的稻草，就发明了一个纯粹的世界。这里可以倾泻自己的愤恨，寄托自己的希望，在这个世界里，一切美好的都有，一切希望得到的东西都可以得到实现。于是，一切问题的解决、理想的实现，一概寄希望于虔诚地把自己委身在这个世界。”

我庆幸我有那么多理论武器，不仅让我在阳世取之不尽用之不竭，到了阴间照样可以用上。当然同时我也稍微感到可悲：我的知识竟然只能用来为怯懦与苟且辩解。

“更严重的是，”但我仍然激昂说下去，“对这个世界的想象还伴随着对这个世界的道德化改造。因为想象源于自身世界的破碎，源于自己所处世界被击伤，又无力痊愈，只好自我调适，将那些引发自己痛苦的品质。比如冒险，比如战斗，比如个性，比如不合群，乃至进取，通通判为‘恶’，把那些能够减轻自身痛苦的品质，比如同情、谦卑、宽恕、忏悔等视为‘善’。这就等于把有助于生命力提升的、健康的东西虚无化了，同时也把孱弱的东西高尚化了，在自我臆造的世界里陶醉。所以理想主义实际上就是虚无主义。”

“你才是虚无主义！”它叫。

我一惊。

我意识到鲁莽。我太刺激它了。这颗末世的心简直就是一颗人肉炸弹，随时会不顾后果地掷向我。为了安抚它，我不惜自我指责。我解释道：“我知道，我知道！虚无主义是针对知识分子而言的，我是知识分子，您不是。知识分子要思考，您可以不必，您是企业家……”

我这么说，实际上已经踏入了对自己十分危险的境地。作为知识分子，最受诟病与攻击的就是不思考。我一直在抵赖知识人的责任。现在，我却无异于自我指控。我一边为了安抚面前这颗心而自我指控，一边又找方法开脱自己。这种对顶，这种惊慌，这种难受,简直让我要崩溃。我觉得我的心也在开裂。不料那心却不领情，继续撕我：

“瞧瞧，一说起这些，你们就很热衷，就一群一群地来响应。什么绝望啦，什么虚无啦，理解啦，宽容啦，不要对人太苛刻啦，甚至还生成了‘犬儒’哲学，乃至成了真理，理直气壮起来了。当有人提出‘犬儒’观点时,就情不自禁地去拥抱。啊啊,对啊对啊！但你们不想想你们有资格吗？不错，‘犬儒’也是一种观点，但你们这些苟且的人来赞成‘犬儒’，居心不良，不过是在为自己辩护罢了。作为知识分子，基本良知都蒙蔽，还不如我呢！我也读很多书！”

“我知道，我知道！”我说。好吧，你要把自己列为知识分子就列吧，我已不想了，反正那一生，知识人的资源我已享受过了，我已经成功规避了受益就得负起责任的天条。只是，现在如果让对面这颗心成了知识分子，不知该会说出什么可怕的话来。我于是又去阻止它，我要跟他做隔断，我要重新定义“知识分子”。当我们蜕变，最好的办法就是修正概念。这种玩知识的把戏，我们知识人驾轻就熟。“您读很多书，博览群书，好吧？但未必就等于知识分子嘛！知识分子是……知识分子的思考角度跟你们不一样嘛！”

“怎么不一样？”

我当然可以用很多理论来对付它，但这样就会和它纠缠在一起了。“思考的是脑，不是心！”我一激灵，道。“脑才是会思考的，心不会思考，也不必……”

“我就在思考！我们中国人不缺脑，缺的是心。”

“您那不算……您那是信仰。啊，对！心者，信也。您跟我们不一样。”

“有什么不一样？”它应，“你有心吗？”

我心一缩。

“你的心就不发抖？你的心就真可以这么昧着，你就不亏心吗？你就不怕最后的审判吗？抉出你的心来看看！看看是什么样的心！”

这简直是绑架。你说你自己的，你扯我干什么？你觉得自己有罪，你忏悔你的，跟我什么关系？但是它叫着，向我靠来。它没有脚，它是掷过来的，掷在我身上，就在胸口上。我的心被撞得发颤。我慌忙闪避。我一生与其最怕坏人，毋宁最怕不懂事的人。简直不可理喻！简直不通人情！简直恶毒！我伸手逮它，但那心，像脱光毛的鸡崽的心，飞了起来，它像是有翅膀。本来嘛，鸡一出生就带着翅膀。它飞过我的头顶。本来不是应该下坠的吗？是我糊涂了，这里不是人间，不是地球，没有地心引力。它凌驾在我头顶上，天光晃晃，我几乎看不见它了。我的感觉收回到自己身上，我感觉我躯体里好像没有了心，心窝里空荡荡的。当然心仍然还在，只是很虚弱。但它仍然支撑着我应对对方：

“你这是干什么嘛！你，你，你！你说你自己，你忏悔你的，你惹上我干什么？你觉得自己有罪，你就自己有罪好了，你为什么扯上我？”

我觉得气短，说这么几句都没有气力，也许是心力不足的缘故。不是不足，而是我的心根本不认可我说这样的话。它在起义。一个被自己的心起义的人是没有活路了。我后悔死了，自己竟然去惹那个林修身的心。是的，是我先去惹它的，企图跟它说理，结果说成这样了。人家是掏着心的，不跟你说理。但我当时也不致如此糊涂，就说心，我觉得也可以跟它将心比心。但我还是幼稚了。我活到这么老，怎么还幼稚呢？竟然相信心的交流。但其实我也没那么傻，是因为当时我的心也不舒服。我一直在回避心的感觉。我所以去说服它，也是在安抚我的心。现在，这心反被唤醒了。它里应外合，撞着我的肋骨，要冲出来。我捂着胸口，威吓它：这样会撞碎你丫自己的！它哈哈大笑起来，它简直像无赖，恶毒对我。人家林修身的心还没有这么恶狠狠笑我，还没这么放肆。也许正因为它是我的心？因为它是我的，所以对我的脆弱了如指掌。

“我本来就碎了！”我的心叫道，“难道你不知道吗？难道你以为自己的心是完整的吗？难道你以为心跟你的身体是合而一体的吗？难道你不知这个世界都支离破碎了吗？没有共识！”

“胡说！”我喝自己的心。

“那你告诉我，共识是什么？你和世界的共识到头来是什么？你和我的共识又是什么？我和我的共识又是什么？二分之一我和另外二分之一我的共识又是什么？二分之一的二分之一的我，和其他二分之三的我……”

“你别学它饶舌！你以为是在说相声啊？哦，是小品。”我啐，“啊，啊，小品，我知道，小品很好看，是很好的娱乐，我也喜欢看小品……”我扯着。

“别扯什么小品了！你就不能花点时间正视自己的心吗？”我的心叫道。

“我怎么看得见自己的心？”我一笑，耸一耸肩。

“那我让你看见！”它在说什么？是什么意思？我正寻思，我的心竟然破膛而出。我看到自己的心，也像令人毛骨悚然的光毛小鸡崽。它确实也已裂成几瓣，像剥开的柚子。它没有落在地上，也没有落在任何地方，但它也不是飞着，它确实是落定了，它落在一个我搞不清楚的、什么也不是的地方。

第九章

你有什么可忏悔的?

“吵死了，吵死了！”一个女人的声音。

说的是日语。左边角落有个东西在蠕动。定睛一看，是个女人。她从趴的姿势立起，娇小的身子，我还闻到狐臭味。我判断出她是谁了。奇怪，她离开浮世那么久了，怎么还在这里?

“老是这些话！”她一边寻着目标说话。顺着她目光，目标应是林修身。不料却找不到林修身。看她眼神，她也没有看到自己的丈夫。但她好像也不在乎，他们是早已漠视对方存在的老夫妻了。她只顾自己絮叨：“我真是倒霉透了！不仅被卡在这里，连睡觉都不能安逸。你自己抉心就抉心罢了，搞得我的心也得被审查。你是你。我是我，你的心是你的心，我的心是我的心。我走我的道，你不是信上帝吗？我走的可是佛路……”

“长谷川……夫人？”

"是我。"

"您信佛？"

"谁信佛？"

"那您说佛主……"

"那个啊！我们日本人死了都要取个法号，行个佛仪。不然下葬很麻烦啊！其实是乱搞。中国丧仪不也一样吗？一样一样，最终也都是去黄泉国。你们中国人强调的是路上，我们日本人强调的是目的地，国。却被卡路上了！"

她确实倒霉，被卡在这里了。而我呢，却是自找麻烦，也让自己卡在这里。我真后悔。她又去寻丈夫。

"就你会忏悔？你是基督徒？我从来都不知道你是基督徒。你是基督徒，无常收你时，你怎么不声明？那我们就可以各走各的道。你被带到这里来了，却又忏悔。你忏什么悔？你忏悔，却还照样作孽。忏悔了作孽，作孽了再忏悔，忏悔了再作孽……"

"不不，这点上我倒是要说一句。这我知道。"我竟然按捺不住道。也许是被我一生当知识分子的感觉所驱使。我一直没有完全戒掉知识分子气。人一旦有知识分子气，就傻气。"信上帝和信佛在忏悔上是不一样的。"我一本正经道，"一个基督徒只要信仰上帝，原罪就被赦免了。但是本罪并没有消掉，所以要继续忏悔。基督徒允许忏悔后又犯罪，但忏悔后又犯罪的人不能称为'义人'，得下地狱。所以还得再忏悔。什么时候能够成为义人，不知道，反正你忏悔就是。"

"佛教徒也有忏悔呢！"她说。

“对，佛教徒忏悔是无始以来的贪嗔痴和现世的本罪一起打包忏悔的，解决，就一下子解决了。所以基督教徒忏悔更折腾。”

“您是基督教徒？”她问。

“不是……”

“哦，您是知识分子。”她对我的情况是了解的，“是啊，近代以来，这里的知识分子，无论是日本还是中国，多多少少都有基督教成色吧？科学与基督教不能分开。这我还是懂的，虽然我不是知识分子。”

“我才没有！”我否认。

“那你凭什么成为知识分子？”

“怎么不能？”我干脆声明，“我信我中国自己的‘心学’！”

“那您就不是知识分子了。”

“不能截然分开的嘛！无论信基督，还是信心学，都有心灵。”

“是哟，还掏出心来了，给人看！”她又去找她丈夫，“你的心是玻璃心？你一个大男人心比女人还易碎？哦，心碎原来很好听啊！你很享受心碎吗？你忏悔了，我怎么办？就你会忏悔？你不能对我这么不公平……”

“他对您确实不公平。”我说。

“您也知道？”

我点头。“就说他要把您送给那个美国人……”

“什么？”她叫，哈哈大笑了起来，“他支使得了我？”

这点我没想到。“至少，他是有悔悟了，”我为自己找台阶下，“自我惩罚了……”

“您指的是生殖器官？”

“不是。”我说。我没料到她会这么说。她一想就想到这个，身体，“好吧！这不也是对您不公平的例证吗？把您撇下，只顾自己，自作主张，自己用绞肉机把生殖器官……”

“他自己？”她说，“他可真会往自己脸上贴金！”

什么意思？

“你有这勇气吗？”她又去寻她丈夫，冲他说。仍然没有林修身的影子。“绞肉机？很有仪式感吧？但绞肉机能切下那东西？”

这我倒没想到。

“刀才能切下吧？”

“他说没找到刀……”

“厨房怎会没有刀呢？”

“这……”

“刀在我手上。”她说，“是我切下的！”

我倒抽一口冷气。她这么娇小。但我想起照子奶奶说她是“恶女淀君”。这个娇小的女人，拿着刀的样子并不违和了。

“当时门开了，他在里面，喊着要拿刀切掉自己那个东西。这可是需要勇气的，他没有这勇气。他左跳右跳的，就是没去拿刀。刀就明明白白插在刀架上，对厨房他那么熟悉，但他就是没有往那边去。我就过去替他拿。我过去时，他的音调抬高了，倒像是在抵抗，或者掩盖自己即将面临绝境的慌乱。我才不管他，还觉得好玩。当时我还太小。我就是要彻底治服他。但我也没想真的下手。只是他犯了大错误：他本来不应该犯这错误的，他一直很聪明、精明、察言观色。可能他太慌乱了，他竟然骂起我来了。我哪里是能让他骂的？我父母都没骂过我。我就是有服软的时候,也是我自己愿意的。人毕竟都有反省的时候，我自己认识到了，就会软下来。但这是他骂我！你还是个用人呢！虽然成了我丈夫，只是我的使用工具。我承认我对他不好。当然当时也是气疯了。他也发疯，还顶出胯下，扶起他那东西对着我，挑衅我。我一个发狠，就像揪住牛皮筋那样，死死揪住，一刀下去。”

“但是，”我疑问，“伤口不是刺刺啦啦的吗？”

“那个美国人说的吧？这是他就要死前的忏悔吧？刺刺啦啦，不是惨不忍睹吗？忏悔就有所附丽了。”

也对。也许所谓的罪，不过是为忏悔而设的？世界上并没有那么多的罪，只是有些人心理需要，比如有基督教情结的人。我又不信基督教那些东西。我想。什么罪不罪的？至多我做得并不好。“是吧！”我表示认同她的判断。“其实很多时候，我们只是后悔，不是忏悔。”

“忏悔，就是‘作’嘛！”她说，“上帝和撒旦合谋来演出一场悲剧。但走出剧场，该怎么做还是怎么做。比如他也补救性地想去抱养个孩子，对外声称是他出事前生的，放在亲戚家里，两岁抱回来。还取名‘太郎’，好像后面还会生‘次郎’‘三郎’一样。装了一辈子，累不累？我都替他累！”

“您也受累了！”

她摆摆手。

“他也知道您爱他。”

“谁爱他？”

嗯？

“您的儿子，太郎先生，也说您爱您的丈夫。”

“父母恩爱？”她嘲讽道，“当然啰！或者，孩子可以想到造他时的样子。但是他是抱养的呢！”

她简直粗俗。“那么退一步说，欲望，我们都曾经是俗人，俗人必定有欲望，孩子不是生的，但你们夫妻间……”

“我没欲望。”她说。她怎么连这都否定了？

“我知道当初你们地位悬殊……”

“我对男人根本没兴趣！”

我愣。

“男人真是可笑的动物啊！”她说，“以为挂把刀就像武士那样招摇过市了。”

“但您总是把他带进家了吧？”

“领一个用人回来，很奇怪吗？”

“就为了这？”

“看他色眯眯的，蛮好玩的。”

“玩……当然是玩……”

“你别想歪了。”

“哪有……我知道不是那个……我只是说，玩，也有厌倦的时候吧？”

“当然有。没几个月就厌倦了。”

“那他要上‘光’号，您怎么不放？”

“是啊，为什么呢？想想他要脱离开我了，又不愿意了吧！人就是这样。玩具不能扔掉。宁可亲手毁掉！没用了嘛！嚓！”

她发出刀切的声音。我想起她切他的器官，打了个冷战。

“但当初您把他从‘佛跳墙’带到您家里时，是付出努力的。”

“那个林北方说的吧？”

“难道不是？”

“他也当真了。”她说，“他还到家里来闹。还满口大话，吓唬谁呢！”

“您当然不会……但对林修身先生，当时还是U，可是冲击很大啊！那样的时代，特别是那样隆重的仪式……”

“什么仪式？”

“出征仪式啊！”

“有吗？”

“没有？”

“哪有搞那种仪式的余裕？”她说，“老是有召集令来，哪个部门应付得过来？如果仪式上哭了，还会被指责为‘非国民’。”

“‘非国民’？就是像U……”

“他是压根儿就没有当国民的分。”她说，“‘非国民’还是国民，只是表现得不好的国民。被这样指责也很麻烦啊，谁都麻烦。不错，起初还搞，走个过场。就像‘宫城遥拜’。政府规定经过皇宫必须遥拜，电车上，乘务员高喊：‘现在通过宫城前！’车上乘客就得弯腰朝窗外的皇宫鞠躬。但是车挤啊，根本弯不下腰，于是就撅撅屁股了事。出征仪式也是，后来索性就不搞了。”

“都不搞了吗？任何出征仪式，比如运输货轮出征去南方，唱唱歌什么的。”

“是去工作，又不是开演唱会，搞这干吗？”

“但森达矢，”我提出疑议，“那个反战者，您知道他吧？”

“反战者跟好战者一个思维逻辑。”

“那么坂本先生不也回忆……”

“他当然要回忆了！特别是他的后半生混成那样。”

“这我知道，林修身先生说过自己对坂本先生……”

“没说被要挟吗？”

“要挟？谁？”我没明白。

“坂本和照子一起。”

“要挟谁？”

“还有谁？”

我猛然好像明白过来。我脊背发凉。

“照子不是爱他吗？”

“照子爱的是坂本。”

“但这是她自己说的。”

“要挟着人家，得到各种好处，总得说人家好话吧？人之常情嘛！至少那个坂本胜三还结婚生子，曾孙都有了，自然要撇清他跟阿照的关系。”

“就连太郎也不爱他父亲。”蓦地，她又说。

“但至少还有香草！”我企图抓救命稻草。

“谁？”

“李香草。”

“哦，她啊！”这个长谷川香织恍然扬眉。这让我忐忑。她知道不知道香草这个女人存在？“他倒是老说要去找这个女人，威胁我，但我说：你找去啊！却一直没有去。”

“那是他有顾虑吧！”

“怕被扫地出门？但我死后他也没把她迎来啊！”

这倒是。

“根本就没有这么个女人！”她说。

“什么？”我大吃一惊。这太过分了，怎么可能根本没有香草这个人？“他不是去过苏门答腊吗？palembang。”

“那又怎样？”

“不是曾经被派上岸……”

“那又怎样？”

“我看过李香草去美国后的视频，老年的李香草，一个像陈香梅一样的女人。”

“老女人？一定很失落，或是青春无悔？有悔？哦，她是女人，一定还有关于爱的，最好是被爱。反正都需要有个波澜壮阔的回忆用来附丽情感。但您弄清楚她说的是谁啊？爱她的是谁？”

“但森先生、坂本先生，还有美国人迈克尔·佩恩也说，林修身先生在palembang有认识过这么一个女性。”

“所有的叙述都在寻找容器，借以装上自己的酒。”她说，“他只是个容器。您看这‘U’的形状……”

我暗惊。之前我从林修身心的形状想到了“U”。

“……多像个容器啊！”她说，“不，说容器都抬举他了，只是尿壶。除了装尿，除了顶个急，毫无价值。一个人到了毫无价值的地步，还能做什么呢？无可如何的感觉是最要命的！那种抵达不到的难受。就像牙疼，干脆拿舌尖去顶，让它确凿地疼。所以他去了S/M店受虐，可以在受虐中确证自己是该受惩罚的，强调，夸大。我欠了谁谁谁啊，我做了多少多少多少坏事啊，我积累了数也数不清的罪债啊！但哪里有那么多罪债？就虚构呗。毋宁是炫耀。一个人到了无可炫耀了，就炫耀罪恶。宁可被人记恨，不可被人漠视。成了暴君也好啊！当成暴君，是多么好的啊！无论如何，做大做强！”

这逻辑！

“可是他的心是看到自己卑劣的！”

“心？谁知道心是怎样的？不错，那掏出来了，您看到了，我也看到了。”她的眼睛又寻找起来，应该是去寻找那颗心。但也没找到，“那心裂开了，恶鬼您也见证了，确实是碎了。但天知道为什么碎。不错，那心还有嘴，还会说话，但这硅胶一样的心很确实可靠吗？”

“那您可靠吗？”

“只有自己知道自己的心。我现在是用心在说话。”

“哦，您也有心……”我竟然这么说，挺无礼的。

“每个人都有心。”

“您也知道？”

“每个人的心都在真实说话。但只是在对自己说的时候。我不是对您说，是对自己说。我自己知道我亏待了他，对他不好。所以我把企业给他了。但这远不够补偿他，不够抵我的罪，我有罪！我必须忏悔！我是真诚的，我的心已经抉出来了！”

她竟然也抉心！奇怪的是，她竟然冲向我的心。她的手兜起它。其实我的心并不需要她兜，它一直好好地处在悬浮状态。这下被她的手兜着，倒变成需要她支撑一样。我感觉到自己的心被她挟持。我过去抢。“这是我的心！”我叫。

“我的！”她竟然说。

“您自己的心在……”我才发现她胸膛是翕开着的，里面没有心。我只能坚持叫，“这是我的心！”

“我的心在忏悔。这是一颗忏悔之心，是我的！”

“您怎么知道我的心就不在忏悔？”

边上恶鬼笑了起来：“你们这是搞什么嘛！争着忏悔？从来没见过。既然知道忏悔，为什么还要争呢？”

“明明是我的嘛！”我叫。

“明明是我的嘛！”她也叫。

“那还有一个人呢？”恶鬼叫。

“谁？”

“还有谁？”

我和她同时明白过来。“他的又是他的！”我们几乎同时说。

“他的心是破碎的！”她又说。

“你的就是不破碎的？”恶鬼反问。

“我的不一样。”我说。

“怎么不一样？不破碎？”恶鬼问。

“我的也不一样。”她硬说。

“那怎么只见一颗心？”恶鬼道。

我和她同时去找林修身的心。根本找不到。之前他人影都不见，也没有去注意他的心。怎么回事？我们信誓旦旦我们的心跟他的不一样。再回来找自己的心，怎么？我的心也不见了。回头去找她，她也不见了。恐怖袭上心头。不，我已没有了心，根本无心可袭，只有恐怖。不，也没有恐怖，没有了心什么都没法感受到。但这不是很好吗？有心太麻烦，一切麻烦都因为有这个劳什子。他的心就他的心吧！我也不要。本来无一物，至多只是关系参量让人感觉到有心，是他的心。我已经知道了他是怎样的人，他的心是一颗怎样的心了。无论如何，这是一颗受难的心，一颗可怜的心。我知道就行了，然后，放下。放下它也就放下了我自己。我在脑里抹去那些关系参量。但我于是分明地意识着那心的消失过程。它确凿地存在，然后渐渐地化成尘埃。

第十章

但

它成尘时，我竟看见了微笑。

后记

陈希我

那时候还是二十世纪，九十年代。在东京，我读到了一本书，《日本的华侨》(《日本の華僑》，著者：菅原幸助。発行所：朝日新聞社)，里面一些内容匪夷所思：

一个叫薛来宏的华侨，战后是日本德富企业的社长，太平洋战争期间曾行商于太平洋诸岛。他在东海汽船“樱花号”上与日本商人相处甚笃，还组成了“同船会”。日本军队不断占领东南亚，他们的行商范围也不断扩大。战争末期，随着日军节节败退，他们也步步退缩，最后缩回日本本土。

一个叫周朝宗的同发会会长，回忆战争后期在横滨跟日本人一样恐惧美军轰炸，家宅被烧毁，他跟日本人一道共克时艰。“那时候，我们和日本人一样，得到町内会发给的毛布和粮食等救灾补助品，至今还感恩不尽啊！”他说。

一个叫吴正男的台湾人，战时是日军特攻队队员。他十四岁只身去东京求学，然后与日本同学一道“爱国”，报考日本航空通讯学校。当他告诉在台湾的父亲，父亲对他说：“你作为日本人，忠诚之心是可嘉的，但台湾的地位毕竟特殊，凡事要多加考虑。”

这话是什么意思？身为中国人，他们怎么会这样？当时我虽然跑出国外，但从小养成的价值观底色其实还在。（其实至今也仍然在。）再加上身处日本，“爱国”之心被倒逼出来了。我实在不能认同这样的描述。也许是因为他们毕竟要在异国他乡讨生活、求生存？这是在中日作为敌对国的敏感时期。一个例子也支持了我的判断：一个叫周筱笙的华侨企业家，事业发展得不错，但就因为跟日本人闲谈时说了句“蒋介石是了不起的人物”，被日本人告到宪兵队。他被当“抗日分子”逮捕，定罪为“奸细”。可见当时在日华侨处境之难。

其实还有更近的例子，就在我身边。我的妻子，当时还是我的女友，她告诉我，她的外祖父母当时都是从日本回国的。他们出生在日本，从小玩伴是日本人，觉得自己跟日本人无异。但中日交恶了，他们家变卖了家业回到中国。

几十年后他们的后代嫁给了我。那时候我妻子的外祖母还活着，老人家有句口头禅：“人就像小鸟一样飞来飞去。”我开始写《一个日本华侨的太平洋战争》，一个战争中滑来滑去的在日华侨。按说我可以立意于对人的理解与同情，人道主义。但我天生爱折腾，没这么写。我不认为人道主义与文学有什么关系。几年后我还怼过一些知识分子，他们拿人道主义批评中国当下文学，我问：“靠人道主义能够写作吗？”我很尊敬他们的姿态，但文学毕竟是文学。后来这些人中一个人在回答媒体时反问：“不讲人道主义，难道要讲‘狗道主义’？”鸡同鸭讲。

但我也意识到就文学谈文学是谈不好的，我同行里有大量在就文学谈文学，他们谈出的只是平庸，或王顾左右。那究竟怎么理解文学？拒绝“假大空”，当时很正确的观点。于我，就是下坠！

把人还原为人，肉身的人。人就是人，多么具有正当性。那时候流行的“我是流氓我怕谁？”其实也是在宣扬一种正当性。我们要活得真实。这小说里，虽然用各知情人的嘴来描述主人公，但作为记者的“我”，最终并没有探寻出主人公完整的形象。《罗生门》？但采访一无所获却别有所获：这么多人所以不说真相，是因为他们都在晚年成功了的主人公面前抬不起头。比如“我祖母”（即现在《心！》里的香草），战后回国，饱经挫折几十年，理想主义被磕得破破烂烂，再回头想呦，她读出了呦的成功哲学：一个人一定要有本钱，有本钱，哪个朝代都吃香！

这小说没有得到发表。

二十世纪九十年代起，中国人一头奔成功而去。“成功”这个词并不像现在被认为鄙俗，甚至，它还带着反叛的意味。这是不被忽悠的理性。理性，才是正确的。不求崇高，才能脱掉一切没用的披挂。拒绝被架在火上烤，才能生存、发展。个人如此，国家也如此。知识分子忧国忧民也是在这价值逻辑之上的。那时候我还写了许多随笔，其中相当多关于中日、中外对比的，也是在这价值逻辑线上。因为急于告诉国人什么才是正确的、文明的、先进的，我最初都没意识到，我所说的日本、外国，不过是我企图用来比较中国的日本、外国，并不是客观的日本、外国；同样，我所言说的中国，也只是在我希望它好起来的意识或潜意识之下所建构的中国。

但说理嘛，也只能这么说。好在我主要是文学写作。文学写作与非文学写作是不一样的，诸如鲁迅，杂文家鲁迅与小说家散文家的鲁迅是不一样的。前者真理在握，后者则支吾彷徨；同样地，王小波也有两个王小波，王小波杂文里说的是科学理性，小说里却是扭曲极端。写小说，我回避孰是孰非，不做价值判断。甚至是反“正”。所谓“真理”，其实不过是“正理”。那追求“真”吗？不少人认为我写得很真实，我虽然不喜欢“真实”这种说法；但我追求深刻，不就是追求本质吗？本质不就是真实的真实吗？缪塞说：“真理的本质是骷髅。”

深刻就是进入黑暗，追求黑暗就要下坠。从《冒犯书》《抓痒》，到《我疼》《命》，我都在这么做，谓之“黑暗写作”。

但这里有个我无法解开的扣：反叛其实仍然有价值观，反叛的价值观就是所反叛的对立面。我其实一直不肯放弃，一直自得于自己的写作不同于鄙俗的身体写作、性写作、惊悚文学，我是严肃的，是有深度的，是高屋建瓴的，甚至，具有批判性。我有知识分子格调，那时候我还没意识到作家与知识分子的区别，一如陀思妥耶夫斯基与别林斯基，甚至与列夫·托尔斯泰的区别。

我从十三四岁开始，就这么写小说，一直被否定，但坚决不改。从上世纪七十年代末，写到八十年代，到九十年代，到跨世纪，二十一世纪。虽然始终坚硬与决然，但也感觉到身外的世界变了。外面世界已变，但我没有知觉。不，应该说我不去知觉，我心不变。或者说，我心觉得世界应该进步，但可恨的是世界没变。

观念根深蒂固：人间是有正道的。因为这，流放回来的陀思妥耶夫斯基写了《死屋手记》，关于人的新生。人被放逐出主流，就渴望回到主流，主流就是人间正道。文学的正道是什么呢？宏大叙事、土地叙事、民族史诗、时代画卷、百科全书……我回国后写第一部小说前是拜读了《白鹿原》的，我这四十多万字的小说要表现中日问题、东亚问题、历史问题、现实问题……它名叫《东洋》（日语“東洋”包括整个东亚）。听听，这名字，这题材！直到最后把书名改为《放逐，放逐》，才渐渐从题材中摆脱了出来。摆脱了题材，也就堕入了深渊。文学躲在题材中，有具体问题，有针对对象，就像手有了可抓住的稻草，让作家轻松，但也让作家明晰化、简单化、浅薄化，而文学是面对虚无的，面对深渊。鲁迅后期转向杂文，就是不敢待在并继续堕入深渊中的。他早年的《野草》是象征的，好在《放逐，放逐》在最后改书名时找到了象征。但接着写的《一个日本华侨的太平洋战争》，仍然被题材所刺激，人很难抓着自己的头发飞起来。

时间到了二零一六年，我自己也被磕得破败不堪。这时候，我惦记上了那个没有发表的《一个日本华侨的太平洋战争》。这时候，撞上狗屎运一样的我的写作竟然得到承认了，发稿容易了。更重要的是，社会价值观多元了。因为在大学里讲授日本小说，我想扩展所讲的篇目，我想到了远藤周作的《沉默》。这小说以前看过，并没有太多感觉，现在有感觉了，感觉到的是“约伯的反抗”。这是对神的反抗，是对浩茫无际看不见摸不着的神性的质问，明确说，是对自身内心原则的宽赦。既然神不在，那还有什么是必须坚守的？“人間は地獄だ”，人类是地狱。这时候我已经教了《竹林中》十几年（不是黑泽明《罗生门》，而是芥川龙之介《竹林中》，后者是没有人性回归的），在一遍遍教学中，我的心一次次被剥下，坠进黑暗，再坠进下一层黑暗。我决定用“心”这名字，没有感叹号。

这心如此黑暗，黑暗得令人发指，我写着都战栗。它是如此背德，但正因此它“值得作为一位伟大的道德家来接受敬意”（波伏瓦评价萨德）。但这不还是觊觎着道德吗？心藏大恶，恰说明心中有善。假扮上帝与自诩魔鬼，不过是硬币的两面。所以拥抱黑暗的我，却又指称“黑暗底下的光”。这是我常说的一句漂亮话。它太美学了，实际上是甜腻；它太好听了，实际上是嗲。这是关于心灵审视与忏悔的书写，审视，仍然是积极的，光，就是忏悔。虽然我并不信人有真忏悔，在一篇叫《拯救》的小说里，我就写忏悔之不能，但我还相信有忏悔这么个东西，虽不能至，心向往之。这向度仍然是理性的，虽然只是在神学上的理性。

再看，神学不早坐上了理性的列车了吗？不是有阿奎那吗？

当然，我仍然可以再往下坠："黑暗之光”不只是黑暗底下的光，而是黑暗本身就是光。十字若望就这么认为。但我仍然在考究的学理之中。

但这时，我的脸被抽了一巴掌。

我少年起就信奉“启蒙”，陀思妥耶夫斯基也走过这样的道路吧？尽管不信，但还信着。所谓“世界潮流浩浩荡荡”，不可阻挡，但到头来情形却是像我所居住城市的闽江的入海处，一个叫“金刚腿”的地方，江流在这里回旋了。几年前我父母选陵园墓地，某陵园正前方就是“金刚腿”水域。风水先生说，水是财，很多陵园视野里虽然有水，但水是东流入海的，这财也失了。但在“金刚腿”，水是回旋的。赫拉克利特说：“人不能两次踏进同一条河流。”我要告诉他，在我这里，就能。我金刚不败之腿就能把不可能变成可能。

他的学生克拉底鲁抬杠：“人甚至连一次也不能踏进同一条河流。”但问题在于，既然只是一次，又哪来同一条河？如果克拉底鲁指的是之前还踏进过一次，那跟他老师说的岂不一样？不就是废话吗？如果要证明他说的不是废话，那可以解释为他指的是零次，人一次也不能踏进同一条河。但我分明两次踏进了同一条河。

他们可都是哲人。所谓哲学，所谓人文学科，纷纷扰扰几千年，都在胡说八道什么？不过是巧言令色、自我膨胀。至于那个很客观的自然科学，早已承认自己还没有认识宇宙百分之三了。人类啊，你们搞什么搞？

我忽然想写普罗米修斯，一个关于为人类盗火英雄的故事。小说却叫《普罗米修斯已松绑》。交给《花城》，主编朱燕玲诧异。是的，我不是喊冤与自诩，而是自剖与自诘。人最难针对的是自己，最难看清的是自己。我又算什么东西呢？这不是二三十年前“我是流氓我怕谁”式的自得宣言，而是嗫嚅，支支吾吾。“抉心自食，欲知本味。”但这自食，其实不过是行为艺术。我食出了自己心的本味。

扪心自问，你真的是在坚守吗？

当然究其深层原因，你是被这个世界恩赐而活着的。既然被恩赐，那么就不能有个性。一旦有个性，就是忤逆了恩主，那么就是可耻的。耻，归根结底是这种耻。你反抗时，应当会想到你是受人之恩的，人家已经帮你了，你不能去害别人，这是不义，应当引以为耻。坚守就是可耻。羞耻感内在于生存里，无从抵抗。

下坠，下坠……咿！咿！呀……像个小姑娘，被囚禁在地下室。

但你真是被囚禁吗？也未必。但我必须声明：这不是在理解人的难处，“理解万岁”？不，这个口号太“鸡贼”，至少是“鸡汤”，我的写作才不这么浅薄。我要下坠。

下坠，下坠……小说里有核心情节：抽自己耳光。我的写作靠某种因素刺激。

但抽耳光是忏悔吗？忏悔都是可疑的。即使放自己生殖器在绞肉机里阉除，就觉得自己是耶稣所称赞的“阉人”了？“为天国的缘故自阉”（《马太福音》），崇高起来了。萨德笔下的圣丰说：“某些放纵行为中的屈辱充当着骄傲的借口。”

下坠，下坠……下坠到地下。有人说我是“斯德哥尔摩”，疯了。是的。但这世界上有理性这种劳什子吗？有客观真理这种劳什子吗？你们姑且相信去吧，但对我这个“地下人”，没有！坚决闭上眼睛：没有！“地下人”的价值观跟“地上人”是不搭界的。或者说，“地下人”压根儿就没有价值观。在绝对黑暗中，什么也没有。

我把《心》推翻了，重写。这时候名叫“心！”，有感叹号。这是我的《地下室手记》。小说家陈永和看后说：“希我，不幸成就了你！”

但成就？成就是基于理性的说法。

其实陀思妥耶夫斯基遁入地下室时，仍然在反抗世理的同时标榜着自己一套道理，他仍在据理。反理也正是言理。直到《罪与罚》里写到纳博科夫所摇头的（其实他是没能力看懂）杀人犯与妓女共读《圣经》，才真的胡说八道了。陀氏他压根儿不信理的存在，上帝只是随意设置的尿壶（一如我《心！》里的“容器”）。他压根儿不跟你们“地上人”多嘴：跟你们说不明白，我们压根儿就不在一个时空！

但问题又来了：不在一个时空，你用什么语言说刚才这话？不仍是人家时空的语言？人类语言一开始就带上了思维逻辑、价值取向。

我承认，这两年来我处于说不了话的状态。当我沉默的时候，我感到充实；我将开口，同时发现说的全不是我的话。包括这后记，我也不知都扯了什么。

踏空？

我正在写的新长篇，就是踏空。

还写个毛线啊！

2019 年 5 月

图书在版编目(CIP)数据

心! / 陈希我著. — 北京 : 北京十月文艺出版社,
2020.3
ISBN 978-7-5302-2011-5

Ⅰ. ①心… Ⅱ. ①陈… Ⅲ. ①长篇小说—中国—当代
Ⅳ. ①I247.5

中国版本图书馆 CIP 数据核字(2019)第 232565 号

心!
XIN!
陈希我 著

出　　版　北京出版集团公司
　　　　　北京十月文艺出版社
地　　址　北京北三环中路 6 号
邮　　编　100120
网　　址　www.bph.com.cn
发　　行　新经典发行有限公司
　　　　　电话(010)68423599
经　　销　新华书店
印　　刷　北京盛通印刷股份有限公司
版　　次　2020 年 3 月第 1 版
　　　　　2020 年 3 月第 1 次印刷
开　　本　880 毫米 ×1230 毫米　1/32
印　　张　15.5
字　　数　331 千字
书　　号　ISBN 978-7-5302-2011-5
定　　价　65.00 元
质量监督电话　010-58572393
如有印装质量问题，由本社负责调换。